ALS SIE
VERSCHWAND

WEITERE TITEL VON LISA REGAN

DETECTIVE-JOSIE-QUINN-SERIE

Die verlorenen Mädchen

Das Mädchen ohne Namen

Das Grab ihrer Mutter

Ihre letzte Beichte

Ihre begrabenen Geheimnisse

Ihre stumme Bitte

Die Namenlose

Du musst sie finden

Rette ihre Seele

Nur noch ein Atemzug

Schlaf still, mein Mädchen

Der Unfall

Die versunkenen Mädchen

Als sie verschwand

IN ENGLISCHER SPRACHE
DETECTIVE-JOSIE-QUINN-SERIE

Vanishing Girls

The Girl With No Name

Her Mother's Grave

Her Final Confession

The Bones She Buried

Her Silent Cry

Cold Heart Creek

Find Her Alive

Save Her Soul

Breathe Your Last

Hush Little Girl

Her Deadly Touch

The Drowning Girls

Watch Her Disappear

Local Girl Missing

The Innocent Wife

Close Her Eyes

LISA REGAN

ALS SIE VERSCHWAND

Übersetzt von Judith Farny

bookouture

Die Originalausgabe erschien 2022 unter dem Titel „Watch Her Disappear"
bei Storyfire Ltd. trading as Bookouture.

Deutsche Erstausgabe herausgegeben von Bookouture, 2023
1. Auflage Juni 2023

Ein Imprint von Storyfire Ltd.
Carmelite House
50 Victoria Embankment
London EC4Y 0DZ

deutschland.bookouture.com

Copyright der Originalausgabe © Lisa Regan, 2022
Copyright der deutschsprachigen Ausgabe © Judith Farny, 2023

Lisa Regan hat ihr Recht geltend gemacht, als Autorin dieses Buches genannt
zu werden.

Alle Rechte vorbehalten. Diese Veröffentlichung darf ohne vorherige
schriftliche
Genehmigung der Herausgeber weder ganz noch auszugsweise in irgendeiner
Form oder mit irgendwelchen Mitteln (elektronisch, mechanisch, durch
Fotokopie oder Aufzeichnung oder auf andere Weise) reproduziert, in einem
Datenabrufsystem gespeichert oder weitergegeben werden.

ISBN: 978-1-83790-726-7
eBook ISBN: 978-1-83790-725-0

Dieses Buch ist ein belletristisches Werk. Namen, Charaktere, Unternehmen,
Organisationen, Orte und Ereignisse, die nicht eindeutig zum Gemeingut
gehören, sind entweder frei von der Autorin erfunden oder werden fiktiv
verwendet. Jede Ähnlichkeit mit tatsächlichen lebenden oder toten Personen
oder mit tatsächlichen Ereignissen oder Orten ist völlig zufällig.

Für meine Mutter Donna House, die mich in meinen Träumen bestärkt und mir immer aufgeholfen hat, wenn ich gefallen war.

PROLOG

WESTPENNSYLVANIA, 1994

Die Männer waren durch einen Riss in dem schweren Rollo zu sehen. Mindestens ein Dutzend, vielleicht auch mehr. Manche in Polizeiuniform, andere im Anzug. Ein paar von ihnen kamen ganz in Schwarz gekleidet an, die Oberkörper in steifen, unförmigen Westen, die Köpfe mit Helmen geschützt. Einige kauerten neben ihren Autos, andere standen herum und suchten mit den Augen die Umgebung ab. Alle trugen sie Waffen: kurze oder längere schimmernde Waffen. Die Männer in der taktischen Ausrüstung näherten sich dem Haus zuerst über den unkrautbewachsenen und vermüllten Rasen davor – ihre Stiefel ein stampfendes Stakkato. Als ihre Füße die Holzveranda betraten, erbebte das ganze Haus. Gebrüll war zu hören und Geräusche von einem großen Gegenstand, der gegen die Eingangstür gerammt wurde. Holz splitterte und dann waren sie im Haus. Liefen umher, brüllten, brachen Türen auf.

»Sauber!«

»Sauber!«

»Gott, was ist das für ein Gestank?«

»Jemand muss die Rückseite sichern.«

»Was für ein Chaos! Wir brauchen mehr Leute hier drinnen.«

Keiner achtete auf den Mann in Jeans und einem einfachen schwarzen T-Shirt mit einer Pistole in der Hand. Er ging als Erster durch die Schlafzimmertür. Husten brach aus seiner Kehle hervor. Er würgte und hielt sich mit der freien Hand den Mund zu. Dann tastete er sich durch den Raum, fand das Fenster und riss die Verdunkelung herunter. Schlagartig fiel grelles Licht auf die grässliche Szenerie. Die Pistole polterte zu Boden. Der Mann ging auf die Knie, kroch über die schmutzigen Dielen und nahm das kleine Mädchen hoch in seine Arme.

Erst seine Totenklage ließ die anderen Männer aufmerksam werden. Ein gewaltiges grausiges Heulen zerriss schrill die Luft. Für ein paar Sekunden verstummte jedes andere Geräusch im Haus. Trotz der ganzen Geschäftigkeit draußen wurde es auch dort unheimlich still.

Dann war wieder Stiefelgetrappel zu hören. In der Türöffnung erschienen die Schatten von Männern.

»Jesus! Um Himmels willen!«

»Verdammt, was soll das?«

»Was tut er hier? Was zum Teufel tut er hier?«

»Mein Gott!«

»Jemand muss ihn rausschaffen. Er kontaminiert den Tatort.«

Im Hausflur übergab sich jemand.

»Wie ist er hier reingekommen?«

»Ach, du Scheiße. O nein!«

Aus dem Menschenauflauf vor dem Zimmer drang Weinen. »Wie kann ein Mensch nur sowas tun?«

Ein Funkgerät quäkte. Einem der Männer fiel eine Bewegung ins Auge, die aus der Zimmerecke kam. Er stöhnte auf. Dann schrie er: »Hilfe! Wir brauchen hier drinnen sofort Hilfe!«

EINS

DENTON, PENNSYLVANIA – GEGENWART

Lindsay Jones war fest entschlossen, jemanden zu töten. Dass heute der Abend des Abschlussballs war, war ihr egal. Sie wusste nur, dass irgendeine Schlampe aus dem Cheerleading-Team in ihrer Instagram-Live-Story gerade ein Video gepostet hatte, in dem sie herausposaunte, dass Brody Ford, Lindsays Freund, ihr versprochen hatte, sich mit ihr nach dem Ball in einem Hotel zu treffen. Doch dann hatte eine der Insta-Followerinnen Lindsays bester Freundin die ganze Sache gesteckt.

Jetzt stand Lindsay in der Toilette neben der Aula der Denton East High School und wartete auf ihre beste Freundin, die ihr versprochen hatte, eine Kopie des Videos zu besorgen. Sie überprüfte ihr Make-up im Spiegel, beugte sich über das Waschbecken und klaubte mit einer ihrer langen Fingernägel ein Klümpchen Mascara aus ihrem Augenwinkel. Sie strich sich ihr langes blondes Haar glatt, für dessen voluminöse Föhnfrisur ihre Mutter am selben Tag über hundert Dollar ausgegeben hatte, und inspizierte ihr Kleid. Das elegante Schwarze hatte überall Schlitze und tiefe Ausschnitte, die sowohl ihre knochigen Partien als auch ihre Kurven vorteilhaft betonten.

Warum Brody mit all dem nicht zufrieden war, würde Lindsay nie verstehen.

Sie hatte ihn schon ab und zu dabei beobachtet, wie er mit anderen Mädchen flirtete: in den Korridoren an der Schule vor der ersten Stunde und manchmal bei Footballspielen, aber er hatte ihr geschworen, dass er noch nie mit irgendwelchen anderen Mädchen rumgemacht hatte. Sie würden in weniger als zwei Monaten ihre Abschlussprüfung an der Highschool ablegen. Danach wollten sie den Sommer über herumreisen, bevor sie auf unterschiedliche Colleges gingen.

Lindsay hatte nicht die Absicht, sich ihr letztes Schuljahr von irgendeiner liebestollen Elftklässlerin verderben zu lassen.

Die Tür zur Schultoilette wurde aufgestoßen und ein Schwall lauter Musik und flackernde bunte Lichtblitze drangen herein. In der Aula drängten sich die Tanzenden im Halbdunkel dicht an dicht. Lindsays beste Freundin, Deborah Hart, trat zu ihr und reichte ihr ein Handy. Sie trug ein kurzes, trägerloses blaues Paillettenkleid, ein Schweißfilm lag auf ihrem runden Gesicht und ihre Brust hob und senkte sich heftig. »Das ist das Handy von Mary Jo Chachakis. Sie hat eine Bildschirmaufnahme des Insta-Live-Videos auf ihrem Handy gespeichert, wir sollten es uns also ansehen können.«

Lindsay winkte Deborah noch näher zu sich und die beiden sahen sich das Video zweimal an. Es war so verheerend, wie Lindsay erwartet hatte. Tränen stiegen ihr brennend in die Augen, aber sie schluckte sie herunter. Deborah sah sie mit so viel süßlichem Mitgefühl an, dass sich Lindsay der Magen umdrehte und sie Deborah wütend den Handybildschirm vors Gesicht hielt. »Wo ist sie?«

Deborah blinzelte und starrte Lindsay stumm an.

Lindsay verdrehte die Augen und stöhnte: »Was ist?«

»Findest du nicht, dass es Brody ist, den du zur Rede stellen solltest? Ich meine, du kannst ja gern auf dieses kleine Luder losgehen, aber das hindert ihn noch lange nicht daran, mit anderen Mädchen rumzumachen.«

Lindsay gab Deborah nur höchst ungern recht, denn die Dynamik ihrer Freundschaft verlief genau andersherum: Lindsay war die Anführerin und Deborah hatte zu folgen. Aber in diesem Punkt hatte Deborah recht. »Also gut«, seufzte Lindsay. »Wir suchen zuerst Brody und dann diese Tussi.«

Sie brauchten ganze fünfzehn Minuten, um sich durch das Gewimmel auf der Tanzfläche hindurchzuschlängeln, und mussten einem Dutzend Leuten ins Ohr schreien und fragen, bis sie herausfanden, dass Brody zum Rauchen rausgegangen war. Als Lindsay es endlich aus der Aula herausgeschafft hatte und den Korridor zum Vordereingang hinunterstapfte, beeilte sich Deborah, sie einzuholen. Ihre Absätze klackten auf dem Fliesenboden. »Wo gehst du denn hin?«, rief sie ihr hinterher.

»Nach draußen zum Amphitheater«, antwortete ihr Lindsay über die Schulter hinweg.

»Woher willst du wissen, dass er dort ist?«

Lindsay blieb stehen und drehte sich zu Deborah um. »Wo soll er sonst hingehen zum Rauchen? Mensch, denk doch mal nach!«

Ein paar Minuten später, nachdem sie die Aufsichtslehrer am Vordereingang davon überzeugt hatten, dass sie etwas aus Lindsays Auto brauchten, gingen sie zur Rückseite des Gebäudes. Sie liefen über eine grasbewachsene Fläche an der Ostseite der Schule und über den Parkplatz, der vom Hausmeister und anderem Personal der Schule benutzt wurde. An der Mauer zu ihrer Linken standen vier Müllcontainer in einer Reihe. Lindsay stapfte mit Deborah im Schlepptau daran vorbei. Das Amphitheater lag in einer Nische zwischen zwei vorstehenden Gebäudetrakten der Schule. Für einen Parkplatz war dieser fensterlose Bereich zu klein. Daher hatte die Schule – schon lange vor Lindsays Geburt – den Versuch unternommen, die Fläche in eine Art Freiluftamphitheater mit fünfzehn halbrunden Betonrängen umzuwandeln, die zum Kellereingang der Schule hin abfielen. Unten, neben dem Kellerzugang befand sich eine kleine, halbrunde Bühne aus Beton. Was die Planer damals nicht in Betracht gezogen hatten, war, dass sich in diesem Bereich ständig Regenwasser, Schnee, Herbstlaub und Müll sammelten und man ihn nie völlig sauber halten, geschweige denn benutzen konnte.

Nur wenige Schüler gingen jemals hinunter zur Arena dieses »Amphitheaters«, denn dort war es schmutzig und unheimlich und es gab auch kein Licht. Meist saßen die Jugendlichen oben auf dem Mäuerchen, das die Ränge umgab, um dort Dinge zu tun, die von der Schule verboten waren. Nur eine trübe Lampe hing über dem gesamten Bereich. Lindsay bekam Gänsehaut, als sie und Deborah in die Schatten traten. Sie spürte, wie ihre Entschlossenheit ins Wanken geriet. Mit Brody zusammen war sie während der Schulstunden oft hier hinten gewesen, weil er rauchen wollte. Sie zog währenddessen meist an ihrer E-Zigarette. Gelegentlich hatten sie und Deborah hier hinten auch einen Joint geraucht, aber bei Nacht hatten sie sich noch nie dort aufgehalten.

Deborah legte ihre Finger um Lindsays Oberarm und zog sie zurück. »Ich glaub nicht, dass er da ist.«

Lindsay blickte suchend in die Dunkelheit. Ein kleines orangefarbenes Pünktchen glomm weit vor ihnen auf. »Doch, er ist da«, erwiderte sie. »Ich kann seine Zigarette sehen.«

Während sie näher schlichen, gewöhnten sich Lindsays Augen an die Dunkelheit. Auf dem Mäuerchen saß Brody, mit der Zigarette in der Hand, genauso, wie sie es Deborah gesagt hatte. Neben ihm hockte sein bester Freund, Mark Severns. Lindsay erkannte ihn am Profil seiner Igelfrisur, noch bevor sie ihn lachen und sagen hörte: »Ertappt.«

Das orangefarbene Pünktchen flammte wieder auf und erhellte Brodys Gesicht. »Ich komm gleich wieder rein, Baby«, sagte er. »Ich hab nur eine Kippe gebraucht.«

»Wo ist sie, Brody?«, herrschte Lindsay ihn an.

Ein Licht blitzte neben Brody auf, Mark hatte wohl seine Taschenlampen-App am Handy eingeschaltet. Nein, erkannte Lindsay im nächsten Augenblick, das war nicht die Taschenlampen-App, Mark nahm ein Video von ihr auf.

»Schalt das sofort aus«, forderte Deborah.

Mark lachte. »Vergiss es. Deine Freundin macht hier gleich eine Riesenszene und ich werd jede Sekunde davon filmen.«

Lindsay schluckte und fixierte Brody. Sie setzte zu der Standpauke an, die sie in ihrem Kopf vorbereitet hatte, seit sie aus der Toilette gekommen war. Ihr war es egal, ob Mark alles mit seiner Handykamera aufnahm. Sollte er doch, dachte sie. Vielleicht war das sogar gut für alle Mädchen an der Schule und in den sozialen Medien, wenn sie wussten, was für ein Kotzbrocken Brody war und dass er versuchte, sie mit anderen Mädchen zu betrügen.

Sie hatte ihre Wutrede noch nicht einmal halb herausgeschrien, als Deborah versuchte, sich Marks Handy zu schnappen. Er ließ es sich nicht entwinden, aber durch die Rangelei verlor er das Gleichgewicht. Als er rückwärts über das Mäuerchen kippte, griff er mit einer Hand nach Brodys Jacke.

»Schei...«, setzte Brody zum Fluchen an, bevor auch er hintenüberfiel und in der Schwärze der Ränge unterhalb verschwand.

»O mein Gott«, schrie Lindsay auf. Sie rannte das Mäuerchen entlang, bis sie die Stelle fand, wo Treppenstufen hinunter zur Arena führten. »Deborah, komm schon! Vielleicht haben die sich schlimm verletzt. Oh mein Gott.«

Sie wühlte in ihrer Handtasche nach dem Handy. Ihre Finger zitterten, als sie unten auf den Knopf drückte, um den Bildschirm aufleuchten zu lassen. Irgendwo hinter ihr rief Deborah: »Ich seh überhaupt nichts!«

Endlich fand Lindsay ihre Taschenlampen-App und tippte sie an. Sie suchte mit dem Lichtstrahl die Umgebung nach den

Jungen ab. Stattdessen fiel das Licht auf etwas anderes. Nicht auf *etwas* – das erkannte sie, als sie vorsichtig zwei Stufen weiter zur Bühne hinunterging –, es fiel auf *jemanden*. Ein Mädchen. Sie lag auf der Seite, quer über die Bühne ausgestreckt, und ihre blasse Wange ruhte auf ihren verschränkten Armen.

»Lindsay?«, rief Deborah.

»Verdammt, Mann«, hörten sie Brody, ganz aus der Nähe. »Das hat höllisch wehgetan. Mark, alles okay bei dir?«

»Alles okay. Ich hab nur ...«

Er verstummte, als Lindsay zwei Stufen weiter Richtung Bühne ging und der Lichtkegel ihrer Taschenlampen-App das Mädchen genauer sichtbar machte. Ihr braunes Haar war sorgfältig zu einer ausladenden Zopffrisur gestylt, und ein dünnes, glitzerndes Haarband lag um ihre Stirn. Ihr Make-up war perfekt. Es sah so aus, als hätte sie sich einfach dort hingelegt und wäre eingeschlafen. Lindsay ließ den Lichtstrahl eine Weile auf ihrem Gesicht ruhen. Zwischen ihrer Wange und dem Handgelenk sah man die verwelkten roten Rosen eines Anstecksträußchens. Lindsay nahm wahr, dass Brody hinkend neben sie trat. »Kennst du sie?«

Lindsay schüttelte den Kopf.

Deborahs Stimme erklang hinter ihnen, diesmal näher. »Wer ist das?«

Dann hörte man Mark, der sich auf der anderen Seite neben Lindsay stellte. »Ich kenne die nicht.«

»Was machen wir denn jetzt?«, fragte Deborah.

Lindsay trat einen Schritt weiter vor und sah sich mit der Taschenlampen-App den übrigen Körper des Mädchens genauer an. Ein trägerloses Kleid umhüllte ihre Gestalt. Lindsay konnte die Farbe ausmachen: Champagner. Sie hatte sich auch ein Kleid in dieser Farbe kaufen wollen, aber ihre Mom hatte gemeint, das würde sie zu blass machen. Zu diesem Mädchen mit ihrer hellen Haut und dem dunklen Haar passte die Farbe jedoch perfekt. Das Oberteil war mit Perlen und einem Blumenmuster bestickt und der Rock war aus Tüll mit einem auffälligen roten Streifen unten am Saum.

Eine Sekunde bevor Deborah anfing zu schreien, erkannte auch Lindsay, dass das Rot nicht zum Stoff gehörte.

ZWEI

Detective Josie Quinn und ihr Ermittlungsteam standen herum und warteten darauf, dass gleich die Hölle losbrechen würde. Bis jetzt war die Nacht ungewöhnlich ruhig verlaufen, was Josie immer nervös machte. Keiner bei der Polizei von Denton freute sich auf die Nacht der Abschlussbälle in der Stadt. Eingebettet zwischen einigen der atemberaubendsten Berge in Mittelpennsylvania erstreckte sich Denton über fünfundsechzig Quadratkilometer und hatte etwas über dreißigtausend Einwohner – etwas mehr während der Semester an der Universität – und es gab genügend Kriminalität, um ihr kleines Polizeirevier auf Trab zu halten. In der Stadt gab es auch mehrere Highschools und sie alle veranstalteten ihren Abschlussball am selben Abend im Mai. Josie hatte noch keine Erklärung dafür gefunden, warum die Schulbehörde dieses einheitliche Datum für eine gute Idee gehalten hatte. Es herrschte jedes Jahr das absolute Chaos, und ganz gleich, wie viele Officers Bereitschaftsdienst schoben, es schienen nie genug zu sein, um all die Autounfälle, Streitigkeiten, Alkoholexzesse von Minderjährigen und anderen Delikte zu bewältigen, von denen sich die Jugend in Denton partout nicht abhalten ließ.

Und aus diesem Grund hatten sich nun alle Ermittler im Großraumbüro im ersten Stock des Polizeihauptquartiers eingefunden. Sie hatten bereits vier Kannen Kaffee geleert. Josie saß an ihrem Schreibtisch, aber alle anderen hatten sich vor der Korkpinnwand, die über dem Schreibtisch ihrer Pressesprecherin Amber hing, versammelt. Josies Ehemann, Lieutenant Noah Fraley, deutete auf etwas an der Pinnwand und sagte: »Das gefällt mir.«

Die Detectives Gretchen Palmer und Finn Mettner nickten. Finn klopfte mit dem Finger auf einen anderen Prospekt und sagte: »Ich glaube allerdings, bei diesem Angebot bekommt ihr mehr für euer Geld.«

Amber schob ihr langes kastanienbraunes Haar links über die Schulter und nahm ihr Tablet vom Schreibtisch. »Ich habe hier drei weitere, die ich ausdrucken kann.«

Gretchen sagte: »Ich bin noch an keinem dieser Orte gewesen. Jeder davon sieht mir nach einem Traumurlaub aus.«

»Du bist nie dort gewesen?«, fragte Amber. »Wirklich noch nie?«

Gretchen lächelte und die Fältchen in den Winkeln ihrer braunen Augen vertieften sich. Sie war Mitte vierzig und die älteste und erfahrenste Ermittlerin im Team. Bevor sie zur Polizei in Denton als Detective dazugestoßen war, hatte sie im Morddezernat in Philadelphia gearbeitet. »Noch nie«, bestätigte sie. »Zu viel Arbeit. Immer Arbeit, Arbeit, Arbeit.«

Amber verdrehte die Augen. Josie entging nicht, wie sie Finn mit dem Ellbogen einen spielerischen Stups verpasste. »Ihr arbeitet alle zu viel«, sagte sie, »viel zu viel«, dann schob sie allerdings eilig hinterher: »Aber ich schätze das wirklich sehr.«

Finn legte seinen Arm um Ambers Schulter. Er war der jüngste und am wenigsten erfahrene Ermittler. Ihr Polizeichef, Chief Bob Chitwood, hatte ihn aus ihren eigenen Rängen herangezogen. Als Amber vor fast zwei Jahren als Pressesprecherin bei ihnen anfing, hatten sich die beiden rasch ineinander verliebt. »Das wissen wir doch«, beruhigte er sie.

Hinter ihnen ging die Tür des Chiefs knarrend auf. Er hatte bisher einen Großteil des Abends in seinem Büro verbracht. Mit über der Brust verschränkten Armen schlenderte er herüber, stellte sich neben Josie und starrte die Rücken der anderen Anwesenden an. Chief Chitwood erschien nur selten im Großraumbüro, es sei denn, er wollte auf den neuesten Stand gebracht werden oder jemand von ihnen oder sie alle herunterputzen. Er war rau wie Schmirgelpapier. Ganz gleich, welchen Kontakt man mit ihm hatte – guten, schlechten oder neutralen –, es konnte immer unangenehm werden. Obwohl man fairerweise sagen musste, dass er in den vergangenen sechs Monaten einige unbeholfene Anstrengungen unternommen hatte, nicht mehr so schroff zu allen zu sein. Josie wartete darauf, dass er gleich losbrüllen würde. Das war sein Standardmodus. Stattdessen fragte er in normaler Tonlage: »Was ist denn hier los?«

Josie seufzte. »Sie planen meine Flitterwochen.«

Die vier anderen drehten sich um und sahen Josie und den Chief an. Noah, der sich normalerweise nicht vom Chief einschüchtern ließ, schenkte Josie ein verhaltenes, aber entwaffnendes Lächeln. »Wenn du nicht mitmachst, planen wir das eben ohne dich. Hast du dir überhaupt schon mal Gedanken darüber gemacht?«

Sie schüttelte den Kopf. »Wir sind jetzt schon über ein Jahr verheiratet. Und wir sind seither sogar schon zusammen im Urlaub gewesen.«

Amber runzelte die Stirn. »Aber ihr hattet noch keine Flitterwochen.«

Der Chief trat ein paar Schritte auf die Pinnwand zu. Gretchen und Noah machten ihm Platz.

Josie schwieg. Sie wusste weder, wer auf die Idee gekommen war, dass sie und Noah endlich richtig Flitterwochen machen sollten, noch, wann schließlich alle damit begonnen hatten, Broschüren über Traumurlaube auf Inseln durchzustöbern, die Amber dann an ihre Pinnwand gehängt hatte.

»Du liebst doch den Strand«, sagte Noah.

Josie schenkte ihm ein sparsames Lächeln. Er hatte ja recht. Sie liebte den Strand. Auch jetzt gerade würde sie sich liebend gern an einem aufhalten. Doch sie wollte sich einfach nicht mit der Planung und Entscheidungsfindung beschäftigen. Oder darüber nachdenken, warum es überhaupt dazu gekommen war, dass sie nicht in ihre Flitterwochen hatten fahren können. Es war jetzt gerade mal etwas über ein Jahr her, dass – am Tag ihrer Hochzeit und obendrein am Ort ihrer Feier – eine Leiche entdeckt worden war. Von einem Moment zum anderen hatte sie dieser Fund alle in die Ermittlungen zu einem Doppelmord hineingestoßen – mit mehr überraschenden Drehungen und Wendungen, als eine Achterbahnfahrt im Hershey-Park, dem größten Vergnügungspark in ganz Pennsylvania, zu bieten hatte – und letztendlich hatte das Geschehen an jenem Tag auch den Mord an Josies Großmutter, Lisette Matson, zur Folge gehabt.

Als Baby war Josie von ihrer leiblichen Familie entführt und von einer anderen Frau als deren Kind ausgegeben worden. Jene Frau hatte ihrem damaligen Freund, Eli Matson, erzählt, Josie sei seine Tochter. Eli und seine Mutter, Lisette, hatten keinen Grund gehabt, daran zu zweifeln, und beide hatten Josie abgöttisch geliebt. Die Frau aber, die Josie lange für ihre Mutter gehalten hatte, hatte sie körperlich und seelisch misshandelt. Sie hatte dem Wort böse eine ganz neue Dimension verliehen, da sie sich ständig neue Quälereien für die kleine Josie ausgedacht hatte. Nachdem Eli gestorben war, hatte Lisette viele Jahre und jeden Cent, den sie besaß, darauf verwendet, das Sorgerecht für Josie zu erkämpfen. Als Josie vierzehn Jahre alt war, hatte sie es endlich zugesprochen bekommen. Lisette war das Fundament gewesen, auf dem sich Josie ein neues Leben aufgebaut hatte, frei von den Schrecken, denen ihre Entführerin sie ausgesetzt hatte. Lisette war für Josie alles gewesen – ihr Fels in der Brandung, ihr Anker, ihr Steuerruder und ihr Leuchtturm. Seit ihrer Ermordung hatte Josie sich nur mit Mühe über Wasser halten können. Sie hatte sich bemüht, einen festen Stand zu finden in dieser für sie neuen Welt, in der alle Dinge mit einer Schicht von Leid bedeckt und alle Freuden – selbst die kleinen – von Traurigkeit getrübt waren.

Als könnte er ihre Gedanken über Lisette lesen, fügte Noah hinzu: »Du weißt verdammt gut, dass Lisette stinksauer auf dich wäre, wenn du nicht fahren würdest.«

Da hatte er auch wieder recht.

Der Chief deutete auf einen Prospekt mit dem Foto eines Candlelight-Dinners an einem einsamen Strand, umgeben von Palmen. »Dort ist es ganz schön. Zumindest war es das, als ich damals hingereist bin, was allerdings schon etwa hundert Jahre her ist ...«

Er verstummte versonnen und merkte gar nicht, dass sich alle Blicke auf ihn richteten. Chief Chitwood sprach nie über sein Privatleben. Sie wussten nicht einmal, ob er verheiratet war oder Kinder hatte.

Noah räusperte sich. »Flitterwochen?«

Eine lange Weile herrschte Stille, während der Chief weiter auf das Foto starrte. Dann gluckste er leise in sich hinein. »Nein, nein. Ich doch nicht. Ich war jung und dumm und dachte, ich wäre verliebt. Das war, bevor Kel ... es war ein Fehler. Ich wollte bei einer Frau Eindruck schinden. Bin mit ihr dort hingefahren. Hab ein Vermögen ausgegeben. Hatten eine tolle Zeit. Hat aber nicht gehalten.«

Er wandte sich wieder Josie zu und blinzelte, als erwache er aus einem Traum. »Sie sollten dort hinfahren, Quinn. Diesen Urlaub haben Sie sich definitiv verdient.«

Josie konnte an einer Hand abzählen, wann der Chief

jemandem vom Team je ein Kompliment gemacht hatte. Ihr entgeisterter Blick traf sich mit Noahs. Er erwiderte ihn mit einem kaum wahrnehmbaren Schulterzucken. Amber auf der anderen Seite von Chitwood konnte sich nur mühsam ein Lächeln verkneifen, während Gretchen und Finn den Chief mit erhobenen Brauen ansahen.

Josie seufzte und stand auf. »Okay«, meinte sie. »Dann sehen wir uns mal an, was ihr da Schönes im Angebot habt.«

Noch bevor sie einen Schritt hin zur Pinnwand treten konnte, schrillte das Telefon auf ihrem Schreibtisch. Alle starrten auf den Apparat, als sei er irgendein außerirdisches Objekt, das gerade dort gelandet war. »Das kann ja wohl nicht wahr sein«, stöhnte Noah.

Josie nahm den Hörer ab. »Quinn.«

Sie hörte zu und machte sich im Geiste Notizen, während die Zentrale sie ins Bild setzte. Dann legte sie auf. »Wir haben eine Leiche.«

Gretchen seufzte. »So fängt es immer an.«

DREI

In all den Jahren bei der Polizei von Denton hatte Josie am Abend der Abschlussbälle der Highschools noch nie mit einer Leiche zu tun gehabt. Zumindest nicht in Zusammenhang mit den Schulfeierlichkeiten. Jetzt standen sie und Noah auf dem dunklen Grund des berüchtigten Amphitheaters der Denton East High School und die Lichtkegel ihrer Taschenlampen waren auf ein junges Mädchen gerichtet, das in einer großen Blutlache lag. Josie brauchte gar nicht erst ihren Puls fühlen, sie erkannte auch so, dass sie schon tot war. Ihre Gestalt lag unnatürlich reglos da und ihre Haut sah schon wächsern aus. Am Boden neben ihrem Unterkörper sah man schwarze Pfützen geronnenen Bluts.

Als könnte er ihre Gedanken lesen, sagte Noah: »Der Direktor hat versichert, er habe ihren Puls gefühlt – an der Halsschlagader –, aber der war nicht mehr tastbar.«

»Ich denke, sie ist schon eine ganze Weile tot«, meinte Josie.

»Wir brauchen Scheinwerfer hier unten«, bemerkte Noah. Seine Stimme war leise und Traurigkeit schwang darin mit.

Josie richtete noch einmal den Strahl ihrer Taschenlampe auf das Gesicht des Mädchens. Sie sah aus, als hätte sie sich einfach zu einem Nickerchen hingelegt. Weder ihre Frisur noch ihr Make-up waren irgendwie in Unordnung. Josie konnte auch keine Abwehrverletzungen erkennen – zumindest waren bei der derzeitigen Position des Mädchens keine sichtbar. Als Josie die Leiche näher betrachtete, hatte sie ein flüchtiges Gefühl des Wiedererkennens. »Hast du sie schon mal gesehen?«, fragte sie Noah.

»Nein, du?«

Josie sah sich das Gesicht des Mädchens ein bisschen länger und genauer an. In Gedanken ging sie die Möglichkeiten durch, wo sie das Mädchen schon einmal gesehen haben könnte. Im Café? Im Supermarkt? Im Zuge eines ihrer jüngsten Fälle? Die junge Frau, die ihnen letzte Woche ihre Pizza geliefert hatte? Doch bei keiner machte es Klick bei ihr und sie sagte seufzend: »Nein. Ich glaube nicht. Dann rufen wir wohl am besten mal die Spurensicherung an.«

Noah drehte sich um und blickte zum oberen Treppenabsatz hinauf. Die angerückten Polizeikräfte hatten eine Absperrung um das Amphitheater gezogen, um Unbefugten den Zutritt zu verwehren. Sie hatten jedoch nicht verhindern können, dass sich eine Gruppe Schaulustiger an dem Mäuerchen oben versammelt hatte, die von Minute zu Minute zu wachsen schien. Darunter befanden sich ein halbes Dutzend Teenager, der Schuldirektor, zwei Lehrkräfte, ein Schulpolizist und zwei Streifenpolizisten, die mit ihren Taschenlampen herunterleuchteten. Die Gesichter aller übrigen waren vom Schein der eigenen Handys erhellt. Gretchen hatte ihr Notizbuch gezückt und kritzelte Angaben hinein, während sie mit einem der Schüler sprach. Mettner tippte seine Aufzeichnungen ins Handy, während er eine der Lehrkräfte befragte.

»Glaubst du, dass sie ein Mordopfer ist?«, fragte Noah.

»Ich finde, es sieht verdächtig aus. Das ist eine Menge Blut. Außerdem, warum liegt sie hier hinten, im Freien?«

Noah musterte weiter die Menge über ihnen. »Ihr habt

dieses Amphitheater nie benutzt, als du hier auf der Highschool warst, nicht?«

»Ich wusste natürlich, dass es diesen Ort gab. Auch die Schüler, die nicht herkamen, wussten darüber Bescheid. Aber als ich damals auf der Schule war, wurde er zum Rauchen, Kiffen oder Dealen benutzt. Aber nicht ... für sowas. Ich könnte es noch verstehen, dass sie irgendeine verbotene Substanz genommen hat, hierhergekommen ist und dann das Bewusstsein verloren hat, aber das erklärt ja nicht das ganze Blut.«

»An solch einem Ort geschieht nie was Gutes«, murmelte er. »Ich bezweifle aber, dass sie allein hier draußen war.« Er richtete seine Taschenlampe noch einmal auf den Unterkörper des Mädchens. »Es gibt keinerlei Schleifspuren. Keine Blutspritzer, keine Tröpfchen. Was auch immer ihr zugestoßen ist, geschah hier an Ort und Stelle.«

»Du hast recht.«

Der Lichtkegel seiner Taschenlampe wanderte hinüber zu der einflügeligen Tür, die vom Gebäude aus Zugang zum Bereich des Amphitheaters bot. Sie befand sich auf der rechten Seite der Bühne und war schiefergrau gestrichen. Unrat, welke Blätter und Schmutz hatten sich auf dem Boden davor gesammelt. Am Türgriff sah man ein Spinnengewebe im Licht funkeln.

»Die Tür sieht so aus, als sei sie lange Zeit nicht mehr geöffnet worden«, stellte Josie fest.

»Der Direktor sagt, dass sie auf der anderen Seite mit einem Vorhängeschloss gesichert ist. Anscheinend haben zu viele Schüler während der Unterrichtszeit hier draußen rumgehangen.«

»Wie lange gibt es dieses Vorhängeschloss dort schon?«

»Seit vier Monaten«, erwiderte Noah.

»Hat er das Schloss schon überprüft?«

»Nicht er selbst, aber sein Stellvertreter. Der ist direkt nachdem man sie gefunden hat ins Gebäude gelaufen, um das

Schloss drinnen zu überprüfen, damit niemand dort hinten rausgehen konnte. Das Schloss ist immer noch intakt.«

»Was bedeutet, dass dieses Mädchen von dort oben runterkam und nicht von hier unten aus der Schule.«

Josie drehte sich um und musterte jetzt intensiv die Leute über ihnen. »Wir brauchen von denen allen die Handys. Besonders die von den Jugendlichen, die sie gefunden haben. Ich will nicht, dass das Gesicht dieses armen Mädchens – und auch kein anderes Foto von diesem schrecklichen Schauplatz hier – an der Schule mit allen geteilt oder, noch schlimmer, über die sozialen Medien verbreitet wird. Wir sollten versuchen, alle Fotos und Videos, die im Gebäude aufgenommen wurden, sicherzustellen, um zu prüfen, ob wir das Mädchen hier auf Fotos entdecken können, eventuell auch nur im Hintergrund. Wir müssen auch den offiziellen Fotografen des Schulballs befragen und alle Fotos bekommen, die er von ihr und ihrem Begleiter gemacht hat, angenommen, sie ist mit einem Begleiter zum Ball gekommen. Auf jeden Fall müssen wir den ausfindig machen – so bald wie möglich. Irgendjemand weiß bestimmt, wer sie ist. Wir müssen ihre Freundinnen und Freunde finden. Ich hab bei ihr oder hier in der Nähe auch weder ein Handy noch eine Handtasche gesehen. Wenn die nicht noch im Gebäude sind, dann liegen sie vielleicht unter ihrem Kleid oder sind noch nicht entdeckt worden, aber wir müssen diese Sachen unbedingt ausfindig machen. Dann müssen wir noch alle Schüler und alle Lehrkräfte hier befragen, Noah. Und Dr. Feist muss unbedingt herkommen.«

Während sie die Stufen wieder hinaufstiegen, fuhr Josie fort: »Wir brauchen auch jemanden, der sich um die Eltern kümmert. Sobald wir bekannt geben, dass die Leute nicht fortgehen dürfen, bevor wir mit ihnen gesprochen haben, wird sich die Nachricht verbreiten wie ein Lauffeuer. Und im Nu werden hier Eltern auf der Matte stehen, die zu Recht in Panik sind.«

»Ich werde Gretchen damit beauftragen. Du rufst die Spurensicherung und Dr. Feist an und ich sage unseren Uniformierten, sie sollen die Absperrung ausweiten und sicherstellen, dass nur unsere Leute Zutritt haben. Ich sammle die Handys von den Jugendlichen ein, die das Mädchen gefunden haben, und schaue, ob uns der Direktor einen Raum zur Verfügung stellen kann, wo wir alle befragen können.«

Als sie an der Treppe oben angekommen waren, zog Josie ihr Handy heraus. »Ich lasse auch einige Einheiten von der Streife kommen. Hier sind eine Menge Jugendliche auf einem Haufen. Da brauchen wir ein paar Leute, die alles unter Kontrolle behalten.«

Während Noah alle Leute von den Stufen zurückdrängte, erledigte Josie die erforderlichen Anrufe. Als sie damit fertig war, waren außer ein paar uniformierten Kräften alle verschwunden. Ihrer Erinnerung nach hatte man Zutritt zum Schulgebäude nur durch den Vordereingang und dieser lag etwa fünf Minuten zu Fuß vom Amphitheater entfernt. Sie ging also in diese Richtung los und blickte dabei hoch zu den Ziegelsteinmauern zu ihrer Linken und Rechten, die den Bereich um das Amphitheater seitlich abschlossen. Während Josie an der Denton East zur Schule gegangen war, hatte es noch keine Überwachungskameras gegeben, und es gab auch jetzt keine.

Sie warf einen letzten Blick zurück, bevor sie um die Ecke des Gebäudes ging, und dachte an das Mädchen, das allein dort unten in der Dunkelheit und Abgeschiedenheit des Amphitheaters lag. Suchten ihre Freundinnen und Freunde bereits nach ihr? Hatte irgendjemand bemerkt, dass sie verschwunden war? Hatten sie es hier mit irgendeiner Art von Mobbing zu tun oder hatte sie eine Auseinandersetzung mit ihrem Freund gehabt? Josie spürte einen dumpfen Schmerz in ihrer Brust, als sie an die Eltern dachte, die an diesem Abend das Mädchen zum Abschlussball verabschiedet hatten. Sie hatten wahrscheinlich ihr Kleid, ihr Make-up und ihre Frisur bewundert. Wahrscheinlich hatten sie Dutzende Fotos von ihr gemacht und ihre Tochter für peinliche Fotos mit Großeltern, Geschwistern und Nachbarn posieren lassen, sowohl in ihrem Zuhause als auch draußen. Es war ein perfekter Maitag gewesen, mit Sonnenschein und Temperaturen um die zwanzig Grad. Als sie am Nachmittag zur Arbeit gefahren war, hatte Josie ein paar Jugendliche mit ihren Familien in den Vorgärten gesehen, wo endlos Fotos geschossen wurden.

Jetzt würde Josie den nächsten Angehörigen dieses Mädchens die Nachricht überbringen müssen, dass ihr schlimmster Albtraum wahr geworden war.

VIER

Die nächsten Stunden verschwammen zu einem Strudel an Ereignissen. Es gab endlos viel zu erledigen und über vierhundert Jugendliche – der Schulball war eine gemeinsame Veranstaltung für die elfte und zwölfte Klassenstufe – mussten befragt werden. Josie wusste, dass sie bis zum Tagesanbruch in der Schule sein würden. Die Jugendlichen, die die Leiche gefunden hatten, wurden befragt und ihre Eltern angerufen. Bevor sie gehen durften, erhielten sie strikte Anweisungen, mit niemandem über die Leiche zu sprechen, zumindest nicht, bis das Mädchen identifiziert und ihre Familie benachrichtigt worden wäre. Josie wollte vermeiden, dass die Eltern vom Tod ihrer Tochter aus der Gerüchteküche der Stadt oder aus den sozialen Medien erfuhren. Nur einer der Jugendlichen, Brody Ford, hatte ein Foto von der Leiche gemacht. Nach gründlicher Untersuchung seines Handys ließ sich allerdings mit ziemlicher Sicherheit sagen, dass er keine Zeit gehabt hatte, es jemandem zu senden oder es zu posten. Josie beschlagnahmte das Handy als Beweismittel, was von Brody mit der gleichen Begeisterung aufgenommen wurde wie von allen die Nachricht, dass der Ball ab sofort abgebrochen war.

Gretchen geleitete eintreffende Eltern in mehrere Klassenräume in Eingangsnähe, während sich Josie, Noah und Mettner in der Aula um die große Anzahl an Schülerinnen, Schülern und Lehrkräften kümmerten. Die Erwachsenen befragte Noah in einem Klassenzimmer gegenüber der Aula, während Mettner mit den Jugendlichen in einem getrennten Raum sprach. Da die Ermittler noch immer keine Ahnung hatten, wer das Mädchen sein könnte oder wie sie gestorben war, und die Schüler nicht in Zusammenhang mit einem Verbrechen oder als Verdächtige befragt wurden, konnte die Polizei mit ihnen ohne die Anwesenheit ihrer Eltern sprechen, obwohl die Jugendlichen diese Wahl hatten, wenn ihnen das lieber war. Der Direktor, sein Stellvertreter und auch mehrere uniformierte Officers standen Wache rund um die Halle und stellten sicher, dass keiner fortging, ohne mit der Polizei gesprochen zu haben.

Die Feierstimmung, die auf einem Höhepunkt gewesen war, als Josie und ihr Team eintrafen, war verschwunden. Die farbigen Stroboskoplichter waren ausgeschaltet, es gab keine Musik mehr, kein Tanzen, kein Lachen. Mittlerweile saßen die Schülerinnen und Schüler in der Aula an den Tischen entlang der Wände. Sie sahen erschöpft aus und saßen zusammengesunken auf ihren Stühlen. Viele der Jungen hatten ihre Jacketts ausgezogen und über die Lehnen gehängt, mehrere der Mädchen hatten ihre hochhackigen Schuhe abgelegt. Die festliche Eleganz und jugendliche Energie, die alle ausgestrahlt hatten, als Josie das erste Mal in die Aula getreten war – bevor der Direktor alle Feierlichkeiten gestoppt hatte –, waren wie weggeblasen. Jetzt wirkten die Jugendlichen abwechselnd traurig und ängstlich: Manche lenkten sich durch Spiele auf ihren Handys ab, während andere angespannt die Polizisten beobachteten. Wieder andere unterhielten sich leise, aber aus den geflüsterten Satzfetzen konnte Josie heraushören, dass sie einfach nur nach einer Erklärung dafür suchten, was zum

Teufel da vor sich ging. Nach ihrer Befragung durch Noah wurden die Jugendlichen zu ihren Eltern entlassen. Josie versuchte die Situation aus der Sicht der Teenager zu sehen – sie gingen einzeln in Begleitung eines Ermittlers zur Befragung und kehrten nicht wieder zu ihren Mitschülern zurück. Den zahlreichen Tönen von ihren Handys nach zu schließen erhielten die Wartenden allerdings Rückmeldungen von den bereits Entlassenen.

Josie befand sich in jener Ecke des Saals, wo der offizielle Ballfotograf sein Equipment installiert hatte. Er hatte alle seine Fotos auf einen Laptop hochgeladen und Josie klickte sich durch die Bilder. Sie saß dazu an einem Klapptisch, den man neben der Leinwand für den Fotohintergrund aufgestellt hatte, und betrachtete gerade zum dritten Mal sorgfältig jedes einzelne Bild. Der Fotograf sah ihr über die Schulter und knabberte nervös an einem Stück Nagelhaut an seinem rechten Zeigefinger. Josie schätzte ihn auf etwa dreißig Jahre, er war groß und dünn und hatte einen akkurat getrimmten Kinnbart und wirres braunes Haar. Er trug braune Hosen, ein Smokinghemd und eine schwarze Fliege, aber die Klamotten hingen an ihm, als gehörten sie jemandem, der viel größer war als er.

»Sind Sie sicher, dass das alle Fotos sind?«, fragte Josie ihn zum zweiten Mal.

»Absolut sicher«, erwiderte er. »Ich hab Ihnen doch schon gesagt, das ist alles. Es sind die ganzen Fotos, die ich heute Abend aufgenommen hab.«

Nicht eine einzige Aufnahme des toten Mädchens war dabei. Josie seufzte enttäuscht und klappte den Laptop zu. »Wurden die alle im Voraus bezahlt?«

»Ja, die Pauschalpakete werden vor dem Ball im Voraus bezahlt.«

Josie stand auf. »Übernehmen Sie viele solcher Aufträge?«

Er zuckte mit den Schultern und knabberte wieder an seinem Finger. »Sie lohnen sich, daher ja.«

»Sind es viele Schüler, die gar keine Aufnahmen bei Ihnen machen lassen?«

»Das ist schwer zu sagen«, erwiderte er. »Ich habe keine Ahnung, wie viele Jugendliche auf dem Ball sind und wie viele davon Fotopakete gekauft haben.«

Als Josie damals in der elften und zwölften Klasse zum Abschlussball gegangen war, hatte man noch Eintrittskarten kaufen müssen. Sie reichte dem Fotografen ihre Visitenkarte und sagte: »Sie können jetzt gehen.«

Er atmete tief durch und die Erleichterung ließ sich an seiner Körperhaltung ablesen. Mit einem sparsamen Lächeln presste er ein »Danke« heraus.

Josie ließ ihn sein Equipment einpacken und ging quer durch die Aula zum Direktor, der wie wild auf seinem Handy Nachrichten tippte. »Mr Broadbent«, sprach sie ihn an.

Er blickte von seinem Handy auf und brachte ein gequältes Lächeln zustande. »Detective Quinn.«

»Hat die Schule Eintrittskarten für den Abschlussball verkauft?«

»Ja. Ich kann Ihnen sagen, wie viele ...«

»Haben Sie die Namen der Schüler und Schülerinnen, die sie gekauft haben?«

»Oh. Ähm ja, haben wir. Hören Sie, es tut mir wirklich leid, dass ich sie – dieses arme Mädchen – nicht erkannt habe. Sie müssen bedenken, wie viele Schüler wir hier an der gesamten Schule haben ...«

Josie unterbrach ihn. »Das verstehe ich und es besteht ja auch die Möglichkeit, dass sie gar nicht hier zur Schule gegangen ist. Jemand könnte sie als seine Begleiterin mitgebracht haben. Oder sie könnte von einer der anderen Highschools in Denton sein und aus irgendeinem Grund ist sie eben hier gelandet. An allen Highschools der Stadt finden heute die Abschlussbälle statt. Sobald wir hier fertig sind, lasse ich mein Team, wenn nötig, die anderen Schulen überprüfen.

Im Moment will ich noch herausfinden, ob sie hier Schülerin war. Wir wissen sicher mehr, wenn mein Team alle befragt hat. In der Zwischenzeit brauche ich eine Kopie der Liste aller Schüler, die für den Ball Eintrittskarten gekauft haben. Und ich brauche auch eine Ausgabe des aktuellen Schuljahrbuchs.«

Er nickte. »Sicher. Selbstverständlich.«

»Wie steht es mit Überwachungskameras?«, fragte Josie. »Wo sind die installiert?«

Als Josie noch auf die Denton East ging, hatte es dort noch keine Überwachungskameras gegeben, aber seit damals hatte sich auch gewaltig verändert, was an der Highschool so ablief.

»Hier drinnen haben wir keine, fürchte ich«, erwiderte Broadbent. »Aber auf den Korridoren und im Schulsekretariat. Keine auf den Parkplätzen draußen, denn außer dem Schulball, den Ehemaligentreffen und einigen wenigen Theateraufführungen im Jahr finden die meisten Aktivitäten hier tagsüber – während des Schulbetriebs – statt. Auf den Parkplätzen führt unsere Schulpolizei regelmäßige Patrouillengänge durch. Wir hatten daher noch nie irgendwelche Probleme.«

Dass es keine Kameras gab, mochte den meisten Leuten lächerlich vorkommen, da man doch in einer Zeit lebte, in der Kameras jeder Art allgegenwärtig und Gewaltdelikte an amerikanischen Schulen weit verbreitet waren, aber Denton lag in einer ziemlich ländlichen Gegend im Herzen von Mittelpennsylvania. Das hieß nicht, dass es an den Schulen dort keine Probleme gab, aber im Vergleich zu denen in anderen Teilen des Landes waren kriminelle Delikte an der Denton East sehr selten. Sogar Ordnungswidrigkeiten gab es nicht viele. Josie konnte verstehen, warum die Schulverwaltung beschlossen hatte, kein Geld in teure Überwachungskameras für die Parkplätze zu investieren, wo es doch viel dringenderen Bedarf an Lernmitteln gab. An anderen Schulen wie der Bartz High in South Denton war die Kriminalitätsrate so hoch, dass man dort den größten Teil des Budgets für Sicherheitsmaßnahmen ausgab.

»Und wie ist es außen am Gebäude?«, fragte Josie.

Er senkte den Kopf. »Wir haben am Vordereingang Kameras, damit wir sehen können, wer im Verlauf des Tages ein und aus geht. Während der Unterrichtsstunden sind alle Eingänge außer dem Haupteingang vorne zugeschlossen. Wenn sich in dieser Zeit irgendeine Tür nach draußen öffnet, dann wird im Schulsekretariat ein Alarm ausgelöst. Die Türen vorne am Haupteingang sind ebenfalls verschlossen. Alle Besucher müssen die Gegensprechanlage benutzen, um sich anzumelden und den Grund für ihr Kommen zu nennen. Da wir versuchen, sicherzustellen, dass jeder das Gebäude nur durch den vorderen Eingang betreten kann, sind auch nur dort Kameras installiert.«

»Keine hinter dem Gebäude?«, fragte Josie. »Gar keine?«

Verlegen schüttelte er den Kopf. »Detective Quinn, wir haben hier an der Denton East großes Glück, dass sich unsere Schüler im Wesentlichen regelkonform verhalten. Nachdem wir dann den Ausgang zum Amphitheater mit einem Vorhängeschloss gesichert hatten, wurde die Lage noch viel entspannter. Wir mussten dann nicht mehr jedes Mal jemanden runterschicken, wenn Jugendliche einen Alarm ausgelöst hatten, weil sie sich dort hinten in den Pausen rausschlichen, um ihre E-Zigaretten zu paffen. Daher, nein, wir haben keine Außenkameras an der Rückseite des Gebäudes.«

Josie deutete auf den offenstehenden Eingang zur Aula. Die Doppelflügeltür eröffnete den Blick auf einen breiten Korridor mit blauem Fliesenboden. Über den Türflügeln hing ein von den Schülern selbst gefertigtes Banner, auf dem stand: GEHT ZU DEN SPIELEN DER DENTON EAST BLUE JAYS. Jemand hatte in Handschrift die Worte »Football Team« daruntergeschrieben und jemand anderes hatte »Football« durchgestrichen und durch »Soccer« ersetzt.

»Sind die Jugendlichen heute Abend durch diesen Eingang in die Aula gekommen?«

Er nickte. »Ja, durch diesen. Sie haben ihre Eintrittskarten einer Person aus dem Lehrerkollegium am Haupteingang gezeigt, und dann habe ich sie alle hier begrüßt, habe ihnen ihre Tischnummern gegeben und ihnen gezeigt, wo der Fotograf ist. Sie sollten erst ihren Tisch suchen und dann sofort ihre Fotos machen lassen.«

Josie stützte eine Hand auf ihrer Hüfte ab. »Sie meinen, Sie haben jeder Person, die hier heute Abend hereinkam, ins Gesicht gesehen, aber Sie erkennen das Mädchen im Amphitheater nicht?«

Röte breitete sich vom Kragen seines hellblauen Hemdes bis hinauf zu seiner beginnenden Glatze aus. »Detective Quinn, ich habe Ihnen schon gesagt, dass wir Hunderte und Aberhunderte Schüler und Schülerinnen an der Denton East haben. Ich fürchte, ich erkenne nicht jeden oder jede Einzelne, wenn ich sie sehe.«

»Aber erinnern Sie sich daran, dass das Mädchen reingekommen ist? Erinnern Sie sich daran, ob Sie ihr oder ihrem Begleiter die Karte für einen Tischplatz ausgehändigt haben?«

Er schüttelte den Kopf. »Ich fürchte, nein. Noch mal, wir haben Hunderte ...«

Josie fiel ihm ins Wort. »Ich weiß – und Hunderte Jugendliche kamen allein schon zu diesem Ball.«

»Manche davon sind nicht mal hier an der Schule, sondern wurden als Begleitung mitgebracht und gehen auf eine andere Schule.«

»Ich weiß«, erwiderte Josie. »Haben Sie die Aufnahmen der Überwachungskameras von diesem Korridor?«

»Oh, ja, natürlich, ich bin sicher, die haben wir. Wenn Sie mir bitte folgen, kann ich Sie ins Büro der Schulpolizei bringen, dort wird man Ihnen helfen. Ich habe alle Mitarbeiter der Schulpolizei einbestellt.«

Josies Handy meldete sich ein paarmal, sie hatte also einige Textnachrichten bekommen. Während sie dem Schulleiter aus der Aula hinaus und über den Korridor zum Schulsekretariat folgte, zog sie es heraus. Die Nachrichten waren vom Gruppen-Thread, mit dem sie und ihr Team sich gegenseitig über ihre Fortschritte auf dem Laufenden hielten.

Gretchen hatte geschrieben:

Um aufkommende Hysterie hier draußen zu bekämpfen, hab ich alle Eltern angewiesen, ihren Kindern eine Nachricht zu schreiben oder sie anzurufen, wenn sie nicht bereits Kontakt miteinander aufgenommen haben. Inzwischen konnten alle Jugendlichen, deren Eltern hergekommen sind, befragt, erfasst und nach draußen entlassen werden.

Mettner antwortete:

Ich hab aus diesem Grund allen Jugendlichen gesagt, sie sollen sofort ihre Eltern kontaktieren, wenn sie das noch nicht getan haben. Ich hab auch einen der Schulpolizisten gebeten, herumzugehen und alle Jugendlichen, die noch in der Aula sind, anzuweisen, das ebenfalls zu tun.

Noah:

Ich bin fast durch mit den Lehrkräften und sonstigen Mitarbeitern. Niemand weiß, wer dieses Mädchen sein könnte.

Josie tippte eine Nachricht ein, dass ihre Befragung des Ballfotografen keine Ergebnisse gebracht hatte, und sie berichtete kurz über ihr Gespräch mit dem Direktor. Sie fügte hinzu, wahrscheinlich müssten sie auch die anderen Schulen der Stadt überprüfen, sobald ihre Ermittlungen an der Denton East abgeschlossen wären.

Mettner schrieb zurück:

Bisher hab ich die gleichen Antworten bekommen wie Fraley – keiner erinnert sich daran, irgendein Mädchen gesehen zu haben, auf das unsere Beschreibung passt. Es werden bisher auch keine Begleiterinnen oder Freundinnen vermisst. Ich hab aber noch eine Menge Befragungen vor mir.

Noah erwiderte:

Mit den Erwachsenen bin ich gleich durch. Dann helf ich euch dabei, die restlichen Jugendlichen zu befragen.

»Hier entlang, Detective«, sagte der Schulleiter, als sie durch eine doppelflügelige Tür traten und nach links in einen anderen Korridor abbogen. Am Ende davon befand sich das Schulsekretariat, aber noch ein Stück davor sah man eine robuste Tür mit Glaseinsatz, auf der »Schulpolizei« stand. Innen brannte Licht und zwei Officers in Zivil saßen über Laptops gebeugt.

Der Schulleiter stellte alle einander vor, und die beiden Männer begannen damit, die Aufnahmen der Überwachungskameras vom Abend für Josie zusammenzuschneiden. »Direktor Broadbent«, sagte sie. »Ich bräuchte noch dieses Jahrbuch.«

»Ja, ich hole es Ihnen.«

»Eigentlich brauche ich auch die Jahrbücher der letzten beiden Jahre, falls das Mädchen die Highschool schon abgeschlossen hat.«

Broadbent ging los und Josie setzte sich vor einen der Computer. Ihr Handy meldete wieder den Eingang einer Nachricht. Diesmal war es Officer Hummel, der Leiter der Spurensicherung.

Dr. Feist ist eingetroffen. Wir sind aber mit unserer Untersuchung noch nicht fertig. Es dauert also noch eine Weile, bis wir sie an die Leiche ranlassen können. Komm bitte sobald wie möglich zu uns.

Mach ich, tippte Josie zurück. Dann widmete sie ihre Aufmerksamkeit den Aufnahmen der Überwachungskamera vom vergangenen Abend.

FÜNF

Die Aufnahmen der Überwachungskameras waren nicht so aufschlussreich, wie Josie gehofft hatte. Die Kameras waren hoch oben an den Wänden des Korridors und in einem solchen Winkel angebracht, dass sie die Gesichter der Jugendlichen nicht von vorne erfassten. Die meisten der Ballbesucher waren in Gruppen vor der Aula eingetroffen, was es erschwerte, einzelne Personen auszumachen. Es gab zwei Mädchen inmitten ihrer Cliquen, von denen Josie dachte, es könnte sich bei ihnen um die unbekannte Tote handeln. Ohne jedoch einen weiteren sorgfältigen Blick auf das tote Mädchen draußen werfen zu können, war das nur schwer zu sagen. Josie notierte sich die Zeitstempel und richtete ihre Aufmerksamkeit dann auf die Aufnahmen vom Vordereingang und den anderen Korridoren. Sie fand Aufnahmen von Brody Ford und Mark Severns, die um 19.45 Uhr durch den Vordereingang hinausgingen, etwa fünfzehn Minuten später folgten den beiden Lindsay Jones und Deborah Hart. Keine weiteren Jugendlichen verließen das Gebäude davor oder danach.

Josie spulte die Aufnahmen wieder zum frühesten Zeitpunkt zurück und sah sich nochmals an, wie die feierfreudigen

Teens eintrafen. Wieder sah sie dieselben zwei Mädchen, inmitten einer Gruppe anderer Teenager, aber auch ein drittes Mädchen, dessen Kleid ähnlich aussah wie das der unbekannten Toten. Die Auflösung der Videoaufnahmen war nicht hoch genug, als dass Josie eine klare Identifikation möglich gewesen wäre. Auch hatte sie das Mädchen im Amphitheater nur ein paar Momente lang gesehen, in der Dunkelheit und im Schein der Taschenlampe. Nicht gerade eine verlässliche Erinnerung. Josie notierte auch die Zeitstempel der anderen Videoaufnahmen und bat einen der Officers, ihr Kopien von allen zu machen. Später, wenn sich herausstellen sollte, dass das Mädchen ermordet worden war, würden sie die Bewegungen und Aufenthaltsorte am vergangenen Abend von jedem, auch von Lehrkräften und anderen Mitarbeitern, überprüfen müssen.

Direktor Broadbent hatte einen Stapel Jahrbücher ins Büro der Schulpolizei gebracht und sie auf dem schmalen Tisch gleich neben der Tür abgelegt. Josie stand auf und streckte die Arme über dem Kopf aus. Es war spät und ihre Augen fühlten sich trocken an. Sie beschloss, stehen zu bleiben, während sie jedes einzelne Jahrbuch durchblätterte. Wie auf den Videoaufnahmen fand sie auch hier einige Mädchen aus der elften und zwölften Klasse, die der unbekannten Toten ähnlich sahen, aber Josie würde sich das Mädchen noch einmal ganz genau ansehen müssen, um sicher zu sein. Sie machte Eselsohren in die Ecken der Seiten, auf denen sie ihre Kandidatinnen gefunden hatte, und klemmte sich die Jahrbücher unter den Arm.

Sie dankte Broadbent und den Officers der Schulpolizei und ging dann zu den Klassenräumen, in denen Noah und Mettner die Teenager befragten. Sie streckte den Kopf in einen Raum, in dem Noah gerade mit einem jungen Mann saß. »Lieutenant? Auf ein Wort?«

Draußen im Korridor reichte Josie Noah die Jahrbücher. »Hattest du bei irgendjemandem Glück?«

Er schüttelte den Kopf. »Es sieht immer mehr so aus, als wäre sie gar nicht hier zur Schule gegangen, sondern mit einer Begleitung, einem Schüler von hier, hergekommen. Wir haben diesen Begleiter bisher allerdings noch nicht gefunden. Konntest du was auf den Kameraaufzeichnungen erkennen?«

»Nichts Eindeutiges. Ich hab um Kopien gebeten, damit wir sie uns, falls nötig, später noch mal ansehen können, zusammen, nach diesen ganzen Befragungen. Das hier sind die Jahrbücher der Schule. Ich hab oben einen Knick in die Seiten mit den Schülerinnen gemacht, die unserer unbekannten Toten ähnlich sehen. Könnt ihr, du und Mettner, sie mit eurer Liste von Befragten gegenchecken?«

Noah nickte. »Mach ich. Wo gehst du jetzt hin?«

»Zum Amphitheater. Hummel ist sicher dort bald fertig und Dr. Feist wartet schon darauf, zur Leiche gelassen zu werden.«

»Sehr gut. Ich hab auch ein paar von den Streifenpolizisten gebeten, zwischen den Tischen drinnen durchzugehen und nach zurückgelassenen Handtaschen oder Handys zu sehen. Nichts.«

Josie seufzte.

»Glaubst du, dass ihre Begleitung das getan hat?«, fragte Noah, der im Geiste dieselben Möglichkeiten durchging wie sie.

»Na ja, das ist das Naheliegendste, nicht? Gewalt in der Beziehung unter Teenagern ist ein echtes Problem. Wir hatten doch gerade diesen Fall an der Bartz High, wo der Freund versucht hat, seine Freundin zu erwürgen, erinnerst du dich?«

Noah verzog das Gesicht. »Wie könnte ich das vergessen? Sie waren erst sechzehn. Gut, dann nehmen wir also an, sie geht nicht hier zur Schule, aber ihr Freund. Er bringt sie mit zum Schulball. Sie haben irgendeine Auseinandersetzung. Vielleicht haben sie gestritten – obwohl bisher keiner berichtet hat, sowas beobachtet zu haben – und sind hinaus zum Amphitheater gegangen. Dort hat sich der Streit zugespitzt. Und er hat sie getötet.«

»Ohne dass er dabei Blutspritzer abbekam?«, zweifelte Josie.

»Ich weiß nicht. Wir müssen unbedingt über die Art der Verletzung Bescheid wissen. Hoffentlich kann dir Dr. Feist darüber was sagen, wenn du hinkommst. Wenn wir von einer Stichwunde ausgehen, dann hat er vielleicht Blutflecken abbekommen, als er die Tat beging, ist aber weggegangen, bevor sie tatsächlich verblutete – was erklären würde, warum es keine blutigen Fußspuren gibt.«

»Aber Noah, die beiden hätten den Ball verlassen und hierherkommen müssen, und es ist niemand früher gegangen. Ich hab die Videos gesichtet. Man konnte nur durch den Vordereingang rein und raus. Wäre der Mörder durch eine andere Tür rausgegangen, hätte er einen Alarm im Schulsekretariat ausgelöst. Da gab es heute Abend aber keinen. Die einzigen Jugendlichen, die zu einem früheren Zeitpunkt durch den Vordereingang rausgingen, waren die, die sie gefunden haben.«

»Die hatten alle keine Blutflecken an sich«, stellte er fest.

»Sie haben sich in ihrer Aussage auch nicht widersprochen, und es war alles logisch nachvollziehbar. Nicht nur das, sondern hätte es einer von ihnen getan, dann hätten es die anderen drei wissen müssen und alle würden lügen. Wie viel Zeit lag zwischen dem Rausgehen von Brody Ford und Mark Severns und dem von Lindsay Jones und Deborah Hart, die den Jungs gefolgt sind?«

»Nur etwa fünfzehn Minuten. Ich glaub nicht, dass diese Zeit den beiden ausgereicht hätte, sie zu töten und die Mordwaffe und ihre blutbefleckten Kleider zu entsorgen«, mutmaßte Josie.

»Stimmt«, pflichtete ihr Noah bei. »Kann auch sein, Täter und Opfer sind überhaupt nicht in das Schulgebäude hineingegangen, sondern kamen direkt zum Amphitheater, nachdem sie ihr Auto geparkt hatten. Der Freund tötet sie und geht dann nach Hause, ohne das Gebäude überhaupt zu betreten.«

»Wenn das so gewesen ist«, meinte Josie, »dann werden wir seine Identität eingrenzen können, wenn wir die gekauften Eintrittskarten mit den tatsächlich eingelösten abgleichen. Aber jetzt muss ich unbedingt raus zum Amphitheater.«

Sie brauchte keine Taschenlampe, um draußen ihren Weg zu finden. Hummel hatte so viele Scheinwerfer aufgestellt, dass man die Stelle vermutlich vom Weltraum aus entdecken konnte. Der Parkplatz war jetzt auch abgesperrt worden. Ein uniformierter Polizist stand vor dem gelben Absperrband und bewachte den Zutritt. Er ließ sie durch zum Bereich vor den Rängen, wo die Spurensicherung Ausrüstung abgestellt hatte und ein Rettungswagen darauf wartete, die Leiche abzutransportieren. Ein Stück entfernt vom Rettungswagen stand ein Mann in Jeans und einem Buttondownhemd. Josie hatte ihn schon einmal getroffen und erinnerte sich daran, dass es ein Professor vom College war. Zu seinen Füßen lag eine Drohne und neben ihm stand Officer Jenny Chan von der Spurensicherung. Josie ging zu ihnen hinüber.

»Drohnenaufnahmen?«, fragte sie.

Chan nickte. »Bei einem so blutigen Tatschauplatz im Freien mussten wir mit Gesamtaufnahmen von oben beginnen, bevor wir näher rangehen. Die Drohnenbilder helfen uns, sicherzustellen, dass unsere ersten Fotos nicht durch das Herantreten an die Leiche verfälscht worden sind. Sie sorgen dafür, dass wir nichts übersehen und dass alles vollständig dokumentiert wird, bevor wir überall nach Blutspuren suchen – obgleich Hummel bereits damit begonnen hat, das zu tun. Vielleicht erinnerst du dich an Dr. Chris McAllister. Er lehrt an der Denton University, aber wir ziehen ihn immer als Experten hinzu, wenn wir Drohnenaufnahmen brauchen.«

Als Josie ihm die Hand schüttelte und sich vorstellte,

brachte sie für ihn ein Lächeln zustande. »Stimmt«, sagte sie. »Drohnen sprengen unser Budget.«

Chan deutete über Josies Schulter. »Dr. Feist wartet nur darauf, endlich Zutritt zu bekommen.«

Josie drehte sich um. Beginnend bei den Stufen zur Arena hinunter war jetzt ein zweiter Bereich durch ein Absperrband abgetrennt und wurde von einem Polizisten mit einem Klemmbrett bewacht. Keiner hatte Zugang zum Fundort der Leiche oder konnte die Absperrung wieder verlassen, ohne sich bei ihm zu melden. Dr. Feist stand ein Stück weit entfernt, nippte an ihrem Kaffee aus einem Thermobecher aus Edelstahl, auf dem stand: *Rechtsmediziner lieben dich für das, was in dir steckt.* Sie trug bereits einen Tyvek-Overall, komplett mit Schuhüberziehern. Ihr silberblondes Haar war unter einer OP-Haube versteckt. Sie schenkte Josie, als die auf sie zutrat, ein grimmiges Lächeln. »Sie sind fast fertig und lassen mich gleich ran.«

»Hat Hummel dir gesagt, was wir bisher haben?«

Dr. Feist nickte und stellte ihren Kaffeebecher auf der Erde neben einer großen ledernen Umhängetasche ab. »Ich muss unbedingt feststellen, wo die Blutung begonnen hat. Dazu mache ich selbst ein paar Fotos, und dann könnt ihr die Leiche abtransportieren lassen.«

Aus dem Augenwinkel sah Josie, wie Hummel von unten heraufkam. Er winkte ihnen zu und trabte zu ihnen herüber. »Wir haben weder eine Waffe irgendwelcher Art noch persönliche Gegenstände gefunden, aber wir haben die Leiche nicht bewegt. Es ist möglich, dass unter ihr noch etwas liegt. Außer dem Blut um ihren Körper herum haben wir nur zwei weitere Tropfen auf den Stufen hier herauf entdeckt, die haben wir markiert und fotografiert.« Er sah Dr. Feist an. »Du kannst übernehmen, Doc.«

Dr. Feist nahm eine Kamera und Handschuhe aus ihrer Tasche. Zu Josie sagte sie: »Zieh dir Schutzkleidung an, du kannst mitkommen.«

SECHS

In dem schonungslos grellen Licht der Halogenleuchten, die die Kollegen von der Spurensicherung an verschiedenen Orten im Amphitheater aufgestellt hatten, wirkte die Szenerie noch viel verstörender. Kleine Äste, Laub, Schmutz und Müll waren über den Bühnenbereich verstreut. Mittendrin lag das Mädchen, als sei sie Teil zweier verschiedener Bilder: Ab der Taille war ihr Körper makellos, und mit ihrem kunstvoll geschneiderten Oberteil, dem Make-up und dem sorgfältig frisierten Haar sah sie sehr schön aus, während ihr Unterkörper in einer großen Blutlache lag, die am Gerinnen war und sich dunkel von dem schiefergrauen Betonboden abhob. Der Anblick erzeugte ein flaues Gefühl in Josies Magen. Sie konnte sehen, wo Hummel mit seinen Schuhüberziehern in die Blutlache getreten war, damit er Nahaufnahmen machen konnte, ebenso all die Stellen, wo er anschließend nach Blutspuren gesucht hatte. Je näher Josie herankam, desto intensiver wurde der metallische Geruch.

Dr. Feist ging um die Leiche herum und machte Aufnahmen mit ihrer eigenen Kamera, bevor sie sich in der

Blutlache, die sich vor dem Mädchen ausgebreitet hatte, hinkniete. »Halt die mal«, bat sie Josie.

Josie nahm ihr die Kamera ab und zog sich den Tragriemen über den Kopf, wobei sie sorgfältig darauf achtete, dass die OP-Haube, die sie mit der übrigen Schutzkleidung angelegt hatte, nicht verrutschte. Sie sah zu, wie Dr. Feist mit ihren behandschuhten Fingern dem Mädchen vorsichtig das Kleid von den Beinen abhob. Ebenso wie das Kleid und die Schuhe mit fünf Zentimeter hohen Absätzen, die sie trug, waren die Beine voll mit Blut.

»Ich weiß nicht, ob du da jetzt hinsehen willst«, murmelte Dr. Feist. »Aber ich muss ihre Beine spreizen und sicherstellen, dass wir es nur mit einer Leiche zu tun haben.«

Josie spürte, wie ihr Magen wieder rebellierte. Sie war so darauf konzentriert gewesen, den Fundort abzusichern und dafür zu sorgen, dass alle registriert und befragt wurden, dass es ihr nicht einmal eingefallen war, dass es sich hier um etwas anderes als einen Mord handeln könnte.

Dr. Feist machte sich an die Arbeit und fragte dabei mit leiser Stimme: »Erinnerst du dich an das vierzehnjährige Mädchen vom letzten Jahr?«

Josie wiederholte Noahs Worte von vorhin. »Wie könnte ich das vergessen? Sie hat ihr Kind in der Toilette eines Stop-N-Go geboren und ist verblutet.«

»Sah damals auch aus wie Mord, nicht?«

Josie rief sich den Anblick in Erinnerung und bezwang den Schwindel, der sie dabei überfiel. Bei ihrer Arbeit war sie oft mit unvorstellbar schlimmen Dingen konfrontiert. Sie sah Erschreckendes, das ihr Innerstes so tief erschütterte, dass wohl nur Gott allein den Schaden heilen konnte. Bei manchen, die diesen Job so lange gemacht hatten wie sie, galten ihre Übelkeit, ihre Abscheu und ihre Traurigkeit als Zeichen von Schwäche. Doch für Josie bedeuteten sie, dass sie ihre Menschlichkeit noch nicht verloren hatte. Ihre Gefühle hielten sie nicht davon ab, ihre Arbeit zu tun – im Gegenteil, sie steigerten eher noch ihre Motivation, sich dafür einzusetzen, dass ihre Stadt sicherer wurde. Daher versuchte sie, diese Gefühle zunächst immer wieder wahrzunehmen und erst dann weiterzuarbeiten. »Ja, sah wirklich so aus«, brachte sie heiser hervor. »Allerdings, meinst du nicht, wenn dieses Mädchen Wehen oder eine Fehlgeburt gehabt hätte, dann wäre sie ... stärker gezeichnet von den Strapazen?«

Dr. Feist hob den Kopf und warf einen Blick auf das Gesicht des Mädchens. »Wie Dornröschen im Schlaf«, murmelte sie. »Wahrscheinlich hast du recht, aber man weiß nie. Erinnerst du dich daran, dass wir damals, bei deinem letzten Mordopfer auf meinem Seziertisch, über individuelle Gesundheitsfaktoren gesprochen haben?«

»Ich erinnere mich«, erwiderte Josie. »Willst du damit sagen, dass manche Frauen gebären können, ohne auch nur ins Schwitzen zu geraten?«

Dr. Feist lachte. »Das würde ich gern sehen. Nein, ich sage nur, dass alle Menschen verschieden sind. Vielleicht hatte sie eine höhere Schmerztoleranz als die meisten anderen Frauen, oder vielleicht hat sie auch das Bewusstsein verloren, bevor sie verblutete. Sie hätte aber auch unter dem Einfluss von etwas gestanden haben können, das sie schläfrig machte ...« Sie verstummte. Josie wartete darauf, dass sie ihren Gedanken wieder aufnehmen würde, doch stattdessen ließ Dr. Feist ein *Hmmmm* vernehmen, während ihre Hände suchend die Innenseite des linken Oberschenkels entlangfuhren.

»Das hier ist was ganz anderes«, sagte Dr. Feist und ihre Stimme klang alarmiert.

»Was meinst du damit?«, fragte Josie.

Dr. Feist veränderte ihre Haltung und brachte ihr Gesicht näher zum Bein des Mädchens, während ihre Finger nach etwas tasteten, das Josie noch nicht sehen konnte. »Sie hatte keine Geburt oder Fehlgeburt. Sie hat eine Wunde.«

»Stichwunde?«, fragte Josie.

»Du weißt, dass ich das nicht mit Sicherheit sagen kann, bevor ich sie auf meinem Tisch habe, aber ja, es sieht mir ganz so aus, als hätte ihr jemand eine Stichwunde zugefügt, tief genug, um ihre Femoralarterie, die Oberschenkelschlagader, zu treffen, aber wie ich schon sagte ...«

»Ich weiß, ich weiß«, sagte Josie. »Du kannst vor der Obduktion nichts Genaues sagen. Aber ich frage hier nicht nach offiziellen Ergebnissen, nur nach deinen Eindrücken.«

»Ich entdecke derzeit nur etwas, was mir wie eine einzelne Stichwunde aussieht, vermutlich in die Oberschenkelarterie.«

»Wenn du recht hast und es eine arterielle Wunde ist«, sagte Josie, »dann hätte sie nicht mehr viel Zeit gehabt, Hilfe zu bekommen.«

Dr. Feist streckte die Hand nach ihrer Kamera aus und Josie zog sich den Tragriemen über den Kopf und reichte sie ihr. Während die Rechtsmedizinerin Nahaufnahmen von der Wunde machte, sagte sie: »Wenn sie aus ihrer Oberschenkelarterie verblutet ist, dann hätte sie in etwa dreißig Sekunden das Bewusstsein verloren. Ohne Hilfe von außen wäre sie innerhalb von weniger als fünf Minuten gestorben.«

»Blutungen aus Schlagadern spritzen«, sagte Josie.

Dr. Feist machte weiter Fotos. »Ja, aber so, wie sie positioniert war, hat wohl ihr rechtes Bein einen Großteil des Blutes zurück in den Boden gelenkt. Ich stelle mir vor, dass die Person, die ihr die Stichwunde zugefügt hat, einige Blutspritzer abbekam. Aber dann zog sie dem Mädchen das Kleid wieder herunter, was offensichtlich die Blutung irgendwie abschirmte, sodass das Blut sich eher unter ihr sammelte, als nach oben und nach außen zu schießen.«

»Sie wurde zugedeckt«, sagte Josie leise, mehr zu sich selbst als zu Dr. Feist. Um das spritzende Blut zurückzuhalten, fragte sie sich, oder weil die Person eine Art Reue über ihre Tat verspürte? Oder beides? Trotz des grausigen Szenarios war die unbekannte Tote in einer würdevolleren Stellung zurückgelassen worden als die meisten anderen Leichen, die Josie im Zuge ihrer Arbeit sah. Oftmals sagte die Art, wie ein Mörder eine Leiche zurückließ, eine Menge über seine geistige Verfassung und seine Gefühle gegenüber dem Opfer aus. Wenn man den Ablageort der Leiche berücksichtigte, hatte die Person eindeutig den Mord auf ganz besondere Weise in Szene gesetzt. Josie schüttelte leicht den Kopf und zwang sich zur Konzentration auf die Gegenwart. »Die zwei Tropfen Blut, die Hummel auf den Treppenstufen gefunden hat – die stammen vermutlich von dem Blut, das auf den Mörder gespritzt war und dann heruntertropfte, als er den Tatort verließ.«

Dr. Feist reichte Josie die Kamera zurück. »Richtig.«

»Siehst du irgendeine Waffe?«, fragte Josie.

»Hilf mir, sie auf die andere Seite zu drehen.«

Josie hängte sich die Kamera wieder um den Hals und schob sie sich auf den Rücken, damit sie nicht über dem Körper des Mädchens herunterhing. Zögerlich kniete sie sich in die Blutlache neben Dr. Feist. Sie schob eine Hand unter die Hüfte des Mädchens und die andere unter ihre Schulter, während Dr. Feist ihren Unterkörper bewegte. Trotz ihrer Schutzhandschuhe konnte Josie die Kälte spüren, die sich in dem toten Körper eingenistet hatte. Es war eine Kälte, die sich anders anfühlte als alles, was sie sonst je berührt hatte. Anhand der Steifheit des Körpers erkannte Josie, dass allmählich die Leichenstarre einsetzte. Zusammen rollten sie das tote Mädchen auf ihre rechte Seite, aber alles, was sie fanden, war noch mehr Blut.

»Wer immer das getan hat, hat die Tatwaffe mitgenommen«, stellte Josie fest.

»Sieht ganz so aus«, pflichtete ihr Dr. Feist bei. »Ich bin hier fertig. Sie kann jetzt fortgebracht werden. Ich will sie so bald wie möglich auf meinem Seziertisch haben.«

SIEBEN

Als Josie und ihr Team an der Denton East High School mit der Arbeit fertig waren, ging bereits die Sonne auf. Im Lauf der Nacht waren Noah und Gretchen an die Highschools der anderen Stadtviertel beordert worden, um auszuschließen, dass das Mädchen bei einem der dortigen, gleichzeitig stattfindenden Abschlussbälle vermisst wurde. Die Schüler und Eltern der Denton East hatten begonnen, sich in den sozialen Medien über das schreckliche Ende des Balls auszutauschen, bis irgendwann, mitten in der Nacht, auch jemand von WYEP, dem örtlichen Fernsehsender, Wind davon bekommen hatte. Nun wartete ein Ü-Wagen auf dem Parkplatz, und sobald Josie und die Streifenpolizisten, die noch vor Ort waren, das Gebäude verließen, sprangen mehrere Journalisten heraus und bestürmten sie mit Fragen. Josie beantwortete sie alle mit einem knappen »kein Kommentar«, wie eine kaputte Schallplatte. Die anderen Polizisten gingen gar nicht darauf ein.

Um acht Uhr morgens saßen Josie, Noah, Gretchen und Mettner wieder an ihren Schreibtischen im Großraumbüro. Sie begannen gerade, ihre Berichte zu schreiben, als Amber hereingeschneit kam, in den Händen mehrere Kaffeebecher von

Komorrah's, dem Lieblingscafé des Teams ein Stück die Straße vom Polizeirevier hinunter. Während sie die Becher verteilte, trübte sich ihr strahlendes Lächeln.

»War eine schlimme Nacht, was?«, fragte sie Mettner mit sanfter Stimme.

Er drückte kurz ihre Hand. »Ja, ziemlich schlimm.«

Amber stellte die restlichen Sachen auf ihrem Schreibtisch ab. Einen Pappbecher mit Kaffee hielt sie noch in der Hand. Sie sah sich im Raum um, bis ihr Blick auf die geschlossene Bürotür des Chiefs fiel. »Wo ist der Chief?«

»Er ist frühstücken gegangen«, antwortete Noah. »Er war die ganze Nacht unterwegs. Erst hat er uns an der Highschool bei den Befragungen unterstützt und dann ist er zu allen möglichen anderen Einsätzen gefahren. Es gab noch ein paar weitere Anrufe, aber nichts so Schlimmes wie die Sache an der Denton East.«

Gretchen starrte den Pappbecher in Ambers Hand an. »Hast du ihm einen Kaffee geholt?«

Amber sah ebenfalls auf den Becher. »Äh, ja ...«

»Und er hat dir verraten, wie er seinen Kaffee mag?«, wunderte sich Josie.

»Ich hab ihn einfach gefragt«, sagte Amber.

»Und er hat es dir gesagt?« Mettner lachte. »Ich glaub, mein Schwein pfeift! Wird der Chief jetzt auf seine alten Tage vielleicht noch ... umgänglich?«

»Na ja, so weit würde ich jetzt nicht gleich gehen«, sagte Noah.

Gretchen nahm einen Schluck von ihrem Kaffee und fragte: »Und was ist es dann für einer? Schwarz? Ich könnte mir vorstellen, dass er seinen Kaffee schwarz trinkt.«

»Nein, es ist ein Black Eye«, gab Amber zurück. »Also ein Filterkaffee mit zwei Espressi, dazu noch zwei Schuss Vanillesirup und Halbfett-Milchschaum obendrauf.«

Alle starrten sie an.

»Wir kennen ihn offenbar überhaupt nicht«, sagte Mettner.

Amber schüttelte den Kopf, stellte den Kaffee, den sie dem Chief besorgt hatte, auf ihren Schreibtisch, schnappte sich ihr Tablet und ließ es hochfahren. Geschäftig trat sie vor die Schreibtische der anderen und sagte: »Erzählt mir was über den Fall an der Denton East. Ich hab bestimmt schon etliche Anfragen von Journalisten auf dem Anrufbeantworter.«

Josie rieb sich mit beiden Händen das Gesicht. »Garantiert. Als wir gefahren sind, war WYEP schon da. Eine Leiche bei einem Abschlussball lässt sich nicht lange geheim halten.«

»Habt ihr sie schon identifiziert?«, wollte Amber wissen.

»Das ist es ja«, antwortete Noah. »Keiner weiß, wer sie ist, und falls doch, gibt es keiner zu.«

»Wir haben über vierhundert Jugendliche befragt. Alle waren irgendwo erfasst«, fügte Mettner hinzu.

»Jede Person kam mit einer Begleitung, aber vermisst wird niemand«, sagte Noah.

»Es haben sich auch keine Eltern gemeldet, die ihre Tochter suchen«, setzte Gretchen hinzu. »Mett und ich haben außerdem mit den Kollegien aller anderen Highschools gesprochen. Auch dort wurden keine Jugendlichen vermisst gemeldet. Die Anwesenheitslisten wurden mit den Listen der Ticketkäufer abgeglichen, aber da gab es keinerlei Unstimmigkeiten: Alle, die zum Ball kommen sollten, waren auch da, und jeder, der jemanden mitbringen wollte, hatte seine Begleitung mit dabei. Wir haben die Fotografen, die für die Abschlussbälle gebucht waren, aus dem Bett geholt und ihre Fotos durchgesehen, aber das Mädchen war auf keinem davon. Trotzdem haben wir alle Schuldirektoren gebeten, uns ihre Jahrbücher zukommen zu lassen.«

»Sie war also an keiner der Highschools hier in der Stadt?«, wunderte sich Amber.

»Sieht ganz so aus«, gab Josie zurück. »Noah, bist du in den

Jahrbüchern der Denton East, die ich dir gegeben habe, schon fündig geworden?«

»Von den Mädchen, die du markiert hattest, waren alle anwesend. Nur eine war nicht auf dem Abschlussball, aber wir haben ihre Nummer von einer der anderen Schülerinnen bekommen und uns telefonisch bestätigen lassen, dass mit ihr alles in Ordnung ist.«

»Was ist mit den Aufzeichnungen der Überwachungskameras?«, fragte Josie.

Mettner sagte: »Die müssen wir uns noch mal genauer ansehen, aber es sieht nicht so aus, als würden wir da was finden.«

Josie sah wieder zu Amber hinüber. »Entweder irgendwer sagt hier nicht die Wahrheit, oder sie war überhaupt nie auf dem Ball. Was ist mit der Liste der verkauften Eintrittskarten? Noah? Mett? Habt ihr die schon mit den Jugendlichen abgeglichen, die ihr befragt habt?«

»Klar«, sagte Mettner. »Alle, die eine Eintrittskarte gekauft hatten, wurden befragt – und sind gesund und munter. Und alle haben ausgesagt, dass ihre Begleitung ebenfalls anwesend war.«

»Gab es irgendjemanden, der eine Karte gekauft hat, aber nicht gekommen ist?«

Mettner schüttelte den Kopf. »Nein.«

»Habt ihr die Handys überprüft und nachgesehen, ob unsere Unbekannte auf irgendwelchen Videos oder Bildern mit drauf oder im Hintergrund zu erkennen ist?«

Noah sagte: »Wir haben nichts gefunden. Josie, ich glaube, sie ist gar nicht auf dem Ball gewesen.«

»Vielleicht hat ja irgendjemand zwei Personen als Begleitung eingeladen«, überlegte Gretchen.

»Ja und dann? Dann haben die beiden es rausgefunden?«, fragte Noah.

Gretchen zuckte mit den Schultern. »Keine Ahnung. Ich

meine ja nur, vielleicht hat irgendwer ein falsches Spiel getrieben und die Sache ist aufgeflogen.«

»Aber dann hätte doch bestimmt jemand was davon mitbekommen«, wandte Mettner ein. »Teenager lieben doch solche Beziehungsdramen. Sowas wäre garantiert nicht lange unentdeckt geblieben. Das Mädchen da draußen in dem Amphitheater ist ja überhaupt erst gefunden worden, weil eines der Mädchen dachte, ihr Freund würde sie betrügen. Das ging anscheinend sogar durch die sozialen Medien.«

»Dann sollten wir uns vielleicht mal die Accounts der Jugendlichen ansehen«, schlug Gretchen vor.

Noah verzog das Gesicht. »Wir sprechen hier von über vierhundert Schülern. Ich weiß nicht, ob das machbar ist. Außerdem sind diese Posts bestimmt auf privat gesetzt und wir bräuchten für einen Zugriff auf die Accounts ihre Zustimmung oder eine richterliche Anordnung.«

»Dann müssen wir die Liste der Jugendlichen, deren Social-Media-Accounts wir überprüfen sollten, eben eingrenzen«, meinte Josie. »Obwohl jetzt, wo bekannt ist, dass eine Leiche gefunden wurde, jeder, der etwas Verdächtiges gepostet hat, es höchstwahrscheinlich wieder gelöscht hat. Aber mit einer richterlichen Anordnung und der Unterstützung eines Experten für Computerforensik könnten wir vielleicht sogar an gelöschte Inhalte rankommen. Aber dazu müssten wir wissen, auf welche Jugendliche oder welche Gruppe von Schülern wir uns konzentrieren sollten – und so weit sind wir noch nicht.«

»Ich bin mir sicher, dass uns irgendjemand – vielleicht sogar mehrere Leute – die Unwahrheit gesagt hat«, sagte Mettner.

»Das schließen wir auch überhaupt nicht aus«, meinte Noah.

Josie nahm noch einen Schluck Kaffee und spürte, wie er ihre Kehle hinunterrann – Balsam für die Nerven. Sie bekam das Bild von dem blutigen Kleid des Mädchens einfach nicht aus ihrem Kopf. Doch da war noch etwas, das ihr keine Ruhe ließ. »Gestern Nacht sind keine Eltern aufgetaucht, die ihre Tochter vermissen – weder an der Schule noch hier auf dem Revier.«

»Aber die meisten Jugendlichen übernachten doch nach dem Ball irgendwo im Hotel, oder? So war das zumindest in Philadelphia üblich. Sie haben die ganze Nacht gefeiert und waren dann auch fast den ganzen nächsten Tag noch unterwegs«, meinte Gretchen.

»Womit wir wieder bei den Handys wären«, sagte Noah. »Also wenn ich eine Tochter hätte, würde ich schon erwarten, dass sie sich wenigstens per Handy meldet, eine kurze Nachricht schreibt oder so.«

»Vielleicht kümmern sich ihre Eltern ja nicht richtig um sie«, gab Mettner zu bedenken.

»Oder sie hat im Heim gewohnt«, fügte Gretchen hinzu. »In einem, wo man sie einfach noch nicht vermisst hat.«

»Ich hab das Gefühl, dass wir irgendetwas übersehen«, grübelte Josie.

Amber seufzte. »Vielleicht wisst ihr ja mehr, wenn Dr. Feist mit der Obduktion fertig ist. Ich muss mich jedenfalls erst mal um die Anfragen der Presse kümmern. Kann ich schon irgendwas an die Öffentlichkeit geben?«

Josie nahm noch einen großen Schluck Kaffee. »Letzte Nacht während des Abschlussballs wurde auf dem Schulgelände die Leiche einer jungen Frau gefunden, vermutlich einer Teenagerin. Die Beschreibung kannst du auch weitergeben: weiß, braune Haare – ruf im Büro von Dr. Feist an und frag nach der Augenfarbe –, knapp eins sechzig groß, etwa fünfundfünfzig Kilo. Außerdem kannst du sagen, dass sich niemand, der auf dem Ball war, daran erinnert, sie gesehen zu haben, und dass sie vermutlich auch mit niemandem dort war. Und dass die Ergebnisse der Obduktion noch ausstehen. Jeder, der einen Hinweis für uns hat, soll sich melden. Weitere Infos geben wir raus, sobald Dr. Feist ihre Untersuchungen abgeschlossen hat, falls sie bis dahin noch nicht identifiziert werden konnte.«

Mit zusammengekniffenen Lippen tippte Amber alles in ihr Tablet. »Sollen wir auch das Kleid beschreiben?«

»Ja«, sagte Josie. Sie bewegte ihre Computermaus, sodass der Bildschirm wieder hell wurde, und öffnete mit ein paar Klicks den Ordner, der zum Fall des unbekannten Mädchens angelegt worden war. Hummel hatte die Fotos vom Tatort und das Bildmaterial der Drohne bereits hochgeladen. Josie wählte über die Miniaturansichten ein Foto aus, auf dem der Oberkörper der Unbekannten und ihr schlummerndes Gesicht zu sehen waren, und öffnete die Datei. »Die Farbe ist eine Art Goldbraun.«

Amber kam um die Schreibtische herumgelaufen und blickte Josie über die Schulter. »Ich glaube, diese Farbe nennt man Champagner.«

Dann tippte sie wieder etwas in ihr Tablet.

»Wenn wir bei der Identifizierung nicht weiterkommen, könnte ich versuchen, alle Läden ausfindig zu machen, die dieses Kleid im Sortiment hatten«, schlug Noah vor.

»Gute Idee«, erwiderte Josie. »Dr. Feist bittet Hummel in der Regel, vorbeizukommen und die persönlichen Dinge als Beweismaterial sicherzustellen. Ich geh mal davon aus, dass er die entsprechenden Fotos und Informationen innerhalb der nächsten Stunden ebenfalls hochladen wird.«

Dann merkte Josie plötzlich, dass Amber nicht länger mit den Fingern über ihren Tabletbildschirm fuhr. Sie schaute auf und sah Amber auf das Foto der Unbekannten starren. Josie versicherte sich noch einmal, dass sie nicht versehentlich ein besonders grausames Bild ausgesucht hatte, doch es war eines, auf dem das Mädchen lediglich von der Taille an aufwärts zu sehen war, ohne jedes Blut. Aber das Foto einer Leiche vor sich zu haben, konnte natürlich grundsätzlich erschütternd sein, unabhängig von den Todesumständen.

Als hätte er den Stimmungswechsel in Amber gespürt, fragte Mettner sie: »Alles in Ordnung bei dir?«

Amber blinzelte und blickte auf. »Sie kommt mir irgendwie bekannt vor.«

»Was?«, riefen Josie und Mettner gleichzeitig aus.

Amber deutete mit dem Zeigefinger auf das Foto. »Euch etwa nicht?«

Mettner, Gretchen und Noah standen auf, gingen um die Tische herum und stellten sich hinter Josie und Amber, um sich das Bild ebenfalls ansehen zu können. Josie betrachtete das Gesicht des Mädchens genauer. Was war es nur, was sie übersah, was sie alle übersahen? Sie hatten seit dem vergangenen Abend durchgehend gearbeitet, noch dazu in einem irrsinnigen Tempo, und sich dabei mehr auf die Sicherung des Tatorts und die Befragung der Ballbesucher konzentriert als auf alles andere. Irgendetwas ließ ihr keine Ruhe.

»Nein, eigentlich nicht«, sagte Noah.

Auch Gretchen und Mettner glaubten nicht, das Mädchen schon einmal gesehen zu haben.

Josie blickte sich um und sah, dass Mettner seine Hand auf Ambers Schulter gelegt hatte. »Tut mir leid«, sagte er.

Amber schüttelte energisch den Kopf und wandte sich mit einem entschuldigenden Lächeln an die anderen: »Mir tut es leid. Ich weiß auch nicht, wie ich darauf gekommen bin.«

»Na, weil sie dir eben bekannt vorkommt«, bestärkte Josie sie. »Als ich sie zum ersten Mal gesehen habe, ging es mir genauso, aber ich hab keine Ahnung, wo das gewesen sein könnte. Dein Hinweis ist durchaus berechtigt. Vielleicht bist du ihr ja wirklich schon mal begegnet. Denk ruhig noch mal drüber nach, vielleicht fällt es dir ja wieder ein. Wir erledigen inzwischen schon mal den ganzen Papierkram, der ansteht, und dann können wir abwechselnd nach Hause fahren und schlafen.«

In diesem Moment klingelte das Telefon auf Josies Schreibtisch.

»Wer braucht schon Schlaf?«, stöhnte Gretchen.

»Quinn«, meldete sich Josie, nachdem sie abgenommen hatte. Sie lauschte ein paar Sekunden lang, dann sagte sie: »Danke, Doc. Wir sind gleich da.«

ACHT

DREI MONATE ZUVOR – MITTELPENNSYLVANIA

Sie wachte von einem grellen Licht auf. Es brannte in ihren Pupillen, verursachte einen stechenden Schmerz, der ihr bis in den Hinterkopf schoss. Sie kniff die Augen zusammen und warf sich den Arm übers Gesicht. Ein Schrei entfuhr ihr, als sie etwas Kaltes an ihrer nackten Schulter spürte. Sie versuchte der Berührung zu entkommen, doch es gelang ihr nicht. Es dauerte mehrere Sekunden, bis sie begriffen hatte, dass der Schmerz von Fingern herrührte, die sich in ihr Fleisch bohrten. Dann kam eine zweite Hand dazu, die sie an den Schultern niederdrückte.

»Aufhören!«, schrie sie.

Wieder öffnete sie die Augen, konnte den Raum, in dem sie sich befand, jedoch nur verschwommen wahrnehmen: Matratze, zerknüllte weiße Laken, Holzvertäfelung und die schemenhaften Umrisse einer Gestalt, die sich bedrohlich über sie beugte. Dann ließ der Druck auf eine ihrer Schultern plötzlich nach, und ihr Blickfeld wurde von einem Licht erfüllt, das alles andere auslöschte.

»Halt still!«, sagte eine körperlose Stimme.

Doch sie wollte nicht stillhalten. In ihrer Brust stieg Panik auf, ergriff ihr Herz, ihre Lunge, drückte mit solcher Macht gegen ihr Zwerchfell, dass es ihr den Atem nahm. Ihr Kopf, ja ihr ganzer Körper, fühlte sich schwer an – so träge wie damals, an dem Tag, nachdem sie ihrer Mom eine fast volle Wodkaflasche geklaut und dann wieder mit Wasser aufgefüllt hatte, damit sie es nicht gleich merken würde. Sie fühlte sich völlig vernebelt, nur in ihrer Brust, wo die Angst eine Narbe aufgerissen hatte, brannte es, als hätte jemand mit einem glühenden Messer hineingestochen.

»Wo bin ich?«, fragte sie.

Die Finger gruben sich so tief in ihre Schulter, dass eine Welle der Übelkeit in ihr aufstieg. Sie zwang sich, ruhig liegen zu bleiben, war sich aber nicht sicher, ob es ihr gelingen würde. Trotz ihrer Benommenheit und des grellen Lichts öffnete sie immer wieder die Augen, doch nichts erschien ihr real, nicht einmal ihr eigener Körper. War sie gestorben? War das hier die Hölle? Würde sie nun doch für den ganzen Mist büßen müssen, den sie gebaut hatte, so wie ihre Mom es ihr prophezeit hatte? »Das wird dir eines Tages noch leidtun«, hatte sie immer geschrien.

Warum hab ich nicht auf sie gehört?

»Du bist genau dort, wo du sein solltest«, sagte die Stimme in einem Ton, der sich anfühlte, als würde sich eine Schlange über ihre Haut winden.

»In der Hölle?«, fragte sie mit dünner Stimme.

Die Finger, die sich in ihr Fleisch bohrten, ließen locker, doch der Schmerz hielt an. Es verging ein Augenblick, vielleicht auch eine Stunde. Sie hätte es nicht sagen können. Alles schien durcheinander, unzusammenhängend, und sie konnte keinen klaren Gedanken fassen. Dann hörte sie ein Geräusch, das sie zunächst nicht so recht einordnen konnte, weil es so fehl am Platz wirkte. Ein Lachen. Doch es war kein freundliches, ansteckendes Lachen. Eher ein unheimliches, das einem das Blut in den Adern gefrieren ließ. Schlagartig hörte es wieder auf. Dann sagte die Stimme: »Das wird sich zeigen.«

Sie drehte sich auf die Seite und erbrach sich.

NEUN

Die Rechtsmedizin von Denton befand sich im Keller des Denton Memorial Hospital, das hoch oben auf einem Hügel über der Stadt lag. Josies und Noahs Schritte hallten durch den langen Korridor, der von den Aufzügen zu den Räumen führte, in denen die Rechtsmedizin untergebracht war. Ganz egal, wie oft das Reinigungspersonal des Krankenhauses ihn auch putzte: Er wirkte immer schmuddelig, denn der Fliesenboden war vergilbt und die Wände waren von einer jahrzehntealten Schmutzschicht überzogen. Als die beiden Ermittler Dr. Feists Sezierraum betraten, schlug ihnen der typische höchst unangenehme Geruch von Tod und Verwesung entgegen, vermischt mit einem intensiven Geruch nach Chemikalien.

Drinnen lag auf einem der großen Seziertische aus Edelstahl unter einem Laken ein menschlicher Körper. Der Größe nach zu urteilen musste es sich um das unbekannte Mädchen handeln, schätzte Josie. Auf einer der Ablageflächen entlang der Rückwand des Raumes stand Dr. Feists aufgeklappter Laptop, von ihr selbst war allerdings nichts zu sehen. Während sie warteten, schrieb Noah ihr schnell eine Nachricht. Schon wenige Minuten später kam sie vom Büro nebenan hereingerauscht. Sie hatte einen blauen Arztkittel an und trug ihr schulterlanges Haar offen. Josie bemerkte die verwischte Wimperntusche unter ihren Augen. Dr. Feist setzte einen Pappbecher mit Kaffee an ihre Lippen, trank den letzten Schluck und warf den Becher in den Müll.

»Tut mir leid«, sagte sie. »Aber das hab ich jetzt gebraucht.«

»Alles klar«, erwiderte Josie.

Dr. Feist ging ans andere Ende des Zimmers, tippte gegen das Touchpad ihres Laptops und der Bildschirm schaltete sich ein. »Hummel hat dem Mädchen die Fingerabdrücke abgenommen und sie durch die AFIS-Datenbank laufen lassen, aber er meinte, er hätte keine Übereinstimmungen bekommen. Allerdings ist das für ihr Alter auch nicht weiter überraschend. Habt ihr sie denn schon identifizieren können?«

»Nein«, gab Noah zurück. »Ich nehme mal an, du hast keine persönlichen Dinge gefunden, als du ihr die Kleidung abgenommen hast, oder?«

Dr. Feist schüttelte den Kopf. »Nein, gar nichts. Hummel war da und hat ihre ganzen Kleider asserviert. Sie hatte keine Handtasche dabei.«

»Irgendwelche unverkennbaren Merkmale?«, wollte Josie wissen.

Dr. Feist hielt einen Zeigefinger in die Höhe, und ihr Blick hellte sich ein wenig auf. »Vielleicht hab ich tatsächlich was für euch. Aber fangen wir von vorne an.« Mit energischen Schritten ging sie zum Seziertisch hinüber und zog vorsichtig das Tuch bis zum Hals des Mädchens hinunter, sodass der ganze Kopf zu sehen war. Die Unbekannte sah genauso friedlich aus wie beim letzten Mal, nur ihre Haut wirkte inzwischen noch blasser. Dr. Feist hatte sie abgeschminkt und den Haarreif sowie sämtliche Haargummis und -nadeln entfernt, sodass ihr braunes Haar nun offen rings um ihren Kopf lag. Ohne das starke Make-up sah sie völlig anders aus, kam Josie aber noch immer seltsam bekannt vor. Wieder ging sie in Gedanken die vergangenen Wochen durch und versuchte sich daran zu erinnern, ob sie der Unbekannten irgendwo über den Weg gelaufen war. War sie ihr begegnet, als sie Trout spazieren geführt hatte? Hatte sie sie bei der Eisdiele gesehen, als sie sich auf dem Heimweg dort noch einen Bananensplit geholt hatte? War sie beim Joggen im Stadtpark an ihr vorbeigelaufen? Ihr trat keine Begegnung deutlich genug vor Augen, als dass ihr wieder eingefallen wäre, wo sie das Gesicht dieses Mädchens schon einmal gesehen hatte.

Dr. Feist begann mit ihrem Bericht. »Ich gehe davon aus, dass die Unbekannte eine Jugendliche zwischen sechzehn und achtzehn Jahren ist. Vielleicht könnt ihr euch noch von anderen Fällen erinnern: Wir untersuchen immer die Wachstumsfugen, wenn wir das Alter einer noch nicht identifizierten Leiche bestimmen wollen – vor allem, wenn wir vermuten, dass es sich bei dem Opfer um einen Teenager handelt. Bei diesem Mädchen ist das offenbar der Fall. Das hat sich anhand der Wachstumsfugen auch bestätigen lassen.

Wir sehen uns vor allem die Röhrenknochen im Körper genauer an, zum Beispiel die der Oberschenkel. Ein Röhrenknochen besteht aus drei Teilen: dem Knochenschaft, auch Diaphyse genannt, den sich verbreiternden Abschnitten zum Ende des Knochens hin, den Metaphysen, und den Knochenenden oder Epiphysen. Die Wachstumsfuge befindet sich am Knochenende. Bei Kindern und Jugendlichen besteht zwischen der Wachstumsfuge und dem verdickten Endstück des Knochens – also zwischen Epiphyse und Metaphyse – eine Lücke. Beim Heranwachsen verschmilzt die Wachstumsfuge mit der Metaphyse. Das erfolgt bei der Fuge am proximalen Ende des Oberschenkelknochens zwischen dem sechzehnten und dem zwanzigsten Lebensjahr. Bei unserer Unbekannten ist dieser Prozess bereits abgeschlossen.«

»Dann wäre sie also mindestens fünfzehn?«, fragte Noah.

»Ich vermute, dass sie eher sechzehn ist, weil die Fuge am

distalen Ende der Speiche bei ihr ebenfalls schon verwachsen ist. Das geschieht im Alter von sechzehn Jahren. Was feststeht: Die Verschmelzung der Wachstumsfugen am Schlüsselbein, sowohl auf der medialen als auch der lateralen Seite, erfolgt nicht vor dem zwanzigsten Lebensjahr, und da sich dies bei der Unbekannten nicht hat feststellen lassen, muss sie auf alle Fälle jünger als neunzehn sein.«

»Das grenzt das Ganze schon mal ziemlich ein«, sagte Josie. »Vielen Dank. Was kannst du uns sonst noch sagen?«

»Sie ist gut genährt, einen Meter sechzig groß und siebenundfünfzig Kilo schwer. Abgesehen von der Verletzung am Oberschenkel, zu der ich gleich noch komme, habe ich an ihrem Körper keine frischen Prellungen, Schnitt- oder Schürfwunden gefunden. Sie zeigt keine Anzeichen von sexueller Gewalt, obwohl ihr Hymen nicht mehr intakt ist. Das könnte bedeuten, dass sie zu einem früheren Zeitpunkt sexuell aktiv war, aber ganz sicher lässt sich das nicht beurteilen. Das Einzige, was ich mit Bestimmtheit sagen kann, ist, dass ich keine Hinweise darauf gefunden habe, dass sie in den zweiundsiebzig Stunden vor ihrem Tod Geschlechtsverkehr hatte. Und noch was ...«

Dr. Feist ging zum Ende des Seziertisches und deutete auf die Haare des Mädchens. »Hier hat man ihr etwas abgeschnitten. Vermutlich nur eine einzelne Haarsträhne, mit einer Breite von etwa fünf Zentimetern und – vorausgesetzt sie war genauso lang wie die übrigen Haare – einer Länge von zehn Zentimetern.«

Josie und Noah traten näher, um besser sehen zu können. Dr. Feist hatte das Haar der Unbekannten sorgfältig gekämmt und fächerartig um ihren Kopf ausgebreitet wie einen Heiligenschein. Jetzt, wo ihre Haare offen waren, konnte man deutlich die Stelle sehen, wo die Strähne fehlte.

»Das ist ungewöhnlich«, sagte Noah.

»Ja«, meinte Dr. Feist. »Auf jeden Fall.«

»Vielleicht hat der Mörder sie ja als eine Art Andenken behalten«, überlegte Josie.

»In diesem Job kommen einem wirklich ständig irgendwelche neuen gruseligen Dinge unter«, murmelte Noah.

Dr. Feist ging auf die rechte Seite des toten Mädchens und schlug das Laken zurück, sodass ein bleicher Unterarm zu sehen war. Sie drehte die Handfläche der Unbekannten nach unten und zeigte auf den fleischigen Teil des Unterarms, direkt unterhalb der Armbeuge. Josie und Noah gingen um den Tisch herum zu ihr. Josie erkannte fünf blasse rosafarbene Linien, die sich über die Haut zogen wie vernarbte Schnitte. Noah beugte sich vor, um besser sehen zu können. »Glaubst du, sie hat sich geritzt?«

»Schwer zu sagen«, meinte Dr. Feist. »Aber das hier sind eindeutig Narben, und sie sind nicht versehentlich entstanden. Für mich sehen sie ganz klar nach einer mutwilligen Verletzung aus.«

»Alle fünf Linien sind identisch«, bemerkte Josie. »Wie lang sind sie?«

»Ungefähr fünf Zentimeter«, antwortete Dr. Feist.

»Und wie alt?«, wollte Noah wissen.

Dr. Feist lächelte ihn betrübt an. »Das Alter von Narben lässt sich leider nicht bestimmen, Lieutenant. Du erinnerst dich: die persönlichen gesundheitlichen Faktoren …«

»Ja, ich weiß«, murmelte er. »Jeder Mensch ist anders. Aber lassen sich diese Narben nicht trotzdem annähernd zeitlich einordnen?«

»Das Einzige, was ich sagen kann, ist, dass sie von Verletzungen stammen, die weniger als sechs Monate alt sind«, erklärte Dr. Feist. »Aber das ist nur eine ungefähre Schätzung. Sie könnten auch mehrere Wochen oder sogar ein, zwei Monate älter oder jünger sein. Das mit den sechs Monaten ist nur eine grobe Regel. Wie schnell Wunden heilen, ist bei jedem Menschen unterschiedlich. Das hängt vor allem davon ab, wo sich die Verletzung befindet und was für eine es ist. Die Schnitte hier sind ziemlich glatt und gerade und dürften daher recht schnell verheilt sein. Wären sie älter als sechs Monate, dann würden sie meiner Meinung nach silbriger oder blasser aussehen, weniger rot. Aber mir ist schon klar, dass euch das auch nicht viel weiterhilft.«

»Wie sieht es mit besonderen Kennzeichen aus?«, fragte Josie. »Hast du außer den Narben noch etwas gefunden? Irgendwas, das wir an die Öffentlichkeit weitergeben können?«

»Ich fürchte, nein«, sagte Dr. Feist. »Obwohl – falls es euch interessiert: Ihrem Mageninhalt zufolge hat sie nur wenige Stunden vor ihrem Tod noch etwas gegessen. Ich habe ein paar Proben zur Untersuchung ins Labor geschickt, aber auf den ersten Blick würde ich sagen, es war Hummer, Nudeln und Käsekuchen.«

Noah drehte sich zu Josie um: »Was gab es beim Abschlussball zu essen?«

»Hummer bestimmt nicht«, antwortete sie. »Aber es könnte ja sein, dass sie noch irgendwo beim Abendessen war, bevor sie zum Ball ging. Als Ray und ich beim Abschlussball am Ende der zwölften Klasse waren, sind wir davor ins edelste Restaurant von ganz Denton gegangen. Aber wir haben unser Grillhähnchen mit gerösteten Kartoffeln nicht mal angerührt.«

»Hm, vielleicht sollten wir dann mal bei den Restaurants in der Stadt, in denen Hummer auf der Karte steht, nachfragen, ob sich jemand daran erinnert, dass sie dort gegessen hat. Vielleicht gibt es ja sogar Aufzeichnungen von Überwachungskameras«, schlug Noah vor.

»Das wären wahrscheinlich ziemlich viele Restaurants«, gab Josie zu bedenken. »Aber wir können es schon tun – wir haben ja bis jetzt nicht viel mehr Spuren. Ich schicke Gretchen eine Nachricht und bitte sie, eine Liste aller Restaurants zusammenzustellen, in denen es Hummer gibt, und sich bei ihnen umzuhören, ob gestern irgendwelche Gäste des Abschlussballs bei ihnen waren.«

Dr. Feist wartete, bis Josie ihr Handy wieder eingesteckt hatte, dann fuhr sie fort. »Ich hab noch etwas anderes Ungewöhnliches entdeckt. Normalerweise würde ich mich zu diesem Zeitpunkt – bevor die toxikologische Untersuchung abgeschlossen ist – noch nicht dazu äußern, weil ich mir nicht hundertprozentig sicher bin, aber ich ...«

Sie verstummte und ihr Blick wanderte zu den Zehen des Mädchens. Erst jetzt fiel Josie auf, dass ihre Nägel hellrosa lackiert waren.

»Was ist es denn, Doc?«, drängte Noah.

Dr. Feist sah wieder auf und ihr Blick schoss zwischen ihm und Josie hin und her. Josie wusste, wie akkurat und vorsichtig Dr. Feist sein musste, wenn sie ihre Untersuchungsergebnisse bekannt gab und den Bericht vorbereitete. Im Falle eines Mordes würde sie später vor Gericht den Inhalt ihres Berichts bezeugen müssen. Ein guter Verteidiger würde sie über jedes noch so kleine Detail zur Rede stellen, das sie nicht absolut zweifelsfrei erklären konnte. Damit wäre ihre Glaubwürdigkeit dahin. Sie konnte es sich weder leisten, einen Fehler zu machen, noch erlauben, ungenau zu sein oder ihre persönlichen Überlegungen oder Hypothesen zu einem Fall zu äußern. Das Einzige, was zählte, waren objektive Beweise und das, was sie aus medizinischer Sicht mit Gewissheit erklären konnte.

»Na, komm schon. Wir drei sind hier doch unter uns. Es steht ja auch nirgends, bevor die Toxikologen deinen Verdacht nicht bestätigt haben«, sagte Josie.

Dr. Feist rang die Hände. Sie überlegte noch einen Moment, dann sagte sie: »Dieser Fall ist wirklich beunruhigend.«

»Da hast du recht«, pflichtete Noah ihr bei.

»Und mir sind schon viele beunruhigende Fälle untergekommen«, fügte sie hinzu.

»Das wissen wir«, sagte Josie.

Wieder zögerte Dr. Feist. Noah warf Josie einen Blick zu und sah dann wieder die Rechtsmedizinerin an. »Sag uns bitte, was du in dem Mageninhalt noch gefunden hast.«

»Benadryl«, platzte Dr. Feist heraus.

Ein paar Sekunden lang herrschte Stille. Dann sagte Josie: »Du meinst dieses Allergiemedikament? Frei verkäufliches Benadryl?«

Dr. Feist nickte. »Wie gesagt, ich weiß es nicht hundertprozentig. Aber ich habe in ihrem Magen mehrere Stückchen entdeckt, die wie unvollständig aufgelöste Tabletten aussahen und pink waren, wie Benadryl eben auch. Allerdings gibt es viele Tabletten mit einem pinken Überzug.«

»Warum glaubst du dann, dass es Benadryl ist?«, fragte Noah.

Sie zuckte mit den Schultern. »Benadryl würde sie ruhigstellen, aber nicht zwangsläufig umbringen. Wobei das Zeug einen schon umbringen kann, aber dann bräuchte man eine ganze Menge davon. Vermutlich wurde es ihr verabreicht, damit sie ...«

»... fügsamer ist?«, sagte Josie.

»Genau. Außerdem ist es leicht erhältlich.«

»Sie wurde doch erstochen«, wunderte sich Noah. »Warum hat man ihr dann auch noch Benadryl verabreicht?«

»Um sie erstechen zu können«, sagte Josie, »ohne dass sie zu viel Widerstand leistete – und vielleicht auch ohne dass sie es merkte. Vielleicht wurde sie ja sogar im Schlaf erstochen. Das würde auch erklären, weshalb nichts auf eine Gegenwehr hindeutet.«

»Es ist nur eine Hypothese«, gab Dr. Feist zu bedenken. »Wie gesagt, das müssen die Kollegen von der Toxikologie erst noch bestätigen.«

»Aber das kann Wochen dauern«, sagte Noah. »Wenn nicht Monate.«

»Das stimmt«, bestätigte Dr. Feist.

»Glaubst du, dass sie eigentlich an einer Benadryl-Überdosis gestorben ist und dann noch zusätzlich erstochen wurde?«, wollte Josie wissen.

»Nein«, sagte Dr. Feist. »Das Mädchen ist verblutet. Ich zeige euch die Wunde.«

Sie schob das Laken weiter hoch, sodass die Oberschenkel der Unbekannten zum Vorschein kamen. Innen an ihrem linken Schenkel, fast in ihrer Leistenbeuge, konnte Josie im grellen Licht des Sezierraums deutlich die Wunde sehen, die jetzt, nachdem sie gesäubert worden war, weit aufklaffte. Dr. Feist zog mit dem Finger in der Luft eine keilförmige Linie um die Wunde. Sie begann in der Leiste, wo das Bein der Unbekannten an ihren Unterleib anschloss, fuhr dann ein paar Zentimeter Richtung Außenseite des Schenkels, von dort nach unten und wieder hinauf zum Ausgangspunkt. »Das ist das Schenkeldreieck, das sich, wie ihr sehen könnt, innen am seitlichen Oberschenkel befindet, und zwar am linken wie am rechten Bein.« Dr. Feist hob ihre Hand über den anderen Oberschenkel des Mädchens – den ohne Stichwunde – und drückte mit einem Finger in die Mitte des Schenkeldreiecks. »Wie ihr seht, ist hier eine Vertiefung im Oberschenkelmuskel. Ich mache es der Einfachheit halber kurz: Es gibt eine Menge wichtiger Strukturen, die genau hier, zwischen Becken und Oberschenkel verlaufen, zum Beispiel Muskeln, Bänder, Venen, Lymphknoten, Nerven ...«

»Und die Oberschenkelarterie«, warf Noah ein.

»Genau«, bestätigte Dr. Feist. »An dieser Stelle lässt sich auch der Leistenpuls ertasten. Ihr könnt es ja später mal bei euch selbst ausprobieren. Er ist ganz leicht zu finden. Wie ihr vermutlich wisst, wird die untere Körperhälfte vor allem über diese Oberschenkelarterie mit Blut versorgt. Sie ist also ziemlich wichtig. Josie und ich haben schon am Tatort darüber gesprochen: Eine Verletzung der Oberschenkelarterie kann in nur dreißig Sekunden dazu führen, dass man das Bewusstsein verliert, und ohne Hilfe wäre man innerhalb von fünf Minuten tot. Genau das ist auch hier die Todesursache: Verbluten infolge einer Stichwunde. Ihr solltet außerdem wissen, dass diese Art von Stichwunden – hier in die Oberschenkelarterie – nicht besonders häufig vorkommen. Ich selbst habe sowas erst einmal gesehen, bei ein paar Betrunkenen, die sich geprügelt haben. Dann läuft die Sache aus dem Ruder, und irgendwer bekommt versehentlich einen Messerstich an dieser Stelle ab. Was mir auch schon untergekommen ist, sind scheußliche Unfälle mit tiefen Schnittwunden, die durch Glasscherben oder Ähnliches verursacht wurden. Aber das, was ihr hier seht, ist ungewöhnlich.«

Josie schaute sich die Wunde noch einmal an, jedoch nicht, ohne sich zuvor auf den grausigen Anblick gefasst zu machen. Sie musste daran denken, wie der Täter die Unbekannte zurechtgelegt, ja fast schon arrangiert hatte. An diesem Fall war bis jetzt alles ungewöhnlich, auch die Wunde selbst. »Und es gab nur diese eine Stichwunde?«, fragte Josie.

»Ja«, antwortete Dr. Feist. »Und noch dazu eine so präzise. Direkt in die Arterie.«

»Die Person, die das hier getan hat, wusste genau, wie sie den Stich platzieren muss. Entweder, weil sie es zuvor schon einmal gemacht hat oder weil sie über chirurgisches oder medizinisches Fachwissen verfügt – oder beides«, überlegte Noah.

»Glaub ich auch«, bestätigte Josie. »Sonst wären ja Spuren von vorausgehenden Versuchen zu sehen.«

»Das stimmt«, fügte Dr. Feist hinzu. »Wie schon gesagt: Falls man sie ruhiggestellt hat, war es wohl auch einfacher, ihr die tödliche Stichwunde an dieser Stelle des Körpers beizubringen. Dem Einstichwinkel und dem sauberen Schnitt nach zu urteilen hat sich das Opfer dabei wahrscheinlich überhaupt nicht bewegt. Auch die Wunde selbst sieht nicht danach aus, als hätte der Täter die Messerklinge hin und her bewegt, um die

Arterie zu treffen. Er wusste genau, wohin und wie tief er stechen musste, und es deutet alles darauf hin, dass die Unbekannte keine Gegenwehr geleistet hat. Ich habe keinerlei Abwehrverletzungen gefunden.«

»Nicht mal blaue Flecken?«, wunderte sich Noah.

»Nichts, was darauf hinweisen würde, dass sie so weit bei Bewusstsein war, dass sie sich wehrte, als ihr die Stichwunde zugefügt wurde. Wie groß das Messer war, kann ich nur schätzen. Ich gehe mal davon aus, dass die Klinge zwischen eins Komma drei und eins Komma sechs Zentimeter breit und fünf bis sieben Komma fünf Zentimeter lang war. Spitz, einseitig geschliffen, glatte Schneide, nicht gezahnt. Der Mörder ist mit großer Präzision vorgegangen.«

»Ist der Stich deshalb so präzise ausgeführt worden, weil die Unbekannte nicht bei Bewusstsein war, oder glaubst du, der Mörder hatte anatomische Kenntnisse?«, fragte Josie.

Dr. Feist runzelte die Stirn. »Das kann ich nicht genau sagen. Es ist eine äußerst saubere Stichwunde, aber ich bin mir nicht sicher, ob man da schon von einer chirurgischen Präzision sprechen kann. Außerdem ist es, wie gesagt, nicht schwierig, den Leistenpuls zu finden. Man muss zwar genug von Anatomie verstehen, um zu wissen, welche Bedeutung die Oberschenkelarterie hat und wo sie verläuft, aber wenn man den Puls ertastet hat, muss man nicht mal besonders tief stechen, um sie zu erwischen – zumindest nicht hier, in der Region des Schenkeldreiecks.«

Noah rieb sich mit der Hand über das Kinn. »Und trotzdem ist diese Art von Stichwunde als Todesursache bei Tötungsdelikten eher ungewöhnlich, hast du gesagt.«

Dr. Feist begann der Unbekannten das Laken wieder über die Füße zu ziehen. »Zu den Tötungen durch Messerstiche, mit denen ich normalerweise zu tun habe, kommt es meist im Zuge einer heftigen Auseinandersetzung – bei häuslicher Gewalt oder Kneipenschlägereien, wenn die Situation eskaliert und jemand nach dem Messer greift und auf einen anderen losgeht.«

»Das heißt also, dass jemand gezielt nach dem Leistenpuls sucht, bevor er zusticht, kommt sonst eigentlich nicht vor«, brachte Josie es auf den Punkt.

Dr. Feists Gesichtsausdruck lag irgendwo zwischen einem schiefen Lächeln und einer Grimasse. »Genau. Was hier passiert ist, lässt sich nicht mit Sicherheit sagen, und ich kann es auch nicht in meinen Bericht schreiben und als Indiz anführen, weil ich keine Ahnung habe, was in dem Kopf der Person vorging, die der Unbekannten das angetan hat. Aber ich sehe keine Anzeichen für die rasende Wut, die ich von tödlichen Messerstechereien kenne.«

»Ziemlich sauber durchgeführte Angelegenheit«, murmelte Noah. »Wer auch immer das getan hat, wollte ... Es kommt wir fast vor wie ...« Seine Gedanken schienen abzudriften, und die Art, wie seine Mundwinkel sich verzogen, verriet Josie, dass er nicht so recht sagen wollte, was ihm gerade durch den Kopf ging.

»Wie was?«, ermutigte ihn Josie.

Noah deutete auf die Unbekannte. »Es kommt mir fast vor, als hätte jemand einen Gnadenakt verübt. In einer makabren, kranken Art und Weise. Überlegt doch mal. Er hat sie ruhiggestellt, sodass sie nicht mal mitbekommen hat, was mit ihr passiert, hat sie so arrangiert, als würde sie schlafen, und dann, nachdem er sie erstochen hat ...«

»Hat er sie quasi noch zugedeckt«, führte Josie seinen Satz zu Ende. »Er hat das Kleid über sie gezogen, um ihr – zumindest in seinen Augen – ein halbwegs würdevolles Aussehen zu verleihen. Wenn er sie im Moment des Todes hätte demütigen wollen, dann hätte er sie in einer anderen Position liegen lassen oder an einem für die Öffentlichkeit zugänglicheren Ort. Auch wenn er sie hätte leiden lassen wollen, dann hätte er das ohne Weiteres tun können. Aber er hat sie ganz bewusst auf schnelle

Art und Weise getötet. Es ist gut möglich, dass sie überhaupt nichts davon mitbekommen hat, was da passierte.«

Noah spann den Gedanken weiter. »Sie macht sich für den Abschlussball zurecht, geht in ein feines Restaurant, wo ihr etwas ins Essen gemischt wird – was die Toxikologen noch bestätigen müssen –, und dann fühlt sie sich plötzlich benommen, müde. Vielleicht verliert sie das Bewusstsein oder schläft ein, und das Nächste, was sie mitbekommt ...«

»... ist gar nichts«, sagte Josie. »Weil sie nämlich tot ist.«

ZEHN

Sie fuhren zurück aufs Revier. Noah saß am Steuer, während Josie auf der Beifahrerseite aus dem Fenster starrte und die Straßen ihrer Stadt als verschwommene Farbschlieren vorbeiziehen sah. Der Frühling hatte mit aller Macht Einzug gehalten, ließ frisches grünes Laub und Blumen in allen Farben sprießen. Es schien, als würde alles ringsum zu neuem Leben erwachen – in den Beeten und Vorgärten, Pflanzenkübeln, ja sogar in den Gehwegritzen. In einem Kühlfach in der Rechtsmedizin jedoch lag die unbekannte Tote, kalt, leblos und so einsam und allein, wie sie es anscheinend auch zu Lebzeiten gewesen war.

Wieder durchforstete Josie ihr Gedächtnis und versuchte sich daran zu erinnern, wo sie das Mädchen schon einmal gesehen hatte. Auch Amber war sie bekannt vorgekommen. Aber wo konnten sie beide der Unbekannten begegnet sein?

Noah und Josie parkten, wichen den Fragen der Journalisten zum »Mord an der Ballkönigin« aus, als den die Medien diesen Fall inzwischen bezeichneten, und betraten schließlich das Gebäude. Sie stiegen die Treppe hinauf und sahen Gretchen im Großraumbüro an ihrem Schreibtisch sitzen, einen leeren Pappkarton vom Take-away vor sich, den Telefonhörer ans Ohr gepresst. Sie nahmen Platz und warteten, bis ihre Kollegin das Gespräch beendet hatte.

»Ich hab immer noch nichts rausfinden können, was die Restaurants betrifft«, sagte Gretchen, setzte sich die Lesebrille auf und blätterte in ihrem Notizbuch, das neben dem Telefon auf ihrem Schreibtisch lag, eine Seite um. »Aber bei ein paar muss ich noch anrufen. Übrigens, Mett ist heimgefahren, um sich ein bisschen hinzulegen, aber dann hat er sich doch noch die Videoaufzeichnungen aus den Fluren im Schulhaus fertig angesehen und konnte alle jungen Mädchen identifizieren, die ihr markiert hattet. Die Unbekannte war nicht darunter.«

»Das heißt also, es gibt kein Indiz dafür, dass sie das Gebäude überhaupt betreten hat«, sagte Noah.

»Ganz genau«, bestätigte Gretchen. »Und dann sind da auch noch die Jahrbücher von einigen der anderen Highschools in der Stadt. Ich hab sie mir durchgeschaut, aber unsere Unbekannte hab ich nicht gefunden. Ich glaube, wir sollten der Sache mit dem Kleid nachgehen. Es gibt in der Gegend nicht viele Geschäfte, in denen man Ballkleider bekommt. Vielleicht haben wir ja mehr Glück, wenn wir versuchen rauszufinden, wo sie ihr Kleid gekauft hat.«

Josie fuhr ihren Computer hoch und durchsuchte die Fotos von dem Kleid, die Hummel gemacht und hochgeladen hatte, nach einem, auf dem möglichst wenig Blut zu sehen war. Sie fand zwei, die in Frage kamen. Brauchbare Fotos von dem ganzen Kleid waren nicht dabei, dafür aber eine Nahaufnahme von dem Oberteil und dem oberen Bereich des Unterteils. Außerdem fand sie ein Bild von dem Etikett, das in das Kleid eingenäht war und auf dem die Marke und Größe standen. »Ich kann ja eine Liste aller Geschäfte machen, dann können wir morgen mit der Suche anfangen«, schlug sie vor. »Geh du doch nach Hause und ruh dich aus, und wenn Mett wieder hier ist, können Noah und ich heimfahren und schlafen.«

Gretchen widersprach nicht.

Vier Stunden später hatten Josie und Noah eine kleine Mittagspause hinter sich und etliche Tassen Kaffee getrunken. Außerdem hatten sie sämtliche Brautläden, Kaufhäuser und Boutiquen in der Stadt abgeklappert, die Kleider für Abschlussbälle verkauften, und waren dann ohne eine konkrete Spur aufs Revier zurückgekehrt. Drei der Geschäfte führten zwar die gesuchte Kleidermarke und die Verkäuferinnen zweier weiterer Geschäfte glaubten sich auch zu erinnern, dass sie das betreffende Modell im Sortiment gehabt hatten, doch eine erste Überprüfung ihrer Unterlagen ergab nichts Weiteres. Die Geschäftsführer aller drei Läden hatten versprochen, die Quittungen gründlich durchzusehen und die Aufzeichnungen der Kameras zu überprüfen, doch das würde dauern, sodass die Unbekannte wohl eine weitere Nacht unidentifiziert bleiben würde.

Als Mettner gegen Abend endlich aufs Revier zurückkehrte, um Josie und Noah abzulösen, waren die beiden schon fast am Einschlafen. Trotzdem gingen sie, kaum dass sie zu Hause angekommen waren, noch eine Runde mit ihrem Boston Terrier Trout spazieren. Ihre Freundin Misty war ein paarmal vorbeigekommen, um ihn zu füttern und Gassi zu führen, während die beiden an dem Highschool-Mordfall arbeiteten, doch Josie wusste, dass Trout viel zu aufgedreht war, weil sie endlich wieder da waren, und ohnehin nicht gleich würde einschlafen können. Nachdem sie sich jedoch ordentlich die Beine vertreten hatten, fielen alle drei todmüde ins Bett.

Auch am nächsten Morgen gab es noch keine telefonischen Hinweise oder weiteren Anhaltspunkte, um wen es sich bei der unbekannten Toten handeln könnte, und auch keine Anrufe irgendwelcher vor Sorge schluchzender Eltern. Selbst die Journalisten hatten sich aus dem Staub gemacht, um einer anderen

Story nachzujagen – oder einem Fall, der konkretere Spuren bot, dachte sich Josie. Gegen Mittag waren die vier Detectives dann wieder am Schreibtisch versammelt und starrten einander ratlos an. Amber verfolgte das Ganze von ihrem Platz aus, das Tablet an die Brust gedrückt. Zum wiederholten Mal waren sie sämtliche Theorien durchgegangen, was vor dem Tod des Mädchens geschehen sein könnte, doch mit keiner davon ließ sich erklären, weshalb niemand sie vermisste oder anhand der Beschreibung erkannte.

»Und was machen wir jetzt?«, fragte Mettner. »Wir haben nichts in der Hand.«

»Vielleicht ist sie ja im Zuständigkeitsbereich irgendwo in der Umgebung vermisst gemeldet?«, überlegte Gretchen.

»Du meinst, sie ist ein vermisstes Mädchen?«, fragte Noah zweifelnd. »Und warum sollte sie dann gerade bei einem Abschlussball auftauchen?«

»Sie hat schon recht«, sagte Josie. »Nach allem, was wir über die unbekannte Tote wissen, könnte es sich durchaus um ein vermisstes Mädchen handeln. Oder sie hat Eltern, die sich nicht richtig um sie kümmern. Einen Versuch ist es wert. Gehen wir doch mal die Meldungen vom PaCIC durch.«

Das Pennsylvania Criminal Intelligence Center informierte die Strafverfolgungsbehörden im gesamten Bundesstaat täglich per E-Mail über alle möglichen Vorfälle – von verdächtigen Fahrzeugen bis zu vermissten Personen.

Josie loggte sich in ihren Mailaccount ein und begann, ihre Nachrichten zu durchsuchen. Während sie rückwärts durch die Mails der vergangenen Woche scrollte, erkannte sie tatsächlich einige Gesichter wieder. Sie überprüfte die Nachrichten des PaCIC täglich, denn die Kommunikation zwischen den Revieren konnte maßgeblich zur Aufklärung und Bekämpfung von Verbrechen beitragen.

Plötzlich merkte Josie, dass jemand hinter ihr stand und ihr über die Schulter sah. Dann hörte sie Amber sagen: »Du hast recht. Es war eine der Meldungen. Deshalb ist mir das Mädchen gleich so bekannt vorgekommen.«

Josie hielt inne und drehte sich zu Amber um. »Aber du siehst dir die Meldungen doch sonst nie genauer an.«

»Stimmt«, antwortete Amber. »Weil ich eigentlich ja nur hier bin, um mich um die Presse zu kümmern ...«

Mit einem Mal fiel es Josie wieder ein. »Aber sie war einfach noch so jung.«

Noah, Gretchen und Mettner starrten die beiden an.

»Ja«, nickte Amber. »Ich hab damals irgendwas in der Richtung zu dir gesagt.«

»Jetzt kann ich mich auch wieder erinnern«, sagte Josie, die fortfuhr, fieberhaft die alten Meldungen zu durchsuchen. »Aber das ist schon Monate her.«

»Wie viele Monate?«, hakte Gretchen nach.

»Das war kurz nach Neujahr«, sagte Amber. »Im Januar. Ich hatte gerade erst wieder zu arbeiten begonnen. Ich hab die Meldung gelesen und musste an ... an mich und meine Schwester denken, als wir im Alter dieses Mädchens waren. Die Sache hat mich ziemlich mitgenommen.«

Josie nickte. »Wir haben uns darüber unterhalten.«

Mettner kam zu ihnen und berührte Amber an der Schulter. »Du hast mir nie davon erzählt.«

Im Jahr zuvor, kurz vor Weihnachten, war Amber entführt und beinahe umgebracht worden, nachdem mehrere bis dahin gut gehütete Familiengeheimnisse in die falschen Hände gelangt waren. Der Weg zurück in die Normalität war für sie lang und mühsam gewesen. Das ganze Team bemühte sich nach Kräften, ihr auf jede erdenkliche Weise und wann immer möglich dabei zu helfen.

»Es war ja auch dumm von mir«, sagte Amber. »Ich weiß auch nicht, warum mich das so beschäftigt hat.«

Noah sagte: »Wir alle haben nach einer traumatischen

Erfahrung unsere Trigger, Amber. Welche das sind, merken wir erst, wenn sie in Erscheinung treten.«

Josie wusste nur allzu gut, was er meinte. Sie war immer noch damit beschäftigt, die schweren seelischen Verletzungen aus ihrer Kindheit und den traumatischen Tod ihrer Großmutter im Erwachsenenalter zu verarbeiten. An manchen Tagen gelang ihr das ganz gut, aber an anderen reichte ein einziges Wort aus, um sie in eine Depression zu stürzen und ihr das Gefühl zu geben, kaum noch Luft zu bekommen, geschweige denn den Tag zu überstehen. »Kannst du dich noch daran erinnern, wie sie hieß?«, fragte Josie.

»Der Name fing mit einem G an, das weiß ich noch.«

Josie scrollte sich zu den Meldungen vom Januar durch und grenzte ihre Suche weiter ein. Endlich hatte sie die Mail gefunden. »Ich hab sie!«

Sie drückte auf das Druckersymbol und der antiquierte Tintenstrahldrucker in der Ecke des Büros setzte sich surrend in Gang und warf langsam eine Seite aus. Gretchen, Noah und Mettner drängten sich zu Amber hinter Josies Schreibtischstuhl, um einen Blick auf den Computerbildschirm werfen zu können. Von dort sah ihnen eine lächelnde Fünfzehnjährige mit langem braunen Haar und blauen Augen entgegen. Die Aufnahme war im Freien gemacht worden und hatte etwas von den typischen Bildern eines Schulfotografen. Hinter dem Mädchen erstreckte sich das frische Grün eines Feldes. Sie stand neben einem Holzzaun, dem sie sich fast vollständig zugewandt hatte, den Kopf hatte sie zur Kamera hingedreht. Ihre Hände ruhten auf einem der Zaunpfosten. Sie trug einen knallroten Pulli, eine Jeans und dazu kniehohe schwarze Stiefel. Wie jedes Mal – selbst bei diesem gestellten Foto – wunderte sich Josie, wie sehr der Tod seinen Opfern jeden Lebensfunken raubte. Als Josie die Unbekannte im Amphitheater und dann später auf dem Seziertisch hatte liegen sehen, war sie ihr vertraut vorgekommen, doch dieses strahlende Mädchen hätte Josie niemals in ihr erkannt.

»Gemma Farmer«, las Noah vor. »Fünfzehn Jahre. Wohnhaft in Keller Hollow. Wird seit dem zweiten Januar dieses Jahres vermisst. Wurde zuletzt zu Hause gesehen.«

»Keller Hollow liegt etwa eine Stunde von hier entfernt«, sagte Mettner. »Ist nur eine kleine Ortschaft.«

»Stimmt«, sagte Gretchen. »Als Josie und ich an dem Fall mit dem Knochenkünstler gearbeitet haben, waren wir mal dort. Das sind letztendlich nur ein paar Häuser an einer sehr langen Straße. Die haben dort nicht mal eine eigene Polizeiwache.«

Josie las sich die Meldung genauer durch. »Stimmt. Der Ort dürfte ungefähr drei- oder vierhundert Einwohner haben. Der Sheriff kümmert sich um die meisten Dinge, aber in diesem Fall wurde die Staatspolizei eingeschaltet. Wie es aussieht, war Detective Heather Loughlin dafür zuständig.«

»Wurde zuletzt zu Hause gesehen – was soll das heißen?«, wunderte sich Mett. »Dass sie von zu Hause ausgerissen ist? Dass sie entführt wurde? Dass ihre Eltern aus dem Haus gegangen sind, und als sie wiederkamen, war sie nicht mehr da?«

Josie runzelte die Stirn. »Das steht hier nicht genauer. Aber rufen wir doch Heather an. Wir können das Telefon auf laut stellen und sie zu allem befragen, was in diesem Bericht nicht erwähnt ist.«

In den vergangenen Jahren hatten sie alle irgendwann einmal mit Heather Loughlin zusammengearbeitet. Sie war eine gründliche, seriöse Ermittlerin, die Josies vollen Respekt hatte. Und sie ging immer ans Telefon, wenn Josie anrief, und meldete sich mit einem barschen »Loughlin« – so auch diesmal.

Es dauerte ein paar Minuten, bis Josie ihr erklärt hatte, weshalb sie anrief und dass sie vermuteten, es könnte sich bei der unbekannten Toten um Gemma Farmer handeln. Als sie geendet hatte, herrschte erst einmal Schweigen. Josie zählte bis drei, dann sprach sie die Kollegin erneut an: »Heather?«

Hinter ihnen wurde die Tür zum Treppenhaus geöffnet und schloss sich wieder. Josie warf einen flüchtigen Blick über die Schulter und sah den Chief auf sie zukommen. Er zog eine seiner buschigen Augenbrauen hoch, erstaunt darüber, dass sie alle beisammenstanden. Noah ging leise zu ihm und informierte ihn im Flüsterton über den aktuellen Stand der Ermittlungen. Josie hörte nur Gesprächsfetzen: Obduktion. Wunde in der Leiste. Abgeschnittene Haarsträhne. Vermisste Person. Gemma Farmer.

»Heather?«, fragte Josie noch einmal, den Blick nach wie vor auf den Chief geheftet. Sein sonst meist gerötetes, von Aknenarben gezeichnetes Gesicht wurde mit jedem Wort, das Noah sagte, blasser.

Schließlich sagte Heather: »Gemma Farmer ist vor vier Monaten verschwunden, Quinn, direkt aus ihrem Bett. Was macht sie auf einem Abschlussball in Denton?«

Josie griff nach ihrer Computermaus und öffnete den Ordner zu dem Fall mit der unbekannten Toten. »Ich schick dir gleich mal ein Foto. Sag mir, wenn du's hast.«

Sie schickte die E-Mail ab und wartete. Im Büro herrschte absolute Stille. Der Chief drängte sich zwischen den anderen hindurch, bis er neben Josies rechter Schulter stand. Am anderen Ende der Leitung hörte man, wie Heather ein paarmal klickte und dann lange ausatmete. »Oh, nein«, sagte sie. »Nein, nein, nein.«

»Sie ist es, oder?«, fragte Mettner.

Ein schwerer Seufzer drang durch den Hörer. »Ja, ohne jeden Zweifel. Ich werde ihre Eltern kontaktieren müssen, damit sie sie identifizieren. Es ist Sonntagmorgen. Meint ihr, eure Rechtsmedizinerin wäre bereit, sich mit uns zu treffen?«

»Aber sicher, wenn ich sie darum bitte«, sagte Josie.

Noah zog sein Handy hervor. »Ich ruf sie gleich an.«

»Sagen wir: in ungefähr einer Stunde in der Rechtsmedizin?«, fragte Heather.

»Geht klar«, gab Josie zurück. »Musst du zuvor nicht noch nach Keller Hollow?«

»Nein«, antwortete Heather. »Ich kann von hier aus direkt hinfahren. Ihre Eltern wohnen inzwischen in Denton.«

ELF

Sobald das Telefonat beendet war, zerstreute sich das Team und jeder ging wieder an seinen eigenen Schreibtisch zurück. Nur der Chief blieb neben Josie stehen. Sie sah zu ihm hoch und rechnete damit, dass er jeden Moment mit schroffer Stimme weitere Anweisungen geben würde, doch seine Augen waren glasig und er schien abwesend, so als würde er einen Film anschauen, den nur er sehen konnte. Josie folgte seinem Blick, aber er starrte nur auf einen Fleck an der kahlen Wand.

»Chief?«, sprach sie ihn vorsichtig an. »Kann ich Ihnen irgendwie helfen?«

Schweigend schüttelte er den Kopf.

Josie wartete darauf, dass er etwas sagen oder sich in sein Büro zurückziehen würde, doch er blieb neben ihr stehen. Erst als Noah sich erhob und herüberkam, fuhr er aus seinen Gedanken hoch.

»Dr. Feist ist bereits dort«, sagte Noah. »Sie meinte, wir können uns gerne treffen. Sie wartet auf uns. Ich fahr mit dir rüber in die Rechtsmedizin.«

»In Ordnung«, sagte Josie.

»Ich komme auch mit«, sagte der Chief.

Keiner von ihnen widersprach. Josie fragte sich, ob er vielleicht in ihrem Auto mitfahren wollte, doch er nahm seinen eigenen Wagen.

»Weißt du, was mit dem Chief los ist?«, wunderte sich Noah, als er mit Josie ein weiteres Mal zum Krankenhaus fuhr. Immer wieder warf er einen Blick in den Rückspiegel, um sicherzugehen, dass der Chief ihnen folgte.

»Keine Ahnung«, meinte Josie. »Aber er wird es uns schon sagen, wenn er so weit ist.«

Auch im Krankenhaus blieb der Chief schweigsam. Er fuhr mit Josie und Noah im Aufzug ins Untergeschoss und folgte ihnen den Korridor entlang bis zu den Räumen von Dr. Feist. Noch bevor sie dort ankamen, vernahm Josie das Schluchzen einer Frau. Es drang ihr durch Mark und Bein, zerriss sie innerlich. So hörte sich unendliche Trauer an. Die Klagelaute rührten die Saiten ihrer Seele. Trotzdem ging sie weiter, das Kinn emporgereckt, den Blick geradeaus gerichtet, resolut und energisch. Das gehörte zu ihrem Job. Es war der schlimmste Teil davon, aber sie hatte sich nun mal dafür entschieden – sie alle hatten das. Mussten mitansehen, wie Angehörige Unmögliches zu ertragen hatten, und dann versuchen, ihnen wenigstens den kalten Trost der Gerechtigkeit zu verschaffen.

Im Sezierraum standen Dr. Feist, Detective Heather Loughlin sowie ein Mann und eine Frau um einen der Obduktionstische. Gemma Farmers Eltern. Auf dem Tisch lag Gemmas Leiche, bis zum Hals mit einem weißen Laken zugedeckt. Ihre Mutter warf sich mit dem Oberkörper über das Mädchen und schluchzte hemmungslos, während Heather und Dr. Feist schweigend zusahen. Mr Farmer hatte seiner Frau eine Hand auf die Schultern gelegt und schüttelte langsam den Kopf.

»Neiiiin!«, war Mrs Farmers Wehklagen zu hören. »Nicht mein Baby! Nicht mein Baby!«

Josie, Noah und der Chief blieben im Türrahmen stehen

und warteten in gebührendem Abstand. Es dauerte einige Minuten, bis sich Mrs Farmer etwas beruhigt hatte. Ihr Mann zog sie von Gemma weg, schloss sie in seine Arme und tätschelte ihr die Schulter. Er starrte seine Tochter an, während Dr. Feist ihr das Laken wieder über das Gesicht zog. Dann ging sie zur Tür ihres Büros hinüber und klopfte zweimal kurz an. Einen Augenblick später kam ihr Assistent Ramon heraus und schob die Leiche aus dem Raum.

Heather deutete zuerst auf die Eltern: »Wes und Diana Farmer«, dann auf Josie, Noah und den Chief: »meine Kollegen vom Polizeirevier in Denton.« Sie ratterte die Namen der Ermittler herunter. »Ich habe Ihnen ja schon gesagt, dass Gemma in ihrem Zuständigkeitsbereich gefunden wurde und die Mordermittlungen deshalb auch von ihnen übernommen werden.«

»Unser herzliches Beileid«, sagte Josie.

Aus der Nähe erkannte sie, wie ähnlich Gemma ihren Eltern sah: Von ihrer Mutter hatte sie die spitze Nase und die runden Wangen, von ihrem Vater die schmalen Lippen und die Augen. Das Haar der Mutter war fast so schwarz gefärbt wie das von Josie, das des Vaters beinahe rostrot. Gemma hatte ihre braunen Haare also vermutlich von Diana Farmer geerbt. Während das Mädchen schlank und gelenkig wirkte, waren die Eltern ihrem Alter entsprechend um die Hüfte herum etwas fülliger. Beide waren eher klein. Vermutlich war es noch gar nicht lange her, seit Gemma ihre Mutter von der Körpergröße her überholt hatte.

Diana schniefte und lehnte ihren Kopf an Wes' Brust. »Wer hat unserem Baby nur sowas angetan?«

»Wir werden alles tun, um das herauszufinden, Mrs Farmer«, sagte Noah.

»Noch dazu an ihrem Geburtstag!«, fügte Diana hinzu. »Wer hat ihr das angetan, an ihrem sechzehnten Geburtstag?«

In diesem Moment meldete sich der Chief zu Wort, zum ersten Mal. »Wann hatte sie Geburtstag?«

Wes drückte die Schulter seiner Frau. »Am Freitag. Sie wurde am späten Abend geboren. Ihr Geburtstag war am Freitag, als sie, wie Sie gesagt haben, abends beim Abschlussball gefunden wurde.«

Der Fall wurde immer seltsamer. Der Chief warf Josie einen Blick zu, doch sie hätte nicht sagen können, was sich dahinter verbarg. Heather stand zwischen ihnen und den Farmers, in einem braunen Hosenanzug, die Hände auf Hüfthöhe ineinander verschränkt, das blonde Haar ordentlich zu einem Pferdeschwanz zurückgebunden. »Mr und Mrs Farmer, ich muss mich jetzt mit Detective Quinn, Detective Fraley und ihrem Vorgesetzten über Gemmas Fall austauschen. Sie werden bestimmt sehr bald wegen eines Gesprächs auf Sie zukommen.«

Auf dieses Stichwort hin zog Josie ihre Visitenkarte hervor und reichte sie Mr Farmer. Er nahm sie und starrte geistesabwesend darauf.

»Aber ich möchte jetzt darüber sprechen«, sagte Diana und hob den Kopf. »Ich möchte wissen, wer das getan hat. Und vor allem, was meine Tochter auf diesem Abschlussball wollte. Wo hat sie die ganze Zeit gesteckt?«

»Genau das wollen wir ja herausfinden«, sagte Josie. »Heather wollte uns gerade auf den neuesten Stand bringen.«

Wes Farmer sah Heather mit einem eindringlichen Blick an. »Dann tun Sie das. Ich will, dass hier keine Minute mehr verschwendet wird. Jemand hat mein Kind getötet! Sie müssen den Mörder finden.«

Josie merkte an Heathers Körperhaltung, wie angespannt sie war. Die Kollegin verlor jedoch nichts von ihrer Professionalität, sondern wandte sich Josie, Noah und dem Chief zu. »Am zweiten Januar stand Mrs Farmer um sechs Uhr früh auf, um ihren Mann vor der Arbeit noch kurz zu sehen und dafür zu sorgen, dass Gemma etwas frühstückte, bevor sie zur Schule ging«, begann sie ihren Bericht. »Mr Farmer verließ das Haus um sechs Uhr dreißig. Da Gemma immer noch nicht herunter in die Küche gekommen war, ging Mrs Farmer nachsehen, aber Gemma war nicht in ihrem Zimmer.«

Diana sagte: »Es war alles noch da. Ihr Bettzeug war zerknüllt, als hätte sie bis eben noch geschlafen, aber sie war fort.«

»Sie hat ihr Handy dagelassen?«, fragte Noah.

»Ja«, antwortete Diana. »Ihr Handy und auch den kleinen Rucksack. Die nimmt sie sonst überallhin mit.«

»Was war mit ihren Kleidern?«, wollte Josie wissen.

»Sie hatte sich angezogen«, sagte Wes. »Zumindest gehen wir davon aus, weil ihr Schlafanzug neben ihrem Bett auf dem Boden lag.«

»Und die Turnschuhe waren auch weg«, sagte Diana.

»Dann sah es für Sie also aus, als wäre sie aufgewacht, hätte sich angezogen und wäre aus dem Haus gegangen?«, fragte Josie.

»Sie ist bestimmt entführt worden!«, rief Wes. »Sie wäre niemals einfach so fortgegangen! Nicht, ohne uns vorher Bescheid zu sagen.«

»Zumindest nicht ohne ihr Handy«, ergänzte Diana. »Sonst hat sie das Ding nicht eine Sekunde aus der Hand gelegt.«

Wes ließ Diana los und brachte ein paar Zentimeter Abstand zwischen sich und seine Frau. Fast im Flüsterton sagte er: »Ich hab dir immer gesagt, du sollst ihre Handyzeit einschränken.«

Dianas Körperhaltung wurde plötzlich steif. »Ihre Bildschirmzeit einschränken? Sie ist ein fünfzehnjähriges Mädchen. Wenn du ihre Handyzeit einschränken willst, dann musst du dich auch um sie kümmern ...«

Sie verstummte und ihre Augen wurden immer größer, als die Realität ihr einmal mehr bewusst wurde: Gemma war tot. Vermutlich hatten die beiden schon öfter wegen der Sache mit dem Handy gestritten und Diana war diese Diskussion so gewohnt, dass sie ihre übliche Position zu dem Thema bezogen hatte, ohne weiter darüber nachzudenken. Josie sah, wie ihr die Knie zu zittern begannen. Zum Glück erbarmte sich ihr Mann und fing sie im letzten Moment auf, bevor sie zu Boden sank. Dr. Feist holte einen Drehstuhl aus einer Ecke des Raumes und hielt ihn fest, bis Wes seine Frau daraufgesetzt hatte. Diana verbarg ihr Gesicht hinter beiden Händen und begann erneut zu schluchzen.

Heather presste den Mund zu einer geraden Linie zusammen. »Mr und Mrs Farmer«, sagte sie. »Ich glaube, wir bringen Sie jetzt lieber nach Hause. Wenn die Detectives hier noch irgendetwas von Ihnen brauchen, können sie ja bei Ihnen anrufen oder vorbeikommen.«

ZWÖLF

DREI MONATE ZUVOR – MITTELPENNSYLVANIA

Als sie das nächste Mal aufwachte, war ihr Kopf immer noch nicht klarer, doch sie war wenigstens nicht mehr von Dunkelheit umgeben. Sie versuchte sich aufzusetzen, doch ein heftiger Schmerz schoss durch ihren Kopf, sodass sie sich wieder hinlegte und auf die Seite rollte. Mit verschwommenem Blick nahm sie das kleine Zimmer wahr, in dem sie sich befand. An beiden Seiten der dichten Jalousien, mit denen das ihr gegenüberliegende Fenster zugehängt war, drang etwas Sonnenlicht herein. Die Wände waren mit altem, dunklem Holz vertäfelt. An der weiß gestrichenen Decke sah sie braune Wasserflecken, die an Rorschachtests erinnerten, am Boden einen grünen, langflorigen Teppich. Ein goldfarbener Knauf glänzte an einer Tür aus Pressspanholz. Wohin sie wohl führte? Es war furchtbar anstrengend, sich in dem fremden Raum umzusehen. Sie schloss die Augen und versuchte sich Klarheit darüber zu verschaffen, was mit ihr geschah – und was mit ihr geschehen war.

Hatte sie sich die Stimme nur eingebildet?

Nein. Sie hatte sie wirklich gehört. Die Stimme hatte ihr geholfen, sich wieder sauber zu machen, nachdem sie alles vollgekotzt hatte, hatte ihr zu trinken gegeben und noch etwas anderes, gegen die Kopfschmerzen. Sie schnupperte, nahm jedoch nur den schwachen, blumigen Duft von Waschmittel wahr, gemischt mit dem Geruch irgendeines Desinfektionsmittels. Als sie die Augen wieder öffnete und an sich heruntersah, stellte sie fest, dass sie eine Schlafanzughose und ein T-Shirt trug, die nicht ihr gehörten. Was zum Teufel ging hier vor sich? War sie entführt worden oder hatte ihre Mutter sie doch in eine Entzugsklinik gebracht, so wie sie es ihr immer wieder angedroht hatte?

Ihre Mutter ... Sie musste an das letzte Mal denken, als sie sich gesehen hatten, den heftigen Streit, das Geschrei – das Übliche halt. Danach war sie aus dem Haus gestürmt. Nicht zum ersten, aber zum letzten Mal.

»Zum letzten Mal«, murmelte sie vor sich hin. Sie richtete sich so abrupt auf, dass der Schwindel sie traf wie ein Schlag und sie rückwärts wieder aufs Bett fiel.

Sie hatte einen Ort gefunden gehabt, an den sie sich hatte flüchten können – endlich. Wo sie sich geborgen fühlte. Wo sie ihren Spaß haben konnte und es keine Eltern gab, die sie anschrien, ihr Vorwürfe machten oder versuchten, ihr Leben zu zerstören. Einen Ort, an dem es nicht so viele Regeln gab. Deshalb hatte sie auch ihr Handy zurückgelassen, damit sie ihr nicht folgen konnten. Deshalb war sie in das Auto eingestiegen. Deshalb hatte sie nicht darauf geachtet, wohin das Auto gefahren war, hatte aus der Flasche mit dem Pfirsichlikör getrunken ... Das süße, klebrige Zeug war ihr durch die Kehle geronnen wie Saft. Und dann die Pillen in ihrer Hand ... warum auch nicht? Jetzt würde für sie ein neues Leben beginnen, und sie fühlte sich gut.

Und dann: nichts.

Das hier war nicht das neue Leben, das man ihr versprochen hatte. Diesmal wappnete sie sich gegen den Schmerz und richtete sich erneut auf. Keuchend atmete sie ein paar Mal tief durch, bis sie sich stark genug fühlte, um aufzustehen. Es war viel einfacher als erwartet. Sie taumelte auf das Fenster zu und zog die Jalousien hoch. Bäume, so weit das Auge reichte.

Sie stieß einen Fluch aus.

Als sie sich umdrehte, um zur Tür zu gehen, fiel ihr Blick auf den Teil des Zimmers, in dem sie eben noch gewesen war ... die Matratze, auf der sie geschlafen hatte ... und dann, zusammengesunken am Fußende, ein anderes Mädchen – nackt, von blauen Flecken übersät und angekettet.

Sie konnte den Schrei, der aus ihrer Brust hervorbrach, nicht zurückhalten.

DREIZEHN

Als das Ehepaar Farmer weg war, gingen Heather und das Team aus Denton auf den Gang hinaus, um dort den Fall zu diskutieren, während Dr. Feist und ihr Assistent ihre Arbeit abschlossen. Der Chief war schweigsam wie immer, aber Josie spürte eine sonderbare Anspannung, die von ihm ausging und um sie alle in der Luft lag. Heather blickte zweimal erwartungsvoll zu ihm hin, ob er Fragen oder Vorschläge hatte, aber er starrte lediglich mit einem glühenden und durchdringenden Blick zurück und schien mit seinen über der Brust verschränkten Armen auf irgendetwas zu warten.

»Du könntest uns ja einfach mal einen kurzen Überblick über den Fall geben«, meinte Noah zu Heather.

Heather blickte den Gang hinunter zu den Aufzügen. In einem davon waren die Farmers verschwunden. »Ganz ehrlich - ich hatte gedacht, wir hätten es hier mit einer Ausreißerin zu tun. Es gab keinerlei Anzeichen, dass sie verschleppt worden ist oder gegen ihren Willen mitgenommen wurde.«

»Irgendwas in Richtung Grooming?«, wollte Josie wissen.

»Vielleicht ein erwachsener Mann, der versucht hat, über die sozialen Medien mit ihr Kontakt aufzunehmen, bevor sie verschwunden ist?«

Heather schüttelte den Kopf. »Ich hab auch an sowas wie Mädchenhandel gedacht. Schien ja irgendwie naheliegend. Ich meine, eine hübsche Fünfzehnjährige? Das war eine der ersten Richtungen, in die wir ermittelt haben – aber es gab keinerlei Anhaltspunkte dafür.«

»Eine Liebesbeziehung mit irgendwem, ob Junge oder Mädchen?«, fragte Noah.

»Wir haben mit allen gesprochen, mit denen sie befreundet war. Da gab es nichts Verdächtiges. Es gab auch nichts großartig Auffälliges im Vorfeld, was zu ihrem Verschwinden hätte führen können. Ihre Freundinnen haben alle gesagt, dass ihre Eltern die ganze Zeit gestritten haben – falls euch das nicht schon selbst aufgefallen ist – und dass Gemma das ziemlich mitgenommen hat, aber es war anscheinend auch nichts Neues.«

»Die Eltern sind nach Denton gezogen, nachdem sie verschwunden war«, sagte Josie. »Hatten sie das schon vorher geplant?«

»Ja, leider. Das war einer der Hauptstreitpunkte. Ihr Vater musste einen Posten als Geschäftsführer hier im Spur-Mobile-Handyladen annehmen. Er sagte, mit dem Einkommen aus seinem vorigen Job würden sie einfach nicht über die Runden kommen. Der Geschäftsführerposten würde besser bezahlt. Gemma wollte auf keinen Fall von ihren Freunden weg. Diana hat versucht, ihn zu überreden, dass er sie und Gemma noch bis zum Schuljahresende in Keller Hollow bleiben lässt, sodass Gemma dort wenigstens die zehnte Klasse hätte abschließen können, aber das war finanziell nicht machbar. Sie mussten das Haus sofort verkaufen. Ich hab mich sogar gefragt, ob sie wegen des Umzugs weggelaufen ist, aber als wir sie dann nicht sofort finden konnten und sie auch nicht von selbst zurückkam, ist mir die Sache langsam auch komisch vorgekommen. Es hat Diana beinahe umgebracht, das Haus zu verkaufen, mit dem Gedanken, dass Gemma vielleicht dorthin zurückkehren würde und dann wäre niemand mehr da. Sie haben allen Nachbarn eingeschärft, sofort anzurufen, wenn Gemma auftauchen sollte, aber das ist nie passiert.«

»Und sie hat überhaupt nichts gepackt, bevor sie weg ist?«, fragte Josie.

»Soweit ihre Eltern wissen, nein. Die einzige ungewöhnliche Sache in den Monaten vor ihrem Verschwinden war, dass ihre Mutter sie ein paarmal in die Einkaufsmall mitgenommen hat. Diese riesige Mall mitten in der Pampa, wisst ihr?«

»Ja, die kenn ich«, antwortete Josie.

Die Oak Ridge Mall lag direkt an der Interstate, eine halbe Fahrstunde von Denton entfernt. Sie war von Hügeln umgeben, aber doch so zentral gelegen, dass sie von all den kleineren Ortschaften östlich von Denton schnell erreicht werden konnte.

»Gemma und ihre Mutter haben sich in der Mall normalerweise getrennt, und wenn ihre Mutter dann zum verabredeten Treffpunkt im Food-Court kam, hat sich Gemma öfters mit einem anderen Mädchen im Teenageralter unterhalten, das die Mutter nicht kannte. Sie meinte, sie würde alle Freundinnen von Gemma kennen, aber dieses Mädchen hätte sie nie zuvor gesehen.«

»Hat Gemma die beiden einander vorgestellt?«, erkundigte Noah sich.

Heather schüttelte den Kopf. »Nein. Die Mutter hat gesagt, das Mädchen sei jedes Mal sofort verschwunden, wenn sie auf die beiden zusteuerte. Sie hat sich dann anfangs Sorgen gemacht, das Mädchen würde Gemma vielleicht Drogen verkaufen oder so, konnte aber nie was in der Art in Gemmas Zimmer entdecken und Gemma wirkte auch nie so, als ob sie unter dem Einfluss von Drogen stand.«

»Wie oft hat Diana die beiden denn zusammen gesehen?«, fragte Josie.

»Etwa drei- oder viermal im Lauf von ein paar Monaten, hat sie angegeben. Ihrer Beschreibung nach war das Mädchen etwa eins fünfundsechzig groß, blond und dünn. Wir haben alle Freundinnen von Gemma und auch ihren Ex-Freund nach dem Mädchen gefragt, aber kein Mensch hat sie aufgrund dieser Beschreibung erkannt. Dann haben wir die ganze Mall abgeklappert, aber niemanden gefunden, der dort arbeitet und so aussieht. Auf den Aufnahmen der Überwachungskameras war auch nichts.«

»Vielleicht ist das ja gar nicht von Bedeutung«, meinte Noah. »Auf ihrem Handy war nichts? Oder in den sozialen Medien?«

»Wir haben Snapchat, Instagram, TikTok und Twitter gecheckt. Auf dem Handy haben wir nichts gefunden. Auch als wir uns die Verbindungsdaten vom Anbieter haben kommen lassen, war da nichts. Alle Menschen aus ihrem Umfeld sind als Verdächtige ausgeschieden.«

»Keiner war verdächtig, aber verschwunden ist sie doch. Das soll also heißen, sie ist irgendwann mitten in der Nacht aufgestanden, hat sich angezogen und einfach ohne ihre ganzen Sachen das Haus verlassen?«

»Danach sah es aus, ja.«

»Keller Hollow ist ja nicht gerade eine Weltmetropole. Wohin hätte sie denn gehen sollen?«

Heather nickte mehrmals nachdenklich, während Josie das sagte. »Du hast vollkommen recht. Vielleicht wollte sie ja zu Nachbarn. Ansonsten gibt es im Umkreis von Kilometern ja nur Wiesen und Wälder.«

»Dann war sie also entweder die ganze Zeit bei Nachbarn in Keller Hollow oder jemand hat sie abgeholt«, meinte Noah. »Ich nehme an, wenn du sagst, dass alle als Verdächtige ausschieden, schließt das auch die Nachbarn ein, oder?«

»Wir sind von Haustür zu Haustür gegangen«, berichtete Heather. »Das heißt natürlich nicht, dass wir es auf jeden Fall mitbekommen hätten, wenn jemand sie versteckt hätte, aber ich würde doch eher vermuten, dass irgendwer sie abgeholt hat. Ein völliges Rätsel ist mir allerdings, ob das geplant oder eine spontane Sache war. Wenn es geplant war, hätten wir eigentlich etwas auf ihrem Handy oder auf den Social-Media-Plattformen finden müssen. Wenn es dagegen eine spontane Aktion war – wie wahrscheinlich ist das denn, dass sie mitten in der Nacht von einem Fremden aus Keller Hollow entführt wird?«

»Sie hat ihr Handy dagelassen«, warf Josie ein. »Sie hat also gewusst oder zumindest vermutet, dass sie über das Handy getrackt werden könnte. Warum hätte sie es sonst zurücklassen sollen?«

»Du glaubst also, es war geplant?«, wollte Heather wissen.

»Zumindest glaube ich, dass Teenager schlauer und raffinierter sind, als allgemein angenommen wird«, meinte Josie.

»Was ist mit selbstverletzendem Verhalten?«, fragte Noah. »Sie hat ja diese Schnitte am Arm. Hat die nach ihrem Verschwinden mal jemand erwähnt?«

»Nein. Die sind nie zur Sprache gekommen. Als wir nach Narben oder Muttermalen gefragt haben, meinten die Eltern, da gäbe es nichts. Hört zu, dieses Mädchen wollte nicht umziehen, und ich glaube nicht, dass sie eine besonders gute Beziehung zu ihren Eltern – speziell zu ihrem Vater – hatte, aber allen Aussagen nach war sie weder auffallend deprimiert oder in einer wie auch immer gearteten Notlage. Sie hat es gehasst, dass ihre Eltern Streit hatten, und sie wollte nicht mitten im Schuljahr von allen ihren Freundinnen wegziehen. Aber darüber hinaus gab's keine Probleme. Weder ihre Eltern noch ihre Freundinnen haben selbstverletzendes Verhalten erwähnt.«

»Was aber noch lange nicht bedeutet, dass sie sich nicht doch geritzt hat«, merkte Josie an. »Hat sie denn irgendwelche Jugendlichen von hier gekannt, rein zufällig? Jemanden, der auf die Denton East High geht?«

»Nein. Sie hat hier gar niemanden gekannt. Das war ein großes Thema für sie, als ihre Eltern ihr gesagt haben, dass sie umziehen würden. Ihre Freundinnen haben erzählt, dass sie völlig am Boden zerstört war, weil sie wieder bei null hätte anfangen müssen, ohne auch nur eine einzige Person an der Schule zu kennen, und dann noch mitten im Schuljahr«, erklärte Heather. »Und ehe ihr nachfragt, es war keine Rede davon, dass sie zum Abschlussball geht – jedenfalls nicht hier in Denton. Es war ja auch gerade erst Januar, als sie verschwand.«

»Habt ihr die Eltern überprüft?«, erkundigte sich Noah.

»Natürlich, als Erstes«, entgegnete Heather. »Sie geben sich gegenseitig ein Alibi.«

»Weil natürlich alle nachts zu Hause waren«, folgerte Josie. »Haben ihre Mutter und ihr Vater denn ein gemeinsames Schlafzimmer?«

»Eigenartigerweise ja«, antwortete Heather. »Zumindest behaupten sie das.«

»Dann kann man sie aber auch nicht komplett als Verdächtige ausschließen«, überlegte Noah. »Sie könnten sich gegenseitig decken oder der Vater hätte Gemma sogar etwas antun können, während ihre Mutter geschlafen hat.«

Heather nickte. »Da hast du recht. Ich hab sie auch nicht völlig ausgeschlossen, aber wir konnten rund ums Haus überhaupt nichts Verdächtiges finden. Weder Blutspuren noch ein frisch ausgehobenes Grab im Garten.«

Alle zuckten zusammen, als auf einmal Chief Chitwoods Stimme ertönte: »Das waren nicht die Eltern.«

Jetzt drehten sich alle zu ihm um und starrten ihn an. Heathers Augen verengten sich zu Schlitzen. »Ich glaub auch nicht, dass sie es waren, aber wie ich schon sagte: Da sie sich gegenseitig Alibis gegeben haben, sind die natürlich auch nicht gerade hieb- und stichfest. Zumindest meiner Meinung nach nicht. Schon gar nicht, wenn sie nachts nur zu dritt im Haus waren und eine Person davon eine Minderjährige war, die jetzt nicht mehr unter uns weilt.«

Josie ging einen Schritt auf den Chief zu, um seinen Blick besser deuten zu können, aber er fixierte Heather. »Haben Sie irgendeine Theorie dazu, Chief?«, fragte sie trotzdem.

Er ließ sie links liegen und sagte: »Fraley, Sie fahren mit Detective Loughlin, lassen sich von ihr Kopien von allen Akten zum Fall geben und bringen sie aufs Revier. Schreiben Sie Ihre Berichte und erledigen Sie den ganzen Papierkram. Und arbeiten Sie mit Palmer und Mettner jede erdenkliche Spur ab, bis wir wieder da sind.«

Noah blickte mit hochgezogenen Brauen vom Chief zu Josie und wieder zurück. »›Bis wir wieder da sind?‹«

Ohne weitere Erklärung kehrte Chief Chitwood ihnen den Rücken und ging mit großen Schritten in Richtung der Aufzüge. Die drei standen mit offenem Mund da und starrten ihm nach. »Los, Quinn!«, rief er über die Schulter zurück. »Kommen Sie schon!«

VIERZEHN

Im Aufzug und auf dem Weg zu seinem Auto sprach der Chief kein einziges Wort. Er öffnete die Tür zum Beifahrersitz und bedeutete Josie einzusteigen. Sie war noch nie zuvor in seinem Lincoln Continental mitgefahren. Im Wageninnern roch es nach Tabak – sonderbar, da sie ihn niemals hatte rauchen sehen, geschweige denn Rauchgeruch an ihm wahrgenommen hatte. Im Getränkehalter der Mittelkonsole steckte ein Kaffeebecher von Komorrah's. Josie fragte sich, ob darin normaler Kaffee war oder sein Lieblingsgebräu, ein Black Eye. Sie sah sich kurz nach hinten um, wo einige Dinge achtlos hingeworfen auf den Sitzen lagen: eine leichte Uniformjacke mit dem Logo der Polizei von Denton, ein paar Schnellhefter mit demselben Logo, halbvolle Wasserflaschen, ein Schirm und leere, zusammengeknüllte Plastiktüten. Sie spürte an ihrer Hüfte, dass ihr Handy vibrierte, und sah kurz darauf. Noah.

Sobald du weißt, was hier verdammt noch mal vorgeht, gib mir Bescheid.

Mach ich, tippte sie rasch zurück.

Der Chief klemmte sich hinters Lenkrad und knallte die Autotür zu. Dann ließ er den Motor an, fuhr vom Parkplatz und die lange Straße den Krankenhaushügel hinunter nach Denton. Josie betrachtete ihn von der Seite. Als sie es nicht mehr aushielt, fragte sie: »Können wir vielleicht mal darüber reden, was hier los ist?«

Er antwortete nicht.

»Okay. Wir wär's, wenn Sie mir wenigstens sagen, wo wir hinfahren?«

»Ich muss Ihnen was zeigen«, antwortete er knapp.

»Jetzt sofort?«

Statt ihre Frage zu beantworten, sagte er: »Gemma Farmer. Das ist Ihr Fall. Sagen Sie mir, was Sie darüber denken.«

Wie üblich hatte Josie das Gefühl, dass das ein Test von Chitwood war, in dem sie garantiert versagen würde. Statt also ungefiltert ihre Gedanken dazu von sich zu geben, nahm sie sich ein paar Augenblicke Zeit zum Nachdenken und meinte dann: »Gut vier Monate vermisst, aber ohne sichtbare Anzeichen von Gewaltanwendung oder zumindest Fesselungsmale. Kein Beweis, dass jemand sie entführt hat, aber irgendwo muss sie die vier Monate über ja gewesen sein. Sie hat sich mit jemandem getroffen. Das ist die einzige plausible Erklärung. Die Frage ist nur, wie und wo, wenn sie sich nicht übers Handy verabredet hat, vor allem, da sie ja in diesem winzigen Kaff Keller Hollow mitten auf dem Land gewohnt hat.«

»Der Mord, Quinn. Ich rede von dem Mord.«

Josie ließ wieder einige Momente in Stille verstreichen und ging im Geist die Einzelheiten des Verbrechens durch. »Ein einziger Stich in die Oberschenkelarterie, eine fehlende Haarsträhne. An ihrem sechzehnten Geburtstag zurückgebracht und an einem öffentlichen Ort abgelegt. Das macht er nicht zum ersten Mal. Das ist, was ich denke. Er hat Erfahrung. Gemma

Farmer wurde auf einem Abschlussball gefunden, aber ich glaube nicht, dass ihr Mörder ein Schüler ist oder irgendein Teenager. Berücksichtigt man, dass praktisch keine Spuren hinterlassen wurden, die ganze Inszenierung und die dafür nötige Planung, entsteht bei mir der Eindruck, dass der Mörder älter ist. Ich weiß nicht, ob es sich hier um einen Serienmörder handelt, aber die Ermordung von Gemma Farmer zeigt ein Ausmaß an Raffinesse, das ich bisher überhaupt erst ein- oder zweimal gesehen habe – eben bei Serienkillern. Sie inszenieren dieselben Fantasien wieder und wieder und verfeinern dabei alles so lange, bis sie immer ... besser darin werden. Besser im Morden. Besser im Herstellen des Szenarios, von dem sie so besessen sind. Ist es das, was Sie mir sagen wollen? Dass es sich hier um einen Serienmörder handelt? Das hätten Sie mir schon im Krankenhaus mitteilen können. Was geht hier eigentlich vor?«

Chitwood bog auf eine Straße ab, die nach Southwest Denton führte. Es war eine ländliche Gegend an der Grenze zwischen Alcott County und Lenore County und Josie wusste, dass sie in einigen Kilometern an ein paar zwischen Feldern verstreut liegenden Farmen vorbeifahren würden. »Ich weiß nicht, ob es sich hier um Serienmorde handelt. Aber ich weiß, dass wir ein Problem haben.«

»Wir?«, sagte Josie. »Sagen Sie mir jetzt endlich, was los ist, oder fahren wir einfach weiter den ganzen Tag in der Gegend herum, während Sie kryptische Andeutungen von sich geben?«

Chitwood warf ihr einen finsteren Blick zu und sofort bereute Josie ihren Ton. Trotzdem fuhr er ihr nicht über den Mund, sondern meinte stattdessen: »Wir fahren zu meinem Haus. Es gibt da etwas, das ich Ihnen zeigen muss.«

Josie spürte, wie ihr Unbehagen noch ein klein wenig zunahm. Warum, hätte sie nicht sagen können. Sie glaubte eigentlich nicht, dass der Chief eine Bedrohung für sie darstellen könnte, so seltsam er sich auch benahm. Aber sie wusste noch nicht einmal, wo er wohnte. Keiner aus dem Team wusste das. Er arbeitete jetzt schon beinahe fünf Jahre auf dem Revier und niemand von ihnen wusste das Geringste über ihn. Bis jetzt war er ein Buch mit sieben Siegeln gewesen.

Schweigend fuhren sie noch einige Kilometer weiter. Die Hügellandschaft ging in sanft geschwungene Felder über. Entlang der Straße standen vereinzelt Farmhäuser – wie hingetupft. Chitwood bremste ab und bog hinter einem schwarzen Briefkasten auf einen langen Feldweg ein. Josie hielt sich am Türgriff fest, während sie auf ein kleines zweistöckiges Haus mit weißer Außenverkleidung und roten Fensterläden zuholperten. Daneben stand eine freistehende Doppelgarage, ein massiger Betonquader mit funktionellen weißen Garagentoren. Chitwood parkte zwischen den beiden Gebäuden und stieg aus. Josie stieg ebenfalls aus dem Auto und marschierte auf die Veranda des Farmhauses zu.

»Nicht dahin«, rief Chitwood ihr nach. »In die Garage.«

Josie sah zum Haus hinüber. Jetzt, da sie so nah an Chitwoods Bleibe war, hatte sie Mühe, ihre Neugier zu verbergen, schwenkte aber trotzdem um Richtung Garage. Der Chief hielt inzwischen einen Schlüsselbund in der Hand. Er ging die einzelnen Schlüssel durch, bis er den richtigen gefunden hatte, und öffnete damit das Vorhängeschloss unten an einem der Garagentore. Dann steckte er das Schloss in seine Hosentasche und schob das Tor, das unter Ächzen und Quietschen nachgab, nach oben.

Von drinnen wirbelte im Sonnenlicht Staub auf. In der Mitte des Garagenabteils stand ein Mähtraktor und überall rundherum waren Metallregale mit Aktenkartons aufgestellt. Es sah aus wie in der Asservatenkammer auf dem Revier in Denton. Josie wusste, dass der Chief schon seit Jahrzehnten bei der Kriminalpolizei war, und fragte sich, wie viele kopierte Fallakten er in dieser Zeit wohl angesammelt haben mochte.

Normalerweise waren Detectives nicht dazu berechtigt, offizielle Akten mit nach Hause zu nehmen oder Kopien davon zu machen, obwohl einige Polizeireviere ihnen gestatteten, die eigenen Notizen zu behalten und Dokumente zu kopieren, die nicht als vertraulich eingestuft waren.

An der Rückwand stand ein abgenutzter Holztisch mit einer Säge und Werkzeug für die Holzbearbeitung darauf. Über dem Tisch war eine Holzleiste mit Haken befestigt. An jedem der Haken hing ein anderes Werkzeug. In der Mitte – zwischen einem Hammer und einem Schraubenschlüssel – war ein Foto angepinnt, das im Lauf der Jahre vergilbt war.

»Kommen Sie rein«, sagte Chitwood.

Er ging links vom Traktor an den Regalen entlang und ließ den Blick über die Kartons schweifen, offensichtlich auf der Suche nach etwas Bestimmtem. Josie konnte keinerlei Beschriftungen erkennen. Sie ging rechts am Traktor vorbei, angezogen von dem Foto über dem Werktisch. Aus der Nähe sah sie, dass ein Mädchen im Teenageralter darauf war, mit langen blonden Haaren und einem breiten, strahlenden Lächeln. Sie trug die Uniform einer katholischen Schule, einen Trägerrock in grünem Schottenkaro mit einer gelben Bluse darunter. Feste Halbschuhe und kurze Socken vervollständigten ihre Kleidung. Sie stand vor einem großen Steinbau, hinter sich eine lange Treppe. Die Arme hielt sie nach vorn ausgestreckt, als wollte sie sie gleich zu den Seiten ausbreiten. Josie beugte sich vor und betrachtete das Gesicht. Das Foto war nicht so scharf wie moderne Fotografien und die Gesichtszüge des Mädchens sahen etwas verschwommen aus, aber trotzdem konnte Josie erkennen, dass sie dem Chief ähnelte.

Chitwood begann, Kartons aus den Regalen zu ziehen und sie zum Werktisch herüberzubringen. Josie deutete auf das Foto. »Ist das Ihre Tochter?«

Statt sie anzusehen, nahm Chitwood den Deckel von einem

der Kartons und ging den Inhalt durch. »Das ist Kelsey«, sagte er. »Meine Schwester.«

Josies Herz sank. Wenn das die letzte Aufnahme seiner Schwester war, die er hier aufgehängt hatte, weilte Kelsey wohl kaum noch unter den Lebenden.

»Sie ist tot«, beantwortete der Chief ihre unausgesprochene Frage. »Und tatsächlich ist das der Grund, warum ich Sie hierher mitgenommen habe. Ich möchte, dass Sie sich die Akten zu Kelseys Fall ansehen.«

Er zog jetzt Aktenmappen aus dem Karton und legte sie auf dem Tisch aus. Josie erspähte auf einer der Mappen eine Jahreszahl: 1997.

Sie starrte den Chief an, wartete darauf, dass er innehalten und ihren Blick bemerken oder etwas Vernünftiges von sich geben würde. Als er das nicht tat, merkte sie an: »Chief, ich glaube nicht, dass wir ...«

Er hörte auf, Aktenmappen aus dem Karton zu nehmen, stemmte seine Hände in die Hüften und blickte auf sie herunter. Zum ersten Mal an diesem Tag hatte Josie das Gefühl, dass er sie wirklich sah. »Quinn, es ist wirklich wichtig.«

»Das ist mir klar«, antwortete Josie. »Aber vielleicht sollten wir das alles mit aufs Revier nehmen. Und das gesamte Team drüberschauen lassen, wenn Zeit dafür ist. Der Mord an Gemma Farmer hat für uns momentan oberste Priorität. Das hier ist ... Woher haben Sie das eigentlich alles?«

»Kümmern Sie sich nicht darum, wo ich das herhabe. Quinn, Sie müssen für mich diese Akten sichten. Ich muss wissen, was Sie darin sehen.«

Chitwood breitete Seite um Seite vor ihr aus und Josie blickte auf einen Bericht nach dem anderen. Viele Blätter waren normales Schreibpapier, mit der krakeligen Schrift des Chiefs darauf. Beim Rest handelte es sich um offizielle Berichte. Josie war klar, dass das, was ihr der Chief zeigen wollte, wichtig sein musste, aber sie wollte dem Mörder von

Gemma Farmer auch keinesfalls mehr Zeit als nötig geben und damit die Gelegenheit, wieder zuzuschlagen. »Ich sehe mir sehr gern alles durch, was Sie möchten, Chief, aber vielleicht geht es schneller, wenn Sie mir einfach den Fall schildern.«

Er tippte mit dem gestreckten Finger auf einen der Berichte vor ihnen. »Ich muss wissen, was Sie sehen, Quinn. Vielleicht bekomme ich nie wieder eine Chance wie diese. Hören Sie, mir ist klar, dass ich es Ihnen nicht immer leicht mache. Das liegt daran, dass Sie mir wirklich grandios auf die Nerven gehen. Es ist mir schleierhaft, warum Noah noch mit Ihnen verheiratet ist, denn wenn Sie sich erst mal in einen Fall festgebissen haben, schauen Sie weder rechts noch links.«

Josie hob abwehrend die Hand. »Meine Ehe lassen Sie bitte aus dem Spiel.«

Chitwood machte eine wegwerfende Handbewegung. »Quinn, hören Sie gut zu, denn ich werde das hier kein zweites Mal sagen und ganz bestimmt nicht vor Dritten. Sie sind die beste Ermittlerin, die mir jemals untergekommen ist. Ich möchte, dass Sie den Mord an meiner Schwester erneut prüfen.«

Mord. Wie Josie selbst, wie Noah und Gretchen und unzählige andere Menschen, denen sie im Lauf ihrer Karriere begegnet war, hatte auch der Chief eine Person, die ihm nahestand, durch ein Gewaltverbrechen verloren. Das war ein Schmerz, den sie niemandem wünschte, ein Kreuz, das lebenslang auf einem lastete. Die Zeit ließ die scharfen Ränder einer solchen Wunde zwar etwas stumpfer werden, konnte sie aber niemals ganz heilen. Und das Leben zupfte immer wieder den Schorf darüber ab. Die Wunde verschwand nie, sie veränderte lediglich ihre Gestalt. »Chief«, sagte Josie sanft, »das tut mir wirklich leid.«

Er schüttelte den Kopf. »Die Zeit des Bedauerns ist vorbei. Lange vorbei. Ich brauche einfach nur Ihre Hilfe bei dem Fall.«

»Ich kann Ihnen helfen«, entgegnete Josie. »Aber, Chief,

dieser Fall ist fünfundzwanzig Jahre alt. Und im Moment muss ich einfach Gemma Farmer absoluten Vorrang geben.«

Er schüttelte den Kopf. »Aber da gibt es eine Verbindung. Ich halte es für sehr wahrscheinlich, dass der Mörder meiner Schwester auch Gemma Farmer umgebracht hat.«

FÜNFZEHN

»Erzählen Sie von Anfang an«, sagte Josie zu Chitwood.

Er wandte sich ab und zog weitere Kartons aus den Regalen. Was nicht mehr auf den Tisch passte, stellte er auf den Boden. Dann nahm er die Deckel der Kartons ab und ging ihren Inhalt durch. »Kelsey war fünfzehn, als sie verschwand«, begann er. »Fast sechzehn.«

Josie rechnete kurz nach. »Sie war vor fünfundzwanzig Jahren fünfzehn Jahre alt?«

»Und wurde vier Monate und siebzehn Tage lang vermisst.«

Wieder stellte Josie im Kopf Rechnungen an. »Moment mal. Damals waren Sie ja schon in den Vierzigern. Mit Anfang vierzig hatten Sie eine Schwester im Teenageralter?«

Über einen Karton gebeugt, hielt Chitwood inne und sah zu Josie hoch. »Natürlich hatten wir nicht dieselbe Mutter.«

»Ihr Vater hat also noch mal geheiratet?«

Chitwood ließ ein kurzes, abgehacktes Lachen hören. Dann richtete er sich auf und streckte seinen Rücken durch. Sein Gesichtsausdruck war leicht gereizt. »Okay, bringen wir's hinter uns. Mein Dad ist ein absoluter Widerling. Ein verdorbenes, ekelhaftes Stück Scheiße, das es nicht verdient hat, auf Gottes Erden zu wandeln. Aber er ist immer noch da. Wie er schon immer da gewesen ist. Wie ein bösartiges Krebsgeschwür. Nicht aufzuhalten.«

Josie hob eine Braue. »Hört sich nach einem fürchterlichen Typen an. Von was für einem Menschen reden wir denn hier? Von einem Serienmörder?«

»Schlimmer. Er war ein Cop.«

»Und wo?«, wollte Josie wissen.

Chitwood kniete jetzt auf dem Boden und durchsuchte mit beiden Händen einen Karton.

»Er hat als Streifenpolizist bei der Polizei von Brighton Springs angefangen und wurde dann zum Detective befördert. War fünfzig Jahre dort im Dienst.«

Josie erkannte den Namen der Stadt wieder. Er tauchte auch auf den offiziellen Berichten vor ihr auf. Brighton Springs lag im Westen Pennsylvanias, nördlich der Stadt Pittsburgh. Sie war nicht so groß wie diese, aber doch groß genug für ein anständiges Police Department. »Haben Sie auch da gearbeitet, bevor Sie zu uns gekommen sind?«

Chitwood schüttelte den Kopf. »Nein, nie. Ich hätte niemals auf einem Revier gearbeitet, das ihn beschäftigt hat.«

»War er korrupt?«

»So korrupt, wie der Tag lang ist«, bestätigte Chitwood. »Und außerdem alles andere als ein guter Vater. Er hat meine Mutter vom ersten Tag an betrogen, bis sie schließlich mit dem Trinken angefangen hat, um mit dieser Demütigung zurechtzukommen. Scheidung war damals nicht wirklich eine Option. Als sie geheiratet haben, war sie fast noch ein Kind. Mir ist noch immer nicht klar, wie er das angestellt hat. Sie war noch nicht mal achtzehn, als sie den Bund fürs Leben geschlossen haben. Dann hatte sie bald das Gefühl, in der Falle zu sitzen.

Verheiratet mit diesem Scheißkerl, der einfach alles kontrolliert hat, samt dem Geld. Sie hatte ja keine Ausbildung oder so. Hat immer zu mir gesagt: ›Bobby, dein Vater hat mir eine Falle gestellt und ich bin direkt hineingetappt.‹ Ich war noch nicht mal einundzwanzig, da hatte sie sich schon totgesoffen.«

Er berichtete das Ganze mit der Distanz eines Menschen, der gerade die Handlung einer Seifenoper wiedergibt.

»Tut mir leid, das zu hören«, meinte Josie.

Chitwood schenkte Josies Bedauern keine Beachtung. »Ich glaube, mein Dad war erleichtert, als sie starb. Da musste er sich ihr Weinen nicht mehr anhören. Und dann, als ich fünfundzwanzig war, kreuzt er auf einmal mit diesem Baby bei mir auf. Sagt, es wäre seins.«

»Kelsey?«

Chitwood nickte, verschloss den Karton, den er gerade durchgesehen hatte, wieder mit dem Deckel, stand auf und suchte in den Regalen nach einem weiteren. »Er hat mit einer Informantin geschlafen. Einer Drogensüchtigen. Hat sie geschwängert. Sie hatte kein Interesse daran, ein Kind aufzuziehen. Er auch nicht. Ich weiß bis heute nicht, warum er die Kleine überhaupt nach Hause mitgenommen hat.«

»Und er hat sie zu Ihnen nach Hause gebracht?«, fragte Josie.

»Mhm. Hat mir nur gesagt: ›Bobby, du musst mir mit diesem Kind helfen.‹ Er hatte nämlich nicht die geringste Ahnung, wie man mit Babys umgeht.«

»Ganz im Gegensatz zu Ihnen?«, hakte Josie nach. Wieder fragte sie sich, ob Chitwood irgendwo eine eigene Familie hatte, von der keiner aus dem Team wusste.

Er musste lachen. »Nein, wo denken Sie hin. Ich war fünfundzwanzig und Streifenpolizist! Alles, was mich damals interessiert hat, waren Frauen und die Aussicht auf einen Fall, der aufregender ist als eine Verkehrskontrolle.«

»Das verstehe ich nicht«, entgegnete Josie.

Chitwood ließ einen neuen Karton auf den Boden plumpsen und seufzte. »Er hat sie bei mir gelassen, weil er wusste, dass ich mich um sie kümmern würde. Er wusste, wie sehr ich ihn verachtete. Dass ich nie im Leben so werden wollte wie er. Meine Mom war nicht perfekt, aber sie war wenigstens kein Monster. Er wusste, dass ich immer viel lieber sein wollte wie sie.«

»Und dann haben Sie Ihre Schwester großgezogen.«

Wieder hielt Chitwood inne, kramte in seiner Jackentasche nach einem Taschentuch und putzte sich die Nase. Josie hatte nie zuvor gesehen, dass er groß Gefühle zeigte, aber jetzt schimmerten Tränen in seinen Augen. »Ich hab ihr immer die Windeln gewechselt. Ihr Fläschchen gemacht. Sie zum Arzt gebracht. Ich hab dämliche Liedchen mit ihr gesungen und ihr die Zahlen und Buchstaben beigebracht. Ihr erstes Wort überhaupt war ›Bo‹.«

»Für Bobby«, sagte Josie und spürte ihre Kehle eng werden.

Er nickte und tupfte jetzt mit dem Taschentuch an seinen Augenwinkeln herum. »Ich hab auch eine Menge für sie aufgegeben. Erinnern Sie sich noch, wie ich mal von dieser Frau erzählt hab? Die, mit der ich das Wochenende auf der exotischen Insel verbracht habe? Ich dachte, mit ihr würde das was werden, aber sie wollte Kelsey nicht großziehen. Sie wollte zusammen mit mir eine Familie gründen und nicht das Kind eines anderen Mannes annehmen. Sie fand es erbärmlich, dass ich mich nicht gegen meinen Vater zur Wehr gesetzt und ihn gezwungen habe, selbst Verantwortung für Kelsey zu übernehmen.«

Josie trat näher zu Chitwood und betrachtete sein Gesicht, während er die Vergangenheit Revue passieren ließ. »Aber es ging gar nicht um Verantwortung«, meinte sie leise. »Sie haben sie geliebt.«

»Wie mein eigenes Kind«, brachte er mühsam hervor. »Wie mein eigenes.«

»Sie haben gesagt, sie sei verschwunden, als sie fünfzehn war«, meinte Josie. »Was ist passiert?«

»Verflucht noch mal, dasselbe, was auch Gemma Farmer passiert ist«, antwortete Chitwood. »Das ist passiert.«

SECHZEHN

Chitwood fuhr den Traktor nach draußen in die Einfahrt und dann half Josie ihm, die Berichte und Tatortfotos auf dem Garagenboden auszulegen. Der Fall Kelsey Chitwood hatte eine Unmenge an Schriftstücken hervorgebracht, von denen die meisten aus den fast fünf Monaten zwischen dem Verschwinden von Kelsey und ihrem Tod stammten und sich hauptsächlich mit Spuren beschäftigten, die sich in der Rückschau als falsch erwiesen hatten. Die vielen handbeschriebenen Zettel zeugten davon, dass Chitwood auf eigene Faust ermittelt hatte, während Kelsey vermisst war. Jetzt bemühte er sich, alles in chronologischer Reihenfolge anzuordnen. Josie las sich zuerst die ursprüngliche Vermisstenanzeige durch.

»Kelsey ist aus einer katholischen Schule verschwunden? Aus einem Internat?«, fragte sie.

»Ja«, antwortete Chitwood. »Mit vierzehn ist sie ein wenig rebellisch geworden und immer wieder mit dem Gesetz in Konflikt geraten. Ich konnte verhindern, dass sie im Jugendgefängnis landet, weil ich selbst im für sie zuständigen Gerichtsbezirk gearbeitet hab – in Lochfield. Das ist ungefähr eine Fahrstunde östlich von Brighton Springs. Ich dachte, ich hätte die Sache im Griff, aber als die Lage dann etwas ernster wurde, musste leider mein Dad miteinbezogen werden, weil ich offiziell kein Sorgerecht für sie hatte. Seine Reaktion auf ihr Verhalten war, sie aus der öffentlichen Highschool zu nehmen, auf die auch alle ihre Freundinnen und Freunde gingen, und sie in ein katholisches Internat zu stecken. Ich war total dagegen – und sie natürlich auch. Noch schlimmer aber war, dass sie ab diesem Zeitpunkt näher bei ihm lebte als bei mir, da die Schule in Brighton Springs war.«

»Ihr Dad wollte nicht, dass Sie das Sorgerecht bekommen?«, hakte Josie nach. »Nachdem Sie sich fünfzehn Jahre lang um sie gekümmert hatten?«

Chitwood schüttelte den Kopf.

»Und Sie haben nicht versucht, sich das Sorgerecht von ihm zu erstreiten?«

»Natürlich habe ich das versucht«, antwortete Chitwood. »Aber er hatte den Richter auf seiner Seite. Trotz mehrerer Anhörungen und Stapeln von Beweisen, dass ich Kelsey aufgezogen hatte, befand der Richter, ich wäre als Vormund für sie nicht geeignet. Also wurde sie meinem Dad zugesprochen, so wie er es von Anfang an beabsichtigt hatte.«

»Wie fürchterlich«, murmelte Josie.

Chitwood zuckte mit den Achseln. »Wie gesagt, er war ein absoluter Widerling. Ist es immer noch. Er ist jetzt in den Neunzigern. Wohnt allein über einer Bar. Nicht weit von dem Ort, wo Kelsey gefunden wurde. Ich kann es kaum erwarten, dass sein Vermieter endlich anruft, um mir mitzuteilen, dass er gestorben ist. Aber so schrecklich wie er ist, wird er wahrscheinlich sogar mich noch überleben.«

Er reichte ihr ein Blatt mit Aufzeichnungen in seiner Handschrift und Josie sah, dass es Notizen über seine privaten Ermittlungen waren. Sie las sie Zeile für Zeile durch. »Kelsey ist aus ihrem Internatszimmer verschwunden?«

»Sie ist abends ins Bett gegangen, und als sie am nächsten

Morgen nicht zum Frühstück erschien, haben die Nonnen in ihrem Zimmer nachgesehen, aber sie war weg. Der Schlafanzug lag da, aber eine ihrer Schuluniformen und ein Paar Schuhe haben gefehlt. Sie hatten keine Überwachungskameras im Internat, aber es gab auch keinerlei Anzeichen für einen Kampf oder ein gewaltsames Eindringen oder etwas in der Art.«

»Und dann wurde sie einfach als Ausreißerin abgestempelt, oder?«, mutmaßte Josie.

»Ja, das war die gängige Hypothese damals. Besonders, weil sie ja von Anfang an nicht auf diese Schule gehen wollte.« Seine Stimme bebte. »Sie wollte bei mir bleiben.«

Josie richtete ihre Aufmerksamkeit wieder auf den Bericht aus Brighton Springs. Ihr Blick fiel auf den Namen des ermittelnden Officers. »Wie?«, wunderte sie sich. »Harlan Chitwood? Ihr Vater war der leitende Ermittler in Kelseys Fall?«

»Ich sag ja, ich hätte nie für ein Revier gearbeitet, in dem er beschäftigt war«, meinte Chitwood.

Josie las den offiziellen Bericht noch einmal durch und kniete sich dann auf den Boden, um die daran anschließenden Berichte zu suchen. »Na ja«, murmelte sie vor sich hin, »wir können uns da eigentlich nicht beschweren: Schließlich haben Sie mich ja auch im Fall meiner Schwester ermitteln lassen.«

»Ja, so gesehen ...«, meinte er. Er kniete sich neben sie, und da er wohl ahnte, wonach sie suchte, reichte er ihr die entsprechenden Berichte. »Er hatte damals einen Teampartner. Junger Kerl. Travis ...« Er blätterte einen Stapel Unterlagen durch und verlor sich dabei in Gedanken. Dann fand er den Namen und las ihn vor: »Benning. Travis Benning. Mein Vater bekam ihn als blutjungen Detective zugewiesen. Wollte ihm die Harlan-Chitwood-Methode beibringen, aber Benning ließ sich nicht darauf ein. Er hat auch an dem Fall gearbeitet.«

Josie überflog so schnell wie möglich die Berichte. »Wo sind denn die Befragungen des Freundeskreises? Der Mädchen aus ihrer Klasse? Die haben nur mit den Nonnen gesprochen.«

»Es gibt haufenweise Lücken in der Ermittlung«, sagte Chitwood. »Ich habe jede einzelne Person befragt, die jemals Kontakt zu ihr hatte, aber so gut wie nichts rausgefunden. Es war, als hätte sie sich in Luft aufgelöst. Ein paar ihrer Schulkameradinnen haben gesagt, dass sie gesehen hatten, wie sie im Monat vor ihrem Verschwinden einige Male mit einer älteren Frau sprach – einer Frau mit langem weißen Haar. Kelsey ging sehr oft in die Stadtbibliothek. Es gab auch eine Bibliothek in der Schule, aber wenn sie in die Stadtbibliothek ging, konnte sie wenigstens eine Zeit lang den Schulcampus verlassen. Sie nahm immer den Bus dorthin. Ihre Freundinnen haben gesehen, wie sie an der Bushaltestelle in der Nähe ihres Wohntrakts mit dieser Frau gesprochen hat.«

»Hat sich irgendwer eine Beschreibung dieser Frau geben lassen?«

»Klein, dünn, weiße Hautfarbe, weißes Haar«, antwortete Chitwood und verdrehte dabei kurz die Augen. »Wie die Hälfte aller älteren Damen in dieser verdammten Stadt.«

»Und niemand hat sie von so nah gesehen, dass man mit einem Phantombild hätte arbeiten können?«

»Nein.«

»Und hat Kelsey mit irgendwem ...«

»Quinn«, unterbrach der Chief sie und schrie dabei fast. »Ich hab schon selbst an das alles gedacht. Nein, Kelsey hat mit keiner ihrer Freundinnen über die Frau gesprochen. Und ja, sie haben sie gefragt, wer sie ist, aber Kelsey hat gesagt, sie sei ›eben so eine‹ gewesen, die sie an der Haltestelle getroffen hätte. Ich habe in den umliegenden Geschäften nach Überwachungskameras gesucht. Ich habe mit dem Busfahrer dieser Route gesprochen, mit den anderen Passagieren. Dasselbe haben mein Dad und sein Partner getan. Die Berichte sind nicht hier drin, aber das tut nichts zur Sache. Diese Frau war ein Gespenst. Ein Niemand. Ich weiß nicht mal, ob sie was mit Kelseys Verschwinden zu tun hatte. Vielleicht war es einfach nur irgendeine Frau, mit der Kelsey an der Bushaltestelle ins Gespräch kam. Meine Schwester hatte sich jedenfalls in Luft aufgelöst.«

»Nur dass das natürlich nicht sein kann«, kommentierte Josie. »Wo sind denn die restlichen Polizeiberichte aus Brighton Springs?«

»Ich habe so viel wie möglich zusammengetragen«, entgegnete Chitwood. »Ich sag Ihnen lieber nicht, wie. Es ist leider unvollständig. Entweder sie haben da was manipuliert oder einfach ihre Arbeit nicht gemacht. Aber das hier, das sind die wichtigen Unterlagen. Nicht, wie sie verschwunden ist. Sondern, wie sie aufgefunden wurde.«

Er reichte ihr einen Stapel Fotos und Josie wappnete sich innerlich, bevor sie die Bilder durchsah. Das erste Foto zeigte Kelsey von hinten, wie sie auf etwas kniete, das wie eine Kirchenbank aussah. Nur ihr Kopf und ihre Schultern waren zu sehen. Ihr langes blondes Haar fiel ihr über den Rücken. Um sie herum standen schwere Holzbänke, alle leer, und vor ihr sah man den Teil des Kirchenschiffs, der zur Apsis führte. Die Kuppel darüber war himmelblau gestrichen. Kniende Engel spähten in die Kirche hinunter, mit einem Gesichtsausdruck zwischen Entgeisterung und Hoffnung. Josie blätterte die nächsten Fotos durch. Das Gefühl, Kelsey Bild für Bild quasi wie in Echtzeit immer näher zu rücken, verstörte sie. In einer Aufnahme von der Seite konnte sie sehen, dass Kelseys Arme über die Rückenlehne der Kirchenbank vor ihr gehakt waren und sie so aufrecht hielten. Irgendwie hatte Josie erwartet, dass sie in Gebetshaltung hindrapiert worden wäre, mit vor dem Körper gefalteten Händen. Stattdessen saß sie halb zusammengesackt da und der untere Rand ihres Kinns lag auf der Kirchenbank vor ihr auf. Ihre Augen waren geschlossen, ihr Gesicht bleich und friedlich. Wäre ihre Haltung nicht so eigenartig gewesen, hätte man meinen können, sie sei während der Messe eingenickt.

Über Josies Schulter sagte Chitwood: »Machen Sie weiter.«

Josie fragte sich, wie oft er die Fotos in all den Jahren wohl angesehen hatte, so abgegriffen waren ihre Ränder. Die nächste Bilderstrecke zeigte den unteren Teil von Kelseys Körper. Sie trug ihre Schuluniform.

»Als Sie sie gefunden haben, war sie da ...«

»Es war an ihrem sechzehnten Geburtstag«, sagte Chitwood. »Machen Sie weiter.«

Josie fühlte, wie eine Woge des Entsetzens über sie hinwegging. Sie blätterte die nächsten Fotos durch. Kelseys Knie waren auf der Kniebank platziert worden. Auf dem Boden unter ihr breitete sich in alle Richtungen eine Blutlache aus. Chitwood blickte Josie jetzt über die Schulter. Als er sprach, fühlte sie, wie sein Atem ihr Haar bewegte. »Todesursache war Verbluten infolge von zwei Stichen, die ihre Oberschenkelarterie trafen. Die toxikologische Analyse ergab eine Vergiftung mit Benadryl.«

Josie stockte der Atem. Sie versuchte zu sprechen, eine Frage zu stellen, aber ihre Stimmbänder waren vor Schreck wie gelähmt. Chitwood nahm ihr die Fotos aus der Hand, ging sie durch und hielt ihr dann eines direkt unter die Nase. Es zeigte Kelsey vom Hals aufwärts, wie sie auf einem Seziertisch lag und mit den um ihren Kopf ausgebreiteten Haaren Gemma Farmer sehr ähnelte. Josie stach sofort ins Auge, dass eine Strähne fehlte.

Sämtliche Alarmglocken in ihrem Inneren begannen zu schrillen. Sie schluckte und versuchte erneut zu sprechen. »Wie ... Wie viele? Wie viele Mädchen?«

Chitwood schob das Foto wieder in den Stapel und drückte ihn an seine Brust. »Zwei«, sagte er. »Kelsey und Gemma Farmer. Ich hab jahrelang nach anderen Verbrechen gesucht, die zu dem an Kelsey passen. Ich hab die ViCAP-, die NCIC- und die PaCIC-Datenbank durchforstet. Aber ich bin auf kein anderes Opfer vor Gemma Farmer gestoßen. Ich gehe davon aus, dass die Morde an Gemma und Kelsey in Zusammenhang stehen. Die Ähnlichkeiten sind so augenfällig, dass ich mich fühle, als hätte mir jemand eins übergezogen. Die Art des Verschwindens, das Auffinden an ihrem sechzehnten Geburtstag, der Stich in die Oberschenkelarterie, die fehlende Haarsträhne. Ich weiß, Dr. Feist würde ohne Bestätigung der Toxikologen niemals offiziell verkünden, dass Gemma Farmer beinahe tödliche Mengen von Benadryl im Blut hatte, aber ich würde mein Augenlicht darauf verwetten, dass genau das bei der Analyse rauskommen wird. Das kann nur derselbe Typ sein. Die Fälle ähneln sich einfach zu sehr.«

»Bei dem einen war Ihre Schwester das Opfer und der andere ist in Ihrem Zuständigkeitsbereich geschehen«, überlegte Josie laut. »Glauben Sie, es ist jemand, den Sie kennen? Jemand, den Sie damals gekannt haben?«

Chitwood seufzte und ließ seinen Blick durch die Garage wandern, in der jetzt ein Durcheinander aus Dokumenten, Aktenmappen, Ordnern, Tatortfotos und halboffenen Kartons herrschte. »Ich weiß es nicht, Quinn. Ich hab die letzten fünfundzwanzig Jahre damit verbracht, diesen Typen zu suchen. In letzter Zeit nicht mehr so sehr, weil ich jede vorhandene Spur bereits bis zum Überdruss geprüft hatte. Glauben Sie mir, ich hab über diese Sache gründlicher nachgedacht, als Sie es sich vorstellen können. Das ist mein Lebensinhalt gewesen. Das und nichts anderes. Wenn ich recht habe, Quinn, und dieser Typ ist tatsächlich zurück und hat wieder zugeschlagen, dann habe ich jetzt eine reelle Chance, ihn zu fassen. Und deshalb will ich, dass Sie sich jede einzelne Seite hier drinnen vornehmen, sie mit dem Gemma-Farmer-Fall abgleichen und mir sagen, was Sie sehen.«

Josie ging zum Tisch hinüber und musterte noch einmal das Foto von Kelsey. Sie war groß und dünn gewesen, wie der Chief, und die Ähnlichkeit zwischen ihrem und seinem Lächeln – das Josie allerdings erst ein- oder zweimal gesehen hatte – war unübersehbar. »Das ist ein abgeschlossener Fall, der nicht in Ihren Zuständigkeitsbereich fällt«, sagte sie.

»Das weiß ich.«

»Die Akten hier, zumindest alles, was Sie aus Brighton Springs haben, die sollten Sie gar nicht haben.«

»Weiß ich.«

»Abgesehen davon sind sie unvollständig. Wir müssen auch die Akten sehen, die Sie von denen nicht bekommen haben.«

»Sehe ich auch so.«

»Falls die Person, die Ihre Schwester umgebracht hat, tatsächlich jetzt, fünfundzwanzig Jahre später, auch Gemma Farmer ermordet hat, kann ich nichts von dem, was ich in diesen Akten – in Ihren Akten – finde, verwerten. Das ist Ihnen doch klar? Nichts davon würde jemals vor einem Gericht zugelassen werden.«

»Aber Sie sehen es doch auch, oder?«, sagte Chitwood, und in seiner Stimme lag eine solche Verzweiflung, dass Josie zusammenzuckte. Er schien es nicht zu bemerken.

»Natürlich sehe ich es. Jede Person mit etwas Grips in der Birne würde den Zusammenhang sehen, aber zählen wird das nur, wenn wir uns an den offiziellen Dienstweg halten. Also mit dem Police Department in Brighton Springs Kontakt aufnehmen, um Kopien der Akten bitten, vielleicht sogar das FBI hinzuziehen.«

Josie dachte an die Raffinesse der Verbrechen: die Inszenierung der Leiche, das Zurückbehalten eines Andenkens, mit welcher Effizienz der Mörder seine Opfer ins Jenseits befördert hatte. »Dieser Typ ist schon lange am Werk. Vielleicht hat er keine Verbrechen begangen, die den Morden an Kelsey und Gemma aufs Haar gleichen, aber ich kann mir nicht vorstellen, dass er sich die ganze Zeit zurückgehalten hat und gar nicht aktiv war.«

»Außer er war im Gefängnis«, meinte Chitwood. »Das ist es wahrscheinlich. Was, wenn er wegen einer anderen Sache einsaß? Fünfundzwanzig Jahre lang. Was, wenn er gerade rausgekommen ist und wieder angefangen hat? Quinn, wir können nicht zulassen, dass er noch ein Mädchen ihren ...«

Er verstummte. Josie konnte in seinen Augen lesen, wie sehr er um Fassung rang. Er hatte »Eltern« sagen wollen, da war sie sich sicher. Biologisch gesehen war Kelsey seine Schwester gewesen, aber er hatte sie aufgezogen. Seinem Gefühl nach war sie sein eigenes Kind gewesen. Josie spürte auf einmal einen seelischen Schmerz, der sich vom Herzen aus in ihrem ganzen Körper ausbreitete. Ihre Großmutter Lisette hatte relativ früh erfahren, dass Josie nicht ihre leibliche Enkelin war, und trotzdem hatte sie Josie in jeder Hinsicht geliebt wie ein eigenes Kind. Das Band zwischen ihnen war unendlich stark gewesen. Jetzt, da dieses Band zerrissen war, war das Leben für Josie ein Kampf, den sie Tag für Tag und Minute für Minute führen musste. Sie versuchte, sich Chitwoods Verlust vorzustellen, der genauso groß und allumfassend war und der in seinem Leben bis zum gegenwärtigen Tag nachhallte.

»Ich werde Ihnen helfen«, sagte sie zu ihm. »Das wissen Sie. Ich werde alles tun, um Gemma Farmers Mörder zu finden, und wenn wir ihm auch den Mord an Kelsey nachweisen können, umso besser. Aber ich bin nur so gut wie mein Team, Chief. Wenn Sie wissen wollen, was ich sehe, dann lassen Sie mich all das Material hier aufs Revier mitnehmen. Und dann gehen wir es dort alle gemeinsam durch.«

SIEBZEHN

Zurück auf dem Revier holten Josie und Chitwood sich die Unterstützung von Noah, Mettner und Gretchen. Zusammen brachten sie die Kartons aus Chitwoods Auto in den Konferenzraum im Erdgeschoss und stapelten sie auf dem Tisch und entlang einer Wand. Josie stand neben dem Chief an einem Ende des großen Besprechungstischs, während er in ungelenken Sätzen alle auf den neuesten Stand brachte. Danach zog er sich hastig zurück und überließ Josie den anderen, die sie anstarrten und auf eine Erklärung warteten. Es war offensichtlich, dass der Chief ein ähnlich großes Talent für das Übermitteln stark emotional besetzter Sachverhalte besaß wie Josie.

Mettner verschränkte die Arme, setzte sich halb auf die Rückenlehne einer der Konferenzstühle und sagte: »Er will, dass wir mitten in den Ermittlungen im Gemma-Farmer-Fall an einem Cold Case aus einem anderen Gerichtsbezirk arbeiten? Selbst wenn wir das wollten: Es ist nicht unser Fall.«

Gretchen schob ihr Notizbuch zwischen zwei Kistenstapel auf dem Tisch und drehte sich ihm zu. Seufzend meinte sie: »Das hat er so nicht gesagt, Mettner. Hast du ihm überhaupt zugehört?«

»Du weißt genau, was ich meine«, sagte Mettner. »Die Sache fällt nicht mal in unsere Zuständigkeit.«

Noah fing an, die Deckel von den Kartons zu nehmen. »Wenn Chitwood recht hat und tatsächlich eine Art Serienmörder in Pennsylvania sein Unwesen treibt, dann brauchen wir jede Information, die wir bekommen können. Schaden kann es auf keinen Fall, wenn wir uns mit dem Fall Kelsey Chitwood vertraut machen.«

»Und wann genau sollen wir bitte dafür Zeit haben?«, fragte Mettner gereizt.

Gretchens Antwort triefte nur so vor Sarkasmus. »Ja klar, wir sind ja auch so fürchterlich beschäftigt damit, diese Unmengen von vielversprechenden Hinweisen zum Gemma-Farmer-Fall abzuarbeiten.«

»Was wir wirklich tun sollten«, schaltete Josie sich ein, »ist, nach Fällen zu suchen, die zwischen den Morden an Kelsey Chitwood und Gemma Farmer aufgetreten sind.«

»Der Chief sagte, dass er keine finden konnte«, meinte Noah. »Glaubst du wirklich, wir können etwas finden, was ihm in den letzten fünfundzwanzig Jahren nicht aufgefallen ist?«

Josie öffnete ebenfalls einen Karton und fing an, Aktenmappen herauszuziehen. »Ich glaube, dass wir jetzt mehr Information haben als er zuvor. Wir haben zwei Morde mit zahlreichen Übereinstimmungen. Das bedeutet, dass wir für unsere Nachforschungen mehr Parameter zur Verfügung haben, als der Chief sie in der Vergangenheit hatte.«

Mettner ließ sich auf einen der Stühle am Tisch plumpsen. »Okay, ist ja gut. Wo fangen wir an?«

Josie schob ihm einen Karton hin. »Wir finden alle Ähnlichkeiten heraus und dann suchen wir die ViCAP-, die NCIC- und die PaCIC-Datenbank nach dem Auftreten dieser Merkmale innerhalb der letzten fünfundzwanzig Jahre durch. Und jemand muss auf dem Revier in Brighton Springs anrufen und diese Akten offiziell anfordern. Wir dürften sie ja gar nicht haben.« Sie dachte daran, was in den Mappen mit dem Material aus Brighton Springs alles fehlte: Befragungen von Kelseys Freundinnen und Mitschülerinnen, Asservatenverzeichnisse und eine ganze Menge anderer Berichte. Vorausgesetzt, Harlan Chitwood war tatsächlich ein korrupter Polizist gewesen, konnte es dann sein, dass er die Polizeiakten zur Entführung und Ermordung seiner eigenen Tochter manipuliert hatte? Welchen Beweggrund könnte er dafür gehabt haben? Oder hatte jemand anders mitgemischt? Wenn Harlans Vorgesetzte in Brighton Springs gewusst hatten, dass er unehrlich und vielleicht sogar kriminell war, und ihn trotzdem fünfzig Jahre lang hatten ermitteln lassen, dann war sich Josie nicht sicher, ob man überhaupt irgendjemandem dort trauen konnte. »Ich denke, wir sollten nach Brighton Springs fahren, sobald wir uns mit Chitwoods Aufzeichnungen vertraut gemacht haben«, fügte sie hinzu. »Wir können auf dem Revier dort vorbeisehen. Und wir können Chitwoods Vater befragen, wenn wir schon mal da sind. Ich besorge mir seine Adresse und wir statten ihm einen Besuch ab.«

»Ja, das ergibt fürs Erste Sinn«, meinte Noah.

»Jemand sollte auch Chitwoods Leben genauer unter die Lupe nehmen. Im Moment ist er die Hauptverbindung.«

»Stimmt«, pflichtete Gretchen ihm bei.

»Aber zurück zu Mettners Einwand«, sagte Josie. »Natürlich müssen wir uns weiter auf Gemma Farmer konzentrieren. Das hat absoluten Vorrang. Nachdem ihre Identität jetzt geklärt ist, muss jemand mit einem Foto von ihr – eins von denen, die ihre Eltern nach ihrem Verschwinden der Staatspolizei gegeben haben – sowohl zu den ganzen Restaurants, die wir bereits angerufen haben, als auch zu allen Kleidergeschäften gehen und abfragen, ob sich jemand daran erinnert, ihr in den letzten Wochen oder Monaten über den Weg gelaufen zu sein. Morgen sollte außerdem jemand zu allen Highschools fahren und dafür sorgen, dass wir auch allen Schülern ihr Foto zeigen können.

Zuvor konnten wir ja nur mit einer Beschreibung von ihr und ihrem Kleid arbeiten. Vielleicht hilft ein Foto von Gemma dem Gedächtnis der Leute auf die Sprünge.«

»Übernehme ich«, sagte Mettner, schon auf dem Weg zur Tür.

»Ich möchte mir auch alle Fälle von vermissten Mädchen unter sechzehn in Pennsylvania ansehen«, sagte Josie.

Noah runzelte die Stirn. »Das könnten eine ganze Menge sein.«

Gretchen starrte auf einen Bericht, den sie aus einem der Kartons gezogen hatte. »Da hast du recht, aber wir könnten die Suche vielleicht auf fünfzehnjährige Mädchen beschränken, die längstens seit einem Jahr vermisst werden. Gemma Farmer war vier Monate lang verschwunden, Kelsey Chitwood damals in etwa genauso lang. Wenn wir den Zeitraum bis auf ein Jahr ausdehnen, ist das sicher ein guter Anfang.«

»Mir ist klar, dass die Liste auch so natürlich noch ziemlich lang sein könnte«, räumte Josie ein. »Aber haben wir eine Alternative?«

»Vielleicht finden wir außer der Art und Weise, wie sie umgebracht wurden, noch andere Gemeinsamkeiten bei Kelsey Chitwood und Gemma Farmer und wissen dann genauer, worauf wir bei den vermissten Mädchen achten müssen«, schlug Noah vor.

Sie waren tagelang damit beschäftigt, alle Akten durchzusehen, die der Chief während der letzten fünfundzwanzig Jahre über den Mord an seiner Schwester zusammengetragen hatte. Der Aufwand, den er betrieben hatte, war gigantisch, doch Josie wusste, dass sie genau dasselbe getan hätte. Sie wechselten sich im Team ab – immer zwei arbeiteten sich weiter in Kelseys Fall ein und forschten gleichzeitig nach ähnlichen Fällen und vermissten Mädchen unter sechzehn, während die anderen zwei mit dem Fall Gemma Farmer weitermachten und das Foto des Mädchens in der ganzen Stadt herumzeigten, immer in der Hoffnung, jemand würde sie wiedererkennen und sich an sie erinnern. Die Liste vermisster fünfzehnjähriger Mädchen im Bundesstaat war erschreckend lang, auch wenn es sich in vielen Fällen um Kindesentziehung durch einen Elternteil handelte. In fast allen übrigen Fällen waren die Mädchen als Ausreißerinnen eingestuft worden. Es hätte eine Menge Zeit erfordert, alle Detectives aufzuspüren, die in den unterschiedlichen Gerichtsbezirken für die Ausreißerinnen zuständig waren, um abschätzen zu können, ob sie den Fällen von Gemma und Kelsey so weit ähnelten, dass eine weitere Überprüfung angebracht wäre.

Außerdem wechselte sich das Team dabei ab, Personen aus der Vergangenheit von Chitwood aufzuspüren, vor allem Kriminelle, die er während seiner jahrzehntelangen Tätigkeit als polizeilicher Ermittler in den verschiedensten Police Departments gefasst und verhaftet hatte. Dabei konzentrierten sie sich anfänglich auf Personen, die kurz zuvor nach einer in etwa zwanzigjährigen Haftstrafe aus dem Gefängnis entlassen worden waren. Doch auch nach ein paar Tagen war weder die Liste vollständig noch hatten sie alle Kandidaten, die bis jetzt darauf standen, überprüft. Josie befürchtete, es könnte Wochen oder sogar Monate dauern, jede Person aus Chitwoods Umfeld aufzuspüren. Sie beschloss daher, diese Aufgabe Dan Lamay, dem diensthabenden Sergeant auf dem Revier, zu übertragen, der die Onlinerecherchen und alle nötigen Telefonate sehr gern übernahm, während der Rest des Teams in Sachen Gemma Farmer draußen unterwegs war.

Nachdem Josie sich gründlich in Kelseys Fall eingearbeitet hatte, rief sie mehrere Male auf dem Revier in Brighton Springs an und schickte auch einige E-Mails, aber vergeblich. Als sie zum fünften Mal in dieser Woche den Hörer ihres Telefons wieder auflegte, sah sie Noah über die Schreibtische hinweg an.

»Ich werde gleich morgen früh nach Brighton Springs fahren. Das Revier dort ruft mich weder zurück noch antworten sie auf meine E-Mails. Wenn ich da persönlich auftauche, was ich eigentlich von Anfang an tun wollte, können sie mich nicht mehr so einfach ignorieren. Und außerdem möchte ich persönlich mit Harlan Chitwood sprechen.«

Noah hob den Blick vom Bildschirm und sah sie an. »Sag dem Chief aber lieber Bescheid.«

»Ich komme mit Ihnen, Quinn«, ertönte Chitwoods Stimme so laut hinter Josie, dass sie und Noah zusammenzuckten. »Alle anderen können hierbleiben und am Gemma-Farmer-Fall weiterarbeiten.«

Josie drehte sich auf ihrem Schreibtischstuhl zu ihm herum und sah ihn an. »Chief, ich kann auch allein mit ihm sprechen. Sie müssen nicht ... Ich meine, falls Sie ihn nicht sehen wollen.«

»Wir fahren zusammen«, beharrte er. »Morgen früh. Packen Sie sich eine Tasche, für den Fall, dass wir über Nacht bleiben müssen.«

ACHTZEHN

DREI MONATE ZUVOR – MITTELPENNSYLVANIA

Sie versuchte krampfhaft, sich zum Ausatmen zu zwingen, doch aus ihrer Lunge kam nichts. Die Ränder ihres Blickfelds verschwammen. Sie taumelte zurück zur Matratze, stolperte über den Teppich, stürzte und kam halb auf dem Boden, halb auf der Matratze zu liegen. Sie blinzelte, damit das Zimmer aufhörte, sich zu drehen. Das hier war kein Kater. Das war die Angst. Eine Panikattacke. Sie hatte immer wieder solche Anfälle gehabt, seit sie auf die Highschool gekommen war. Ihre Eltern hatten zuerst geglaubt, sie würde sich alles nur einbilden, würde ihnen etwas vormachen, das Ganze dramatisieren. Ihr Vater war überzeugt davon, dass sie die Anfälle vortäuschte, um sich vor schwierigen Aufgaben zu drücken, weil es keine Erklärung dafür zu geben schien, wodurch sie ausgelöst wurden. »Hör auf, dich wie eine Primadonna zu benehmen«, hatte er sie angeherrscht. Er hatte ihr das so oft an den Kopf geworfen, dass er ihr irgendwann den Spitznamen »Prima« verpasst hatte. Ihre Mom hatte ihm gesagt, er solle das sein lassen, aber er hatte sie ignoriert. Sie hatte es immer gehasst, aber jetzt hätte sie alles dafür getan, wieder einmal zu hören, wie ihr Vater sie »Prima« nannte. Sollte sie jemals hier rauskommen, würde sie ihm erlauben, sie bis zum Ende ihres Lebens Prima zu nennen. Es war ihr völlig egal. Sie wollte nur noch nach Hause.

Sie versuchte es mit einer Atemübung. Als diese nichts bewirkte, kroch sie ganz auf die Matratze, ließ sich auf den Bauch fallen und vergrub das Gesicht im Kissen. Es roch schwach nach Rauch. Irgendwie nach Lagerfeuer.

Das Lagerfeuer.

Das Rasseln einer Kette riss sie aus ihren Erinnerungen. Prima hob den Kopf und blickte über ihre Schulter, zum Fußende hin. Schwankend und stöhnend wie eine Art Zombie kam das nackte Mädchen auf die Knie. Langsam drehte sie den Kopf und starrte Prima aus dunklen, funkelnden Augen an.

»Hallo?«, sagte Prima. Etwas Besseres fiel ihr nicht ein.

Das Mädchen fuhr sich mit der Zunge über die Lippen und krümmte den Rücken. Die Haut über ihren Rippen und Oberarmen war mit blauen Flecken übersät. An einer Seite zog sich ein gelbgrüner, handtellergroßer Fleck über den Hüftknochen. Prima raffte die Decke zusammen und rutschte Zentimeter um Zentimeter in Richtung Fußende. »Hier«, sagte sie und breitete dabei die Decke aus, um sie dem Mädchen über die Schultern zu legen.

Doch das Mädchen schüttelte sie ab und wich zurück, soweit die Ketten es erlaubten. »Nein«, stieß sie mit rauer Stimme hervor und drückte sich an die Wand. »Lass das.«

»Aber du hast nichts an und ... dir ist doch sicher kalt.«

Die dunklen Augen des Mädchens blitzten unheimlich unter ihrem stumpfen braunen Haar hervor. »Das kannst du nicht machen. Das darfst du nicht. Wenn du versuchst, mir zu helfen, werden wir beide dafür büßen müssen.«

NEUNZEHN

Josie war nicht besonders scharf darauf, drei oder vier Stunden neben Chief Chitwood im Auto zu sitzen, und schon gar nicht, eine längere Reise mit ihm zu unternehmen. Aber er wusste mehr über den Mord an Kelsey als alle anderen und er kannte sich in Brighton Springs gut aus, während Josie noch nie dort gewesen war. Außerdem konnte niemand sagen, ob Harlan Chitwood tatsächlich mit ihr sprechen würde, während die Chancen, dass er bereit war, sich mit seinem Sohn zu unterhalten, ganz gut standen, auch wenn sie sich einander entfremdet hatten. Am nächsten Morgen ließ Josie Noah und Trout schnarchend im Bett zurück und holte auf dem Weg zum Polizeirevier Kaffee zum Mitnehmen.

Der Chief wartete schon, gegen seinen Wagen gelehnt, auf dem Parkplatz, einen kleinen schwarzen Koffer neben seinen Füßen. Josie parkte neben seinem Auto, aber noch bevor sie aussteigen konnte, stellte er sein Gepäck hinten in ihren Wagen und setzte sich auf den Beifahrersitz. »Na, dann mal los«, sagte er.

Sie tippte die Adresse des Polizeireviers von Brighton Springs in ihr Navi und fuhr vom Parkplatz. Sobald sie auf der Interstate war, deutete sie auf den Deckel des ungeöffneten Pappbechers auf der Mittelkonsole. »Der ist für Sie«, sagte sie.

Chitwood räusperte sich und schüttelte den Kopf.

»Es ist ein Black Eye«, meinte Josie. »So, wie Sie ihn mögen.«

Sie hielt den Blick auf die Straße gerichtet, spürte jedoch, wie er sie musterte. Aus dem Augenwinkel sah sie, wie er den Becher in die Hand nahm, an dem Kaffee nippte und dann ein wohliges Grunzen von sich gab.

»War das ein Dankeschön?«, fragte Josie lächelnd.

Anstatt zu antworten, streckte er die Hand zum Armaturenbrett aus und drückte an den Knöpfen des Autoradios herum, um einen Sender zu suchen. »Haben Sie Musik dabei? Ich will nicht, dass die ganze Fahrt so verläuft.«

»Wie denn?«, fragte Josie, während er sich blitzschnell durch die Sender klickte. Sie konnte immer nur einzelne Songfetzen erkennen, einen Akkord hier, eine Note dort, manchmal ein Wort.

»In diesem unbehaglichen Schweigen«, erwiderte er.

Diesmal lachte Josie. »Wer sagt denn, dass es unbehaglich sein muss?«

Chitwood entschied sich für einen Sender, der Musik aus den Achtzigern spielte. »Ich bin nun mal kein großer Plauderer.«

Josie musste daran denken, dass er in den vergangenen sechsundzwanzig Jahren – seit Kelsey verschwunden war – allein gelebt hatte, ohne Familie, ohne Partnerin, ohne Freunde, mit nichts außer seiner Arbeit und den Kolleginnen und Kollegen. Sie verstand vielleicht besser als irgendjemand sonst, wovon er angetrieben wurde, aber sie fragte sich, wie es wohl sein musste, ein Leben ohne Menschen zu führen, die einem nahestanden. »Haben Sie eigentlich Haustiere?«, fragte sie. Vielleicht hatte er ja auch so etwas wie sie ihren Trout. Aber womöglich mochte er ja auch lieber Katzen als Hunde, so wie Gretchen.

Er blickte sie finster an. »Quinn, ich bin gerade nicht so zum Reden aufgelegt, merken Sie das denn nicht?«

Sie nickte und konzentrierte sich auf die Straße, während er das Radio lauter stellte.

Wenigstens war das Wetter schön – sonnig und warm bei rund zwanzig Grad – und der Verkehr hielt sich in Grenzen. Ringsherum erhoben sich die saftig grünen Hügel von Westpennsylvania und Josie kam sich in der atemberaubenden Landschaft wie ein winziger, unbedeutender Fleck vor. Zunächst kamen sie durch Lochfield. Die Straßen dort führten kreuz und quer durch die kleine Ortschaft, als hätten die Stadtplaner einfach wahllos Eigenheime und Gewerbebauten hineingepflanzt, ohne an eine sinnvolle Verkehrsplanung zu denken. Während sie sich durch die Straßen schlängelten, deutete der Chief auf einen Spielplatz, der sich hinter einem durchhängenden Maschendrahtzaun befand. Außer einem Klettergerüst und einem Spielhäuschen in verblasstem Blau gehörte eine glänzende, mit etlichen kleinen Dellen überzogene Rutsche dazu. »Da war ich früher immer mit Kelsey«, sagte der Chief. »Ich hab nicht weit von hier gewohnt, als sie noch klein war, und wir sind jeden Nachmittag zusammen hierhergekommen. Sie hat dann stundenlang da gespielt.«

Josie drosselte die Geschwindigkeit, während sie vorbeifuhren. Als sie einen flüchtigen Blick zum Chief hinüberwarf, starrte der schon wieder geradeaus durch die Windschutzscheibe. Nur ein kaum merkliches Zittern in seinen Wangenmuskeln verriet, was in ihm vorging. »Das hat bestimmt Spaß gemacht« sagte Josie.

Chitwood wandte sein Gesicht dem Seitenfenster zu. »Es hat sie müde gemacht, so viel steht fest. Biegen Sie bei der nächsten Straße links ab, sonst kommen Sie hier nie raus. Diese Straße hier führt nur im Kreis herum.«

Josie folgte seinen Anweisungen und schon bald lag Lochfield hinter ihnen und die Berge um sie herum schmolzen zu sanften Hügeln zusammen. Eine Stunde später erreichten sie in den Ort Brighton Springs. Er war größer und weitläufiger als Lochfield. Seine Straßen ähnelten denen von Denton: Sie waren rasterförmig angelegt, sodass man sich leicht orientieren konnte. Während Josie auf das Polizeirevier von Brighton Springs zufuhr, bemerkte sie aus dem Augenwinkel, dass der Chief unablässig seine Fäuste zusammenballte und dann wieder losließ.

»Und hier sind Sie aufgewachsen?«, fragte sie.

»Ja. Als ich mit der Highschool fertig war, bin ich weggezogen und nie mehr wiedergekommen. Außer als Kelsey verschwunden ist. Damals hab ich hier jede Stunde verbracht, die ich nicht in Lochfield arbeiten musste, und hab versucht, sie zu finden.« Er deutete nach links, wo vor ihnen eine große Steinkirche zum Himmel aufragte. »Das ist Saint Agnes.«

Josie fuhr langsamer, während sie an der wuchtigen Kirche vorbeifuhren. Eine hüfthohe Steinmauer trennte den Kirchhof vom Bürgersteig. Soweit Josie sehen konnte, befand sich zwischen der Mauer und der breiten Steintreppe, die zum Hauptportal hinaufführte, ein gepflegter Garten.

»Waren die Schlafräume hier in der Nähe?«, fragte Josie.

»Hinter der Kirche«, erwiderte der Chief. »Früher hat der gesamte Häuserblock zum Schulgelände gehört. Über die Jahre ging die Zahl der Schülerinnen so stark zurück, dass die Schule geschlossen werden musste. Dann hat die Kirche einen Großteil des Grunds verkauft. Wahrscheinlich ist nur noch die Kirche selbst übrig geblieben. Alles andere ist abgerissen und durch Stadthäuser ersetzt worden.«

»Hat Ihnen damals jemand von der Kirche dieses Rosenkranzkettchen gegeben?«, fragte Josie.

Als ihre Großmutter im Krankenhaus im Sterben lag, hatte der Chief ihr ein Kettchen aus Rosenkranzperlen gegeben. Es war sehr hübsch. Die Perlen waren grün wie polierte Steine, und das daran hängende Medaillon zeigte eine Frau in fließenden Gewändern unter den Worten: *Maria Knotenlöserin.* Josie war nicht besonders religiös und das hatte sie dem Chief auch gesagt, aber er hatte darauf bestanden, dass sie das Kettchen nahm. Josie erinnerte sich absolut klar an ihr damaliges Gespräch.

»*Eines Tages werde ich Ihnen erzählen, wie ich zu diesem Ding gekommen bin. Im Moment müssen Sie nur Folgendes wissen: Selbst wenn Sie noch nie in Ihrem Leben gebetet haben – wenn jemand, den Sie lieben, im Sterben liegt, werden Sie das Beten verdammt schnell lernen. Jemand, der zutiefst an die Macht des Gebets glaubte, hat mir das gegeben, und damals war es ein großer Trost für mich. Vielleicht wird es Ihnen nichts bedeuten. Ich weiß es nicht. Wie dem auch sei, wenn Lisettes Zeit gekommen ist, wird sie hier nichts mehr halten, doch was ist mit Ihnen? Sie werden jede Hilfe brauchen, die Sie bekommen können. Behalten Sie das Kettchen, bis Sie bereit sind, es mir zurückzugeben, und, Quinn, ich will es auf jeden Fall zurück.«*

»*Wie weiß ich denn, dass ich bereit bin, es zurückzugeben?«*, fragte Josie.

Chitwood ging davon. Über die Schulter sagte er: »*Ach, das werden Sie dann schon merken.«*

»Die Geschichte hinter diesem Kettchen«, fügte Josie hinzu, als der Chief nicht antwortete, »das ist Kelseys Verschwinden und ihre Ermordung, nicht wahr?«

»Schwester Theresa«, murmelte er. »Sie hat es mir gegeben, als Kelsey verschwand. Vier Monate und siebzehn Tage lang habe ich gebetet, dass Kelsey gefunden wird. Ich wollte einfach Antworten.«

»Die Ungewissheit ist das Schlimmste«, pflichtete ihm Josie bei. In ihrer Arbeit hatte sie erlebt, wie es Menschen aufzehrte, wenn sie nicht wussten, was einem geliebten Menschen geschehen war. Sie wusste, wie das ein Leben hemmen oder gar ruinieren konnte – oder beides.

Der Chief seufzte, sein Blick war noch immer auf die Häuser gerichtet, die an ihnen vorbeiflogen. »Gott hat meine Gebete erhört. Sie ist in dieser Kirche gefunden worden.«

»Aber sie war tot«, sagte Josie. Ein langes Schweigen trat ein. Der schnelle Rhythmus eines Achtzigerjahre-Songs durchbrach die Stille. Josie hatte das Rosenkranzkettchen bisher noch nie zum Beten benutzt. Sie war nicht katholisch und hatte keine Ahnung, wie man einen Rosenkranz aufsagte. Obendrein hatte sie schon in frühen Jahren erleben müssen, dass Gebete nicht verhindern konnten, dass schlimme Dinge geschahen, oder dass sie böse Menschen davon abhielten, die schlimmsten Grausamkeiten zu begehen.

Josie schluckte, da ihr Mund auf einmal ganz trocken war. »Warum haben Sie das Rosenkranzkettchen behalten? Wenn Sie so viel gebetet haben und Kelsey trotzdem tot war, als sie endlich gefunden wurde? Warum haben Sie ...«

Chitwood wandte sich ihr zu und lächelte sie gequält an. »Aus demselben Grund, weswegen auch Sie es behalten haben, Quinn. Sie haben es doch noch, oder?«

»Natürlich«, erwiderte Josie.

Es befand sich im Moment in ihrer Hosentasche. Die erste Zeit, nachdem ihre Großmutter gestorben war, hatte Josie es immer bei sich getragen. Sie hatte zwar nicht gebetet, sondern nur mit den Fingern die Perlen berührt, sie in der Hand gehalten und ihr Gewicht gespürt. Schließlich hatte sie das Rosenkranzkettchen in ihrem Nachtschränkchen verstaut. Sie nahm es heraus, wenn sie nicht schlafen konnte, und umschloss es mit ihrer Hand, als Talisman gegen Trauer und Niedergeschlagenheit. Doch ihre Trauer packte sie immer wieder völlig unerwartet, wie ein Krokodil, das im seichten Wasser lauert – scheinbar ruhig und reglos. Aber von einem Moment auf den anderen konnte es einen angreifen, niederringen und mit einem

Zuschnappen seiner Kiefer in eine Hölle hinunterreißen, aus der man sich kaum wieder freikämpfen konnte. Man musste das einfach über sich ergehen lassen und darauf hoffen, dass man irgendwann wieder an die Oberfläche käme. Daher trug sie das Armband jetzt wieder bei sich. Die Perlen klackerten in ihrer Tasche, und sie mit ihren Fingern zu spüren, erdete sie in jenen Momenten, wenn das Krokodil auf sie zuschoss.

»Trost«, brachte Josie mühsam heraus. »Sie haben es als Trost aufbewahrt.«

»Ja«, räumte der Chief ein. »Schwester Theresa hat es mir gegeben und sie hatte den stärksten und unerschütterlichsten Glauben, den ich je bei jemandem erlebt hab. In meiner Vorstellung hat das dem Armband mehr Kraft verliehen. Gott weiß, dass mein eigener Glaube nicht stark genug war. Das Einzige, woran ich jetzt noch glaube, ist, dass Menschen immer furchtbare Dinge tun werden, denn diese Welt ist ein furchtbarer Ort. Wir werden mit dem Wissen geboren, dass wir sterben werden. Die einzigen Dinge, die uns in diesem Leben garantiert sind, sind Leiden und Tod. Sonst nichts.«

»Ich dachte, beim Glauben geht es darum, dass man etwas für wahr hält, obwohl man es nicht sehen kann«, wandte Josie ein.

Er lachte trocken. »Sind Sie gläubig?«

Josie zuckte mit den Schultern. »Ich weiß nicht. Sie haben recht – wir können fest mit Leiden und Tod rechnen. Das sind unverrückbare Dinge.« Sie dachte in diesem Moment an ihre Großmutter, hatte Lisettes spitzbübisches Lächeln vor Augen, das Aufblitzen ihrer blauen Augen, das Wippen ihrer weichen grauen Locken. Bei dieser Vorstellung wurde Josie ganz warm ums Herz. Sie vermisste ihre Großmutter so sehr, dass es ihr den Atem raubte, und dennoch wollte sie die Jahre, die sie miteinander verbracht hatten, um nichts in der Welt missen. Sie fügte hinzu: »Liebe oder Freude sind uns nicht garantiert, aber es gibt sie. Manchmal denke ich ...«

Sie verstummte nachdenklich. Nach einem Augenblick der Stille fragte der Chief: »Was denken Sie manchmal?«

»Ich denke, vielleicht sind wir deswegen auf dieser Welt, weil wir nach Freude oder nach Liebe oder nach beidem suchen sollen. Oder vielleicht sind wir hier, um Freude und Liebe – oder irgendwas anderes – zu schaffen. So wie die Dinge stehen, ist es ein Wunder, wenn man sie überhaupt findet, in jeglicher Form.«

»Für mich wäre es ein Wunder, Kelseys Mörder zu finden und ihn hinter Gitter zu bringen. Sehen Sie, dort drüben? Ich glaube, das ist es.« Er deutete auf einen großen Flachdachbau, der sich vor ihnen entlang der Straße erstreckte. Er war einstöckig, und als sie auf den Parkplatz einbogen, konnte Josie auf der verwaschenen lachsfarbenen Ziegelsteinfassade die schattenhaften Buchstaben eines Schriftzugs sehen, der einmal an der Vorderseite angebracht gewesen war: GRUNDSCHULE BRIGHTON PARK. Jetzt verkündete darüber ein neues Schild: BRIGHTON SPRINGS POLICE DEPARTMENT.

»Das ist neu hier«, sagte der Chief. »Früher war das Revier in der Innenstadt.«

Sie stiegen aus und Josie streckte ihre steifen Glieder. Die Eingangshalle hinter dem Haupteingang des Gebäudes hatte einen weiß gefliesten Fußboden und ebenfalls weiß gestrichene Wände. Ein großer runder Schreibtisch stand in der Mitte des Raums. Dahinter befand sich eine doppelflügelige Stahltür mit Glaseinsätzen, die den Blick auf einen langen, breiten Korridor freigaben. Ein kleines schwarzes Gerät, das an der Wand neben der Tür angebracht war, zeigte Josie, dass sie versperrt war und man wahrscheinlich irgendeine Art Karte brauchte, um Zutritt zu bekommen. An den Wänden standen Bänke mit Kunstlederpolster, aber alle waren leer. Ein Mann in der blauen Uniform der Polizei von Brighton Springs saß hinter dem Empfangsschreibtisch, einen Telefonhörer am Ohr. Er blickte auf, als Josie und der Chief hereintraten, führte dann aber sein

Gespräch weiter und konzentrierte sich derweil auf den Bildschirm vor sich. Josie ging schnurstracks zum Schreibtisch und wartete, während Chitwood in der Eingangshalle auf und ab ging.

Josie hörte zehn Minuten zu, wie der Polizist das derzeitige Arrangement seiner Zahlungen von Kindsunterhalt diskutierte, bevor er endlich auflegte. Dennoch beachtete er sie nicht, bis sie ihm ihren Dienstausweis unter die Nase hielt und sagte: »Vielleicht können Sie uns helfen. Wir müssen mit jemandem sprechen, der aktuell mit dem Fall Kelsey Chitwood befasst ist.«

Langsam studierte er ihren Dienstausweis und sah dann zu ihr auf. Josie spürte, dass der Chief hinter ihr stand, und fragte sich, wie lange es noch dauern würde, bevor er den Officer am Empfang anbrüllen würde. Schließlich war der Chief nicht für seine Geduld bekannt.

»Chitwood?«, fragte der Officer. »Wie beim alten Harlan Chitwood? Verwandt mit ihm?«

»Kelsey Chitwood war seine Tochter«, erklärte Josie. »Sie wurde in der Kirche von Saint Agnes vor fünfundzwanzig Jahren ermordet. Die Fallakte ist noch offen – oder zumindest sollte sie es sein – und ich muss mit der für die Ermittlung zuständigen Person sprechen.«

Der Officer schob sich vom Schreibtisch weg und sagte: »Ähm, sicher. Warten Sie eine Minute.«

Er verschwand durch die Doppeltür, nachdem er mit einer Karte, die ihm an einem Trageband um den Hals hing, über den Apparat wischte. Durch die Glaseinsätze sah ihm Josie nach, wie er den Korridor hinunterschlenderte und hinter einer der Türen auf der linken Seite verschwand.

Sie warteten. Nach zwanzig Minuten ging Josie hinter den Empfangsschreibtisch und klopfte an eine der Doppeltüren. Ein weiterer Officer streckte den Kopf aus einem Raum weiter unten auf dem Korridor, aber er kam nicht her, um zu sehen, warum sie klopfte. Sie harrte noch weitere fünfzehn Minuten aus, während der Chief wortlos auf und ab ging. Seine Schweigsamkeit erschreckte sie. Schließlich, nach weiteren fünfzehn Minuten, kehrte der Officer vom Empfang zurück. Er hielt es allerdings nicht für nötig, sich zu entschuldigen, dass er sie so lange hatte warten lassen, sondern sagte einfach nur: »Die ist in unserer Abteilung für ungeklärte alte Fälle.«

»Das konnten Sie aus der Tatsache, dass dieser Fall fünfundzwanzig Jahre alt ist, nicht erschließen?«, fauchte ihn Josie an.

Er beachtete sie gar nicht und erwiderte: »Diese Abteilung befindet sich im Außenarchiv.«

»Wo ist das Außenarchiv?«, fragte Josie.

»Gehen Sie nach draußen, hinten um das Gebäude herum und an die Rückseite des Parkplatzes. Dort können Sie es nicht übersehen.«

Josie verkniff sich ein Dankeschön. Draußen stiegen sie wieder in ihr Auto und fuhren zur Rückseite des Gebäudes. Alles, was sie sahen, war eine Reihe glänzender Funkstreifenwagen der Polizei von Brighton Springs und ganz hinten auf dem Gelände einen Container, der auf Betonblöcken aufgebockt war. Auf einem kleinen Schild neben der Tür stand: *Außenarchiv*.

»Das soll wohl ein Scherz sein«, murmelte Josie beim Einparken.

»Ich sehe, die Dinge sind hier kein bisschen besser geworden, seit mein Vater in den Ruhestand gegangen ist«, sagte der Chief, als sie aus dem Wagen stiegen und auf den Container zugingen.

»Sollen wir anklopfen?«, fragte Josie.

»Und noch eine Stunde warten?«, gab der Chief gereizt zurück. »Scheiß drauf.«

Er schob sich an ihr vorbei, ging die einzige Stufe hinauf und drückte die Tür auf. Josie folgte ihm hinein. Der Container war bis obenhin vollgepackt mit Aktenschränken und Stapeln über Stapeln von Archivkartons. Die einzigen anderen Dinge, die noch hineingepfercht waren, waren ein Mini-Kühlschrank, auf dem eine Kaffeemaschine stand, und ein Schreibtisch aus schwarzem Metall links von der Tür. Hinter dem Schreibtisch saß eine Frau und tippte auf einer Computertastatur. Sie trug keine Uniform, sondern einen pinkfarbenen Pullover. Um ihren Hals hing ein Schlüsselband, aber Josie konnte die daran befestigte Karte nicht sehen. Ihr seidiges braunes Haar war zu einem ordentlichen Pferdeschwanz im Nacken zurückgebunden und ihre Haut hatte den zarten Pfirsichteint eines Teenagers. Sie drehte rasch den Kopf zu ihnen herum und fragte: »Kann ich Ihnen helfen?«

»Ist das hier die Cold-Case-Abteilung?«, fragte Josie.

Die Frau schenkte ihnen ein schiefes Lächeln. »Sicher.«

»Sie klingen gar nicht so sicher«, wandte der Chief ein.

Mit einem Lachen stand sie auf, dann kam sie hinter dem Schreibtisch hervor und gab ihnen beiden die Hand. »Ich würde es keine Abteilung nennen, deshalb. Sie besteht nur aus mir. Ich bin Detective Meredith Dorton.«

»Detective?«, platzte der Chief heraus.

Bewusst langsam runzelte Meredith die Stirn, verschränkte die Arme über der Brust und sah ihn herausfordernd an. Ein verlegenes Schweigen trat ein. Meredith wartete geduldig. Schließlich fragte der Chief: »Wie lange sind Sie schon in Brighton Springs?«

Sie lächelte. »Nun, das ist die diplomatischste Art, in der mich jemals jemand gefragt hat, wie alt ich bin.«

Josie zog ihren Dienstausweis hervor und zeigte ihn Meredith. »Josie Quinn. Und das ist mein Chef.«

»Ich erkenne Sie«, erwiderte Meredith, als sie Josies Ausweis studierte. »Ich hab Sie schon im Fernsehen gesehen.«

Josie brachte ein angespanntes Lächeln zustande. Sie war nicht nur im Lokalfernsehen aufgetreten, um die Fälle zu erläutern, an denen sie gerade arbeitete, sondern sie hatte auch einige äußerst skandalöse Fälle geknackt, die landesweit Aufsehen erregt hatten. Darüber hinaus war ihre komplizierte und abgründige Familiengeschichte Thema von zwei Sendungen bei *Dateline* gewesen.

»Was machen Sie denn hier, so weit weg von Ihrem Zuständigkeitsbereich?«

»Wir sind wegen eines ungeklärten Falls hier«, erwiderte Josie. »Dem Mord an Kelsey Chitwood.«

Meredith riss die Augen auf. »Besteht da irgendeine Verwandtschaft mit dem berühmt-berüchtigten Harlan Chitwood?«

Der Chief sagte: »Wenn wir Ja sagen, werden Sie dann verschwinden, eine Stunde lang nicht wiederkommen und uns dann woanders hinschicken?«

»Das kommt ganz darauf an«, meinte Meredith.

»Worauf?«, fragte Josie.

»Darauf, ob Sie beide ein Interesse daran haben – oder eben gerade nicht –, Harlan Chitwood und die lausige Arbeit zu schützen, die er hier in dieser Behörde fünfzig Jahre lang gemacht hat.«

Der Chief grinste. »Also deshalb sitzen Sie hier draußen, weit weg von den anderen in diesem Container mit all den alten Akten. Das ist ein gewaltiges Hornissennest, über das Sie gerade gesprochen haben. Sie müssen ziemlich eifrig drin rumgestochert haben.«

Seufzend ging Meredith zurück hinter ihren Schreibtisch, wühlte in einer Schublade und zog schließlich einen Stapel Styroporbecher, ein paar Stäbchen zum Umrühren und eine Handvoll Zuckerpäckchen hervor. »Hier an der Dienststelle bin ich seit etwa zehn Jahren. Ich bin älter, als ich aussehe. Vor etwa drei Jahren wurde ich zur Ermittlerin befördert. Nach etwa einem Jahr hab ich die Täter eines bewaffneten Raubüberfalls überführt. Zwei Typen – ein alter Knacker und ein junger Kerl. Ich hab den Jungen dazu gebracht, gegen den

Alten auszusagen. Tatsächlich erzählte er mir dabei auch von einem Mord, den sein großer Lehrmeister vor dreißig Jahren begangen hatte. Ich schenkte dem zunächst keine besondere Aufmerksamkeit, bis der Fall der beiden zum Abschluss gebracht war. Erst dann begann ich, mich dieser alten Sache genauer anzunehmen. Jemand saß bereits hinter Gittern wegen dieses Mordes. Und raten Sie mal, wer ihn dorthin gebracht hat?«

»Klingt für mich, als hätte Harlan das verbrochen«, meinte der Chief.

»Kurz gesagt, Harlan hat einen Zeugen bestochen, hat einen unschuldigen Mann lebenslänglich hinter Gitter gebracht und hat zugelassen, dass der eigentliche Mörder frei herumlief. Ich hab getan, was ich konnte, damit der unschuldige Mann entlastet und freigelassen wurde. Dann habe ich mir einige der anderen Fälle von Harlan angesehen.«

»Was Sie zur Persona non grata auf diesem Revier gemacht hat«, mutmaßte der Chief.

Josie warf ein: »Ich dachte, Sie hätten gesagt, Harlan sei über neunzig Jahre alt. Wie kann es dann sein, dass er hier immer noch so viel Einfluss hat?«

Meredith ging hinüber zur Kaffeemaschine und drückte auf ein paar Knöpfe, bis sie röchelnd zum Leben erwachte. »Er war fünfzig Jahre lang hier bei der Polizei.«

Der Chief richtete seinen Blick auf Josie. »Das bedeutet fünfzig Jahre lang Fälle, an denen er gearbeitet hat, Quinn.«

Josie fügte die einzelnen Andeutungen im Geiste zusammen. »Wenn man also erst mal anfängt, gründlich zu schauen, und dabei sehr viel Korruption entdeckt, dann sind ja wohl alle seine Ermittlungen mit Fehlern behaftet. Jeder Fall, an dem er je gearbeitet hat. Der Bezirksstaatsanwalt würde sich über Jahrzehnte hinweg mit Revisionsverhandlungen und Freisprüchen konfrontiert sehen.«

»Er war korrupt, daran besteht kein Zweifel«, sagte Chitwood, »aber ich bin mir sicher, dass er hin und wieder auch mal einen Fall korrekt gelöst hat.«

»Das stimmt«, sagte Meredith, »aber Ihre Kollegin hat recht damit, dass der Bezirksstaatsanwalt nicht für all diese falschen Verurteilungen geradestehen wollte. Außerdem wäre er auch noch vor der Polizeibehörde bloßgestellt.«

»Und es müsste neue Prozesse geben«, warf Josie ein. »Detective Dorton, ich bin kein Anwalt, aber ich bin mir ziemlich sicher, es gibt Gesetze für Whistleblower, um Leute wie Sie zu schützen.«

Meredith grinste. »Die gibt es. Ich habe sie mir schon durchgelesen. Ich kann das alles, was hier passiert ist, nicht so stehen lassen. Wie viele weitere unschuldige Leute hat er hinter Gitter gebracht? Ich kann die doch nicht dort verrotten lassen. Sobald ich für jeden Fall, in dem Harlan Chitwood das Gesetz gebrochen hat, sichere Beweise habe, werde ich diesen ganzen Laden hier in die Luft gehen lassen – im übertragenen Sinne, natürlich.«

Der Chief betrachtete sie mit einem anerkennenden Lächeln – ein Ausdruck, den Josie ihrer Erinnerung nach noch nie auf seinem Gesicht gesehen hatte. »Ich freue mich auf diesen Tag«, sagte er.

»Ich habe vorhin Ihren Namen nicht verstanden«, sagte Meredith.

»Bob«, erwiderte der Chief. »Bob Chitwood. Ich bin Harlan Chitwoods Sohn.«

ZWANZIG

Meredith bewahrte bei dieser Enthüllung eine stoische Miene, das musste man ihr zugutehalten. Ihr Pokergesicht war bewundernswert und Josie gewann den Eindruck, dass sie wohl von den meisten Menschen in ihrem Umkreis gewaltig unterschätzt wurde. Eine Weile sah Meredith den Chief prüfend an, dann sagte sie: »Es tut mir leid, das zu hören.«

Josie konnte sich ein Lachen nicht verkneifen. Sofort presste sie eine Hand auf ihre Lippen, aber es war zu spät. Sowohl Meredith als auch der Chief starrten sie an. Der Chief sagte: »Mir tut es auch leid.« Dann wandte er sich wieder an Meredith. »Aber ich freue mich zu hören, dass Sie ihn oder seine Abteilung nicht davonkommen lassen. Kelsey Chitwood war meine kleine Schwester. Wie Quinn gerade schon gesagt hat, sind wir hier wegen ihres Mordfalls.«

Während Meredith schwarzen Kaffee in die Styroporbecher goss und sie ihnen anbot, fasste Josie für sie den seltsamen Fall von Gemma Farmer zusammen und stellte dabei die Ähnlichkeiten zwischen diesem und dem ungeklärten Mord an Kelsey heraus. »Was wir jetzt dringend brauchen, ist Einblick in Ihre Akten«, schloss sie.

Meredith hatte immer wieder genickt, während Josie sprach, und gelegentlich etwas in ihr kleines Notizbuch geschrieben, das neben ihrem Computer lag. »Haben Sie irgendwelche anderen vergleichbaren Fälle in der ViCAP-, NCIC- oder der PaCIC-Datenbank gefunden?«

»Nein«, antwortete der Chief.

Meredith legte ihren Stift weg und stürzte den Rest ihres Kaffees hinunter. »Okay, dann brauchen Sie also nur Kelseys Akten.«

»Ja«, erwiderte Josie.

»Ich glaube, ich weiß, wo sie sind.«

»Sie sind nicht im Computer?«, fragte Josie.

Meredith lachte. »Ich bitte Sie. Denken Sie, dieses Revier würde Akten alter, ungelöster Fälle digitalisieren? Das ist eine der Aufgaben, die ich erledigen soll. Wissen Sie, nachdem ich damals wegen dieses alten Mordfalls Alarm geschlagen hab, hat man diese Abteilung extra für mich geschaffen. Ich arbeite Fall für Fall ab. Ich scanne die Dokumente, Berichte und Fotos und speise sie ins Computersystem ein, und dann sichte ich das Material und schaue, ob es etwas gibt, was ich noch tun kann, um den Fall voranzutreiben oder ihn zu lösen, aber meistens sind die Fälle aus gutem Grund ungelöst.«

»Und diese Akten halten Sie davon ab, in jenen Akten der gelösten Fälle von Harlan Chitwood herumzustochern«, mutmaßte Josie.

»Genauso ist es.«

»Mein Dad war der Hauptermittler in Kelseys Fall«, sagte der Chief. »Haben Sie zufällig Zugang zu diesen Akten?«

Meredith schürzte einen Moment die Lippen. »Wenn es ein Cold Case ist, dann ja. Zu diesem Fall bin ich noch nicht vorgedrungen. Daran würde ich mich erinnern. Allerdings habe durchaus eine Art Systematik. Geben Sie mir ein paar Minuten.«

Sie verschwand hinter einer Mauer aus Archivkartons und

man hörte, wie sie die Schubladen von Aktenschränken aufzog und wieder zumachte und dann Kartons hin- und herschob. Ein paar Minuten später tauchte sie wieder auf und an ihrem Haaransatz schimmerten Schweißtröpfchen. In den Händen hielt sie einen vergilbten Aktenkarton, der auf der Seite in schwarzem Filzstift die Beschriftung *Chitwood, Kelsey. Akten Nr. 97-324/97-419* trug. Meredith hievte den Karton auf ihren Schreibtisch und nahm den Deckel ab. Sie wedelte die aufsteigende Staubwolke mit der Hand von sich, zog Aktenmappen heraus und blätterte sie durch. Ihr ernster Gesichtsausdruck verwandelte sich in einen enttäuschten. »Moment mal«, murmelte sie.

»Was ist los?«, fragte Josie.

»Das ist nicht Kelseys Akte. Diese Mappen – sie sind von einem vollkommen anderen Fall.«

»Und was bedeutet das?«, fragte der Chief. »Wo sind die Akten von Kelseys Fall?«

Meredith blickte über ihre Schulter auf die unzähligen Kartons und Aktenschränke. »Ich weiß es nicht«, sagte sie.

Josie schielte hinüber zum Chief. Die Röte stieg ihm in die Wangen, als Vorbote eines Wutausbruchs. Sie legte ihm die Hand auf den Unterarm und spürte, wie sich seine Muskeln unter ihrer Berührung anspannten.

Meredith warf die Aktenmappen auf ihren Schreibtisch. »Wirklich, ich hasse dieses Kabuff! Es ist nicht das erste Mal, dass sowas passiert. Ich hatte auch schon einen anderen Satz von Kartons, in dem die falschen Fallakten lagen. Als hätte man den Inhalt komplett ausgetauscht.«

»Meinen Sie, das hat jemand absichtlich getan?«, fragte Josie. Als sie spürte, dass die Anspannung im Arm des Chiefs nachließ, zog sie ihre Hand zurück.

Meredith seufzte und ließ die Schultern hängen, als sie die letzten Aktenmappen aus dem Karton hob. »Ich kann es nicht beweisen. Aber das letzte Mal, als mir das untergekommen ist, war es wie bei einem Hütchenspiel. Da waren nicht nur ein paar Mappen falsch abgelegt oder eine Fallakte im falschen Karton verstaut worden. Die gesamte Fallakte war durcheinandergebracht und zwei andere Fälle waren auch davon betroffen. Fall eins war in dem Karton zu Fall drei, Fall drei in den Aktenkartons von Fall zwei und Fall zwei in den Kartons von Fall eins.«

»Das klingt mir ganz klar nach Absicht«, meinte der Chief. »Wann hat jemand diese Akten zum letzten Mal benutzt?«

»Das war schon vor einer Ewigkeit«, erwiderte Meredith. »Vermutlich vor Jahrzehnten. All die fraglichen Fälle gelten jetzt als Cold Cases.«

Josie fragte: »Und wie haben Sie die anderen Akten gefunden?«

»Ich habe wochenlang danach gesucht«, erwiderte Meredith.

»Wir haben aber nicht wochenlang Zeit«, erklärte der Chief.

Sie lächelte. »Diesmal wird es keine Wochen dauern. Wenn ich recht habe und jemand die Akten vertauscht hat, dann kenne ich jetzt sein oder ihr System.« Sie sah hinter sich und sagte: »Können Sie mir heute Zeit geben zum Suchen?«

»Selbstverständlich«, sagte der Chief. »Wir wollten sowieso über Nacht hierbleiben. Wir können morgen wiederkommen.«

Josie zog eine Visitenkarte heraus, nahm einen Stift von Merediths Schreibtisch und notierte ihre Handynummer auf der Rückseite. »Rufen Sie uns an, wenn Sie Kelseys Akte finden oder wenn Sie Hilfe brauchen.«

Im Gegenzug gab Meredith ihnen ihre private Handynummer und bat sie, lieber da anzurufen, als zu versuchen, sie über die Nummer des Reviers zu erreichen.

Sie gingen zurück zu Josies SUV, aber Josie machte keine Anstalten, vom Parkplatz herunterzufahren. Stattdessen sah sie zum Container hinüber und sann über Merediths Verdacht nach, dass einige der Akten ungeklärter Fälle absichtlich vertauscht worden waren. Kein Archivierungssystem war narrensicher. Auch im Polizeirevier von Denton gab es manchmal Aktenmappen oder Berichte, die falsch einsortiert wurden. Aber es war sicher ungewöhnlich, dass eine gesamte Fallakte falsch archiviert wurde. »Warum sollte jemand die Akten vertauschen?«, fragte sie laut.

Chitwood seufzte. »Um es schwieriger zu machen, sie wiederzufinden.«

»Warum vernichtet man sie dann nicht einfach?«, wunderte sich Josie.

»Vielleicht war man dazu nicht in der Lage. Manche dieser alten Fälle umfassen jede Menge Kartons. Im alten Gebäude hatte man keinen persönlichen Zugang zu alten Fallakten, ohne dass einen jemand gesehen hat. Das Großraumbüro und die Asservatenkammer befanden sich direkt vor dem Archiv. Es gab keine Möglichkeit, dort ein und aus zu gehen, ohne dass man gesehen wurde. Keiner wäre in der Lage gewesen, einen Stapel Aktenkartons aus dem Gebäude zu schaffen, ohne Verdacht zu erregen.«

Josie dachte an all die Dokumente, die Chitwood in seiner Garage aufbewahrte. Er war sich der Schwierigkeiten bewusst, weil ihm jemand Kopien von zahlreichen Dokumenten in Kelseys Fallakte beschafft hatte. Diese Dokumente und Fotos waren vermutlich allesamt aus dem alten Gebäude des Polizeireviers herausgeschmuggelt worden, jedes Mal immer nur ein kleiner Teil.

»Okay«, sagte sie. »Warum hat jemand ein Interesse daran, dass diese Akten nicht gefunden werden? Das sind doch alte Fälle. Ungeklärt.« Sie zog ihr Handy heraus und schrieb eine Nachricht an Meredith. »Ich bitte Meredith gerade, uns eine Liste der anderen Fälle zu machen, die vertauscht wurden, um zu sehen, ob es da eine Verbindung gibt. In der Zwischenzeit haben wir hier einen ganzen Tag zu unserer Verfügung. Wenn wir uns schon nicht die Fallakten ansehen können, dann könnten wir – als zweitwichtigste Aufgabe – mit dem leitenden Ermittler sprechen.«

Der Chief verzog das Gesicht. »Ich schätze, das lässt sich nicht vermeiden.«

EINUNDZWANZIG

Tappy's Lounge war eine der deprimierendsten Kaschemmen, die Josie je gesehen hatte. An der einen Seite des dreistöckigen Gebäudes aus bröckelndem rotem Ziegelstein führte eine klapprige, verrostete Feuerleiter nach unten. Die Fenster im Erdgeschoss, in dem sich die Bar befand, waren schon seit Langem mit Brettern zugenagelt. Dunkelrote Farbe blätterte vom Holz ab, wo es von der Feuchtigkeit morsch geworden war. Ein tristes Neonschild hing über der Tür, nur die Hälfte seiner Lichter blinkte. Das Gebäude stand eingequetscht zwischen der Auffahrt zur Interstate und einem Schlachthof. Sein Parkplatz war mit aufgeplatztem Asphalt bedeckt und hatte nur vier Stellplätze. Als sie dort eintrafen, war glücklicherweise gerade einer frei. Neben dem Eingang zur Bar quollen Kippen aus einem Standaschenbecher. Es gab keinen Türknauf, nur einen handtellergroßen Fleck, wo die braune Farbe von den Gästen, wenn sie die Tür aufstießen, abgerieben worden war.

Der Chief drückte gegen die Tür und trat in die Bar. Josie folgte ihm. Obwohl es draußen etwa zwanzig Grad waren, schlug ihnen ein Schwall heißer Luft entgegen, als sie über die Schwelle traten. Der Geruch nach abgestandenem Bier, Pisse und Zigaretten empfing sie, und es war so dunkel, dass sie einen Moment stehen bleiben mussten, bis sich ihre Augen daran gewöhnt hatten. Die einzigen Lichtquellen waren zwei Fernseher und drei Neonreklamen für verschiedene Biersorten. Alles im Tappy's fühlte sich zu eng und zu überladen an. Der Tresen nahm so viel Raum ein, dass zwischen den Barhockern und einem einsamen Billardtisch nur einige Schulterbreit Platz blieben.

Hinter dem Tresen spülte ein Barmann Gläser, während er ein Baseballspiel auf einem der Wandbildschirme verfolgte. Die Pittsburgh Pirates gegen die Philadelphia Phillies, ein Kampf der beiden Major-League-Teams von Pennsylvania. Die Lautstärke war fast ganz heruntergedreht und die Stimmen der Kommentatoren waren kaum zu verstehen. Nur ein Gast befand sich im Lokal, er saß am Ende des Tresens und starrte vor sich auf sein halb ausgetrunkenes Bier. Keiner der Männer drehte sich um, als Josie und Chitwood eintraten. Die beiden gingen zum Tresen und warteten. Wie auf dem Polizeirevier von Brighton Springs war keiner daran interessiert, ihnen zu helfen. Josie wartete, bis das sechste Inning vorbei war, dann schlug sie auf den Tresen. »Wir suchen Harlan Chitwood.«

Der Barmann blickte über seine Schulter. »Erster Stock. Gehen Sie hinters Haus. Die Treppen hoch. Erste Tür, die Sie sehen. Den Flur runter. Die Tür mit der Kerbe drin.«

Die frische Luft draußen war eine Wohltat. Josie und der Chief gingen um das Gebäude herum. Hinter einem Müllcontainer, der aus irgendeinem Grund weniger stank als der Schankraum des Tappy's, fanden sie eine hölzerne Treppe. Sie führte zu einer Terrasse hinauf, deren Boden vom Alter, Schmutz und Staub ganz schwarz war. Ein einzelner Campingstuhl stand in einer Ecke neben einer Zweiliterflasche No-Name-Cola. Dreck schwamm in dem trübbraunen Wasser, das bis hinauf zu dem engen Flaschenhals reichte. Auf der anderen Seite der Terrasse befand sich eine massive, dunkelgrün gestrichene Tür. Ein kleines, laminiertes Schild auf Augenhöhe warnte: KEIN ZUTRITT FÜR BARGÄSTE. Der abgegriffene Türknauf aus Messing fühlte sich in Josies Hand locker an, als sie daran drehte und die Tür aufdrückte.

Vor ihnen erstreckte sich ein Flur. Von der Decke hing eine einzelne nackte Glühbirne, die einen trüben Schein warf und kaum Helligkeit bot.

Der Chief beugte sich zu Josie hinunter und flüsterte ihr ins Ohr: »Ich hab immer gehofft, dass er mal in so einem Scheißloch endet.«

Die Türen auf dem Flur waren unbeschriftet und durch keine drangen Geräusche. Als sie die Tür mit der Kerbe darin fanden – ein Stück Holz fehlte im Bereich neben dem Schloss –, klopfte Josie an.

Drinnen rührte sich nichts. Josie klopfte noch mal. »Harlan Chitwood?«

Sie warteten ein paar Minuten, dann klopfte und rief Josie erneut nach ihm. Diesmal hörte sie drinnen Schritte, und einen Augenblick später schwang die Tür auf.

Harlan Chitwood war größer und breiter als sein Sohn, selbst noch in seinen Neunzigern. Er sah imposant und zugleich gebrechlich aus, seine Haltung war großspurig und selbstsicher, aber sein hohes Alter zeigte sich in der schlaffen, faltigen Gesichtshaut, dem spärlichen grauen Haar und den orthopädischen Schuhen, die er trug. Sein Flanellhemd und seine Jeans waren abgetragen.

»Mr Chitwood?«, fragte Josie.

Noch bevor er antworten konnte, trat der Chief vor Josie. »Dad.«

Harlan blinzelte zweimal und fragte: »Wer sind Sie?«

»Bobby«, sagte der Chief.

Harlan starrte ihn eine Weile an. So lange, dass Josie leise Geräusche von einem Fernseher im Inneren der Wohnung wahrnahm. Nach dem, was sie hören konnte, sah sich Harlan dasselbe Spiel an wie der Barmann unten.

Der Chief sagte: »Ich weiß, dass du weißt, wer ich bin, Dad.«

Harlan öffnete den Mund, um etwas zu sagen, doch stattdessen begann er zu husten. Sein ganzer Körper wurde geschüttelt, die Muskeln verkrampften sich und das feuchte Rasseln kämpfte sich den Brustkorb hinauf und durch seine Kehle. Er zog ein gefaltetes Papiertaschentuch aus der Manschette seines Hemdsärmels und presste es an den Mund. Als der Husten sich endlich beruhigt hatte, sagte er: »Zum Teufel, ich weiß schon, wer du bist, Bobby. Kommt rein.«

Er drehte sich um und der Chief und Josie traten nacheinander hinter ihm ein. Josie war überrascht zu sehen, dass er in einem Einzimmerapartment wohnte. Der Geruch von gebratenem Speck und Bengay-Rheumasalbe in dem kleinen Raum war erdrückend. In einer Ecke drängten sich Kühlschrank, Herd und Küchenspüle. Eine Bratpfanne stand ungespült auf der Kochplatte und das erstarrte Fett bedeckte als dicke weiße Schicht den Pfannenboden.

Neben einem Doppelbett stand ein durchgesessener, fleckiger Ruhesessel, auf einem Serviertisch waren ein paar Gläser, eine Fernbedienung und eine Dose Bier. Auf der anderen Seite des Betts sah Josie eine große Holzkommode mit dem Fernseher darauf, daneben standen drei Bilderrahmen, jeder zeigte einen Zeitungsausschnitt aus dem *Brighton Springs Herald* mit einer Schlagzeile über Detective Harlan Chitwood.

Detective knackt »unlösbaren« Mordfall an Partykönig von Brighton Springs

Brighton Springs' bester Cop beendet Serie bewaffneter Raubüberfälle

»Ich bin dem Ermittlungsleiter so dankbar.« Mutter von vermisstem Mädchen ist nach dessen Auffinden voll des Lobes

Keine Fotos seiner Kinder oder seiner Frau, von Freunden oder Kollegen. Josie richtete ihre Aufmerksamkeit wieder auf die beiden Männer, die nun am Fußende des Betts standen und einander ansahen.

Harlan fragte: »Was zum Teufel machst du hier? Hat dir jemand gesagt, dass ich sterbe oder was?«

»Nein«, erwiderte der Chief. »Ich bin wegen Kelsey hier.«

Eine von Harlans buschigen Augenbrauen zuckte nach oben. »Wer?«

Josie sah, dass das Gesicht des Chiefs rot anlief und er eine Hand an seiner Seite zur Faust ballte. Er bewies jedoch eine bemerkenswerte Zurückhaltung, als er nüchtern antwortete: »Deine Tochter.«

»Spinnst du jetzt, Bobby?«, sagte Harlan. »Kelsey ist tot.«

Zum ersten Mal richtete er den Blick auf Josie. Ein träges, lüsternes Grinsen breitete sich über sein Gesicht. Obgleich sie Jeans, ein Polohemd mit dem Emblem der Polizei von Denton und eine leichte Jacke trug, fühlte sich Josie unter seinem Blick wie nackt. »Wer ist denn dieses kleine Luder, Bobby? Deine Freundin?« Sein Blick wanderte von Josies Brüsten hinunter zu ihren Füßen und wieder hinauf. »Du hast einen guten Geschmack, Sohn. Auch ich mochte sie jung. Damals, als ich sie noch kriegen konnte.«

Der Chief schnippte mit den Fingern vor Harlans Gesicht. »Hey«, fuhr er ihn an. »Hör mal fünf Sekunden auf, dich so saumäßig aufzuführen, und sieh mich an. Das hier ist meine Kollegin, Detective Josie Quinn.«

»Detective«, höhnte Harlan. Ein weiterer Hustenanfall entlud sich tief in seiner Brust. Mit pfeifendem Atem fügte er hinzu: »Immer mehr Weiber jetzt im Job, was? Ich wette, da findet man leichter ...«

»Hör auf«, herrschte ihn der Chief an. »Wenn du Detective Quinn weiter beleidigst, dann können wir jetzt gleich die Nacht von 1999 in der Kneipe unten wiederholen. Mir ist scheißegal, dass du neunzig Jahre alt bist und COPD hast. Es kümmert mich auch einen Dreck, wenn ich aus diesem Scheißloch hier in Handschellen rausgezerrt werde. Wär mir ein absolutes Vergnügen, die Abreibung von damals zu wiederholen. Willst du das?«

Die Drohung zeigte Wirkung. Harlan linste noch einmal verstohlen zu Josie hinüber und diesmal trafen sich ihre Blicke. Sein prahlerisches Gehabe verflog, er sah wieder seinen Sohn an und schlurfte zu seinem Ruhesessel. Dort setzte er sich und wedelte mit der Hand in der Luft. »Na schön. Was willst du, Bobby?«

»Ich will mit dir über Kelseys Fall reden. Wir sind auf dem Revier gewesen. Ihre Akte ist ›verlegt‹ worden. Weißt du was darüber?«

»Woher soll ich über sowas Bescheid wissen? Ich bin ja schon lange pensioniert. Sitze hier in diesem Loch fest. Du verschwendest nur deine Zeit. Hab sowieso nie rauskriegen können, wer dieses Mädchen ermordet hat.«

Der Chief öffnete den Mund, um etwas zu sagen, aber Josie kam ihm zuvor: »Warum nicht?«

Harlan glotzte mit aufgerissenem Mund zu ihr herüber, als sei er erstaunt, dass sie überhaupt reden konnte. »Was für eine Frage ist das denn, Schätzchen?«

Josie trat, die Hände in die Hüften gestemmt, einen Schritt auf ihn zu. »Na ja, Sie als Superbulle«, erwiderte sie. »Nach all den Zeitungsartikeln dort drüben zu urteilen, war ihr Ruf bei der Polizei von Brighton Springs ja ziemlich legendär. Wir kommen gerade vom Revier, dort sind Sie immer noch Kult.«

Er lächelte, dann aber legte sich Unsicherheit über sein Gesicht, als sie fortfuhr: »Wie kommt es, dass der große Harlan Chitwood« – hier deutete sie auf die Bilderrahmen auf seiner

Kommode –, »der in der Lage war, ›unlösbare‹ Fälle wie den des Partykönigs von Brighton Springs zu knacken, es nicht geschafft hat, den Mord an einer sechzehnjährigen Schülerin eines katholischen Internats aufzuklären? Die obendrein noch seine eigene Tochter war.«

Josie spürte, dass der Chief sie anstarrte. Harlan hatte den Blick auf seinen Schoß gesenkt, wo er mit zittrigen Händen versuchte, das gefaltete Papiertaschentuch wieder in die Manschette seines Ärmels zu schieben. »Wir haben damals einfach nichts rausfinden können«, murmelte er. »Keine Spuren, keine Beweise. Wir hatten nicht mal Verdächtige. Man kann es sich ja nicht aus den Rippen schneiden. Wollten Sie etwa das von mir hören?«

»Sie haben aufgehört zu suchen«, sagte Josie.

Harlan blickte zu ihr hoch. Einen flüchtigen Moment lang sah sie die Ähnlichkeit zwischen ihm und dem Chief in seinem stechenden Blick. »Ihnen ist noch nie sowas untergekommen, oder?«, murmelte er.

»Was?«

»Ein unlösbarer Fall. Eine harte Nuss, die nicht zu knacken ist.«

»Die haben alle Ermittler mal«, entgegnete Josie. »Aber hier ging es um Ihr eigenes Kind. Sie haben aufgehört zu suchen. Warum?«

Harlan schwieg, stattdessen griff er nach seinem Bier und trank einen großen Schluck.

Josie blickte zum Chief hinüber, dessen Gesicht langsam die Farbe einer roten Rübe annahm. Sie fragte sich, ob er jemals seinem Vater diese Fragen gestellt hatte – oder ob er ihn zwar gefragt, aber keine Antwort bekommen hatte. War das der Auslöser dafür gewesen, was zwischen den beiden 1999 im Tappy's geschehen war?

Der Chief sagte: »Antworte ihr, du Hurensohn.«

Harlan schüttelte langsam den Kopf und stellte seine Bierdose zurück auf den Serviertisch. »Du willst das einfach nicht hören, Bobby. Das war schon immer so.«

»Ach, was denn? Dass Kelsey eine ›Problemjugendliche‹ war und dass sie sich selber in das reinmanövriert hat, was ihr zugestoßen ist? Dass sie vor ihrem Leben davongelaufen ist? Da hast du recht. Ich will es nicht hören, weil es Bullshit ist. Kelsey wäre nie abgehauen. Sie war fünfzehn Jahre alt.«

»Sie wollte nicht auf dieses Internat gehen, Bobby. Bei allem, was uns heilig ist, ihr beiden habt doch wegen dieser verdammten Schule mit allen Mitteln gegen mich gekämpft. Das weißt du. Und dass sie in Schwierigkeiten steckte, hast du auch gewusst. Du warst doch derjenige, der dafür gesorgt hat, dass die Anklagen in Lochfield fallen gelassen wurden. Alkoholkonsum als Minderjährige. Drogenbesitz. Ladendiebstahl.«

»Das waren Jugendsünden. Sie hat rebelliert, weil sie keine Mutter und einen Scheißvater hatte. Es war ein Fehler, sie auf diese Schule zu schicken. Du hättest mir das Sorgerecht übertragen und mich die Sache regeln lassen können, aber du hast dich geweigert. Du wolltest weiter die Kontrolle über alles behalten. Du wolltest mich bestrafen. Wofür eigentlich?« Die Stimme des Chiefs steigerte sich zum Brüllen und Spucketröpfchen flogen ihm aus dem Mund. Er begann im Zimmer auf und ab zu gehen. »Ich weiß es immer noch nicht. Bis zum heutigen Tag hab ich keine Ahnung, warum du das gemacht hast. Du hast sie in dieses Internat gesteckt und dort wurde sie entführt und ermordet.«

Harlan ballte die Fäuste über seinen Oberschenkeln. Mit wütender Stimme schrie er: »Ist das meine Schuld? Du denkst, das ist meine Schuld? Mach die Augen auf, Bobby. Dieses Mädchen hat aus eigenem Antrieb ihr Wohnheim verlassen. Sie ist aus dem Bett aufgestanden, hat sich angezogen und ist rausgegangen. Wir haben sie nicht gefunden, weil sie nicht gefunden werden wollte. Sie hat sich da in irgendwas reinmanövriert und deswegen wurde sie ermordet. Das ist die ungeschminkte Wahrheit, Bobby. Es ist jetzt so viele Jahre her und du kannst das immer noch nicht akzeptieren. Sie ist abgehauen, Bobby. Sie ist verdammt noch mal abgehauen.«

Der Chief beugte sich hinunter und sein Zeigefinger war nur ein paar Zentimeter von Harlans Nase entfernt. »Sie ist nicht abgehauen. Jemand hat sie mit irgendwas geködert und dann entführt.«

»Ach, woher zum Teufel willst du das überhaupt wissen?«, fragte Harlan und schob die Finger des Chiefs weg.

Josie beobachtete, dass ein Zittern Chief Chitwoods Körper durchlief. Als er dann wieder sprach, war seine Stimme leise und ruhig. Seine Worte zerrissen ihr fast das Herz. »Ich weiß das, denn wenn sie weggelaufen wäre, dann wäre sie zu mir nach Hause gekommen.«

Noch bevor Harlan etwas erwidern konnte, machte der Chief auf dem Absatz kehrt und stürmte aus dem Apartment. Er knallte die Tür hinter sich zu, aber davor sah Josie noch, wie er sich mit dem Handrücken Tränen aus den Augen wischte. Josie gab sich große Mühe, selbst die Fassung zu bewahren und die Gefühle, die sie zu überwältigen drohten, bis auf Weiteres tief in ihrem Inneren in eine Kiste zu packen. Später würde sie die Szene wieder vor ihrem inneren Auge ablaufen lassen, sie würde die Wut und den Schmerz nachempfinden können, die so spürbar wie Schallwellen von Chitwood ausgingen. Später würde sie die schmerzliche Gewissheit zulassen, dass der Chief so viele Jahre lang mit solch erdrückender Schuld und Reue gelebt hatte und nicht in der Lage gewesen war, sich davon zu befreien. Im Moment allerdings konzentrierte sie ihre Aufmerksamkeit ganz auf Harlan.

»Was glauben Sie denn, wo sich Kelsey reinmanövriert hat?«

Er hob abrupt den Kopf, als sei er überrascht, dass sie noch im Raum war. »Was?«

»Sie haben gesagt, Kelsey hätte sich in irgendwas reinmanövriert. Woran dachten Sie da?«

Er setzte wieder sein Bier an, leerte es und zerdrückte die Dose in seiner Hand. »Woher zum Teufel sollte ich das wissen?«

»Sie waren ein erfahrener Ermittler. Hatten Sie gar keine Idee dazu?«

Er seufzte. »Ich dachte an Menschenhandel. Oder dass sie einen Freund hatte. Vielleicht hat sich ein älterer Mann an sie herangemacht, ihr erzählt, wie hübsch sie ist, wie klug. Und dass er ohne sie nicht leben kann. Hat ihr das Gefühl gegeben, dass sie was Besonderes ist und dass er ihr endlich all die Liebe geben wird, die sie nirgendwo bekommen hat. All diese Dinge, die naive Teenies glauben, wenn sie wenig Selbstachtung haben.«

Es war sicher nicht leicht für Kelsey gewesen, in dem Wissen aufzuwachsen, dass der eigene Vater ein kalter, menschenfeindlicher, korrupter Polizist war. Dass er sie mit einer Informantin gezeugt hatte, die sie nicht hatte bei sich behalten wollen. Aber Josie war sich sicher, dass der Chief Kelsey fünfzehn Jahre lang ein stabiles, liebevolles Zuhause geboten hatte. Der Chief hatte recht. Verbotener Alkoholkonsum, Ladendiebstahl, ja sogar das Experimentieren mit Drogen war bei Teenagern nichts Ungewöhnliches. Diese Dinge waren nicht notwendigerweise Anzeichen dafür, dass sie, wie Harlan es nebulös beschrieben hatte, eine »Problemjugendliche« gewesen war oder zu wenig Selbstachtung gehabt hatte. Es gab eine ganze Reihe Gründe dafür, dass manche Teenager mit Drogen und Alkohol experimentierten oder Ladendiebstähle begingen, und oftmals lag das nicht an einer geringen Selbstachtung. Abgesehen davon bezweifelte Josie, dass Harlan jemals lange und ausführlich genug mit seiner Tochter geredet hatte, um eine solche Einschätzung vorzunehmen.

»Warum glauben Sie, dass Kelsey eine geringe Selbstachtung hatte?«, fragte Josie.

»Hören Sie«, meinte Harlan. »Es wurde im Autopsiebericht nicht erwähnt, okay, aber Kelsey hat sich geritzt.«

»Was? Was meinen Sie damit?«

»Sie hatte Narben an ihrem Arm, klar? Der Rechtsmediziner meinte, dass sie sich die Verletzungen selbst zugefügt hat. Er meinte, sie hätte sich sicher geritzt. Ich hab ihm gesagt, dass er das nicht wegen ein paar Narben schlussfolgern kann, aber er meinte, sie würden zu selbstverletzendem Verhalten passen, und dass es nur wenige seien, spiele keine Rolle. Bei Ritzern würde man meist gar keine Narben sehen. Er war sich seiner Sache ganz sicher und wollte das in seinen Bericht reinschreiben. Aber ich meinte, dass er das nicht behaupten kann, wenn er nicht hundertprozentig sicher ist. Wäre die Sache nämlich jemals vor Gericht gegangen, dann wäre das ein gefundenes Fressen für einen Verteidiger gewesen, so nach dem Motto – *Ach, sie hat sich geritzt, da muss sie ja wirklich sehr gestört gewesen sein.* Damals gab es nämlich bereits diese Anklagen wegen Drogen und Ladendiebstahl.«

»Sie dachten, wenn Sie ihren Mörder finden, dann würde ein Verteidiger vor Gericht Kelseys Charakter zum Thema machen?«, meinte Josie.

»Hab ich alles schon erlebt«, erwiderte er. »Sie lenken die Aufmerksamkeit der Geschworenen darauf, wie gestört das Opfer war, als hätte es verdient, was ihm zugestoßen ist. Normalerweise hat mich sowas echt einen Scheiß interessiert. Die meisten der Opfer, deren Fälle ich untersucht hab, waren gestört, beschissene Leute, und ermordet zu werden war vermutlich ein Segen für sie selbst und für die Gesellschaft.«

Josie versuchte, sich ihren Abscheu nicht anmerken zu lassen. »Aber aus irgendeinem Grund hat es dann doch eine Rolle gespielt, als es um Kelsey ging.«

»Na ja, schon. Sie war eine Chitwood.«

Josie machte ihn nicht auf die Fehler in seiner Argumentation aufmerksam – dass ihm anscheinend an seinen beiden Kindern überhaupt nichts lag; dass er zu keinem eine nennenswerte Beziehung gehabt hatte; und dass es ihn scheinbar kaum kümmerte, dass seine fünfzehnjährige Tochter entführt und ermordet worden war, dass aber eine Verunglimpfung ihres Charakters in einem möglichen Mordprozess irgendwie ein Problem für ihn darstellte.

Harlan fuhr fort: »Mein Partner, Benning, hat mir da recht gegeben. Wir haben den Rechtsmediziner überzeugt, dass er den Hinweis auf Selbstverletzung aus dem Obduktionsbericht rauslässt.«

Josie dachte zurück an den Obduktionsbericht, den der Chief in seinen Akten hatte. Da stand nichts von selbstverletzendem Verhalten, und wenn sie sich richtig erinnerte, dann wurden nur Narben an ihrem Knie erwähnt, die definitiv schon alt waren. »Sie haben gesagt, Sie hätten nicht gewollt, dass er reinschreibt, dass die Narben durch Selbstverletzung entstanden sind, aber nicht, dass Sie sie im Bericht gar nicht erwähnt haben wollten.«

»Stimmt, ja.«

»Aber sie wurden im Bericht überhaupt nicht aufgeführt«, bemerkte Josie.

Er zuckte mit den Schultern. »Ja.«

»Hat der Chie ... weiß Bobby gar nichts davon?«

»Nö, und ich wollte es ihm auch nie sagen, so hitzköpfig, wie er immer reagiert, wenn es um dieses Mädchen geht. Alles, was ich dazu zu sagen hatte, wollte er sowieso nie hören.«

»Über wie viele Narben reden wir da eigentlich?«, fragte Josie. »Und wo genau befanden sie sich?«

Harlan streckte seinen Arm aus, und mit der anderen Hand wies er auf den fleischigen Teil seines Unterarms, gleich unterhalb der Ellenbogenbeuge.

»Genau hier. Zwei Schnitte. Etwa drei bis fünf Zentimeter lang.«

ZWEIUNDZWANZIG

Josie traf den Chief draußen vor dem Eingang zur Bar an, wo er auf und ab ging. Als er sie sah, machte er sich auf den Weg zu ihrem Auto. Während Josie durch Brighton Springs fuhr und nach einem Hotel suchte, sprachen sie beide kein Wort. Nicht einmal, als sie im Hotel ankamen, sah er sie an. Sobald sie eingecheckt hatten, ging jeder in sein eigenes Zimmer. Josie streckte sich auf dem Bett aus und bestellte etwas beim Zimmerservice. Während sie auf das Essen wartete, schloss sie die Augen und machte eine Atemübung, die ihre Therapeutin ihr gezeigt hatte. Sie war immer noch nicht überzeugt von dieser ganzen Atmen-als-Befreiung-von-Traurigkeit-und-Angst-Sache, aber sie absolvierte die dummen Übungen trotzdem weiterhin. Die Ereignisse des Tages liefen wie in Endlosschleife vor ihrem inneren Auge ab. Jedes Mal, wenn sie die Situation und den Gesichtsausdruck des Chiefs, als er fassungslos aus Harlans Apartment ging, wieder vor sich sah, versetzte es ihr einen Stich ins Herz. Sie hatte kaum Appetit, aber sie schlang das Essen vom Hotel dennoch hinunter und wünschte sich nichts mehr, als zu Hause bei ihrem Mann und ihrem Hund zu sein.

Doch als sie Noah anrief, war der immer noch auf dem Revier. Sie informierte ihn über ihren Tag und bat ihn, ihr alle Tatortfotos von Kelsey Chitwoods Leiche zu schicken, auf denen man die Schnitte an ihrem Arm erkennen konnte. Sie bat auch um die Tatortfotos vom Fall Gemma Farmer, zum Vergleich.

Im Schneidersitz auf dem Hotelbett und das Handy zwischen Wange und Schulter geklemmt, klappte Josie ihren Laptop auf.

»Es ist schon spät«, sagte Noah. »Du musst todmüde sein. Hast du was gegessen?«

»Ich hab mir was vom Zimmerservice kommen lassen«, antwortete sie und wartete darauf, dass ihr Laptop hochfuhr. »Seid ihr mit dem Gemma-Farmer-Fall irgendwie weitergekommen?«

»Überhaupt nicht«, seufzte er. »Die Stimmung hier ist auf dem Tiefpunkt.«

Josie rief die Fotos von Gemma auf der Bühne des Amphitheaters auf – das »schlafende Dornröschen«, den Kopf auf einen Arm gelegt und die Augen geschlossen. Die hellrosa Narben an ihrem Unterarm waren nur schwer erkennbar. Da es bei diesem Verbrechen so viele andere seltsame Merkmale gab, waren die Narben zur Nebensache geworden und gar nicht weiter besprochen worden. Doch laut Harlan Chitwood hatte Kelsey Narben an der exakt gleichen Stelle gehabt. Das konnte kein Zufall sein.

»Bleibt dran«, sagte sie. »Irgendwann kommt ein Durchbruch.«

Kaum hatte sie diesen Satz ausgesprochen, spukte ihr Harlans Frage durch den Kopf, ob sie in ihrem Job schon einmal eine harte Nuss zu knacken gehabt hatte. Mit anderen Worten, einen Fall, den sie nicht lösen konnte. Sie hatte zahlreiche weniger schwere Fälle erlebt, die sie nicht hatte aufklären können, darunter auch ein paar Morde, bei denen sie ziemlich sicher war, dass sie im Drogen- oder Gang-Milieu angesiedelt waren. In solchen Fällen war die Beweislage oftmals zu dürftig, um die Sache vor Gericht zu bringen. Allerdings hoffte sie inständig, dass der Mord an Gemma Farmer in fünfundzwanzig Jahren nicht in einem Cold-Case-Archiv in Denton landen würde. Sie würde alles in ihrer Macht Stehende tun, um das zu verhindern.

»Siehst du dir die Fotos auch gerade an?«, fragte sie Noah.

»Die von Gemma oder die von Kelsey?«

»Von Gemma«, erwiderte Josie. »Ich werde mir jetzt die ansehen, die du mir von Kelsey geschickt hast.«

Sie öffnete die Tatortfotos von Kelsey. Langsam klickte sie sich durch und betrachtete jedes einzelne genau, wobei sie besonders auf die Unterarme des Mädchens achtete – beziehungsweise auf das, was man davon sehen konnte. Als sie entdeckte, was Harlan erwähnt hatte, geriet ihr Herzschlag aus dem Takt. Sie vergrößerte das Foto auf ihrem Bildschirm und wünschte sich, dass Tatortaufnahmen von vor fünfundzwanzig Jahren genauso scharf wären wie die von heute.

»Die sehen gleich aus«, sagte sie.

Bei Noah hörte sie im Hintergrund Geräusche. »Ich hab dich auf Lautsprecher gestellt«, sagte er. »Gretchen und Mett sind auch hier. Welches Foto siehst du dir gerade an?«

Sie las die Nummer der Aufnahme vor und wartete, bis er sagte: »Ja, hab ich.«

»Rechter Arm«, sagte sie. »Der liegt über der Handauflage der Kirchenbank vor ihr. Sie hat Schnitte an ihrem Unterarm. Genau wie Gemma Farmer. Nach allem, was ich sehen kann, haben sie etwa dieselbe Länge und Breite. Sie sind auch so hellrosa und sehen den Narben von Gemma Farmer verdammt ähnlich.«

Über die Leitung hörte sie die Stimme von Gretchen. »Zoom mal rein«, sagte sie zu Noah.

Josie klickte auf ihrem Bildschirm zurück. »Seht euch die Fotos von Farmer noch mal an. Gemma hat fünf Schnitte.«

»Wir waren uns nicht sicher, was die für eine Bedeutung haben«, murmelte Mettner. »Oder ob sie überhaupt eine haben.«

»Josie«, sagte Noah. »Hast du mit dem Chief darüber gesprochen?«

»Noch nicht«, erwiderte sie. »Ich wollte mir erst sicher sein.« Sie verschwieg, dass er schon einen ziemlich schweren Tag gehabt hatte.

»Was könnten die bedeuten?«, fragte Mettner. »Angenommen, der Mörder hat sie den Mädchen zugefügt, wofür stehen sie?«

»Wir können unmöglich wissen, was in dem kranken, perversen Kopf dieses Kerls vor sich geht«, meinte Noah.

»Vielleicht gibt er damit die Anzahl seiner Opfer an«, mutmaßte Gretchen.

Josie hatte sich dasselbe überlegt, aber als sie diese Vermutung ausgesprochen hörte, lief ihr ein Schauer über den Rücken. Sie ordnete die Fotos von den beiden Tatorten auf ihrem Bildschirm nebeneinander an. »Das würde bedeuten, dass Kelsey Opfer Nummer zwei und Gemma Farmer Opfer Nummer fünf ist.«

»Was wiederum bedeutet, dass es da draußen noch weitere gibt. Wir haben sie nur noch nicht gefunden«, folgerte Gretchen.

»Wir müssen weitersuchen«, sagte Josie. »Vielleicht übersehen wir ja irgendwas.«

Das Piepen ihres Handys meldete ihr einen eingehenden Anruf. Sie hielt es vor sich und sah auf eine Nummer mit der Vorwahl von Brighton Springs. »Leute, ich glaube, ich bekomme gerade einen Anruf von Meredith, von dem Cold-Case-Archiv hier. Ich muss auflegen.«

Sie beendete das Gespräch mit ihrem Team und wischte

über den Bildschirm zum Annehmen des eingehenden Anrufs. »Detective Dorton?«

»Hallo«, sagte eine weibliche Stimme, die älter und ziemlich schrill klang. »Spreche ich mit – mit Josie Quinn?«

»Ja«, antwortete Josie. »Kann ich Ihnen helfen?«

»Ähm, ich hoffe es. Mein Name ist Schwester Theresa. Ich bin eine Nonne von der St.-Agnes-Kirche in Brighton Springs.«

»Ich weiß, wer Sie sind«, sagte Josie. »Wer hat Ihnen meine Nummer gegeben?«

Nach kurzem Zögern antwortete Schwester Theresa mit gesenkter Stimme: »Es ist die einzige Nummer, die er mir geben wollte.«

»Wer?«

»Bobby. Bobby Chitwood. Er ist hier in der Kirche und er ist leider in einem erbärmlichen Zustand.«

Obwohl Schwester Theresa sie nicht sehen konnte, schüttelte Josie den Kopf. »Ich bin gleich da.«

DREIUNDZWANZIG

Ein runder gelber Lichtschein erhellte den Treppenabsatz vor dem doppelflügeligen Tor zur St.-Agnes-Kirche. Schwester Theresa hatte es, wie versprochen, unverriegelt gelassen, und Josie trat in den schwach erleuchteten Vorraum. Direkt vor ihr befand sich eine weitere große, doppelflügelige Holztür, die einen Spaltbreit offen stand. Der Hauptraum der Kirche dahinter war besser beleuchtet. Darin standen rechts und links hölzerne Kirchenbänke in Reihen, geteilt durch einen breiten, marmorgefliesten Mittelgang, der zum Altar führte. Auf der einen Seite des Altars brannten Kerzen, deren Flackern sich wie tanzende Lichter im Glasfenster über ihnen widerspiegelte. Auf der anderen Seite stand eine Statue der Jungfrau Maria auf einem Tisch. Ihre Arme waren, die Handflächen nach oben, ausgebreitet, als lade sie die Gemeindemitglieder ein, vor ihr zum Gebiet niederzuknien. An den Seitenwänden des Kirchenraums reihten sich Beichtstühle.

Josie blickte sich um, auf der Suche nach Schwester Theresa oder dem Chief. »Hallo?«

»Hier drüben«, sagte die weibliche Stimme, die Josie vom Anruf her kannte.

Josie blickte nach links, wo eine kleine Frau mit kurzen grauen Haaren zwischen den zwei Kirchenbänken auftauchte, die am weitesten hinten standen. »Ich bin Schwester Theresa«, sagte die Frau und winkte Josie zu sich. Sie trug einen schlichten grauen Pullover, kakifarbene Hosen und klobige schwarze Schuhe, die eher fußgerecht als modisch waren. Das einzige Zeichen ihres Glaubens war ein einfaches Goldkreuz an einem Kettchen um ihren Hals. Während Josie auf die Nonne zuging, spürte sie, wie sich ihr Magen vor Angst zusammenkrampfte und das Abendessen vom Zimmerservice in ihren Eingeweiden rumorte.

»Danke, dass Sie gekommen sind«, sagte Schwester Theresa leise.

Ihre blauen Augen glänzten vor Sorge und – so Josies Eindruck – Mitleid. Sie trat aus dem Weg und Josie erschrak. Zwischen den Kirchenbänken lag Chief Chitwood flach auf dem Rücken. Normalerweise befand sich dort die Kniebank, aber die war hochgeklappt worden. Eine ihrer Stützen drückte dem Chief seitlich in den Brustkorb. Eine geöffnete Flasche Jameson-Whiskey stand auf der Sitzfläche der letzten Kirchenbank. Vom Alkoholdunst drehte sich Josie der Magen um.

»Wie ist er hier reingekommen?«, fragte Josie und trat näher, zwischen die Knöchel des Liegenden.

»Er hat mich angerufen«, antwortete Schwester Theresa. »Wir haben immer Kontakt gehalten, auch wenn ich ihn wahrscheinlich sechs oder sieben Jahre nicht mehr gesehen habe. Er hat gesagt, dass er in der Stadt ist und im Fall Kelsey eine mögliche Spur hat. Dann bat er mich, ihn in die Kirche hineinzulassen, damit wir zusammen beten könnten.«

Josie stupste das Bein des Chiefs mit ihrem Fuß an. Er rührte sich nicht. »Haben Sie beide oft zusammen gebetet?«

»Nicht oft, aber manchmal. Über die Jahre.«

»Chief«, sagte Josie laut und mit fester Stimme. »Ich bin's, Josie Quinn.«

Sie stupste jetzt seinen Fuß an und diesmal bewegte er den Kopf hin und her. Er schlug die Augen auf und blinzelte in rascher Folge. »Quinn!«, rief er aus. »Sie sind hier.«

»Ist er so hier aufgekreuzt?«, fragte Josie.

»Ich denke schon, ja«, erwiderte Schwester Theresa. »Ich war spät dran, aber ich hatte die Türen für ihn offen gelassen. Als ich hereinkam, war er in einem ziemlich jämmerlichen Zustand.«

»Chief«, versuchte Josie es noch mal. »Können Sie sich aufsetzen?«

»Quinn«, rief er laut, als stünde sie nicht dicht bei ihm. Er fuchtelte mit einem Arm in der Luft herum und warf dabei die Whiskeyflasche um. Josie griff schnell nach vorn, um sie noch aufzufangen, aber dennoch spritzte der Inhalt über sie beide.

»Genau hier ist es gewesen, Quinn«, murmelte der Chief. »Sie ist genau hier gefunden worden.«

Josie trat rückwärts zwischen den Bänken hinaus in den Mittelgang, ging herum zur anderen Seite der Bänke und kehrte von der Seite der Beichtstühle zu dem Liegenden zurück.

»Quinn!«, brüllte der Chief. »Wo gehen Sie denn hin? Ich muss Ihnen unbedingt was zeigen! Hier ist sie gewesen, genau hier! Quinn?«

Josie trat hinter seinen Kopf, bückte sich und fasste ihn mit beiden Händen unter den Achseln. »Ich bin hier bei Ihnen«, sagte sie. »Ich werde Ihnen jetzt aufhelfen und versuchen, Sie auf die Bank zu setzen. Vielleicht können Sie ein bisschen mithelfen?«

Eine Wolke saurer Whiskeyfahne schlug ihr entgegen, als er ausrief: »Genau hier war es. Das ist genau die Bank!«

Josie richtete mühsam seinen Oberkörper auf und stützte ihn dabei mit ihren Knien ab. »Sie müssen unbedingt aufstehen«, forderte sie ihn energisch auf.

Seine Beine sackten immer wieder weg und seine Arme

schlugen in alle Richtungen aus, als würde er auf einer Eisfläche ausrutschen und versuchen, nicht hinzufallen. Josie schaffte es, ihn fast hinauf auf die Bank zu hieven, dabei stürzte sie selbst fast und musste sich mit dem Knie an der Rückseite der Bank davor abfangen. Schwester Theresa kam von der anderen Seite und half Josie, ihn aufrecht hinzusetzen, damit Josie sich von ihm lösen konnte. Der Chief beugte sich vor und schlug mit der Hand auf die Bank vor ihnen. »Genau hier!«, sagte er. »Hier war es. Das ist die Bank!«

Josie sah an ihm vorbei zu Schwester Theresa. »Ist das genau die Bank, in der Kelsey ermordet wurde?«

Die Nonne schüttelte den Kopf. »Nein. Die Bänke wurden anschließend ersetzt. An ihnen war zu viel ...« Sie warf einen Blick auf den Chief, aber er sah jetzt nach vorn zum Altar, hin zum Licht der flackernden Kerzen. »Selbst wenn wir sie zurückbekommen hätten, war da einfach zu viel Blut. Ich bin nicht sicher, ob wir die Flecken je herausbekommen hätten. Sowohl die Bank hinter ihr als auch die, über der ihre Arme ruhten, waren nicht mehr brauchbar.«

»Die Polizei hat sie zu den Beweismitteln genommen, richtig?«, fragte Josie. Sie wusste, dass ihr eigenes Team beide Bänke zur Untersuchung mitgenommen und als Beweismittel vorgehalten hätte.

»Ja«, bestätigte Schwester Theresa. »Man hat uns eine Quittung dafür gegeben. Die habe ich sicher immer noch irgendwo.«

»Ich brauche sie nicht«, erwiderte Josie. »Ich war einfach nur neugierig. Die Ermittler haben damals sicher versucht, an beiden Kirchenbänken Fingerabdrücke abzunehmen. Es müsste dazu einen Bericht geben. Der Chief hatte keine ...« Sie brach ab, da sie nicht sicher war, ob Schwester Theresa mit der persönlichen Fallakte des Chiefs über seine kleine Schwester vertraut war. Stattdessen wandte sie sich an ihn und fragte: »Haben Sie damals je den Bericht über die Fingerabdrücke gesehen — oder vielleicht ihren Dad oder seinen Partner danach gefragt?«

»Genau hier ist es passiert, Quinn«, wiederholte der Chief, als hätte er sie nicht gehört.

Schwester Theresa nahm seine Hand. Tränen standen in ihren Augen. »Das stimmt, Bobby, es war genau hier. Es tut mir so leid.«

»Allen tut es leid«, murmelte er. »Aber niemand hat dafür bezahlt.«

»Bobby«, unterbrach ihn Schwester Theresa. »Wir haben früher schon darüber geredet. Rache ist kein ...«

Josie konnte an der Röte, die dem Chief in die Wangen schoss, erkennen, dass er nicht hören wollte, was Schwester Theresa ihm zu sagen hatte. Sie klopfte auf seine Schulter und zog seine Aufmerksamkeit auf sich. »Wie sind Sie überhaupt hierhergekommen?«

Er starrte sie einen Herzschlag lang an, dann meinte er: »Über. Hey, ich hab noch Whiskey, Quinn. Wollen Sie ein Schlückchen? Ich muss nur meine Flasche finden.«

Sein Oberkörper kippte nach vorn und, noch bevor Josie oder Schwester Theresa ihn auffangen konnten, schlug seine Stirn gegen die Lehne der Bank vor ihm. Er gab eine Reihe von Flüchen von sich, während Josie ihn wieder aufrichtete. Quer über seiner Stirn bildete sich schon ein rötlicher Fleck.

»Also gut«, sagte Josie. »Das reicht jetzt. Wir müssen hier raus. Ich bringe Sie zurück ins Hotel. Danke, Schwester. Ich bin froh, dass Sie mich angerufen haben. Das hier tut mir sehr leid.«

Schwester Theresa schüttelte den Kopf. »Sie brauchen sich nicht zu entschuldigen. Bobby hat die Last von Kelseys Tod all diese Jahre getragen, aber ich bin mir nicht sicher, ob er ihn jemals wirklich verarbeitet hat.«

»Ich bin sehr wohl dabei, ihn zu verarbeiten«, sagte der Chief mit überlauter Stimme.

Josie überfiel eine tiefe Traurigkeit, als sie in seine glasigen

Augen blickte. Er war mit Kelseys Tod so umgegangen, dass er einerseits wie besessen in ihrem Fall recherchiert hatte und andererseits jede mögliche Liebesbeziehung oder Freundschaft aus seinem Leben ausgeschlossen hatte. Er strafte sich dadurch selbst, erkannte Josie. Jahr um Jahr hatte er sich selbst bestraft, indem er nie richtig gelebt hatte. Stattdessen arbeitete er. Genau wie sie. Die Arbeit war immer das Heilmittel gewesen, mit dem sie ihre Wunden behandelte. Und der Alkohol war die Medizin gewesen, die sie einsetzte, um den Schmerz der Wunden zu betäuben, wenn das Arbeiten allein nicht ausreichte. Sie hatte aufgehört zu trinken, als sie erkannt hatte, dass es sie nur dazu verleitete, schreckliche Entscheidungen zu treffen. Und weil der Schmerz, den sie unbedingt hatte betäuben wollen, immer noch da war, wenn sie dann wieder nüchtern wurde. Er war immer da. Es gab Dinge im Leben, die nie wieder behoben, repariert oder auch nur betäubt werden konnten. Man lernte einfach, mit ihnen – und mit dem Schmerz – zu leben. Josie hatte das Glück gehabt, in ihrem Leben teilnahmsvolle Menschen wie ihre Großmutter und ihren Ehemann Noah zu haben, die sich weigerten, sie aufzugeben.

Der Chief hatte niemanden. Zumindest keine Person, die er in sein Leben hineinlassen würde.

»Chief«, sagte Josie sanft. »Kommen Sie. Ich helfe Ihnen.«

»Wollen Sie nichts trinken?«, fragte er selbst dann noch, als er zuließ, dass sie ihren Arm unter seinen schob und ihm beim Aufstehen half.

»Ich hab vor ein paar Jahren aufgehört zu trinken«, sagte Josie.

»Was? Warum?«

Während sie langsam und vorsichtig zusammen aus der Kirche schlurften und Schwester Theresa auf der obersten Stufe der steinernen Treppe zurückließen, sagte Josie. »Morgen früh werden Sie wissen, warum.«

VIERUNDZWANZIG

DREI MONATE ZUVOR – MITTELPENNSYLVANIA

Noch einmal versuchte Prima, dem Mädchen die Decke umzulegen, doch es schlug um sich, schleuderte die Decke weg und versetzte ihr einen kräftigen Schlag in den Magen. Prima fiel nach hinten und krümmte sich vor Schmerz. Tränen brannten in ihren Augen, doch nicht so sehr wegen der Schmerzen, sondern wegen der ganzen Situation. Sie befand sich an einem unheimlichen Ort, zusammen mit einem unheimlichen, nackten Mädchen, das offensichtlich gequält worden war und in Ketten lag.

»Bitte«, flüsterte das Mädchen. »Lass mich einfach in Ruhe. Das ist das Beste für uns beide.«

Prima atmete ein paarmal tief durch, dann setzte sie sich auf und wischte sich die Tränen mit dem Saum ihres T-Shirts ab. »Woher willst du das wissen?«

Das Mädchen lehnte sich gegen die Wand, schlang seine Arme um die Knie und wiegte sich dann leicht vor und zurück. »Kapierst du denn gar nichts? Schau mich doch an!«

Erneut schossen Prima die Tränen in die Augen, als sie das Mädchen lange betrachtete und noch weitere blaue Flecken an ihren Armen und Beinen entdeckte. Die Haut spannte sich straff und glänzend über den Knochen. Das Haar war spröde, die Augen eingesunken. »Wir können miteinander sprechen, aber du darfst mir nicht helfen, verstehst du?«

Prima nickte, auch wenn sie rein gar nichts verstand.

»Du darfst mir weder deine Decke noch deine Kleider noch etwas von deinem Essen oder Trinken geben, kapiert?«

Primas Unterlippe zitterte. »Aber du brauchst doch ...«

Das Mädchen hob den Kopf, reckte das Kinn empor und sagte mit einem herausfordernden Blick, der Prima angesichts ihres ausgemergelten, geschundenen Körpers überraschte: »Was ich brauche, ist, dass du mir zuhörst und tust, was ich dir sage. Sonst nichts. Noch bin ich am Leben. Das Mädchen, das vor dir hier war ...«

Prima hatte plötzlich das Gefühl, als würde ihr Brustkorb zusammengepresst wie in einer Schraubzwinge, die immer fester gezogen wurde. »Vor mir war auch schon ein Mädchen hier?«

»Mhm.«

»Was ... was ist mit ihr passiert?«

»Sie hat eine ganze Weile lang getan, was man von ihr verlangt hat, aber eines Tages wurde sie mitgenommen und ist nie mehr wiedergekommen.«

FÜNFUNDZWANZIG

Josie und der Chief saßen in einer Ecknische eines Diners in der Nähe ihres Hotels. Jedes Mal, wenn jemand vom Servicepersonal dem Koch hinter der Durchreiche etwas zurief oder ein Geschirrabräumer Tassen, Teller und Besteck in einer Wanne abstellte, die dann zum Spülen in die Küche gebracht wurde, zuckte der Chief zusammen. Vor ihm stand eine unberührte Kaffeetasse. Sein Kinn hatte er auf eine seiner Handflächen gestützt. Er hatte Josie noch kein einziges Mal angesehen, seit er aufgewacht war und sie schlafend auf einem der Gästesessel seines Hotelzimmers vorgefunden hatte. Sie hatte nicht besonders gut geschlafen, aber auf keinen Fall riskieren wollen, dass er das Hotel verließ, noch dazu in seinem betrunkenen Zustand. Als er wach geworden war, war auch sie aufgestanden, hatte ihn gebeten, in einer halben Stunde in die Lobby zu kommen, und war gegangen.

»Warum haben Sie mich hierhergebracht?«, murmelte er. »Es ist furchtbar laut hier.«

Die Bedienung kam herüber und ließ zwei Teller vor ihnen auf den Tisch gleiten, von denen es heiß dampfte. Der Chief hatte nichts bestellt, weshalb Josie für sie beide dasselbe Frühstück genommen hatte: zwei Spiegeleier, von beiden Seiten leicht angebraten, Toast, Kartoffelpuffer und Speck. Das Gesicht des Chiefs wurde blass. Er schob den Teller von sich. »Ich hab Ihnen doch gesagt, dass ich nicht hungrig bin.«

»Essen Sie wenigstens den Toast«, sagte Josie.

Normalerweise hätte er auf eine solche Bemerkung reagiert, indem er ihr – oder wer auch immer sie gemacht hatte – lautstark irgendwelche Anweisungen gegeben hätte. Dass er sich nun so gar nicht offensiv zeigte, verriet Josie, wie peinlich ihm der Vorfall des gestrigen Abends war. Sie vermisste fast ein wenig die raubeinige Art, die der Chief sonst an sich hatte.

»Sie brauchen was im Magen«, sagte Josie. »Es wird ein langer Tag werden. Meredith hat mich vorhin angerufen, während Sie sich fertig gemacht haben. Sie hat die Akte über Kelsey gefunden.«

Mit einem Mal stierte der Chief nicht länger auf die Tischplatte, sondern sah Josie endlich an. »Wirklich?«

»Ja«, gab Josie zurück. »Sie meinte, die Fallakten seien offenbar nach genau demselben Muster untereinander ausgetauscht worden wie schon zuvor. Jeder der drei Fälle ist in dem Aktenkarton von einem der beiden anderen gelandet. Wie Sie schon gesagt haben: Das kann kein Zufall sein. Aber egal, jedenfalls hat sie Kelseys Akte gefunden. Wenn wir hier fertig sind, fahren wir rüber ins Archiv. Da sollten Sie wieder ... einigermaßen fit sein.«

Er griff nach einem Toast und führte ihn zum Mund, wobei er gequält das Gesicht verzog. Josie wartete, bis er beide Scheiben aufgegessen und mit etwas Kaffee hinuntergespült hatte, dann sagte sie: »Es gibt da noch was anderes, worüber wir reden müssen.«

»Quinn«, fing er an. »Gestern Abend, da war ich ...«

Josie schüttelte den Kopf. »Es ist nicht wegen gestern Abend. Es geht um die beiden Fälle – Kelsey und Gemma

Farmer. Wir haben noch einen anderen Zusammenhang zwischen ihnen gefunden. Einen wichtigen.«

Sie erzählte dem Chief von den Schnitten auf Kelseys Arm, davon, wie Harlan den Rechtsmediziner davon abgebracht hatte, sie als eventuelle Selbstverletzung Kelseys zu bezeichnen, und dass dieser die Narben im Autopsiebericht letztlich mit keiner Silbe erwähnt hatte.

»Dieses Scheißkaff«, grummelte der Chief mit tiefer, zornbebender Stimme. »Korrupt ohne Ende. Wir sollten uns den Rechtsmediziner vorknöpfen und uns mal mit ihm unterhalten.«

»Das können wir schon machen«, antwortete Josie. »Aber selbst wenn er in dem Bericht etwas von den Narben geschrieben hätte, wäre zum damaligen Zeitpunkt niemand daraus schlau geworden. Man hätte sie lediglich als Zufallsfund betrachtet. Interessant wurden sie ja erst im Zusammenhang mit dem Mord an Gemma Farmer und der Tatsache, dass das Mädchen fünf Schnittwunden hat, die genauso aussehen wie Kelseys Narben. Ich habe gestern Abend noch mit dem Team gesprochen. Gretchen glaubt, dass die Schnitte für die Anzahl der Opfer stehen. Sollte sie recht haben, dann würde das bedeuten, dass Kelsey das zweite Opfer des Täters war und Gemma sein fünftes.«

Der Chief brauchte eine Weile, um die Neuigkeiten zu verdauen. Eine Weile lang saß er nur reglos da und starrte in seine Kaffeetasse. »Drei weitere Opfer. Ich hab sie nicht finden können, Quinn. Glauben Sie mir, ich hab es wirklich versucht.«

»Dann hat er vielleicht seine Vorgehensweise geändert. Oder die anderen Opfer wurden nie gefunden. Keine Ahnung. Aber darüber können wir genauer mit dem Team sprechen, wenn wir wieder zurück sind. Zuerst sollten wir uns darauf konzentrieren, Kelseys Fallakte noch mal gründlich durchzusehen. Meredith hat versprochen, uns Kopien von allen Unterlagen zu machen, die wir dann mitnehmen können. Aber eine

Sache gibt es noch: Ich würde mich gerne mit dem anderen Detective unterhalten, der damals mit Kelseys Fall befasst war, dem früheren Partner Ihres Vaters. Wie heißt er gleich noch mal?«

Der Chief nahm noch einen Schluck Kaffee. »Travis Benning. War damals noch ein ziemlich junger Kerl. Er hat nur ein paar Jahre mit meinem Dad zusammengearbeitet.«

»Wissen Sie, wo er inzwischen lebt?«, fragte Josie.

»Nein. Ich hab mit dem Kerl vielleicht dreimal geredet, öfter nicht, aber ich glaube nicht, dass er hiergeblieben ist. Ich hatte den Eindruck, dass ihm die Art, wie mein Dad die Dinge erledigt hat, nicht zugesagt hat.«

»Sie meinen, er war nicht korrupt.«

»Genau. Und bei Meredith haben Sie ja gesehen, wie die Polizei von Brighton Springs mit Leuten umgeht, die keine Korruption dulden.«

»Glauben Sie, Ihr Vater weiß, was mit Travis passiert ist? Wo er stecken könnte?«

Der Chief schob die leere Kaffeetasse von sich. »Das bezweifle ich.«

Josie holte ihr Handy heraus und schrieb eine Nachricht. »Dann frag ich mal Noah, ob er ihn ausfindig machen kann. In der Zwischenzeit könnten wir bei Meredith vorbeischauen.«

Schweigend fuhren die beiden zum Revier von Brighton Springs. Auf Merediths Schreibtisch im Cold-Case-Archiv stapelten sich die Aktenkartons, zwischen denen sie mit hektischer Geschäftigkeit hin und her lief, mit weit aufgerissenen Augen und geröteten Backen. Entweder sie hatte viel zu viel Kaffee getrunken oder irgendetwas hatte sie in helle Aufregung versetzt. Sie deutete auf einen Stapel mit Kartons, die mit Kelseys Namen und der Fallnummer beschriftet waren. »In diesen Kartons sind jetzt die richtigen Unterlagen und Dokumente – alles, was im Zusammenhang mit Kelseys Verschwinden und ihrer Ermordung steht. Wenn Sie sich die angeschaut haben, können wir mit dem Kopieren anfangen. Ich wollte, dass Sie erst mal alles durchsehen, damit wir sicherstellen können, dass Sie von allem eine Kopie bekommen und ich auch wirklich nichts übersehen habe.«

»Wunderbar«, gab Josie zurück. Sie öffnete einen der Kartons und zog einen Stapel Unterlagen heraus. »Vielen Dank. Sie haben sich doch bestimmt auch die beiden anderen Fälle angesehen, deren Unterlagen mit denen von diesem hier vertauscht waren, oder? Gab es da irgendwelche Parallelen?«

»Leider nicht«, sagte Meredith. »Hören Sie, der Raum hier ist nicht besonders groß, aber ich hab drüben Platz für Sie beide gemacht. Dort steht auch der Kopierer. Sie müssen zwar auf dem Boden arbeiten, aber ...«

»Kein Problem«, sagte der Chief. »Wir kommen schon klar. Quinn, schnappen Sie sich einen Karton.«

»Bevor Sie anfangen, würde ich Ihnen allerdings gerne noch etwas zeigen«, hielt Meredith sie zurück.

Sie ging hinter ihren Schreibtisch, und Josie und der Chief folgten ihr. Sie mussten dicht nebeneinanderstehen, um alle drei Platz zu haben. Meredith setzte sich an ihren Computer und klickte mehrere Ordner durch, während Josie und der Chief ihr über die Schulter sahen. Unter dem Aftershave des Chiefs konnte Josie immer noch eine leichte Whiskeyfahne riechen. Sie fragte sich, ob Meredith es ebenfalls bemerkt hatte, doch die schien vollauf mit dem beschäftigt zu sein, was sie ihnen zeigen wollte.

Sie öffnete eine PDF-Datei, die Josie als eine auf einem offiziellen Formular der Polizei von Brighton Springs erfasste Vermisstenmeldung erkannte. Josie suchte nach dem Datum: 5. April 1999 – ungefähr zwei Jahre, nachdem man Kelsey Chitwood tot in der St.-Agnes-Kirche aufgefunden hatte. »Dieses Mädchen«, sagte Meredith und deutete auf eine Zeile des Berichts, »ist Priscilla Cruz. Sie war fünfzehn, als sie aus einer Wohngruppe hier in Brighton Springs verschwunden ist.

Sie hat das Haus verlassen und alle dachten, sie würde in die Schule gehen, wie jeden Tag, aber sie ist nie dort angekommen und auch nie in die Wohngruppe zurückgekehrt. Sie hatte ihre Schulsachen auch gar nicht mitgenommen. Die Leiterin der Wohngruppe sagte, alle ihre persönlichen Dinge seien noch in ihrem Zimmer gewesen. Der zuständige Detective – raten Sie mal, wer: Harlan Chitwood – hat damals alle befragt. Die anderen Bewohner und die Betreuer der Wohngruppe, ihre Lehrer, ihre Schulfreundinnen, Leute aus der Umgebung. Niemand hat etwas gesehen. Niemand fand, dass sie sich in den Wochen vor ihrem Verschwinden auffällig verhalten hatte. Alle glaubten, sie sei davongelaufen. Offenbar kam sie mit der Leiterin nicht zurecht. Einmal war es sogar zu Handgreiflichkeiten zwischen den beiden gekommen. Da es keinerlei Spuren gab, wurde der Fall auf Eis gelegt. Bis man die Leiche von Priscilla dann 2003 hinter ihrer alten Highschool gefunden hat. Der Rechtsmediziner ging davon aus, dass sie schon ungefähr zwei oder drei Jahre lang dort gelegen hatte.«

Meredith öffnete weitere Dateien, darunter ein grobkörniges Foto, auf dem Priscilla Cruz vor einem unscheinbaren Ziegelbau stand, sowie mehrere Aufnahmen von den geschwärzten, unkenntlichen Überresten ihres Skeletts, die in einer Mulde aus Unkraut, Erde und Schotter lagen.

»Man hat sie mithilfe ihres Zahnschemas identifiziert«, erklärte Meredith, »aber sie war schon zu stark verwest, als dass der Rechtsmediziner die Todesursache und -umstände hätte bestimmen können.«

»Und was wollen Sie damit sagen?«, fragte der Chief. »Glauben Sie, dass dieses Mädchen ... Wie hieß sie noch mal?«

»Priscilla Cruz.«

»Priscilla Cruz. Glauben Sie, dass sie von demselben Kerl umgebracht wurde, der auch Kelsey entführt und ermordet hat?«

»Das wäre durchaus möglich«, meinte Meredith. »Sie

haben gestern doch selbst gesagt, Sie hätten damals keine vergleichbaren Fälle gefunden.«

»Vielen Dank, Meredith«, sagte Josie. »Aber ich fürchte, abgesehen davon, dass sie ebenfalls fünfzehn Jahre alt war, von zu Hause fortgegangen ist, ohne etwas von ihren persönlichen Dingen mitzunehmen, eine Weile lang spurlos verschwunden war und dann tot aufgefunden wurde, haben wir keine Beweise dafür, dass es einen Zusammenhang zwischen diesem Fall und denen von Kelsey Chitwood und Gemma Farmer gibt.«

»Das habe ich zunächst auch gedacht«, stimmte Meredith ihr zu. »Aber dann habe ich ihren Fall etwas genauer unter die Lupe genommen – auch wenn wir nicht viel in der Hand haben –, und bin auf etwas gestoßen, was darauf hindeuten könnten, dass ihr Fall mit den beiden anderen sehr wohl in Verbindung steht.« Sie klickte noch ein paarmal, bis auf dem Bildschirm eine Luftaufnahme zu sehen war, die ein langgezogenes, verwinkeltes Gebäude, einige Parkplätze, eine Sporthalle und mehrere angrenzende unbebaute Flächen zeigte. »Das hier ist die Highschool. Und dieses Gelände hier ...« Meredith zoomte in eine der Brachflächen und deutete auf eine Art Zaun, der sie umgab. »Auf diesem Gelände sollte ursprünglich ein neues Footballstadion entstehen. Zu dem Zeitpunkt, als Priscilla Cruz verschwand, war es bereits abgezäunt. Hier drüben können Sie noch ein paar Bäume und so erkennen, aber den Großteil des Grundstücks hatte man bereits gerodet und für die Bauarbeiten vorbereitet. Aber dann gab es Probleme zwischen der Highschool und dem Bauern, dem Eigentümer des benachbarten Grundstücks. Er behauptete, dass ein Teil des Geländes, das für das neue Stadion vorgesehen war, eigentlich ihm gehörte. Er ging vor Gericht und die ganze Sache kam zum Stillstand, weshalb der Bau des Stadions erst mal ein paar Jahre aufgeschoben wurde.«

»Ja, und?«, unterbrach sie der Chief leicht genervt. Er klang fast schon wieder wie immer.

»Na ja«, sagte Meredith, drehte den Kopf zu den beiden um und strahlte sie triumphierend an. »Der erste Spatenstich erfolgte erst 2003 und dabei hat man dann auch ihre Leiche gefunden. Ursprünglich war der Baubeginn allerdings für den 27. August 1999 vorgesehen – an dem Tag wäre Priscilla sechzehn Jahre alt geworden.«

Es folgte ein langes Schweigen, während Josie und der Chief das, was sie eben gehört hatten, sacken ließen. »Das heißt also, dass man, wenn die Bauarbeiten für das neue Footballstadion planmäßig begonnen hätten, ihre Leiche genau an ihrem sechzehnten Geburtstag gefunden hätte?«

»Ja. Falls sie wirklich das dritte Opfer war«, fuhr sie fort, »dann hat der Täter sie vermutlich an ihrem sechzehnten Geburtstag dort platziert. Der Baubeginn war für diesen Tag vorgesehen. Wahrscheinlich ist er davon ausgegangen, dass die Bauarbeiter kommen und ihre Leiche finden würden. Aber dann hat der Bauer eine einstweilige Verfügung erwirkt und das Grundstück wurde drei Jahre lang von niemandem mehr betreten.«

»Ganz genau wissen wir das nicht«, wandte Josie ein. »Und wir können auch nicht mit Sicherheit sagen, seit wann sich ihre Leiche dort befand. Allerdings könnte es sich bei ihr durchaus um das dritte Opfer handeln, wenn der Rechtsmediziner davon ausging, dass ihre sterblichen Überreste schon seit zwei oder drei Jahren dort gelegen hatten.«

»Ich weiß, dass es keine Möglichkeit gibt, zu beweisen, dass sie genau an ihrem sechzehnten Geburtstag umgebracht und dort zurückgelassen wurde, aber falls es tatsächlich so war, dann würde das schon zu den beiden anderen Fällen passen.«

»Was meinen Sie genau?«, fragte Josie.

Meredith drehte sich auf ihrem Stuhl zu Josie und dem Chief herum. Ihre Hände flatterten aufgeregt durch die Luft. »Kelsey wurde in der Kirche zurückgelassen, die zu ihrer Schule gehörte und sich damals auf demselben Gelände befand. Wäre sie nicht entführt oder umgebracht worden, dann wäre sie vielleicht gerade in der Kirche gewesen, auf alle Fälle aber auf dem Schulgelände. Sie hatten erzählt, dass man Gemma Farmer bei einem Abschlussball gefunden hat. Wäre sie nicht entführt worden, dann wäre sie vermutlich auf dem Ball gewesen. Beide Mädchen wurden dort zurückgelassen, wo sie sich höchstwahrscheinlich aufgehalten hätten, wenn sie noch gelebt hätten. Priscilla Cruz war damals sechzehn. Sie wäre auf diese Highschool gegangen.«

Josie hatte stundenlang darüber nachgedacht, weshalb der Täter sich die Mühe gemacht hatte, sowohl die Leiche von Kelsey Chitwood als auch die von Gemma Farmer so aufwendig in Szene zu setzen. Ein solches Vorgehen erforderte eine gründliche Planung und ein längeres Verweilen am Tatort, was entsprechend riskant war. Je mehr Zeit er bei der Leiche verbracht hatte, umso größer war auch die Wahrscheinlichkeit gewesen, dass man ihn auf frischer Tat ertappte. Außerdem hatte er beide Mädchen an einem öffentlich zugänglichen Ort zurückgelassen. Es hatte ganz eindeutig etwas mit seinen Fantasien zu tun. »Das ist hervorragend beobachtet«, sagte Josie. »Es scheint fast, als würde er die Mädchen an einen Ort zurückbringen, den er als normal für eine Sechzehnjährige betrachtet.«

Meredith öffnete den Mund, um etwas zu sagen, doch der Chief fuhr dazwischen. »Es gibt hier viel zu viele Variablen. Wir haben einfach keine eindeutigen Beweise dafür, dass das Mädchen von demselben Kerl umgebracht wurde wie Kelsey und Gemma Farmer. Und ganz egal, auf welche Weise er sie ›zurückbringt‹: Wir haben noch immer keinen blassen Schimmer, wer er ist!«

»Aber Sie konnten in den letzten fünfundzwanzig Jahren keine Fälle finden, die mit dem Mord an Kelsey in Verbindung stehen«, gab Josie zu bedenken. »Ich bin mir ganz sicher, dass Kelsey und Gemma nicht seine einzigen Opfer sind. Vielleicht können wir seine anderen Opfer ja genau aus Gründen wie diesem nicht identifizieren: weil die Leichen nicht zum vorgesehenen Zeitpunkt gefunden wurden.«

»Na gut«, räumte der Chief ein. »Ich weiß zwar nicht, ob uns das irgendwas bringt, aber können wir die Unterlagen zum Fall Penelope Cruz auch kopieren?«

»Natürlich«, antwortete Meredith. »Ich kann auch noch nach anderen vergleichbaren Fällen suchen und wenn ich irgendwas finde, gebe ich Ihnen Bescheid.«

»Das wäre toll«, sagte Josie. »Dann fangen wir mal damit an, dass wir Kelseys Akte genauer überprüfen. Ich würde mir gerne mal den Bericht zu den Fingerabdrücken an den Kirchenbänken ansehen.«

»Kommen Sie mit«, sagte Meredith und stand von ihrem Schreibtisch auf. »Ich zeige Ihnen, wo Sie arbeiten können.«

Josie und der Chief griffen nach den Archivkartons, die mit Kelseys Namen beschriftet waren, und folgten Meredith in den hinteren Teil des Containers. Wie versprochen hatte sie einen größeren Bereich in der Nähe des Kopierers freigeräumt. Während der Chief zurückging, um weitere Kartons zu holen, kniete Josie sich auf den Boden und begann nach dem Bericht zu den Fingerabdrücken zu suchen. Einen Augenblick später schloss der Chief sich ihr an. »Ich habe meinen Dad wegen der Fingerabdrücke gefragt«, sagte er, während er mit Josie die Kartons durchstöberte. »Gleich nachdem man Kelsey gefunden hatte. Er hat damals gesagt, da wäre nichts dabei rausgekommen. Zwar eine Menge Fingerabdrücke, aber keine brauchbare Spur. Klar, es war eine Kirchenbank. Da waren sicher Hunderte von Fingerabdrücken drauf.«

»Ich würde mir den Bericht trotzdem gerne selbst mal ansehen«, gab Josie zurück.

Ein paar Minuten später hatte der Chief ihn gefunden. Auf allen Vieren krabbelte er zu Josie hinüber und reichte ihn ihr. Während sie sich die Seiten gründlich durchlas, nahm er seine

Lesebrille vom Ausschnitt seines Hemdes und schaute ihr über die Schulter. »Tja, Sie hatten recht«, sagte sie. »Insgesamt gab es auf beiden Kirchenbänken fünfhundertzweiundzwanzig latente Fingerabdrücke – also auf den ganzen Bänken.« Sie blätterte eine Seite weiter und betrachtete die dazugehörige Grafik. »Und davon hat man nur zwei Sätze von Fingerabdrücken in der Datenbank wiedergefunden. Der eine stammte vom Sitz der Kirchenbank hinter Kelsey und der andere von der Rückenlehne der Kirchenbank vor ihr, über die der Täter sie drapiert hatte.«

»Was?«, wunderte sich der Chief. »Davon hat er mir nie erzählt. Wenn ich das gewusst hätte, dann hätte ich die beiden Personen selbst mal überprüft.«

»Kann ja sein, dass er das getan hat, aber dass nichts dabei rausgekommen ist.« Josie las aus dem Ergebnis des Berichts vor: »Die Abdrücke auf der Sitzfläche gehörten einem siebenunddreißigjährigen Sexualstraftäter namens Donny Meadows, die auf der Kirchenbank davor einem neunzehnjährigen Mädchen namens Winnie Hyde, die im Jahr zuvor, also mit achtzehn, wegen Ladendiebstahls verurteilt worden war.«

»Der Sexualstraftäter«, sagte der Chief. »Den müssen wir überprüfen.«

»Auf jeden Fall«, sagte Josie. »Ich schreib Noah gleich und bitte ihn, den Kerl ausfindig zu machen, während wir hier weiterarbeiten.«

»Danke«, sagte der Chief. »Sehen wir zu, dass wir fertig werden. Ich will keine Sekunde länger in dieser Stadt bleiben als nötig.«

SECHSUNDZWANZIG

Am nächsten Tag setzten sich Josie, der Chief, Gretchen und Mettner im Konferenzraum des Polizeireviers von Denton zusammen. Seit man die Leiche von Gemma Farmer im Amphitheater gefunden hatte, war mehr als eine Woche vergangen. Die Detectives hatten rund um den Tisch Platz genommen. Sie sahen alle abgespannt, erschöpft und frustriert aus. Chief Chitwood stand schweigend in einer Ecke des Raumes. Irgendwer hatte Berichte und Fotos an den Wänden aufgehängt: auf der einen Seite alles, was mit Kelsey Chitwood zu tun hatte – hier war fast die gesamte Wand bedeckt –, auf der anderen sämtliches Material zum Fall Gemma Farmer – hier war vor allem freie Wand zu sehen. Josie stand auf und ging langsam daran entlang, wobei sie ihren Blick über die Fotos schweifen ließ. Sie hatte sie schon so viele Male betrachtet und doch wurde sie das dumpfe Gefühl nicht los, dass sie etwas Wichtiges übersah. Irgendwie hoffte sie sogar, dass sie etwas übersehen hatte, das ihnen zum entscheidenden Durchbruch in diesem Fall verhelfen würde, wenngleich sie wusste, dass so etwas so gut wie nie passierte. »Na gut«, sagte sie. »Was haben wir zum Fall Gemma Farmer?«

Mettner hatte einen Fuß auf den Boden gestellt und drehte seinen Schreibtischstuhl damit hin und her. Er schaute in die Notizbuch-App auf seinem Handy, dann sagte er: »Nichts. Wir haben rein gar nichts. Gretchen und ich haben Gemmas Foto fast allen Highschool-Schülern und -Lehrern in der ganzen Stadt gezeigt, aber keiner hat sie wiedererkannt.«

»Oder falls jemand sie erkannt hat, hat er es nicht zugegeben«, fügte Gretchen hinzu.

»Auch in den Restaurants hat sie niemand wiedererkannt«, sagte Mettner.

»Wir konnten sogar die Kameraaufzeichnungen sämtlicher Restaurants im Umkreis von sechzig Kilometern sichten, die am Abend des Abschlussballs Hummer auf der Speisekarte hatten. Auf den meisten sind nur der Eingangsbereich und die Parkplätze zu sehen, aber so hat sich immerhin feststellen lassen, wer rein- und rausgegangen ist.«

Vor den Fotos, die Kelsey Chitwood auf der Kirchenbank zeigten, blieb Josie stehen. Sie fragte sich, ob Chitwood ein Problem damit hatte, die Bilder so offen da hängen zu sehen. Er hatte nichts dazu gesagt, aber vermutlich kannte er ohnehin jedes davon bis ins kleinste Detail. Schließlich beschäftigte er sich seit zwei Jahrzehnten mit dem Fall.

»Aber Gemma war nicht dabei, oder?«, fragte Noah.

»Auf keinem einzigen Video«, gab Mettner zurück.

Josie ging von den Tatortfotos weiter, bis sie vor mehreren Obduktionsfotos von Kelsey stand, die Meredith Dorton für sie und den Chief kopiert hatte. Wer auch immer sie aufgehängt hatte, hatte die grausamsten davon aus Rücksicht auf die verwandtschaftliche Verbindung zwischen Kelsey und dem Chief weggelassen. Auf den meisten Bildern war nur ihr Gesicht zu sehen und die Stelle, an der die Haarsträhne fehlte. Josie war verblüfft, wie friedlich ihr Gesichtsausdruck wirkte. Bei Gemma Farmer war ihr dasselbe aufgefallen. »Was ist mit den Bekleidungsgeschäften?«, fragte Josie.

Gretchen blätterte in ihrem Notizbuch. »In einem Geschäft konnten die Kameraaufzeichnungen noch nicht gesichtet werden – technische Probleme, hieß es. Sie wollten sich melden, sobald sie das Material aus der Zeit vor dem Abschlussball überprüft haben. Die anderen Geschäfte heben die Aufzeichnungen höchstens zwei Wochen lang auf, aber da haben die Ladenbesitzer alle Kassenzettel seit dem zweiten Januar durchgesehen, um zu überprüfen, ob das Kleid, in dem man Gemma Farmer gefunden hat, bei ihnen gekauft wurde. Bisher ist nichts dabei rausgekommen.«

»Und was ist mit den Unterlagen zum Fall Kelsey Chitwood?«, fragte Mettner. »In dem Bericht stand doch etwas über die Fingerabdrücke von diesem Sexualstraftäter. Habt ihr den Mann schon ausfindig machen können?«

»Ich hab ihn tatsächlich gefunden, aber er sitzt im Gefängnis. Seit fünf Jahren. War rückfällig geworden«, berichtete Noah.

»Dann kann er es schon mal nicht gewesen sein«, sagte Mettner.

»Und was ist mit dem früheren Partner von Harlan Chitwood, Travis Benning?«, wollte Josie wissen. »Habt ihr den aufspüren können? Ich bezweifle zwar, dass der uns viel mehr erzählen kann als Harlan, aber da er damals einer der zuständigen Ermittler war, würde ich trotzdem ganz gerne mit ihm sprechen, vor allem, weil er nicht so korrupt war wie Harlan.«

Mettner blickte zum Chief hinüber. »Haben Sie denn nie mit ihm gesprochen? Über Kelseys Fall, meine ich?«

»Doch, sogar mehrmals«, antwortete der Chief. »Er war ein guter Mann, aber letztendlich konnte er mir auch nicht mehr sagen als das, was in der Akte stand – und die haben Sie ja alle selbst gelesen. Aber wenn sich Quinn mit ihm unterhalten möchte, dann soll sie das ruhig machen. Immerhin geht sie – wie Sie alle – unvoreingenommen an die ganze Sache heran.«

Noah warf ebenfalls einen Blick in seine Notizen. »Er hat

offenbar bis vor ungefähr zwanzig Jahren in Brighton Springs gelebt und ist dann für etwa sechs Jahre nach Pittsburgh gegangen. Seitdem hat er mal hier, mal da gewohnt, bis er sich schließlich in Fairfield niedergelassen hat, unten in Lenore County. Er hat dort ein Apartment. Wie es aussieht, ist er nicht mehr bei der Polizei. Ich hab auch keine Hinweise gefunden, dass er eine Partnerin oder Kinder hätte. Gestern hab ich ihn angerufen: Er meinte, er kommt gerne hierher, um sich mit uns zu unterhalten.«

»Dann sorg dafür, dass er es tut«, sagte Josie.

Noah schrieb sich etwas auf.

»Aber das bringt uns auch nicht weiter«, sagte Mett.

Gretchen seufzte. »Ich fürchte, Mett hat recht.« Sie drehte sich mit ihrem Schreibtischstuhl um und ließ ihren Blick durch das Büro schweifen. »Das kann doch nicht sein, dass wir diese ganzen Beweise haben – zumindest dafür, dass diese beiden Fälle eng in Verbindung miteinander stehen –, aber immer noch keine einzige Spur. Da ist irgendwas, das wir übersehen.«

»Dann gehen wir doch einfach noch mal alles durch«, schlug Noah vor. »Ich habe eine Liste der Parallelen zwischen den beiden Fällen gemacht.«

Mettner seufzte und sah Noah dabei zu, wie er ans andere Ende des Büros ging, wo er ein Whiteboard aufgestellt hatte. Er drehte es um, sodass alle sehen konnten, was er mit rotem Marker darauf geschrieben hatte. Punkt für Punkt ging er die Liste durch und führte alles bis ins Detail aus.

»Soweit wir wissen, sind beide Mädchen direkt aus ihrem Zimmer verschwunden. Hinweise auf einen Kampf oder Fremdeinwirkung gab es nicht. Es sieht vielmehr so aus, als wären sie beide aufgestanden, hätten sich angezogen und das Haus dann aus freien Stücken verlassen, ohne irgendwas mitzunehmen. Wir wissen auch, dass Josie und der Chief möglicherweise einen weiteren derartigen Fall aufgetan haben, der sich 1999 in Brighton Springs ereignet hat: Das Mädchen Priscilla

Cruz verschwand damals ebenfalls aus ihrem Zimmer, als sei sie einfach aufgestanden, habe sich angezogen und dann das Haus verlassen. Da sich eine Verbindung zu den anderen Fällen aber nicht beweisen lässt, werden wir uns auf die von Kelsey und Gemma konzentrieren.«

Josie ging zum Whiteboard hinüber und studierte die Liste, während Noah weitersprach.

»Wie wir wissen, war Kelsey fünfzehn, als sie verschwand, und sie galt fünf Monate als vermisst. Gemma war ebenfalls fünfzehn und war vier Monate verschwunden. Als man die Mädchen fand, wies keines von ihnen Anzeichen von Mangelernährung oder Folter auf und außer der tödlichen Stichwunde am linken Oberschenkel keinerlei Verletzungen. Es gab keine Hinweise auf sexuelle Gewalt. Sowohl Kelsey als auch Gemma wurden genau an ihrem sechzehnten Geburtstag entdeckt. Beiden fehlte eine Haarsträhne. Beide hatten eine Wunde am Oberschenkel. Bei Kelsey waren es zwei Einstiche; ich vermute deshalb, dass der Mörder bei ihr noch nicht so routiniert war wie bei Gemma.«

»Das könnte tatsächlich stimmen, wenn Gretchen recht hat, was die Schnittwunden an den Unterarmen der Mädchen betrifft, und sie angeben, das wievielte Opfer sie waren – wenn Gemma also das fünfte und Kelsey das zweite Opfer war«, sagte Josie. »Dann war er beim ersten oder zweiten Mal vielleicht tatsächlich noch nicht so geübt darin, die Oberschenkelarterie zu erwischen.«

»Das sehe ich auch so«, pflichtete Noah ihr bei.

»Aber beim fünften Opfer ist er dann schon ein Profi«, sagte Mettner. »Außerdem wurden beide Opfer abends gefunden, nach der Abendessenszeit.«

»Was ist mit Kelseys Mageninhalt?«, fragte Gretchen.

Noah ging zum Tisch zurück und suchte nach dem Obduktionsbericht zum Fall Kelsey Chitwood. Doch noch bevor er ihn gefunden hatte, sagte der Chief: »Sie hatte Tacos gegessen.«

Alle drehten sich um und starrten ihn an. Seine Stimme bebte und war voller Trauer. »Das war ihr Lieblingsgericht. Der Mörder gab ihr Tacos, und dann brachte er sie um, direkt vor der Siebzehn-Uhr-Messe.«

»Das war ihr Lieblingsgericht?«, fragte Mettner nach. »Sie hat vor ihrem Tod noch ihr Lieblingsgericht gegessen?«

Nun waren alle Blicke auf ihn gerichtet. Josie blickte rasch zu Chitwood hinüber und sah, wie seine Augen kurz aufflackerten. »Warum fragen Sie?«, wollte er von Mettner wissen.

Mettner sah die anderen der Reihe nach an. »Wir gehen doch davon aus, dass es sich hier um einen Serienmord handelt, oder? Dieser Kerl scheint nach einem bestimmten Ritual vorzugehen. Das meiste von dem, was er macht, hat für das Verbrechen an sich doch überhaupt keine Bedeutung.«

»Du spielst auf die Täterhandschrift an, die er hinterlässt?«, meinte Gretchen.

»Genau«, antwortete Mettner. »Zum Beispiel die abgeschnittene Haarsträhne, dass er die Mädchen genau an ihrem sechzehnten Geburtstag ermordet, dass er sie an einem leicht zugänglichen Ort hinterlässt – und eben das mit ihrer letzten Mahlzeit. Vielleicht gehört es ja zu seinem Ritual, dass er ihnen ihr Lieblingsgericht vorsetzt, bevor er sie umbringt.«

»Es klingt tatsächlich so, als sei das Teil seiner Handschrift«, stimmte Gretchen zu. Niemand widersprach ihr. Gretchen kannte sich mit der Vorgehensweise von Serienmördern besser aus, als ihr vermutlich lieb war. »Viele Serienmörder haben Fantasien, die sie mit immer größerer Perfektion zu inszenieren versuchen. Das ist oft wichtiger für sie als das Töten selbst. Unser Täter hält seine Opfer offenbar eine Weile lang fest – wobei die Dauer leicht schwankt –, und wenn er beschließt, dass er mit ihnen fertig ist, kleidet er sie dem Anlass entsprechend ein, also für die Kirche, den Abschlussball ...«

»... und bringt sie an den Ort, an dem sie an ihrem sechzehnten Geburtstag höchstwahrscheinlich sein würden, wenn er sie nicht gefangen gehalten hätte«, ergänzte Josie und griff damit Merediths Theorie wieder auf.

Gretchen nickte. »Stimmt. Er tischt ihnen ihr Lieblingsgericht auf, das mit Benadryl versetzt ist, um sie zu betäuben, und dann bringt er sie um.«

»Ich frage mich, was Gemma Farmers Lieblingsgericht war. Vielleicht ja Hummer?«, überlegte Mettner.

Für einen Augenblick herrschte Schweigen. Dann sagte Gretchen: »Das dürfte sich herausfinden lassen.«

Josie wandte sich kurz von Kelseys Tatortfotos ab und sagte: »Dann gehen wir doch mal von dieser Theorie aus. Wir haben ja noch mehr Hinweise. Was ist zum Beispiel mit der Entführung?«

»Sieht nicht so aus, als seien die Mädchen gezwungen worden mitzugehen. Alles deutet darauf hin, dass sie aufgestanden sind, sich angezogen haben und freiwillig das Haus verlassen haben. Könnte höchstens sein, dass der Täter sie mit irgendwas fortgelockt hat«, sagte Noah.

»Womit hätte er sie denn weglocken sollen?«, fragte Mettner zurück. »Es gibt bei beiden keine Indizien dafür, dass sich irgendjemand in den Wochen vor ihrem Verschwinden an sie herangemacht hat. Anscheinend gab es eine ältere Frau, die Kelsey ein paar Mal an der Bushaltestelle getroffen hatte, aber das war's dann auch schon – außerdem haben wir keine Ahnung, wer diese Frau war. Das hatte wahrscheinlich überhaupt nichts mit ihrem Fall zu tun.«

»Gemma Farmer hatte sich ein paar Mal in der Mall mit diesem blonden Mädchen unterhalten, bevor sie verschwunden ist«, merkte Noah an.

Mettner schüttelte den Kopf. »Aber auch hier lässt sich nicht sagen, ob das in irgendeinem Zusammenhang mit dem Fall steht.«

»Vielleicht hat man Kelsey ja mit vorgehaltener Waffe gezwungen mitzugehen«, schlug Gretchen vor. »Laut den

Unterlagen, die wir haben, gab es in ihrem Schlafsaal keine Kameras, und als die anderen aufgewacht sind, war sie bereits verschwunden.«

»Sie mit Waffengewalt zu entführen, wäre wahrscheinlich schwierig gewesen, aber nicht unmöglich«, sagte der Chief. »Damit ließe sich auch im Fall von Gemma Farmer erklären, weshalb sie ihr Handy nicht mitgenommen hat. Welcher Teenager würde denn heutzutage schon freiwillig ohne sein Handy irgendwohin gehen?«

»Außer er konnte sie dazu überreden, es dazulassen«, gab Josie zu bedenken. »Selbst Teenager wissen, dass ihre Eltern sie über das Handy tracken können.«

»Gemma mit vorgehaltener Waffe zu entführen, wäre ziemlich leicht gewesen«, sagte Noah.

»Aber wir haben keine Möglichkeit, das nachzuprüfen«, wandte Mettner ein. »Wir wissen lediglich, dass beide aus ihrem Zimmer verschwunden sind. Und dass sie dann an ihrem sechzehnten Geburtstag an einem öffentlich zugänglichen Ort entdeckt wurden, mit einer tödlichen Stichwunde und in Szene gesetzt. In beiden Fällen hat der Mörder eine Haarsträhne mitgenommen. Zuvor sind sie mit Benadryl betäubt worden – falls sich das im Fall von Gemma Farmer durch die toxikologische Untersuchung bestätigt –, und vor ihrem Tod wurde ihnen noch ihr Lieblingsgericht vorgesetzt. Je länger ich darüber nachdenke, umso gruseliger finde ich die Sache mit der letzten Mahlzeit. Warum hat er das getan? Was für einen Aspekt seiner kranken Fantasie befriedigt das denn?«

Josie musste wieder an die Art und Weise denken, wie Gemma ermordet worden war – das hatte etwas von einem Gnadenakt. Sie wandte sich erneut den Fotos von Kelsey zu und ihr fiel auf, dass auch sie beinahe würdevoll auf der Kirchenbank drapiert worden war. Kelseys Leiche war nicht nackt gewesen, nicht in eine dunkle Ecke geworfen oder einfach liegen gelassen worden wie ein Stück Abfall. Der Täter hatte sie an einen Ort der Zuflucht gebracht, sogar in ein Gotteshaus, und in eine Pose gebracht, die zwar eigenartig anmutete, aber dennoch an die einer Betenden erinnerte. Zum Fall von Priscilla Cruz gab es weniger Parallelen, aber ihr Tod ließ sich ohnehin nicht eindeutig mit der Ermordung der beiden anderen Mädchen in Zusammenhang bringen. »Vielleicht glaubt er ja, er würde ihnen irgendwie einen Gefallen tun. Sie von dieser grausamen Welt erlösen.«

»Da könnte was dran sein«, räumte Gretchen ein.

»Na schön, aber was hilft uns das bei der Suche nach dem Typen?«, fragte Mettner.

Josie wollte ihm gerade antworten, als ihr Handy auf dem Tisch des Konferenzraums klingelte. Sie griff danach und nahm den Anruf entgegen. Eine Weile lang hörte sie der Person am anderen Ende der Leitung zu, dann legte sie auf. »Wir haben eine Spur«, sagte sie. »Das Ballkleid, das Gemma Farmer getragen hat.«

SIEBENUNDZWANZIG

Anastasias Boutique befand sich in South Denton in einem alten Steinhaus, das in einen Laden umgewandelt worden war. Es war eines der wenigen Gebäude in diesem Teil der Stadt, die nicht wie ein flacher Betonbunker aussahen. Das Viertel galt als Gewerbegebiet und bestand größtenteils aus langen Shoppingmeilen, Lagerhallen, Fabriken und anderen Betrieben. Anastasias Boutique mit dem frisch asphaltierten, von Blumenbeeten und Stauden eingefassten Parkplatz wirkte in dieser Umgebung völlig fehl am Platz. Unter dem Vordach des Ladens standen mehrere Schaukelstühle und als hübscher Farbtupfer ein paar Blumenkübel, was ihm einen einladenden rustikalen Charme verlieh.

Noah hielt Josie die Autotür auf und sagte: »War das der Laden, wo sie technische Probleme mit dem Zugriff auf das Filmmaterial hatten?«

»Ja«, antwortete Josie. »Hat mir zumindest Gretchen so gesagt.«

Im Geschäft sprachen sie zunächst jemanden vom Verkaufspersonal an und warteten dann, bis die Ladeninhaberin mit einer Kundin fertig war, die ein Brautjungfernkleid kaufen wollte. Mit einem aufgesetzten Lächeln im Gesicht kam sie zu ihnen herüber, und Josie wurde erst jetzt bewusst, dass es vermutlich nicht besonders verkaufsfördernd war, wenn zwei Detectives im Geschäft herumstanden. »Danke, dass Sie gekommen sind«, sagte die Ladeninhaberin steif. »Folgen Sie mir doch bitte, dann kann ich Ihnen zeigen, was ich gefunden habe.«

Josie und Noah gingen hinter ihr her, an den Glasvitrinen links und rechts der Kasse vorbei und dann durch eine Tür und einen langen Flur, der zu einer Art Büro führte. Es war in verschiedenen Violetttönen gehalten und in den Ecken standen Vasen mit üppigen Arrangements aus Kunstblumen. Auf dem Schreibtisch in der Mitte des Raums befand sich ein aufgeklappter Laptop. Mehrere Ballen mit unterschiedlichen Stoffen lagen daneben oder lehnten an der Tischkante. Die Ladeninhaberin deutete auf den Stuhl und Josie setzte sich. Noah blieb hinter ihr stehen, um ihr über die Schulter sehen zu können.

»Ich bin mir nicht sicher, ob das für Sie von Bedeutung ist oder nicht, aber wie sich herausgestellt hat, haben wir genau so ein Kleid verkauft, wie Sie es uns auf diesen Fotos gezeigt hatten. An dieses Mädchen hier, vor ungefähr einem Monat.«

Sie griff an Josie vorbei nach der Maus und klickte ein paarmal, bis auf dem Bildschirm ein Video anlief. Die Kamera befand sich direkt hinter der Kasse, sodass sie einen Großteil des Ladens erfasste. In einer Ecke des Ladens hielt eine Verkäuferin gerade ein Brautkleid in die Höhe, damit eine Kundin mit langen dunklen Haaren es sich ansehen konnte. In der Mitte des Verkaufsraums zeigte eine andere Verkäuferin einer Kundin, die bereits in ein langes, fließendes blaues Kleid geschlüpft war, verschiedene Schuhmodelle. Dann ging die Ladentür auf und ein junges Mädchen kam herein. Sie war klein und zierlich und ihr flachsblondes Haar war zu einem Pferdeschwanz zurückgebunden. Sie trug eine übergroße braune Jacke, die eher einem erwachsenen Mann gepasst hätte als einer Teenagerin, dazu eine weite Jeans und braune Stiefel. Sie sah aus wie ein Mädchen, das die Kleider seines Vaters anhatte. Die Verkäuferinnen hielten inne und starrten sie an.

Das Mädchen ließ sich jedoch nicht beirren. Ohne ein Wort zu sagen, ging sie zielstrebig auf einen der Kleiderständer in ihrer Nähe zu und begann ihn durchzusehen. Eine der Verkäuferinnen ließ ihre Kundin für einen Augenblick allein und sprach das Mädchen an. Da es bei dem Video keinen Ton gab, wussten Josie und Noah nicht, worüber die beiden sprachen, doch die Frau traute dem Mädchen offensichtlich nicht und bewahrte ihr aufgesetztes Lächeln nur mit Mühe. Das Mädchen schüttelte den Kopf und sagte etwas, woraufhin sich die Frau zurückzog. Dennoch behielten beide Verkäuferinnen sie in den nächsten zehn Minuten aufmerksam im Blick.

Endlich hatte das Mädchen ein passendes Kleid gefunden. Josie erkannte, dass es genau das war, das Gemma Farmer getragen hatte. Das Mädchen ging damit zur Kasse. Es entspann sich ein weiterer kurzer Wortwechsel, dann griff das Mädchen in seine Jackentasche, holte ein Geldbündel heraus und warf es auf den Verkaufstresen. Sie riss der Verkäuferin das Kleid aus der Hand, drehte sich um und verließ den Laden.

»Wie viel hat das Kleid gekostet?«, wollte Josie wissen.

»Zweihundert Dollar«, antwortete die Ladeninhaberin. »Zuzüglich Mehrwertsteuer. Wie Sie sehen können, hat sie bar bezahlt. Sie hat nicht mal auf das Wechselgeld gewartet. Meine Verkäuferinnen hatten sie gefragt, ob sie das Kleid anprobieren möchte oder irgendwelche Änderungen wünscht, aber sie hat nicht geantwortet.«

»Haben Sie mit den beiden Verkäuferinnen gesprochen, seit Sie auf diese Aufnahmen gestoßen sind?«

Die Ladeninhaberin nickte. »Nur eine der beiden kann sich noch an das Mädchen erinnern. Sie hat gesagt, sie sei ihr sehr seltsam vorgekommen und habe ›tote Augen‹ gehabt.«

Josie unterdrückte ein Seufzen. Es war eine ungewöhnliche

Kameraperspektive, und sie fragte sich, ob die Verkäuferin wirklich gefunden hatte, das Mädchen habe ›tote Augen‹ gehabt, oder ob sie sich angesichts ihres ärmlichen, ungepflegten Äußeren lediglich ein vorschnelles Urteil gebildet hatte. »Was hat das Mädchen noch gesagt? Hat sie überhaupt etwas gesagt?«

Die Ladeninhaberin schüttelte den Kopf. »Nein. Sie kam nur rein und meinte, dass sie ein Kleid braucht. Meine Verkäuferinnen haben versucht, mehr aus ihr rauszukriegen, also für welchen Anlass, welche Größe, welche Farbe und so weiter, aber das Mädchen wollte nichts dazu sagen. Sie haben es ja selbst gesehen: Sie hat ein Kleid ausgesucht, das Geld auf die Theke geworfen und den Laden wieder verlassen.«

»Hat denn irgendwer gesehen, ob sie mit einem Auto gekommen oder wieder abgefahren ist?«, fragte Noah.

»Nein, da hat niemand drauf geachtet.«

»Haben Sie auf dem Parkplatz auch Überwachungskameras?«, wollte Josie wissen.

»Nein, leider nicht.«

»Dann sind das hier die einzigen Aufnahmen, die Sie haben?«, hakte Noah nach.

»Ja, das sind die einzigen. Ich kann Ihnen gerne eine Kopie davon machen, wenn Sie wollen.«

»Wunderbar«, sagte Josie. Sie sah zu Noah hoch. »Lass uns zurück aufs Revier fahren und das hier den anderen zeigen. Wir könnten ein paar Standbilder machen und damit nachfragen, ob jemand das Mädchen kennt – Gemmas Eltern vielleicht, ihre Freundinnen, die Schüler und Lehrer an den Highschools der Stadt. Wir fangen am besten in der Denton East an.«

ACHTUNDZWANZIG

Als ihr Chevy Caprice Baujahr 2010 auf der kurvigen Straße über die Berge kurz vor Denton ein unheilvolles Motorröcheln von sich gab, wusste Portia Beck sofort, dass es um ihn geschehen war. Dann ging ein heftiges Rütteln durch das ganze Auto und auf einmal ließ sich das Lenkrad nicht mehr bewegen. Fluchend versuchte sie trotzdem, den Wagen an den Straßenrand zu manövrieren, aber als er seinen Geist dann völlig aufgab und sogar die Scheinwerfer ausgingen, ragte das Heck noch immer fast bis zur Straßenmitte. Sie fluchte ein weiteres Mal, stieg aus und blickte die Straße entlang in beide Richtungen. Natürlich war sie in einer Kurve liegen geblieben, sodass das nächste Auto wahrscheinlich von hinten in ihres hineinfahren würde.

Ein Blick auf das Handy sagte ihr nicht nur, dass es schon halb neun Uhr abends war, sondern auch, dass sie keinen Empfang hatte. Zu hoch in den Bergen, dachte sie. Hier oben zwischen Bellewood und Denton gab es ein Funkloch – unter normalen Umständen kein Problem. Sie versuchte zu überschlagen, wie weit es noch zu ihrem Wohnwagen war. Es mussten mindestens sechs bis acht Kilometer sein und sie war erschöpft von ihrer Schicht im Lebensmittelladen. Es war so viel los gewesen, dass sie nicht einmal zum Mittagessen gekommen war. Ihre Füße pochten. Aber wie so oft in ihrem Leben hatte Portia wieder mal keine Wahl. Null Alternative.

Sie schnappte sich ihre Weste und ihre Handtasche vom Beifahrersitz und machte sich auf den Weg, bemüht, nicht zu weinen. Die zurückgehaltenen Tränen ließen ihre Augen brennen, aber sie konzentrierte sich lieber auf den Schmerz in ihren Füßen. Wenn sie nur fest genug an diesen Schmerz dachte, würde sie den anderen Schmerz nicht spüren. Den schlimmsten Schmerz von allen. Neun Monate zuvor hätte das kaputte Auto sie völlig zum Durchdrehen gebracht. Sie wäre so schnell wie möglich nach Hause gelaufen und dann sofort zur Nachbarin, um sich von ihr eine Dosis OxyContin geben zu lassen, damit sie nicht die ganze Nacht wachliegen und sich den Kopf darüber zerbrechen musste, wie sie das Auto von der Straße bekommen, am nächsten Tag zur Arbeit fahren und ein neues Auto finanzieren sollte. Jetzt war das alles nur ein vorüberziehender Leuchtpunkt auf ihrem Radar, kaum der Mühe wert, sich damit zu befassen.

Sie hörte das Brummen von Reifen auf dem Asphalt schon ein paar Sekunden, ehe die Scheinwerfer von hinten um die Ecke schienen und sie in Licht hüllten. Das Auto fuhr an ihr vorbei und hielt dann am Straßenrand. Ihr Herz fing an zu rasen, als sie das Nummernschild sah. Ein Wunschkennzeichen: J-Rock.

Der Schmerz in ihren Füßen war schlagartig verschwunden. Hastig passierte sie das Auto und hätte beinahe zu laufen begonnen, um möglichst viel Abstand zwischen sich und den Mann, der jetzt ausstieg, zu bringen. »Jetzt komm schon, du blöde Kuh«, brüllte er ihr hinterher.

Portia marschierte so schnell sie konnte weiter, um nur ja von ihm wegzukommen.

Die Autotür wurde zugeschlagen und sie hörte, wie der

Wagen wieder näherkam. Sie erwartete – ja, hoffte –, dass er an ihr vorbeiziehen würde, aber stattdessen rollte er jetzt in Schrittgeschwindigkeit neben ihr her. Das Fenster an der Beifahrerseite fuhr nach unten.

»Ich hab dein Auto gesehen«, rief er ihr zu. »Willst du das hier tatsächlich durchziehen?«

Portia ignorierte ihn.

»Steig schon ein«, wies er sie an.

Als sie keine Antwort gab, rief er: »Ich weiß, du denkst, ich hab Sabrina was angetan, aber da täuschst du dich.«

Sie blieb stehen und blickte ins Auto. Er hielt an. Seit sie ihn das letzte Mal gesehen hatte, war er dünner geworden. Seine Haare waren länger und hingen ihm ins Gesicht, das noch immer fettig und picklig war, mit der Andeutung eines kläglichen Schnurrbarts, der auf seiner Oberlippe nicht so recht Fuß fassen wollte. Aus dem Wageninnern wehte ihr der Geruch von Marihuana entgegen.

»Wo ist sie, Jonah?«

Er schüttelte den Kopf. »Ich hab's dir gesagt, genau wie dem Sheriff: Ich weiß es nicht. Ich weiß nicht, was mit ihr passiert ist, verstanden?«

Sie ging einen Schritt nach vorn und stocherte mit dem Finger durch das offene Fenster. »Ich weiß Bescheid über dich, kapiert? Du hast ein paar Schülerinnen aus der Bellewood High in diesen Mädchenhändlerring reingezogen.«

Er lachte. »Stimmt nicht. Du gibst zu viel auf Gerüchte. Ich hab ein paar Mädels gekannt, die in so einen Scheiß reingeraten sind, aber ich hab nichts getan. Der Sheriff hat mich überprüft.«

»Offensichtlich nicht gut genug«, zischte Portia.

Er verdrehte die Augen. »Willst du jetzt mitfahren oder nicht?«

Portia wägte ab. Jonah Saylor stand unter polizeilicher Beobachtung, seitdem Sabrina verschwunden war – hauptsächlich auf Portias Betreiben hin. Würde er jetzt versuchen, ihr etwas anzutun? Kein Mensch wusste, dass sie beide hier draußen unterwegs waren. Genau auf diese Weise verschwanden immer wieder Menschen spurlos. Man würde ihr Auto finden, aber sonst nichts. Es würde so aussehen, als sei sie ausgestiegen und losgegangen und hätte sich dann einfach in Luft aufgelöst. Genau wie Sabrina.

»Steig jetzt ein oder ich fahr weiter«, sagte Jonah. »Aber echt jetzt.«

Sie zögerte.

Sein Ton änderte sich, klang versöhnlicher. »Hör zu«, sagte er. »Du wirst nicht lebendig ankommen, wenn du von hier aus heimläufst. Ich hätte dich schon fast überfahren, als ich um die Ecke gebogen bin. Was, wenn Sabrina zurückkommt? Möchtest du dann nicht zu Hause sein?«

Portia wischte eine verräterische Träne weg, die ihr übers Gesicht lief. Wortlos stieg sie ins Auto. Während der ganzen Fahrt in die Stadt sprachen sie nicht miteinander. Alles, woran Portia denken konnte, war, was sie zu ihrer Tochter sagen würde, falls sie zurückkam. Die Wochen vor Sabrinas Verschwinden waren die Hölle gewesen. Sie hatten jede Minute, die sie zusammen in einem Raum verbrachten, miteinander gestritten. Das süße kleine Mädchen, das zusammen mit Portia Musikcastingshows angeschaut und ihr beim Kochen geholfen hatte, existierte nicht mehr. An ihrer Stelle war da jetzt eine schlecht gelaunte junge Frau voller Wut, die Portia bei jedem Gespräch ein »Ich hasse dich« entgegenschleuderte und es nicht einmal für nötig hielt, sie anzurufen, wenn sie im mehr als sechzig Kilometer entfernten Bellewood bei ihrem Freund übernachtete. Portia hatte gedacht, es läge daran, dass sie ihrer Tochter verboten hatte, sich weiterhin mit Jonah zu treffen, und dass sich das irgendwann wieder geben würde. Aber dann war Sabrina verschwunden.

»Da sind wir«, sagte Jonah, als sein Auto vor Portias Wohnwagen zum Stehen kam. Die kleine Lampe über dem Vordereingang brannte, genauso wie das Wohnzimmerlicht drinnen. Sie ließ die Lichter jetzt immer an. Für den Fall, dass Sabrina zurückkam.

»Gern geschehen«, sagte er, als Portia ausstieg.

Sie schloss die Autotür, aber beugte sich dann noch einmal durchs Fenster hinein. »Es sind zweihundertfünfundsiebzig Tage, dreizehn Stunden und dreiundzwanzig Minuten, seit ich Sabrina zum letzten Mal gesehen hab. Wenn du weißt, wo sie ist, sag es mir einfach.«

Er schüttelte den Kopf. »Geh weg von meinem Auto, du bist ja komplett durchgeknallt.«

Portia konnte gerade noch den Kopf aus dem Fenster ziehen, da schoss er schon so schnell davon, dass hinter seinem Wagen der Kies hochspritzte. Sie beobachtete noch, wie der Staub, den er aufgewirbelt hatte, sich wieder verflüchtigte, und ging dann in ihren Wohnwagen. Dort warf sie ihre Sachen auf den Küchentisch und ein paar Umschläge von ihrem Stapel unbezahlter Rechnungen segelten zu Boden. Sie kümmerte sich nicht darum und nahm aus dem Kühlschrank das halbleere Bier, das sie am Morgen hineingestellt hatte. Nachdem sie es hastig leergetrunken hatte, ging sie durch den Flur zu ihrem Schlafzimmer und blieb abrupt stehen, als sie bemerkte, dass die Tür zu Sabrinas Zimmer geschlossen war.

In all den Monaten, seit ihre Tochter verschwunden war, hatte Portia die Tür niemals geschlossen.

In ihrer Brust keimte eine plötzliche Hoffnung auf, ein wildes, unvernünftiges Wesen mit schlagenden Flügeln und spitzen Krallen, die sich in ihr Herz gruben. »Sabrina«, keuchte sie und stieß die Zimmertür auf.

Die winzige Lampe neben Sabrinas Bett leuchtete nur schwach, nicht stärker als ein Nachtlicht. Es dauerte einen Moment, bis Portia einen unförmigen Umriss auf dem Bett ausmachen konnte, unter Sabrinas alter rosa Bettdecke. Sie streckte die Hand zur Wand aus und schaltete die Deckenleuchte ein.

Dann stürzte sie auf das Bett zu, stolperte über den Haufen schmutziger Wäsche, den Sabrina bei ihrem Verschwinden hinterlassen hatte, und fiel auf die Knie. »Sabrina!«, rief sie.

Ihre Finger tasteten über das Gesicht ihrer Tochter, aber die Haut war kalt, der Körper steif. »Sabrina!«

Portia packte die Schultern ihrer Tochter und schüttelte sie, aber sie rührte sich nicht. Sie schlug die Decke von Sabrinas Körper zurück – und in diesem Moment sah sie das Blut.

Als die Polizei kam, schrie Portia noch immer.

NEUNUNDZWANZIG

Die Farmers waren in ein kleines einstöckiges Haus in einem der Arbeiterviertel von Denton gezogen. Im bescheidenen Vorgarten wucherten Unkraut und hohes Gras und auf der Veranda türmten sich leere Umzugskartons, auf denen *Küche* oder *Keller* stand. Ansonsten gab es da noch einen Stapel Gartenstühle und eine umgestürzte leere Mülltonne. Diana Farmer kam weinend an die Tür, mit einem roten Pullover in der Hand, und winkte Josie und Noah stumm herein.

»Tut mir leid wegen der Unordnung«, sagte sie.

Die Bereiche von Wohn- und Esszimmer gingen ineinander über. Überall standen Kartons herum, viele mit der Aufschrift *Gemma*. Auf der ansonsten völlig unter allen möglichen Dingen begrabenen Couch war ein einziger Sitzplatz frei geblieben, doch weder Josie noch Noah wollten sich setzen. Sie waren mit Mrs Farmer direkt hinter der Eingangstür stehengeblieben und alle drei sahen einander wortlos an.

»Mrs Farmer«, brach Josie das Schweigen. »Es tut mir wahnsinnig leid, dass wir Sie belästigen müssen. Aber es gibt da ein paar Fragen, die einfach keinen Aufschub dulden.«

Diana nickte. Sie knetete den roten Pullover in ihren

molligen Händen und sagte: »Kommen Sie doch mit mir in die Küche. Das ist so ziemlich der einzige Raum im Haus, wo man sich wenigstens umdrehen kann.«

Sie umschifften Plastikboxen und Möbel, auf denen sich weitere Kartons stapelten, und folgten ihr in den hinteren Bereich des Hauses. Die Küche war weiß gefliest und völlig frei von irgendwelchen Boxen und Kartons. Diana ging zur Arbeitsfläche neben dem Kühlschrank und drückte ein paar Knöpfe an der Kaffeemaschine. »Ich kann Ihnen einen Kaffee anbieten, wenn Sie zwanzig Minuten warten wollen. Dieses blöde Ding. Das Einzige, worum ich gebeten hatte, war eine neue Kaffeemaschine, aber Wes sagt, die können wir uns nicht leisten. Ich würde die Hälfte von dem Zeug hier drinnen verkaufen für eine anständige Tasse Kaffee.«

»Danke für das Angebot, Mrs Farmer«, erwiderte Noah, »aber das ist nicht nötig. Ich habe eine Frage, die vielleicht komisch klingt: Was war denn Gemmas Lieblingsessen?«

Diana starrte ihn mit offenem Mund an.

»Wie gesagt: Ich weiß, dass es komisch klingt«, sagte Noah entschuldigend, »aber könnten Sie uns diese Frage bitte trotzdem beantworten?«

»Hummer«, stieß Diana hervor. »Sie liebte Hummer. Wir konnten uns das nie leisten, aber es war ihr Lieblingsessen. Sie hat einmal auf einem Ausflug nach New York Hummer probiert. War ein besonderer Anlass. Seitdem hat sie immer wieder danach gefragt. Ich musste sie mit ihrem zweitliebsten Essen bei Laune halten.«

»Käsekuchen?«, fragte Noah.

Dianas Gesicht wurde bleich. »Woher wissen Sie das?«

Josie brachte es nicht übers Herz, ihr zu sagen, dass der Mörder Gemma noch ihre Lieblingsspeisen aufgetischt hatte, bevor er sie umbrachte. Sie setzte ein Lächeln auf und meinte: »Käsekuchen mag doch wirklich jeder, oder? Aber eigentlich wollte ich Ihnen etwas zeigen.«

Sie nahm ihr Handy heraus, zog ein Foto des blonden Mädchens aus dem Bekleidungsgeschäft groß und hielt es Diana hin. »Ungefähr einen Monat bevor Gemma gefunden wurde, hat dieses Mädchen in Anastasias Boutique ein Kleid gekauft und bar bezahlt. Es ist identisch mit dem, das Gemma getragen hat. Wir haben uns gefragt, ob Sie das Mädchen wiedererkennen.«

Diana legte den Pullover auf die Arbeitsfläche und nahm Josies Handy. »Sie können nach links wischen«, meinte Josie. »Es sind insgesamt vier Fotos von ihr.«

Sie warteten geduldig, während Diana mit gerunzelter Stirn die Fotos eingehend betrachtete, nach links wischte, zurück nach rechts und wieder nach links. Josie sah sich inzwischen in der Küche um und war erstaunt über den Gegensatz zwischen diesem penibel aufgeräumten Raum und dem Rest des Hauses. Das einzig ansatzweise Unordentliche war die Überfülle von Zetteln und Magneten am Kühlschrank. Ein magnetisch haftender Kalender vom Immobilienmakler. Die Visitenkarte eines Bestattungsunternehmens. Eine längst überfällige Rechnung für die Autoversicherung. Eine Liste von Hausarztpraxen in der Gegend. Eine weitere Visitenkarte, von einem Installateur. Ein Infoflyer von einer gewissen RedLo Group mit Therapieangeboten.

»Das ist das Mädchen, das ich in der Mall gesehen habe«, antwortete Diana. »Von der ich der anderen Ermittlerin erzählt habe. Wie hieß die gleich wieder?«

»Meinen Sie Detective Loughlin?«, fragte Noah. »Heather Loughlin?«

Diana nickte und gab Josie das Handy zurück. »Ja. Sie sagen, dieses Mädchen hat das Ballkleid gekauft, in dem Sie meine Gemma gefunden haben, an dem Abend, an dem sie gestorben ist? Warum sollte dieses Mädchen ein Ballkleid für Gemma kaufen? Wer ist sie?«

»Wir hatten gehofft, Sie könnten uns das erklären«, antwortete Josie. »Detective Loughlin hat erwähnt, dass Sie offensichtlich nie mit ihr gesprochen haben. Sie sagte, das Mädchen sei immer ›augenblicklich verschwunden‹, wenn sie bemerkte, dass Sie näherkamen.«

Diana drehte sich um, riss ein Küchentuch von der Rolle auf der Arbeitsfläche hinter ihr und tupfte sich damit die Wangen ab. »Ja, das stimmt. Ich hatte sie noch nie zuvor gesehen. Ich dachte immer, ich würde alle von Gemmas Freundinnen kennen. Ich bin mir nicht mal sicher, ob das eine Freundin von ihr war. Ich hab sie auch nie woanders als in der Mall gesehen.«

»Warum sind Sie eigentlich dorthin gefahren?«, fragte Noah. »Wollte Gemma in ein bestimmtes Geschäft gehen?«

Diana senkte den Blick. »Nein. Wir sind gar nicht zum Einkaufen hingefahren.«

Sie sah wieder auf und ließ ihren Blick durch den Raum schweifen, vermied es aber, Josie oder Noah direkt in die Augen zu schauen. »Sehen Sie sich doch bloß dieses Loch hier an. Glauben Sie wirklich, wir könnten es uns leisten, zweimal im Monat zum Shoppen zu gehen? Wir sind hingefahren, um mal von meinem Mann wegzukommen.«

Josie und Noah wechselten einen verstohlenen Blick. »Ist Ihr Ehemann gewalttätig geworden, Mrs Farmer?«, fragte Josie.

»Nein. Jedenfalls nicht so, wie Sie es meinen. Er hat uns niemals geschlagen oder so. Würde er nie tun. Aber er ist ... es ist schon sehr schwierig mit ihm. Er kann ziemlich gemein sein, speziell mir gegenüber. Gemma konnte das überhaupt nicht leiden. Sie hat mich verteidigt und dann kam es zu Auseinandersetzungen, nur verbalen natürlich. Ich hab dann immer versucht zu erreichen, dass jeder sich in eine andere Ecke verzieht, aber sogar unser Haus in Keller Hollow war so winzig, dass das nicht so richtig möglich war. Es war damals draußen sehr kalt und ich wollte einfach, dass Gemma mal da rauskommt, und da dachte ich mir, wir könnten es mit ein wenig Mallwalking versuchen. Sie wissen, was das ist, oder?«

»Ja«, meinte Noah. »Die Mall eignet sich wirklich sehr gut dafür. Meine Mutter hat das auch immer gemacht.«

Diana lächelte dünn. »Ich fand das eine großartige Idee, aber als wir dann das erste Mal hingefahren sind, war es Gemma total peinlich. Sie sagte, sie wolle nicht gesehen werden, wie wir einfach nur in der Mall herumgehen, als wären wir zu arm, um uns was zu kaufen. Sie hat sich geweigert, mit mir zu kommen. Ich hab ihr fünf Dollar gegeben und ihr gesagt, dass sie im Food-Court auf mich warten soll, während ich ›walke‹, aber ehrlich gesagt bin ich nur zu den Toiletten gegangen und hab dort eine Stunde lang geheult, bis ich sie dann wieder abgeholt habe.«

Über Josie brach eine Woge von Traurigkeit herein, als sie Dianas Erzählung lauschte. »Und als Sie dann zum Food-Court kamen, saß sie da mit diesem Mädchen?«

»Ja, und es wirkte so, als wären die beiden ins Gespräch vertieft, was sonderbar ist, denn normalerweise, wenn die Kids sich treffen, sitzen sie einfach nur rum und hängen an ihren Handys. Als ich Gemma das erste Mal mit ihr gesehen hab, dachte ich mir, ›Super, sie hat sich mit jemandem angefreundet‹, aber dann ist das Mädchen gleich verschwunden. Ich hab Gemma nach ihr gefragt, aber sie meinte, das ginge mich nichts an.« Wieder flossen Tränen aus Dianas Augen.

Noah fragte behutsam: »Gibt es denn irgendetwas an diesem Mädchen, woran Sie sich erinnern können? Selbst etwas, was Ihnen unwichtig erscheint, hilft uns vielleicht, sie aufzuspüren.«

Diana wischte sich mit dem Küchentuch die Tränen ab und schniefte. »Sie war nicht wie andere Mädchen in dem Alter gekleidet.«

»Was glauben Sie denn, wie alt sie war?«, hakte Josie nach.

»Ungefähr in Gemmas Alter. Vielleicht etwas älter? Schwer zu sagen. Ich hab sie nie wirklich gut gesehen.«

»Was war denn ungewöhnlich daran, wie sie angezogen war?«, fragte Noah.

»Sie hat Männerkleidung getragen. Richtig weite Sachen. Nichts, was ich sonst zurzeit an Mädchen im Teenageralter sehe.«

»Und Gemma hat Ihnen gar nichts über sie erzählt?«, wollte Josie wissen. »Ihren Namen? Sonst irgendwas?«

Diana stieß einen Seufzer aus. Sie tauschte das Küchentuch gegen den roten Pullover und presste ihn an ihre Brust. »Ich habe meine Tochter geliebt, Detectives. Mehr als alles in der Welt. Aber sie war sehr wütend auf mich. Wenn sie etwas zu sagen hatte, dann hätte sie es garantiert nicht mir erzählt.«

Es war schon stockdunkel, als sie das Haus der Farmers verließen. Während Noah sie beide nach Hause fuhr, tauschte Josie mit Mettner und Gretchen Nachrichten aus. Die beiden hatten den Nachmittag und frühen Abend damit verbracht, in den Jahrbüchern der Denton East High nach dem mysteriösen Mädchen zu suchen – ohne Erfolg. Am nächsten Vormittag wollten sie mit den Fotos von den Überwachungskameras wieder zu den Highschools fahren, um zu sehen, ob jemand von den Schülern oder dem Lehrpersonal sie wiedererkannte.

»Glaubst du, sie ist in die Sache verwickelt?«, fragte Noah.

»Muss sie wohl sein«, antwortete Josie. »Schließlich hat sie das Kleid gekauft.«

»Vorausgesetzt, es war wirklich dasselbe Kleid wie das, das Gemma getragen hat«, gab Noah zu bedenken. »Den Kameraaufzeichnungen nach können wir eigentlich nur mit Bestimmtheit sagen, dass das blonde Mädchen ein solches Kleid gekauft hat.«

»Die Blonde ist aber laut Diana auch bei drei oder vier

Gelegenheiten zusammen mit Gemma in der Mall nahe Keller Hollow gesehen worden. Es muss dasselbe Kleid sein.«

»Okay«, meinte Noah. »Sagen wir, dieser mysteriöse Teenager ist tatsächlich in diese verfluchte Mordsache hier verwickelt. Wenn der Mörder aber schon vor fünfundzwanzig Jahren anderen Mädchen dasselbe angetan hat, können wir uns sicher sein, dass die Blonde damals nichts damit zu tun hatte. Da war sie nämlich noch nicht mal auf der Welt. Wo ist sie also auf einmal hergekommen?«

»Das weiß ich nicht«, antwortete Josie. »Aber irgendwie hat sie mit der Sache zu tun.«

»Meinst du, sie wird dazu gezwungen? Dass er sie sozusagen auch in seiner Gewalt hat?«

»Möglich«, meinte Josie. »Vielleicht handelt es sich um eine Art Gehirnwäsche. Er überredet sie, den Lockvogel für diese Mädchen zu spielen, und dann schickt er sie los, das Kleid für sein großes Finale zu kaufen.«

Ehe Noah antworten konnte, klingelte Josies Handy. »Das ist Mett«, sagte sie und nahm den Anruf an.

»Boss«, sagte Mettner ohne Umschweife, »Gretchen und ich sind drüben in Moss Gardens, der Wohnwagensiedlung.«

»Moss Gardens?«, wiederholte Josie ungläubig. Sie hatte als Kind in dieser Siedlung gelebt, bevor sie in die Obhut ihrer Großmutter gekommen war.

»Ja«, antwortete Mettner. Routiniert gab er ihr die Nummer des Wohnwagens durch. »Ihr werdet das hier bestimmt so schnell wie möglich sehen wollen. Ich hab bereits die Spurensicherung und Dr. Feist angefordert.«

Josie bemerkte, dass Noah sie jetzt von der Seite ansah, da er Metts Stimme aus dem Handy ebenfalls hören konnte.

»Wir haben hier übrigens den nächsten ... Mordfall, meine ich«, fügte Mettner hinzu. »Und er sieht dem Gemma-Farmer-Fall sehr ähnlich.«

DREISSIG

Zwei Stunden später steckte Josie in einem Tyvek-Schutzanzug und stand in einem winzigen Schlafzimmer eines Wohnwagens von bescheidener Größe in Moss Gardens, um Dr. Feist bei der Untersuchung der Leiche von Sabrina Beck zuzusehen. Sabrinas Mutter Portia lag draußen in einem Krankenwagen. Sie war offensichtlich nach dem Fund der Leiche ihrer Tochter so außer sich gewesen, dass die Sanitäter ihr zur Beruhigung Haldol verabreichen mussten. Ihre Schreie hatten die gesamte Wohnwagensiedlung aufgeschreckt. Von den Nachbarn hatte dann jemand die 911 angerufen. Als zwei Streifenpolizisten vor Ort ankamen, hatten sie sofort die Detectives angefordert. Mettner und Gretchen waren gerade verfügbar gewesen und sofort hingefahren. Jetzt warteten sie zusammen mit den Streifenpolizisten und Noah draußen vor dem Wohnwagen und sahen Officer Hummel und seinem Team dabei zu, wie sie ihre Ausrüstung wieder wegpackten, nachdem sie am Tatort alle Spuren gesichert hatten.

Das Team der Spurensicherung hatte die Decke, unter der Sabrina gelegen hatte, und einige andere Gegenstände aus dem Zimmer als Beweismittel mitgenommen. Jetzt kniete Dr. Feist neben dem Doppelbett und zeigte auf einen zweieinhalb Zentimeter langen Schlitz in der Pyjamahose, die Sabrina trug. Die Hose war aus Baumwolle, lose geschnitten und hatte gelbe Sterne auf schwarzem Grund, die jetzt teilweise durch das Blut rot verfärbt waren. Auch die Matratze unter Sabrina war komplett blutdurchtränkt. In dem engen Raum war der metallische Geruch kaum auszuhalten.

»Genau an der Stelle«, sagte Dr. Feist. »Einfach durch den Stoff. Ein präziser Stich. Exakt wie bei Farmer.«

Die Stichwunde mochte vielleicht dieselbe sein, aber damit endeten die Ähnlichkeiten auch schon. Ein Ausdruck absoluten Schreckens stand Sabrina Beck ins Gesicht geschrieben. Ihre glasigen Augen waren weit aufgerissen. Die Lippen entblößten ihre Zähne, als ob sie kurz davor gewesen wäre, einen Schrei auszustoßen.

Josie wurde übel. »Überprüf mal ihren Unterarm. Den rechten. Da sollten Schnitte sein. Narben.«

Dr. Feist, die neben dem Unterkörper des Mädchens gestanden hatte, ging zur Kopfseite des Betts und griff behutsam nach dem rechten Arm. Sie schob den langen Ärmel des Pyjamaoberteils bis zum Ellbogen hoch. »O nein«, sagte sie.

Widerstrebend kam Josie einen Schritt näher. Sie rechnete damit, sechs hellrote oder silbrige Schnitte auf Sabrinas Unterarm zu sehen, aber stattdessen wurde ihr Blick von blauen Flecken und Abschürfungen an Sabrinas Handgelenk angezogen, manche älter und schon am Verblassen, andere in schreiendem Rot. Eine Abschürfung, die besonders grellrot leuchtete, schien den Umriss eines Kettenglieds zu haben. »Sie war festgebunden«, konstatierte Dr. Feist. »Das hier sind jüngere Verletzungen, die ihr zusätzlich zu älteren zugefügt wurden.«

Sie drehte den Unterarm, damit Josie es ebenfalls gut sehen konnte. Da waren keine Schnitte. Und doch war sich Josie sicher, dass der Mord an Sabrina Beck mit den Morden an Gemma Farmer und Kelsey Chitwood zusammenhing.

»Sobald ich sie auf dem Tisch habe, werde ich nachsehen, ob von ihren Haaren etwas abgeschnitten wurde«, meinte Dr. Feist. »Das kann man in dieser Position schlecht sagen. Ich hab gehört, dass ihre Mutter Detective Palmer erzählt hat, dass sie aus Bellewood verschwunden ist. Die für den Vermisstenfall zuständige Person aus dem Team des Sheriffs müsste bald hier sein und ich glaube, Detective Loughlin ist auch involviert. Du solltest mit ihnen sprechen. Offensichtlich wurde dieses Mädchen mehrere Monate lang vermisst.«

»Und dann taucht sie genau heute in ihrem Bett wieder auf«, sagte Josie. »Ist heute vielleicht rein zufällig ihr sechzehnter Geburtstag?«

»Das musst du rausfinden.«

Draußen war der gesamte Bereich vor dem Wohnwagen der Becks in das helle Licht der Polizeischeinwerfer getaucht. Ein Grüppchen Schaulustiger hatte sich vor dem benachbarten mobilen Heim aufgereiht und sah den Leuten von der Polizei zu, wie sie in Portias Wohnwagen hineingingen und wieder herauskamen. Gretchen und Mettner machten ihre Runde durch die Menge und befragten vermutlich die Nachbarn, ob sie beobachtet hatten, dass jemand Sabrina zu Hause abgeliefert hatte. Josie erspähte Noah, der gerade mit einem der Deputys sprach, und ging zu ihm hinüber. Als sie näherkam, erkannte sie Deputy Judy Tiercar, eine altgediente Kollegin, die seit zwanzig Jahren im Dienst war und sich bei Angelegenheiten, die über die Grenzen der Gerichtsbarkeit von Denton hinausreichten, immer als zuverlässige Verbündete für Josie und ihr Team erwiesen hatte.

»Das war am vierzehnten August«, berichtete Judy Noah gerade. »Sabrinas Mutter, Portia, hatte seit Tagen nichts von ihr gehört und ist deswegen nach Bellewood gefahren, zur Wohnung von Sabrinas Freund. Sabrina war definitiv bei ihm gewesen. Das haben einige Zeugen in seinem Apartmentkomplex bestätigt. Als Portia ankam, war zwar der Freund zu Hause, aber Sabrina war nicht da. Ihr Freund hat gesagt, sie wäre am Morgen weggegangen. Er hätte gedacht, dass sie sich vielleicht ein Sandwich zum Frühstück holen wollte oder so, denn ihre ganzen Sachen waren noch in seinem Schlafzimmer: der Rucksack, ihr Handy und ein paar Klamotten. Wir haben den Freund wirklich sehr eingehend überprüft, nachdem Sabrina ja aus seiner Wohnung verschwunden war. Jemand von den Nachbarn hat sie gegen sechs Uhr morgens das Haus verlassen sehen, aber nicht beobachtet, wohin sie gegangen ist oder ob sie in ein Auto gestiegen ist. Sabrinas Mutter hatte die fixe Idee, er hätte sie an einen Menschenhändlerring verkauft, wir konnten aber keine Hinweise darauf finden. Trotzdem haben wir die Staatspolizei um Hilfe gebeten. Detective Loughlin hat den Fall bearbeitet. Ich hab sie schon angerufen, aber sie ist derzeit Stunden von hier entfernt. Der langen Rede kurzer Sinn: Wir hielten Sabrina für eine Ausreißerin. Es gab keinerlei Anzeichen, die ein anderes Szenario gestützt hätten, und sie hat oft mit ihrer Mutter gestritten, hatte Ärger in der Schule und wurde wegen ihres widerspenstigen Verhaltens in Therapie geschickt. Es gab keinen Grund, sie nicht für eine Ausreißerin zu halten.«

Josie begrüßte Judy kurz. »Wie alt ist der Freund denn?«, wollte Noah dann wissen.

»Er ist gerade vor ein paar Wochen achtzehn geworden. Glaubt mir, wir haben ihn nicht aus den Augen gelassen, seit Sabrina verschwunden ist. Er ist wegen ein paar Drogendelikten angeklagt, aber wir konnten ihm nichts Schlimmeres nachweisen, als dass er kifft und zu schnell in seinem idiotischen getunten Kleinwagen rumdüst. Er war es übrigens, der Portia heute Abend heimgefahren hat. Ihr Auto ist zwischen Bellewood und hier liegen geblieben. Er war auf dem Weg zu einem Freund, der in East Denton wohnt, und hat sie aufgegabelt.«

»Dann hat er also ein Alibi für den Abend«, meinte Josie.

»Sieht ganz danach aus, ja.«

»Und ein Vater ist nicht auf der Bildfläche?«, fragte Noah.

Judy schüttelte den Kopf. »Nö. Hört zu, wir stellen euch alles zur Verfügung, was wir in unserer Vermisstenakte haben, aber ich sage euch gleich, viel ist das nicht. Ihr solltet mit Detective Loughlin sprechen.«

»Und auf ihrem Handy habt ihr nichts gefunden? Oder in den sozialen Medien?«

»Nichts, was uns geholfen hätte, sie zu finden, oder was den Verdacht erweckt hätte, dass ihr etwas zugestoßen sein könnte.«

»Was ist mit ihren Freundinnen? Was haben die denn zu ihrem Verschwinden gesagt?«

»Nichts, was in irgendeiner Weise alarmierend war. Mehr kann ich dir nicht sagen.«

Noah sah kurz Josie in die Augen. Dann blickte er wieder zu Judy.

»Kannst du dich erinnern, ob ihre Mutter oder ihre Freundinnen vielleicht mal davon gesprochen haben, dass sie sich mit jemand Neuem getroffen hat? Einer neuen Freundin vielleicht?«

Judy schüttelte wieder den Kopf. »Da müsste ich in der Akte nachsehen oder mit Detective Loughlin sprechen. Aber ihr könnt ihre Mutter fragen. Ich bin mir sicher, sie würde sich erinnern.«

Sie bedankten sich bei Judy und gingen zu einem der Krankenwagen. Die Türen waren geschlossen und ein Sanitäter hielt davor Wache. Sie wiesen sich aus und er ließ sie hinten einsteigen. Portia Beck lag auf der Trage, die Augen halb geschlossen. Sie wirkte klein und zerbrechlich. Ihr schulterlanges blondes Haar war zerzaust und stand auf einer Seite an manchen Stellen wild vom Kopf ab. Auf ihren Wangen waren angetrocknete Tränenspuren, schwarz von Wimperntusche. Unter ihrem Mund war blassrosa Lippenstift verschmiert. Sie blinzelte schwerfällig. »Sie sind doch diese Ermittlerin, oder? Die aus dem Fernsehen? Ich wette, wenn Sie sich um Sabrinas Fall gekümmert hätten, seit sie verschwunden ist, wäre sie noch am Leben. Stattdessen musste ich mich mit einem Haufen Leute rumschlagen, die nicht die leiseste Ahnung haben, was sie tun. Und jetzt schauen Sie. Schauen Sie, was man meinem Baby angetan hat.«

Josie und Noah setzten sich nebeneinander auf die schmale Bank neben der Trage. Josie beugte sich zu Portia vor. »Mein herzliches Beileid, Miss Beck. Sie haben recht. Sie kennen mich bestimmt aus dem Fernsehen. Denton ist mein Zuständigkeitsbereich. Ich bin Detective Josie Quinn und das ist mein Kollege, Lieutenant Noah Fraley.«

Portia nickte. »Diese anderen Cops hätten sie von Anfang an dazuholen sollen. Vielleicht wäre meine Sabrina dann noch bei mir.«

»Es tut mir so leid, dass sie das nicht mehr ist, Miss Beck«, drückte Josie noch einmal ihr Bedauern aus. »Ich habe gerade mit Deputy Tiercar gesprochen, die mir berichtet hat, dass auch Detective Heather Loughlin von der Staatspolizei den Fall ihrer Tochter bearbeitet hat. Ich kann Ihnen versichern, dass die beiden ausgezeichnete Ermittlerinnen sind.«

Portia schniefte und schüttelte den Kopf. Offensichtlich hielt sie die Vorstellung, der Sheriff von Alcott County und die Staatspolizei hätten alles Menschenmögliche getan, um Sabrina aufzuspüren, für völlig abwegig. Josie ließ nicht locker: »Ich weiß, dass das ein äußerst unpassender Moment ist, aber ich würde Ihnen trotzdem gern ein paar Fragen stellen.«

Portia setzte sich abrupt auf, beugte sich nach vorn und umklammerte Josies Handgelenk.

»Werden Sie mir zuhören? Wirklich zuhören? Nicht einfach nur sagen, dass mein Baby fortgelaufen ist? Jetzt sieht man ja, dass sie keine Ausreißerin war, oder? Glauben Sie mir? Werden Sie sich anhören, was ich zu sagen habe?«

Josie ging nicht auf Abstand, sondern sah Portia fest in die Augen. »Ich werde mir jedes Wort anhören, versprochen.«

Erneut strömten Portia Tränen über die Wangen. Josie zog ein Knäuel Taschentücher aus ihrer Jackentasche und gab es ihr. »Deputy Tiercar sagt, Ihre Tochter ist vor etwa neun Monaten verschwunden.«

Portia nickte und tupfte sich mit den Taschentüchern die Tränen ab. »Sie war bei diesem Kerl, ihrem Freund, weil wir gestritten hatten. Immer gab's Streit ... Aber ich wusste trotzdem, dass sie nicht einfach so abhaut. Als sie mich dann aber ein paar Tage lang nicht angerufen hat, hab ich mir Sorgen gemacht und bin hingefahren.«

»Hat sie denn öfters bei ihrem Freund übernachtet, ohne anzurufen und Ihnen Bescheid zu geben?«, fragte Noah.

»Ja«, antwortete Portia. »Es war schon nicht leicht mit ihr. Ich hatte sie eigentlich nie unter Kontrolle. Ich hab allerdings gedacht, sie würde irgendwann zurückkommen. Wie sonst immer, wenn sie keine Lust mehr auf Fast Food hatte oder er sie hintergangen hat. Aber sie war noch nie so lange weg gewesen, ohne wenigstens eine Textnachricht zu schicken. Ich hatte auf einmal ein ungutes Gefühl und bin deswegen zu seiner Wohnung gefahren. Da hat sich dann rausgestellt, dass sie weg war. Ich hab sofort den Sheriff angerufen. Sie sagten, sie hätten alles überprüft und sie wäre weggelaufen, obwohl ich ihnen gesagt hab, dass es bestimmt Jonah war, der ihr was angetan hat. Aber sie haben behauptet, er würde als Verdächtiger ausscheiden. Dann hat die Staatspolizei ermittelt und dasselbe gesagt. Bis zum heutigen Tag, wo er mich heimgefahren hat, hab ich das nicht geglaubt.«

»Hat sich Sabrina in den Wochen vor ihrem Verschwinden denn irgendwie ungewöhnlich verhalten?«, wollte Josie wissen.

»Nein, da ist mir nichts aufgefallen. Und wenn mir was

aufgefallen wäre, hätte ich das dem Sheriff oder der Staatspolizei gesagt.«

»Gab es denn irgendeine neue Bekanntschaft, mit der sie Zeit verbracht hat? Eine neue Freundin oder so?«

»Nein«, erwiderte Portia. »Wenn ich da von jemandem gewusst hätte, hätte ich es dem Sheriff schon erzählt.«

Josie nahm ihr Handy heraus und zog das Foto der mysteriösen Blonden groß, die das Ballkleid für Gemma Farmer gekauft hatte. Sie zeigte es Portia. »Erkennen Sie dieses Mädchen?«

Portia sah mit zusammengekniffenen Augen auf das Foto und schüttelte den Kopf. »Ich erkenne sie schon, aber ich weiß ihren Namen nicht. Wer ist das?«

»Das wissen wir nicht genau«, entgegnete Noah. »Wo haben Sie das Mädchen denn schon mal gesehen?«

»Sie hat Sabrina ein paarmal von der Arbeit heimgefahren«, sagte Portia.

Josie und Noah warfen sich einen vielsagenden Blick zu. »Wo hat Sabrina gearbeitet?«, hakte Josie nach.

»Sie hat in einem Friseursalon in dieser großen Mall an der Interstate den Kundinnen die Haare gewaschen. In der Oak Ridge Mall. Da sie erst fünfzehn war, gab es Beschränkungen, wie viele Stunden pro Woche sie arbeiten durfte, aber sie hat manchmal Trinkgeld bekommen.«

»Wie heißt dieser Salon denn?«, fragte Noah.

»Ach Mist, ich weiß es nicht mehr. Avalon? Avalanche? Irgendwas in der Art. Gibt aber nicht so wahnsinnig viele Friseursalons in dieser Mall. In Sabrinas Zimmer liegen wahrscheinlich ein paar Gehaltszettel. Ist das wichtig? Weil bisher hat mich noch keiner nach diesem Mädchen gefragt.«

»Das wissen wir noch nicht genau«, meinte Josie. »Und das Mädchen hat sie hierhergebracht? Bis vor Ihr Zuhause?«

»Ja, bis vor den Wohnwagen. Ist aber nie dageblieben oder auch nur reingekommen. Ich hab Sabrina einige Male nach ihr gefragt, aber sie hat gesagt, ich soll mich um meine eigenen Angelegenheiten kümmern. Sie war so wütend auf mich. Eigentlich auf jeden. Auf das Leben. Ich hab während der Schulzeit mal ein paar Therapiestunden für sie organisiert, hat aber nicht groß geholfen. Sie ging nicht gern hin und hat dann über den Sommer auch pausiert. Ich wollte, dass sie ab Schuljahresbeginn wieder weitermacht, aber dann ist sie verschwunden.«

Josie wollte das Gespräch noch einmal auf das mysteriöse Mädchen lenken und fragte: »Sie haben das Mädchen also vom Fenster aus gesehen? Haben Sie sich gemerkt, was für ein Auto sie fuhr?«

Portia runzelte die Stirn und dachte nach. »Ich bin nicht so gut mit Autos, aber es war auf jeden Fall schwarz.«

»Ein Zweitürer? Oder ein Viertürer?«, hakte Noah nach.

»Da bin ich mir nicht sicher. Vielleicht vier? Ich weiß es nicht.«

»Klein oder groß?«, fragte er weiter. »Eher eine Limousine oder ein SUV?«

»Ein Auto eben«, meinte Portia. »Eher klein, würde ich sagen. Es war ein schwarzes Auto. Ich hab es nur ein paarmal gesehen.«

»Würden Sie es auf einem Foto wiedererkennen?«, wollte Josie wissen.

»Da bin ich mir nicht sicher.«

Josie versuchte, sich ihre Frustration nicht anmerken zu lassen. Es war keine Überraschung für sie, dass Portia sich nicht an die genauen Details des Autos erinnern konnte. Die Menschen richteten ihre Aufmerksamkeit selten auf Dinge, die ihnen unwichtig erschienen. Und bei den meisten Dingen im täglichen Leben gab es auch gar keine Notwendigkeit, sich später daran zu erinnern. »Wie oft hat dieses Mädchen Sabrina denn heimgefahren?«

Portia zuckte die Achseln und tupfte mit dem Taschentuchknäuel an ihren Augen herum. »Drei-, viermal? Ich bin mir wirklich nicht sicher.«

»Haben Sie das Kennzeichen gesehen?«, fragte Noah.

»Bestimmt, aber ich erinnere mich nicht daran. Glauben Sie denn, dieses Mädchen hat etwas damit zu tun, was meiner Sabrina passiert ist?«

»Das werden wir auf alle Fälle genau untersuchen«, versicherte Josie ihr. »Wie lange vor Sabrinas Verschwinden hat das Mädchen sie denn im Auto mitgenommen?«

»Das war im Sommer. Ich kann mich nur erinnern, dass sie Sabrina im Sommer heimgebracht hat, also vielleicht so ungefähr ab Juni.«

»Also ungefähr zwei Monate lang«, folgerte Noah.

»Eine letzte Frage noch«, sagte Josie. »Wann hat Sabrina Geburtstag?«

Portias Gesicht fiel in sich zusammen. »Morgen. Da wäre sie sechzehn geworden.«

EINUNDDREISSIG

DREI MONATE ZUVOR – MITTELPENNSYLVANIA

»Wie bist du hierhergekommen?«, fragte Prima.

Das nackte Mädchen seufzte und legte das Kinn auf ihre mageren Knie. »Ich hab mich mit diesem Mädchen angefreundet. In der Mall. Sie war ziemlich schräg drauf, aber irgendwie auch nett. Sie hatte mich eines Tages im Food-Court gebeten, ihr behilflich zu sein. Das war echt komisch – man hätte meinen können, dass sie sich noch nie was zu essen bestellt hat.«

Prima spürte, wie ihr die Farbe aus dem Gesicht wich. »Ich hab mich auch mit dem Mädchen angefreundet. Was hat sie dir erzählt?«

Ein weiterer Seufzer drang hinter den mit blauen Flecken übersäten Knien des Mädchens hervor. »Dass ich alles hinter mir lassen könnte. Dass es da so einen Ort gibt, wo meine nörgelnde Mom oder irgendwelche fiesen Lehrer mir nicht sagen, was ich zu tun habe. Wo es keine Jungs gibt, die einen betrügen, oder Freundinnen, die einem in den Rücken fallen. Eine Art Zufluchtsort, wo ich eine Weile lang machen kann, was ich will, und mich nicht mehr rumkommandieren lassen muss. Es wäre nur für ein paar Wochen. Zusammen mit ihr. Wie eine Reise oder so.«

»Mir hat sie erzählt, dass es dort keine Regeln gibt«, flüsterte Prima.

Das Mädchen lachte höhnisch auf. »Ja, genau. Keine Regeln. Ganz schön bescheuert, auf sowas reinzufallen, was? Aber am Anfang ...« Sie driftete ab.

»Was war am Anfang?«, drängte Prima.

Das Mädchen beugte den Kopf zu ihren gefesselten Handgelenken hinunter, um sich an der Kopfhaut zu kratzen. »Ich weiß es nicht mehr.«

Das Gespräch schien sie zu ermüden. Prima hielt ihren Blick noch ein paar Minuten lang auf sie geheftet und wartete darauf, dass sie weitererzählte, aber sie schwieg. Dann stand Prima auf und ging mit zitternden Beinen zur Tür.

»Die ist abgeschlossen«, sagte das Mädchen, noch bevor Prima die Hand auf den Türknauf gelegt hatte. Trotzdem versuchte Prima es und drehte daran. Nichts geschah.

»Und was ist, wenn man auf die Toilette muss?«

»Toilettengänge gibt es alle vier Stunden, solange du hier drin bist. Du wirst dich schon noch an das Warten gewöhnen.«

»Mich gewöhnen?«, rief Prima aus.

»Wenn mal was schiefgeht, wischen sie's wieder auf.«

Prima war so entsetzt, dass ihr die Stimme für einen Augenblick versagte. Sie ging wieder zum Fenster und versuchte noch einmal, es zu öffnen, doch es rührte sich keinen Millimeter. Der alte Fensterrahmen war zugenagelt. Endlich hatte sie ihre Stimme wiedergefunden. »Wie lange bist du schon hier drin?«

Das Mädchen zuckte mit seinen mageren Schultern. »Keine Ahnung.«

Prima ging wieder zur Tür und begann dagegenzutrommeln. Mit beiden Fäusten schlug sie darauf ein, bis sie blaue Flecken hatte und ihr ganzer Körper vor Anstrengung bebte.

»Das bringt überhaupt nichts«, sagte das Mädchen.

Prima sank zu Boden. »Was werden die mit mir machen?«

»Kommt drauf an.«

Prima sah das Mädchen an. »Auf was?«

»Ob du es zulässt, dass sie dich in das Zimmer bringen, oder nicht.«

»Das Zimmer? Welches Zimmer?«

Das Mädchen ging nicht auf ihre Fragen ein, sondern antwortete nur: »Aber zuerst bekommst du noch deine Markierung.«

ZWEIUNDDREISSIG

Am folgenden Nachmittag standen Josie und Noah im Sezierraum der Rechtsmedizin. Die Gestalt, die diesmal unter dem Leichentuch vor ihnen lag, war Sabrina Beck. Der Chief hatte darauf bestanden mitzukommen, brütete jetzt aber in einer Ecke des Raums still vor sich hin. Als Dr. Feist gerade zum Sprechen ansetzen wollte, öffnete sich die Tür zum Flur mit einem Zischen und Detective Heather Loughlin kam herein. Ihr grauer Hosenanzug wirkte zerknittert und aus ihrem Pferdeschwanz hatten sich ein paar Haarsträhnen gelöst. Sie sah aus, als hätte sie nicht geschlafen. Unter einen Arm hatte sie eine Aktenmappe geklemmt.

»Ich schätze mal, Deputy Tiercar hat euch gesagt, dass Sabrina Beck einer meiner Vermisstenfälle war«, sagte sie ohne Umschweife.

Josie nickte. Für einen kurzen Augenblick entglitten Heather die Gesichtszüge und ihre professionelle Fassade bröckelte. Kummer und Schmerz zeichneten sich in ihrem Gesicht ab. »Es tut mir leid«, sagte sie. »Ich wusste das nicht.«

»Wusstest was nicht?«, fragte Noah. »Dass derzeit ein Serienmörder in unserer Gegend umgeht, der nach allem, was wir wissen, bis letzte Woche circa fünfundzwanzig Jahre lang inaktiv war? Das ist nicht dein Ernst, oder? Woher hättest du das denn wissen sollen?«

Heather schüttelte den Kopf. »Portia Beck hat gewusst, dass an der Sache irgendwas ganz fürchterlich faul war, aber ich habe ihr nicht zugehört. Zumindest nicht aufmerksam genug.«

»Das kann ich mir nicht vorstellen«, meinte Josie. »Judy hat uns zwar erzählt, Portia sei davon überzeugt gewesen, dass es um Menschenhandel geht, aber auch, dass weder ihre noch deine Abteilung Indizien dafür gefunden haben.«

»Das stimmt schon«, räumte Heather ein. »Aber irgendwie denke ich trotzdem die ganze Zeit, ich hätte genauer hinschauen können – oder sollen.«

»Was meinst du denn, was du gefunden hättest?«, hakte Noah nach. »Wo hättest du noch hinsehen sollen?«

Heather seufzte kopfschüttelnd. »Ich weiß nicht. Ich habe nur das Gefühl, ich hätte das irgendwie kommen sehen sollen. Aber es wirkte so sehr wie der typische Ausreißerfall. Genau wie bei Gemma Farmer. Vielleicht sogar noch mehr als bei ihr, denn Sabrina hatte wirklich ständig Streit mit ihrer Mutter. Aber Portia hat mir heute Vormittag erzählt, dass ihr versucht, eine Freundin zu finden, ein blondes Mädchen, das Sabrina ein paarmal von der Arbeit nach Hause gefahren hat. Mit dieser Information ist Portia bei meinen anfänglichen Befragungen nicht rausgerückt, und selbst wenn – ich bin mir nicht sicher, ob ich der Spur nachgegangen wäre. Ich hatte ja bereits mit allen Freundinnen von Sabrina gesprochen. Es wäre mir nicht im Leben eingefallen ...«

»Manchmal wissen wir nicht, dass etwas wichtig ist, bis wir es dann eben tun«, beruhigte Josie sie. »Hast du eigentlich auch mit ihren Arbeitskolleginnen gesprochen?«

Heather nickte. »Ja, habe ich. Steht alles in der Akte. Niemand hat etwas Alarmierendes berichtet.«

»Wie hieß der Salon, in dem sie beschäftigt war?«, fragte Noah.

»Avalanche Salon and Spa«, antwortete Heather. »Ist in der Mall. Niemandem dort ist etwas Ungewöhnliches an Sabrinas Verhalten aufgefallen oder jemand, der sich da rumgetrieben hätte. Sabrina hat natürlich auch nur ein paar Stunden pro Woche dort gearbeitet. Die Kolleginnen sagten, dass sie ihre Pausen gewöhnlich im Food-Court verbracht hat. Und dass da manchmal auch eine Freundin zu ihr gestoßen ist.«

»Eine blonde Freundin, die Männerkleidung trug?«, wollte Josie wissen.

»Die Kolleginnen meinten, es sei ein Mädchen im Teenageralter gewesen. Blond. Sie haben sie aber nie aus der Nähe gesehen, sodass sie keine genauere Beschreibung geben konnten. Aber noch mal: Ich hatte einfach nicht das Gefühl, dass hier eine gründlichere Nachforschung nötig wäre, sonst hätte ich mir sicher die Aufzeichnungen der Überwachungskameras angesehen, bevor sie gelöscht wurden. Wenn ich gewusst hätte, dass dieses blonde Mädchen wichtig ist ...«

Aus der Zimmerecke ertönte die Stimme von Chitwood: »Das spielt jetzt keine Rolle mehr, Loughlin. Wir müssen da anfangen, wo wir jetzt stehen, und das bedeutet für den Moment, dass wir uns anhören, was unsere gute Frau Doktor hier rausgefunden hat.«

Dr. Feist lächelte die anderen über den Seziertisch hinweg etwas betrüblich an.

»Okay«, meinte Heather. Sie streckte Josie die Aktenmappe entgegen. »Hier ist eine Kopie der Beck-Akte.«

»Danke dir«, entgegnete Josie. »Schauen wir uns an, wenn wir hier fertig sind.«

»Kann's jetzt losgehen?«, fragte Dr. Feist.

Sie versammelten sich um den Seziertisch. Dr. Feist streifte ein Paar Latexhandschuhe über und zog das Laken von Sabrinas Gesicht. Sabrinas braunes Haar war in der Mitte gescheitelt und zu beiden Seiten des Gesichts heruntergekämmt, aber trotzdem konnte Josie sehen, wo eine Strähne weggeschnitten worden war. Dr. Feist zeigte darauf: »Hier fehlt eine Haarsträhne, wie erwartet.«

Sie griff über die Leiche hinweg und legte ihre Hand unter Sabrinas Schulterblatt. Mit der anderen fasste sie Sabrinas Hüfte und rollte das Mädchen dann zu sich auf die Seite. »Ich habe deine Schnitte gefunden«, meinte sie und blickte zu Josie. »Die sind aber nicht an den Armen.«

Josie sah die dünnen silbrigen Linien, die sich von Sabrinas Halsansatz ein Stück weit den Rücken hinunterzogen. Es waren sechs. Behutsam ließ Dr. Feist Sabrina wieder zurückrollen.

»Warum denn am Rücken?«, wunderte sich Noah laut.

Dr. Feist zuckte die Achseln und zog das Laken über der Leiche glatt. »Da kann ich wie du nur raten.«

»Weil sie sich gegen ihn gewehrt hat«, vermutete Josie. »Er musste sie festbinden. Sie hat Fesselungsmale an den Handgelenken.«

»Stimmt«, bestätigte Dr. Feist. Sie drapierte das Laken so, dass Sabrinas Arme frei lagen. »Ich habe das Detective Quinn schon am Tatort gezeigt: Hier sind ältere Narben von frischen Fesselabdrücken überlagert worden. Es sind Verletzungen mit Abdruckmuster – man kann erkennen, dass viele von ihnen die Form eines Kettenglieds haben. Außerdem kann man Hämatome an beiden Armen sehen. Ebenso an den Beinen und am Rumpf. Das passt zu innerhalb der letzten zwei Wochen beigebrachten Verletzungen. Sie hat außerdem eine ausgeheilte Rippenfraktur und eine Kieferfraktur. Ich habe ihre Patientenakte vom Kinderarzt angefordert. Da waren keine Frakturen von früher verzeichnet, sodass diese erst eingetreten sein können, während sie verschwunden war. Zusätzlich ist sie leicht unterernährt. Sie muss in etwa vierundfünfzig Kilo gehabt haben, als ihre Mutter sie vermisst gemeldet hat. Als ich sie jetzt gewogen habe, waren es nur noch vierundvierzig Komma fünf Kilo.«

Josie zuckte zusammen. »Er hat sie hungern lassen?«

»Oder sie hat das Essen verweigert«, sagte Heather. »Ihre Mutter hat kein Geheimnis daraus gemacht, dass sie wahnsinnig stur war.«

»Ja, das ist möglich«, meinte Josie. »Vielleicht hat er sie ja misshandelt, weil sie den Fantasien, die er inszenieren wollte, nicht gerecht wurde.«

»Du meinst, sie hat nicht getan, was er von ihr verlangte?«, fragte Heather.

»Ja, das könnte sein«, überlegte Josie laut. »Es wäre durchaus möglich, dass seine anderen Opfer gefügiger waren. Wir wissen ja nicht, welche Art von Drohungen oder Zwang er bei den Mädchen angewandt hat beziehungsweise noch immer anwendet. Es könnte sein, dass die anderen Opfer mehr Angst vor ihm hatten oder dachten, wenn sie nur alles tun, was er verlangt, würde er sie am Leben lassen und sie könnten irgendwann nach Hause. Vielleicht hat Sabrina sich anders verhalten und das hat ihn wütend gemacht, sodass er bei ihr brutaler war. Irgendwas war jedenfalls anders bei Sabrina – für den Mörder.«

»Da muss man sich nur Kelsey und Gemma ansehen«, meinte Noah. »Sie waren beide in bester körperlicher Verfassung, als sie zurückgebracht wurden. Bis auf die tödliche Stichverletzung waren sie gesund und gut genährt. Sie haben sogar noch ihre Lieblingsgerichte als Henkersmahlzeit bekommen.«

»Hm. Dass der Mörder sich liebevoll um sie kümmert, während er sie gefangen hält – das ist schon ziemlich krank«, kommentierte Josie.

»Er sammelt sie«, spann Heather den Gedanken weiter. »Wie Puppen.«

Einen Augenblick lang verharrten alle in Schweigen. Josie spürte die Schwere im Raum. Sie schluckte. »Das könnte sein«, sagte sie.

»Aber sobald sie sechzehn werden, verliert er das Interesse an ihnen«, meinte Noah. »Das ist offensichtlich.«

Dr. Feist wies mit einem Räuspern darauf hin, dass sie auch noch da war.

»Entschuldige«, meinte Josie. »Wir schweifen ab. Was kannst du uns noch berichten?«

»Es gibt keine sichtbaren Anzeichen von sexueller Gewalt. Und es deutet auch nichts auf kürzliche sexuelle Aktivitäten hin. Es sieht jedoch so aus, als hätte sie bereits Geschlechtsverkehr gehabt, aber das ist auch schon alles, was ich euch erzählen kann.«

»Sie hatte definitiv mit ihrem Freund Geschlechtsverkehr, was erklärt, warum sie keine Jungfrau mehr war«, sagte Heather.

»Was ist mit dem Mageninhalt?«, wollte Josie wissen.

Dr. Feist schüttelte den Kopf. »Nichts außer ein wenig Flüssigkeit und beinahe vollständig aufgelösten Tabletten, die nach Benadryl aussahen und die ich natürlich zur Analyse ins Labor schicken musste.«

»Was ist mit der Stichverletzung?«, fragte Noah.

»Fast identisch mit der, die wir an Gemma Farmers Oberschenkelinnenseite gefunden haben. Ein einziger, sehr gezielter Stich mit dem Messer, um die Oberschenkelarterie zu durchtrennen. Nach meinen Berechnungen und Untersuchungsergebnissen ist die Klinge etwa fünf bis sieben Komma fünf Zentimeter lang und eins Komma drei bis eins Komma sechs Zentimeter breit. Einseitig geschliffen, nicht gezahnt. Die Todesursache ist also Verbluten – das hat wohl keine fünf Minuten gedauert.«

»Wie bei Gemma und Kelsey«, murmelte Josie.

»Was ist mit dem Pyjama, den sie getragen hat?«, fragte Heather.

»Wir haben ihre Mutter danach gefragt, als wir am Tatort waren«, beantwortete Noah ihre Frage. »Es ist Sabrinas

Pyjama. Ihre Mutter meint, sie hätte ihn mitgenommen, als sie zu ihrem Freund zum Übernachten ging.«

»Gretchen und Mett haben ihn letzte Nacht ausfindig gemacht und befragt. Er konnte sich nicht daran erinnern, was sie vor ihrem Verschwinden getragen hatte«, ergänzte Josie.

»Officer Hummel hat den Pyjama als Beweisstück aufgenommen«, sagte Dr. Feist. »Ihr müsst mit ihm sprechen, ob er irgendwelche verwertbaren Spuren davon abnehmen konnte. Eine letzte Sache gibt es noch, aber ich weiß nicht, ob es für euch wirklich relevant ist.«

»Wir nehmen, was wir kriegen können«, meinte Noah.

Dr. Feist ging zur Ablagefläche entlang der hinteren Wand und klappte ihren Laptop auf. »Wir haben an einer ihrer Schläfen getrocknetes Blut gefunden.«

»Das ist eigentlich kein Wunder«, meinte Noah. »Da war ja überall Blut.«

Dr. Feist schüttelte den Kopf und klickte weiter auf ihrem Laptop herum. »Das Blut von ihrer Stichverletzung hat sich alles unter ihrem Unterkörper gesammelt. Am Oberkörper war gar nichts. Das ergibt auch Sinn, wenn wir von der Annahme ausgehen, dass sie sediert war, bevor der Mörder ihr den Stich zugefügt und ihre Oberschenkelarterie durchtrennt hat, und dass er ihre Beine dann zusammengeschoben und eine Decke darübergelegt hat.«

»Das bedeutet also, dass sich das Blut unter der Decke gesammelt hat, und weil Sabrina bereits ohne Bewusstsein war, konnte sie sich nicht ans Bein fassen und versuchen, die Blutung zu stoppen«, folgerte Josie.

»Genau«, sagte Dr. Feist. Sie winkte die anderen zu sich und holte ein Foto von Sabrina Becks Gesicht auf den Bildschirm, auf dem das Haar zurückgestrichen war, sodass an der linken Schläfe ein Blutfleck etwa in Größe einer Vierteldollarmünze sichtbar war.

»Könnte ja sein, dass irgendwie Blut von den Verletzungen

durch die Fesseln an ihre Schläfe gekommen ist«, meinte Noah. »Teilweise sehen die ja so aus, als seien sie gerade noch offen gewesen.«

»Stimmt«, meinte Dr. Feist. »Aber das Blut, dass ich an der Schläfe gefunden habe, ist kein Menschenblut.«

»Was?«, sagten Josie und Noah wie aus einem Munde.

Dr. Feist rief auf dem Bildschirm eine Serie von Diagrammen auf. »Das hier ist ein neues Testverfahren, das an der State University New York in Albany entwickelt wurde. Das Ergebnis muss deswegen noch durch das Labor der Staatspolizei bestätigt werden, was Wochen dauern wird. Alle Studien bisher haben allerdings bestätigt, dass dieses Verfahren sehr genau ist. Es ist ein Schnelltest, mit dem festgestellt werden kann, ob Blut, das an einem Tatort gefunden wird, vom Menschen stammt oder von einem Tier.«

»Neues Testverfahren?«, merkte Heather an. »Auf solche ›neuen‹ Methoden sind Verteidiger ja besonders scharf.«

Der Chief räusperte sich. Josie hatte fast vergessen, dass er auch noch da war. »Sie hat recht. Da muss man schon einen echten Experten in diesem Verfahren präsentieren, wenn man das Ergebnis verwenden will.«

Dr. Feist zog eine Braue hoch. »Dessen bin ich mir bewusst, Chief. Deswegen lasse ich es ja vom Labor überprüfen. Aber da wir hier noch in einer sehr ländlichen Gegend leben, nehmen wir an einem Testlauf teil. Ich arbeite da mit Hummel zusammen. Er meinte, dass ihr häufig mit Fällen zu tun habt, wo Leute – vor allem nachts auf dunklen Landstraßen – mit ihren Autos etwas anfahren und es dann Blutspuren gibt, ohne dass sie wissen, wen oder was sie angefahren haben.«

»Das stimmt allerdings«, meinte Josie.

»Wie genau funktioniert denn dieses Verfahren?«, wollte Noah wissen.

»Wie ich schon sagte, hilft es bei der Bestimmung, ob es sich um menschliches oder tierisches Blut handelt. Man kann damit außerdem das Blut von elf bestimmten Tierarten eindeutig identifizieren. Im Grunde – ich vereinfache das für euch jetzt mal ziemlich, denn ich weiß ja, dass ihr nicht an jedem kleinsten wissenschaftlichen Detail interessiert seid – pressen wir nur kleine Partikel des getrockneten Bluts auf einen Kristall und untersuchen diese Partikel dann mithilfe der Fourier-Transform-Infrarot-Spektroskopie.«

»Wie bitte?«, meinte Heather. »Mithilfe von was?«

»Infrarotlicht«, erklärte Josie.

»Ja«, stimmte Dr. Feist ihr zu. »Wenn das Blut in Kontakt mit dem Kristall kommt und dann mit Infrarotlicht bestrahlt wird, reflektiert es Licht mit einer bestimmten Wellenlänge. Jede Art von Blut produziert ihre ganz eigene Wellenlänge. Mithilfe einer Software«, hier deutete Dr. Feist auf die Diagramme auf ihrem Bildschirm, »können wir erstens feststellen, ob das Blut vom Menschen stammt, und zweitens, falls das nicht der Fall ist, von welchem Tier es stammt. Das Ganze geht ziemlich rasch und wir können den Test hier in unseren Räumlichkeiten machen, anstatt die Probe zur Analyse wegzuschicken und wochen- oder monatelang auf das Ergebnis zu warten.«

»Und woher stammt das Blut?«, fragte Josie.

»Von einem Hirsch«, entgegnete Dr. Feist.

»Was?«, wunderte sich Heather. »Wie ist denn Hirschblut an ihren Kopf gekommen?«

»Das müsst schon ihr rausfinden«, meinte Dr. Feist.

DREIUNDDREISSIG

Als sie aufs Revier zurückkamen, saßen Mettner und Gretchen an ihren Schreibtischen und tippten auf ihren Computern herum. Es war spät am Abend und Amber war bereits heimgegangen. Josie, Noah und der Chief brachten Kaffee und Gebäck für alle mit, da der Tag noch länger werden sollte, als er sich bereits anfühlte. Josie sank einfach nur auf ihren Schreibtischstuhl, während Noah die Kaffeebecher austeilte und die Plastikpackung mit den Gebäckteilen in der Mitte ihrer zusammengeschobenen Schreibtische platzierte. Der Chief wanderte unablässig mit vor der Brust verschränkten Armen und einer bedenklich roten Gesichtsfarbe um die Tischlandschaft herum.

Gretchen stand auf, lehnte sich nach vorn und angelte sich ein Pekannusstörtchen. »Gibt wohl keine guten Neuigkeiten«, meinte sie.

Josie öffnete die Akte, die Detective Loughlin ihnen zusammengestellt hatte, und überflog die Seiten. Noah gab Gretchen und Mettner eine kurze Zusammenfassung der Autopsie von Sabrina Beck, einschließlich der auffälligen Tatsache, dass Hirschblut an der Leiche entdeckt worden war.

»Wo auch immer sie festgehalten wurde, gab es also Hirschblut«, sagte Mettner. »Der Mörder muss ein Jäger sein, meint ihr nicht? Die Maße des Messers, mit denen diese Mädchen umgebracht wurden, passen eigentlich ziemlich gut zu einem Abhäutemesser.«

»Was ist ein Abhäutemesser?«, fragte Gretchen.

»Ein Bestandteil eines Messersets zum Ausnehmen von Wild«, antwortete Mett. »Jeder Jäger hat sowas. Man verwendet es zum Ausnehmen der Hirsche vor Ort. Diese Sets haben je nach Art und Marke leicht unterschiedliche Bestandteile, aber ein Abhäutemesser verwendet eigentlich jeder, der Hirsche jagt.«

»Dieser Mörder müsste demnach ein Wilderer sein«, meinte Noah. »Die Jagd auf Hirsche wird ja erst im Herbst eröffnet. Im Moment darf man nur wilde Truthähne jagen.«

»Wir sollten trotzdem einen Jäger in Betracht ziehen«, warf Josie ein. »Viele Leute jagen außerhalb der Saison. Wenn sie das auf ihrem eigenen Grund tun und sie keiner bei der Jagdaufsicht anschwärzt, erfährt ja niemand davon, oder?«

»Ein abgelegenes Grundstück würde sehr gut passen, vor allem wenn er die Mädchen dort monatelang festhält«, überlegte Mettner laut.

»Das Problem dabei ist nur, dass in der Gegend hier Hinz und Kunz auf die Jagd geht. Und wenn er das auch noch ohne Jagdschein tut, haben wir überhaupt keine Chance, ihn aufzuspüren.«

»Aber man kann doch die Jagdscheine abrufen, oder? Aus dem ganzen Bundesstaat?«, fragte der Chief.

»Das können wir versuchen«, antwortete Mettner. »Ich kann eine richterliche Anordnung besorgen – zumindest für die in Alcott County. Die Frage ist nur, wie wir diese Liste eingrenzen können, denn das werden ziemlich viele sein.«

»Wir wissen, dass dieser Typ schon einmal vor fünfundzwanzig Jahren aktiv war«, warf Josie ein und blätterte weiter durch die Unterlagen vor ihr. »Angenommen, er war damals höchstens achtzehn Jahre alt, müsste er jetzt mindestens dreiundvierzig sein. Ich glaube allerdings, dass er älter ist, und zwar wegen der Raffinesse in Kelseys Fall und der Tatsache, dass sie sein zweites Opfer war – falls wir die Schnitte auf den Armen der Opfer richtig deuten.«

»Da hast du recht«, pflichtete Noah ihr bei. »Er hatte sie fast fünf Monate bei sich. Er muss einen Ort und auch die Mittel gehabt haben, um sie festzuhalten – wie auch die anderen Opfer.«

»Was dann eher dafür spricht, dass er damals Mitte zwanzig bis Mitte dreißig war«, rechnete Gretchen nach. »Wir suchen also nach Jägern, die heute in einem Alter zwischen Mitte vierzig und Mitte fünfzig sind.«

»Nehmen wir sechzig als Obergrenze«, sagte Chitwood. »Nur zur Sicherheit.«

Gretchen zog ihr Notizbuch heraus und schrieb etwas hinein. »Ich denke, wir sollten auch nach Jägern in den drei Countys suchen, die an Alcott County angrenzen.«

»Da gebe ich dir grundsätzlich recht«, warf Mettner ein, »aber schon die Jäger in Alcott County zwischen dreiundvierzig und sechzig werden eine ganze Menge sein. Wir müssen das noch stärker eingrenzen.«

»Wir können einen Abgleich mit den Grundbucheintragungen machen«, meinte Noah. »Mit alten Adressen. Jeder auf der Liste, der ein abgelegenes Grundstück auf dem Land hat, muss abgecheckt werden. Und genauso müssen wir jede Person, die vor fünfundzwanzig Jahren in oder um Brighton Springs gelebt hat, mit einem Ausrufezeichen versehen.«

»Apropos Brighton Springs«, sagte Gretchen und deutete auf einen Stapel Papier auf ihrem Schreibtisch. »Lamay und ich sind jetzt alle Leute durchgegangen, die damals sowohl in Brighton Springs als auch in Lochfield irgendwie mit dem Chief in Verbindung standen. Wir konnten aber keine Person finden, zwischen der und Chief Chitwood es böses Blut gab.«

Sie sah dem Chief in die Augen. »Zumindest niemanden, der noch lebt. Es gab da schon ein paar Kandidaten, aber die sind alle vor Jahren im Gefängnis gestorben.«

Der Chief ging zu ihr und nahm den Papierstapel in die Hand. »Ich geh da noch mal durch, wenn es Ihnen nichts ausmacht. Einfach um sicherzustellen, dass niemand übersehen wurde.«

»Sie haben sich die Liste doch schon angeschaut«, meinte Gretchen. »Gibt es denn noch jemanden, mit dem Sie Ärger hatten und der nicht draufsteht?«

»Niemand außer meinem Vater«, antwortete Chitwood seufzend.

Mettner unterbrach das folgende peinliche Schweigen, indem er sich räusperte und sagte: »Außer dass wir die ganzen Jäger ausfindig machen und das mit den Grundbucheintragungen abgleichen, müssen wir uns meiner Meinung nach auch noch mal die Liste ansehen, auf der wir die anderen Vermisstenfälle im County zusammengestellt haben, und da vor allem die fünfzehnjährigen Mädchen, die auf den ersten Blick wie Ausreißerinnen wirken. Ich habe auf jedem Revier angerufen und jeweils mit der Person gesprochen, die die Ermittlungen geleitet hat. Bisher konnte ich nichts finden, aber vielleicht hab ich ja was übersehen.«

»Das bezweifle ich«, erwiderte Gretchen. »Wahrscheinlich musst du die Suche ausweiten. Ich würde auch über die Grenzen des Countys hinausgehen. Vielleicht sogar den ganzen Bundesstaat in Betracht ziehen, aber doch zumindest die angrenzenden Countys.«

Mettner hatte bereits sein Handy gezückt und schrieb in seiner Notizen-App eifrig mit. »Mach ich. Und parallel kümmere ich mich um die richterliche Anordnung für das Verzeichnis von Jägern in Alcott und den umliegenden Countys.«

»Zusätzlich sollten wir versuchen, eine Verbindung

zwischen den letzten beiden Opfern zu finden«, meinte Gretchen. »Wenn wir bei Gemma Farmer und Sabrina Beck eine Übereinstimmung sehen, können wir vielleicht rausbekommen, nach welchen Kriterien er sie aussucht. Und können ihn darüber dann aufspüren.«

»Das blonde Mädchen ist die Verbindung«, sagte Noah.

»Der Meinung bin ich auch«, verkündete Josie.

»Beide Opfer wurden mit ihr in der Mall gesehen«, meinte Mettner und blickte von seinem Handy auf. »Ich denke, jemand von uns sollte dort hinfahren und ihr Foto herumzeigen. Vielleicht lässt er sie ja die Opfer aussuchen. Er schickt sie los, damit sie sich mit diesen Mädchen anfreundet.«

»Sie ist der Lockvogel«, ergänzte Josie. »Wenn wir sie finden, finden wir ihn.«

Josies Diensttelefon klingelte. Sie griff nach dem Hörer, lauschte und hängte wieder auf. »Travis Benning, der frühere Partner von Harlan Chitwood, ist hier.«

»Shit«, fluchte Noah. »Ich hatte ein Treffen mit ihm vereinbart. Nach allem, was letzte Nacht passiert ist, hab ich es einfach vergessen.«

»Kein Problem«, entgegnete Josie. »Das wird nicht lange dauern. Wir können gemeinsam mit ihm sprechen. Gretchen, könntest du vielleicht schnell zur Mall fahren, während Mettner sich um die richterliche Anordnung und die Liste mit den Vermisstenfällen kümmert?«

VIERUNDDREISSIG

Josie und Noah konnten mit Travis Benning nicht im Konferenzraum sprechen, da dieser in ein Akten-Schlachtfeld verwandelt worden war. Deswegen gingen sie mit ihm zu Komorrah's Koffee und nahmen eine Nische ganz hinten im Gastraum in Beschlag. Durch Noahs Hintergrundrecherchen wussten sie, dass er sechsundfünfzig war, aber er sah nicht so aus. Er war füllig, hatte einen großen Kopf mit braunem Haar und lebhaften braunen Augen und eine freundliche, jugendliche Ausstrahlung. Seine Stimme klang melodisch und hatte etwas Beruhigendes. Als sie sich mit ihrem Kaffee gesetzt hatten, faltete Travis seine Hände auf dem Tisch und lächelte Josie und Noah an.

»Ich muss Ihnen gleich sagen, dass ich seit über zwanzig Jahren von der Polizei weg bin«, sagte er. »Ich erinnere mich nicht mehr an viele Details der Fälle, an denen ich damals gearbeitet habe, aber ich helfe natürlich gern, wo ich kann.«

»Danke, dass Sie bereit waren, sich mit uns zu treffen«, entgegnete Josie. »Wir würden gern mit Ihnen über den Fall Kelsey Chitwood sprechen.«

Ein Schatten legte sich auf Travis' Gesicht. Sein Lächeln

verschwand und er schaute auf einmal kummervoll drein. Er legte die Hände um seine Kaffeetasse und schüttelte den Kopf. »Mein Gott, das war schrecklich. Echt fürchterlich. Ich habe das Revier verlassen, bevor der Fall gelöst war. Da Sie sich jetzt damit befassen, heißt das wohl, dass er noch immer ungeklärt ist, oder?«

»Stimmt genau«, bestätigte Noah.

»Der arme Bobby«, flüsterte Travis. Er ließ für einen Moment seinen Blick durch das Café schweifen, bevor er ihn wieder auf die Tasse in seinen Händen heftete. »Tut mir leid. Bobby war ihr älterer Bruder, aber ehrlich gesagt war er eher so etwas wie ein Vater für sie. Bobby ist doch jetzt hier der Polizeichef, oder? Ich habe ihn in den Nachrichten gesehen.«

»Ja, das ist er«, meinte Josie. »Wir wissen um seine Verwandtschaft mit Kelsey.«

»Ist Bobby der Grund, warum sie sich Kelseys Fall ansehen? Fällt ja nicht gerade in Ihren Zuständigkeitsbereich.«

Josie lächelte. »Wir hatten vor Kurzem hier einen Fall, bei dem es gewisse Übereinstimmungen mit Kelseys Fall gibt, sodass wir uns diesen noch mal vornehmen.«

Travis' Blick sank wieder auf den Tisch. »Übereinstimmungen«, wiederholte er. »Wie die fehlende Haarsträhne? Das Durchtrennen der Oberschenkelarterie? Benadryl in tödlicher Dosis? Die Inszenierung der Leiche?«

»Sie erinnern sich an eine ganze Menge«, merkte Noah an.

Travis sah ihm in die Augen. »Schwierig, diesen Fall zu vergessen. Vor allem, da er diese persönliche Komponente hatte. Aber ich muss mal fragen: Der neue Fall, an dem Sie arbeiten, hat der was mit dem Mord an Gemma Farmer zu tun? Ich habe in den Nachrichten gesehen, dass sie als das Opfer des ›Mords an der Ballkönigin‹ identifiziert wurde – oder wie auch immer die Medien das betitelt haben.« Murmelnd fügte er noch hinzu: »Ich kann es nicht ausstehen, wenn Fällen solche reißerischen Namen verpasst werden.«

»Warum fragen Sie?«, wollte Noah wissen.

»Weil sie in etwa das richtige Alter hat. Fünfzehn. Auch das war in den Nachrichten, aber tatsächlich habe ich Gemma Farmer mal persönlich kennengelernt.«

»Wirklich?«, fragte Josie. »Bei welcher Gelegenheit denn?«

»Wie ich bereits sagte: Ich bin seit über zwanzig Jahren nicht mehr im Polizeidienst. Ich bin jetzt Sozialarbeiter. Nachdem ich das Revier von Brighton Springs verlassen hatte, bin ich zurück aufs College gegangen und hab meinen Masterabschluss gemacht. Dann bin ich an vielen verschiedenen Orten in ganz Pennsylvania für unterschiedliche Organisationen tätig gewesen, bis ich diese Stelle bei der RedLo Group angenommen habe, wo ich für die Erstkontakte zuständig bin. Das ist eine gemeinnützige Einrichtung, die Therapien und andere Maßnahmen für gefährdete Jugendliche bereitstellt, und zwar entweder ganz umsonst oder zu Tarifen, die sich am Einkommen der Eltern bemessen. Gemma Farmers Mutter hat sie vor ungefähr einem Jahr bei uns zur Therapie angemeldet. Ich hab mich erst wieder an sie erinnert, als ihr Foto in den Medien gezeigt wurde.«

»Und Sie haben es nicht für nötig gehalten, unser Revier darüber zu informieren, dass Sie sich an sie erinnern?«, fragte Noah.

Travis streckte die Arme vor sich aus, Handflächen nach oben. »Ich hab nur ein- oder zweimal mit ihr gesprochen. Ich mache die Aufnahmegespräche und weise die Jugendlichen den Therapeuten zu. Die Umstände ihres Todes wurden ja in den Medien nicht bekannt gegeben. Auf die Idee, dass sie eine Verbindung zu einem Fall haben könnte, an dem ich vor Jahrzehnten in einer Stadt drei Fahrstunden von hier gearbeitet habe, bin ich natürlich nicht gekommen.«

»Die Verbindung zu RedLo war uns bereits bekannt«, sagte Josie, weil ihr der Flyer wieder einfiel, der mit einem Magneten am Kühlschrank der Farmers befestigt war. Sie dachte an die

Akte, die sie von Heather Loughlin bekommen hatten. Dort fand sich kein Hinweis, dass RedLo jemals erwähnt worden war. »Wie lang ist sie dort denn therapiert worden?«

»Das kann ich Ihnen nicht sagen«, entgegnete Travis. »Bei uns kommen und gehen viele Jugendliche. Wie ich schon gesagt habe, ich mache nur die Aufnahmegespräche. Ich sehe diese Kids einmal, vielleicht auch zweimal, und das war's dann auch schon. Aber an Namen, die ich einmal gehört habe, kann ich mich meistens erinnern.«

Josie musste daran denken, dass Portia Beck erzählt hatte, sie habe eine Therapie für ihre Tochter organisiert, die aber nichts bewirkt hätte. »Was ist mit dem Namen Sabrina Beck?«

Travis dachte einen Augenblick nach. »Ja, kommt mir bekannt vor.«

Noah zog sein Handy heraus und suchte das Foto von Sabrina heraus, das Portia gleich nach dem Verschwinden ihrer Tochter der Staatspolizei und dem Sheriff zur Verfügung gestellt hatte. Sabrina saß darauf auf einer Couch und versank förmlich in ihrem riesigen grauen Kapuzenpulli. Ihr Haar hing offen und zerzaust um ihr Gesicht und ihr Lächeln wirkte gezwungen. Noah zeigte Travis das Foto. »Erkennen Sie das Mädchen?«

Travis' Gesicht nahm einen entsetzten Ausdruck an. »Nein«, sagte er. »O nein.«

»Sie war Klientin bei RedLo?«, fragte Josie.

Travis schloss für einen Moment die Augen und atmete tief durch, um sich wieder zu fassen. Dann schlug er sie wieder auf und antwortete: »Ja. War sie. Ich erinnere mich hauptsächlich an sie, weil sie sich so dagegen sträubte, überhaupt zu uns zu kommen. Bitte sagen Sie mir nicht, dass sie tot ist. Ist sie ...? Das, was Kelsey geschehen ist, ist das ...?«

Er brachte nicht über die Lippen, was er sagen wollte.

»Die Umstände ihres Todes ähneln denen bei Gemma Farmer und Kelsey Chitwood«, erklärte Josie.

»Diese Information ist noch nicht an die Medien rausgegangen«, sagte Noah, »sodass wir Sie bitten würden, das für sich zu behalten.«

»Natürlich«, sagte Travis. »Kein Wort von mir.«

»Können Sie sich an Sabrinas letzte Therapiesitzung bei RedLo erinnern?«, wollte Josie wissen.

Travis schüttelte den Kopf. »Nein. Wie ich schon sagte, ich bin nur für den Erstkontakt zuständig. Ich weiß, dass ich mit beiden, Gemma und Sabrina, das Aufnahmegespräch geführt habe – wie mit unzähligen anderen Jugendlichen. Aber sobald sie einem Therapeuten zugewiesen sind, habe ich nichts mehr mit ihnen zu tun. Es ist Aufgabe der Therapeuten, ihre Fortschritte zu überwachen. Ich habe Gemma Farmer eigentlich nur erwähnt, weil ich dachte, Sie sollten wissen, dass es da eine Verbindung gibt, auch vor dem Hintergrund, dass ihr Mord Ähnlichkeiten mit dem an Kelsey Chitwood aufweist. Hätte ich das nicht gesagt, hätten Sie mich wahrscheinlich noch mehr verdächtigt, oder? So wie es aussieht, haben Sie mich ja schon im Visier –, vor allem da Sie jetzt wissen, dass ich sowohl mit Gemma als auch mit Sabrina in Verbindung stand. Ich würde mich jedenfalls verdächtigen, wenn ich noch bei der Polizei wäre.«

»Zumindest legt es nahe, dass wir Sie genauer überprüfen sollten«, räumte Noah ein.

»Dann haben Sie wahrscheinlich nichts dagegen, wenn wir fragen, wo Sie gestern Abend waren«, sagte Josie. »So gegen zwanzig Uhr?«

»Natürlich nicht«, antwortete Travis. »Ich leite am Freitagabend eine Gesprächsgruppe für Eltern von Kindern mit Drogenproblemen in der Episkopalkirche an der Patterson Street in Bellewood. Ich komme da gewöhnlich gegen achtzehn Uhr dreißig an, um alles vorzubereiten. Die Gruppensitzung beginnt dann um neunzehn Uhr und geht bis einundzwanzig Uhr.«

Sabrina Beck war bereits gegen einundzwanzig Uhr dreißig von ihrer Mutter aufgefunden worden.

»Gehen Sie direkt aus der Beratungsstelle zu diesem Treffen?«, fragte Noah.

»Meistens gehe ich auf dem Weg zu dem Treffen noch bei Harry's vorbei, um eine Kleinigkeit zu essen. Ich habe da eine Quittung, falls Sie die sehen wollen, aber die Bedienungen dort kennen mich auch. Sie können sicher bestätigen, dass ich da war.«

Josie wurde klar, dass er auch an dem Abend, an dem der Abschlussball in der Denton East High stattgefunden hatte, ungefähr zum Zeitpunkt, als Gemma Farmer ermordet wurde, die Gruppe geleitet haben musste.

»Wir müssen uns mit Ihren Arbeitskollegen, den Bedienungen bei Harry's und mit dem Personal der Kirche in Verbindung setzen, um Ihre Angaben zu überprüfen«, meinte Noah.

Travis schenkte ihm und Josie ein müdes Lächeln. »Ja, klar. Keine Frage. Aber da wir schon dabei sind, die Karten auf den Tisch zu legen, haben Sie denn schon mit Harlan gesprochen?«

»Ja, habe ich«, antwortete Josie.

»Das war sicher ein großes Vergnügen. Hat Harlan Ihnen von mir erzählt?«

Josie runzelte die Stirn. »Was meinen Sie damit?«

»Sie müssen wissen, dass ich die Polizei verlassen musste, weil ich einen Fall verpfuscht habe. Und zwar so richtig. Harlan hat sich damals für mich eingesetzt und war kaltschnäuzig genug, mich danach noch für ein paar Jahre dortzubehalten. Ich weiß bis heute nicht, warum, denn er wusste, dass ich ihn nicht ausstehen konnte. Ich vermute, er wollte etwas gegen mich in der Hand haben, sodass ich, wenn er etwas Illegales tat, entweder wegschauen oder ihn sogar unterstützen würde. Wie auch immer, irgendwann war Schluss. Ich wurde nach diesem Vorfall von so ziemlich allen Kollegen und von der Öffentlichkeit gehasst. Es wurde so schlimm, dass ich schließlich gegangen bin. Seitdem war ich nur noch in der Sozialarbeit tätig.«

Josie überlegte, was er da so gründlich falsch gemacht haben konnte, dass nicht mal die eigenen Kollegen mehr hinter ihm standen. Polizeireviere waren meist eingeschworene Gemeinschaften, die im Notfall noch enger zusammenrückten.

»Von was für einer Art ›Pfusch‹ reden wir denn hier, Mr Benning?«, fragte Noah.

Travis seufzte und rutschte auf seinem Stuhl hin und her. Dann umfasste er wieder seine Kaffeetasse und trommelte mit den Fingern darauf herum. »Haben Sie jemals vom Schlächter von Brighton Springs gehört?«

»Nein«, erwiderte Noah.

»Er war in den frühen Neunzigern aktiv. Er hat Mädchen entführt und sie ... abgeschlachtet. Es war ...« Travis verstummte. Seine Augen wirkten auf einmal verhangen, als würde er nicht zu Josie und Noah blicken, sondern zurück in die Vergangenheit. Als er weitersprach, war seine Stimme belegt. »Das war das Schlimmste, was ich jemals gesehen habe. Bis zum heutigen Tag. Wir hatten damals eine Sondereinheit. Sie bestand nicht nur aus Harlan und mir, obwohl Harlan an einem der ersten Vermisstenfälle dran war, die aufs Konto des Schlächters gingen. Als dann das vierte Mädchen vermisst wurde, war das gesamte Police Department damit befasst. Ich, äh, ich habe einen Fehler an einem Tatort gemacht. Habe sehr wichtiges Beweismaterial kontaminiert. Ich sollte daraufhin gefeuert werden, aber Harlan hat sich eingeschaltet, wie ich schon sagte. Die anderen haben nach Kräften versucht, alle nötigen Beweise zusammenzutragen, aber als der Fall dann vor Gericht kam, wurde dieser Typ, der Schlächter, wegen einer rechtlichen Spitzfindigkeit freigesprochen.«

»Und diese Spitzfindigkeit betraf die Kontamination des Tatorts«, ergänzte Josie.

»Ja«, flüsterte Travis. »Ein Mörder kam frei wegen meines

Fehlers. Ich, äh, hab damals ein paarmal versucht, mich umzubringen.« Er ließ seine Tasse los, schob seine Hemdsärmel hoch und legte die Arme mit den Handflächen nach oben auf den Tisch, sodass sie die wulstigen Narben sehen konnten, die senkrecht über seine Handgelenke liefen. »Harlan hat mich jedes Mal zurückgeholt«, meinte er. »Mistkerl, der er war.«

»Das muss ja auch für Ihre Familie hart gewesen sein«, meinte Josie, während Travis seine Arme zurückzog und die Narben wieder verdeckte.

»War es. Hätte meine Mutter fast umgebracht. Sie ist aber dann erst vor zehn Jahren verstorben. Mein Dad ist gestorben, als ich meinen Master gemacht habe. Ich bin froh, dass ich weder Frau noch Kinder hatte, die unter dem Skandal hätten leiden müssen. War alles extrem stressig.«

»Haben Sie niemals geheiratet?«, wollte Noah wissen. »Nicht mal, als Sie all das hinter sich gelassen hatten?«

»Ich war verlobt, als der Schlächter-Fall sich in nichts aufgelöst hat. Sie hat mich verlassen. Und seither? Die Frauen, die ich treffe, lassen mich meist schnell fallen, wenn sie hören, dass ich ein unehrenhaft entlassener Polizist bin. Ich hab mich aber damit abgefunden. Das Singleleben hat auch seine Vorteile: niemand, dem man Rechenschaft schuldig ist, niemand, der an einem rummeckert, einen rumkommandiert. Man muss nicht ständig Kompromisse machen ...« Er ließ den Blick vom Ehering an Noahs linker Hand zu dem an Josies Hand und wieder zurück wandern. »Nichts für ungut. Ich möchte damit verheirateten Menschen nicht zu nahe treten. Hat sicher auch seine Vorzüge.«

»Kein Problem«, entgegnete Noah. »Was ist mit dem Schlächter passiert?«

»Das weiß ich nicht«, antwortete Travis. »Das Revier in Brighton Springs hat ihn lange im Auge behalten, bis er weggezogen ist. Als er nicht mehr in ihrem Zuständigkeitsbereich lebte, waren ihnen die Hände gebunden. Soweit ich weiß, hat er nie mehr gemordet – oder falls er es doch getan hat, war er schlau genug, sich nicht mehr erwischen zu lassen.«

Josie zog unauffällig ihr Handy heraus und googelte nach dem Schlächter von Brighton Springs. Beim Überfliegen der obersten Treffer sah sie, dass er Corben Thomas hieß und zweiunddreißig war, als er verhaftet wurde. Demnach musste er heute neunundfünfzig sein und lag damit ganz oben in der Altersspanne, die sie und ihr Team für die potenziellen Verdächtigen festgelegt hatten. »Glauben Sie, es könnte der Schlächter sein, der diese Verbrechen begangen hat?«

»Ich weiß es nicht«, sagte Travis. »Ich weiß nicht, warum er das Morden hätte einstellen sollen, außer er hat richtig Angst bekommen oder stand zu sehr unter öffentlicher Beobachtung. Er war aber nicht der Typ, der nur einmal zusticht, wenn Sie verstehen, was ich meine. Er war eine Bestie. Ich hab noch immer Albträume wegen dieses Falls. Man glaubt nur so lange, man sei für die Polizeiarbeit geboren, bis man so etwas sieht. Selbst wenn ich das am Tatort nicht verpfuscht hätte – die anderen haben sich sowieso immer über mich lustig gemacht. Mich beleidigt. So à la ›Was bist du nur für ein Cop, wenn du nicht mal Blut sehen kannst?‹.«

»Ich nehme an, dass Sie dann auch nicht jagen«, sagte Noah.

»Der Lieblingszeitvertreib in Pennsylvania? Nee. Konnte ich noch nie verstehen. Das hat mich auch damals an diesem Revier gestört. All die Typen da waren ganz verrückt aufs Jagen. Aber Sie wissen beide ja, wie das ist, hier zu leben.«

»War der Schlächter ein Jäger?«, fragte Josie.

»Ziemlich sicher, ja«, antwortete Travis. »Ich meine, nicht nach seiner Entlassung aus der U-Haft, aber davor. Als er auf freiem Fuß war, hat er nicht mehr viel getan, als bei sich zu Hause rumzuhängen. Harlan und ich haben ihn auch wegen des Mordes an Kelsey überprüft und sind ihm lange Zeit immer wieder gefolgt. Bis dann seine Anwälte unseren Chief angerufen haben, dass er es unterbinden soll. Wir konnten ihm nie was nachweisen im Zusammenhang mit dem Mord.«

Josie versuchte, sich zu erinnern, ob der Name Corben Thomas auf irgendeinem Dokument in Kelseys offizieller Akte aufgetaucht war, aber er kam ihr nicht bekannt vor. Auch der Chief hatte ihn niemals erwähnt und sie wusste mit Bestimmtheit, dass er sich jemanden, der »der Schlächter von Brighton Springs« genannt wurde und nur wegen einer juristischen Spitzfindigkeit wieder freigelassen worden war, ganz genau angesehen hätte. »In der Akte stand aber nichts über ihn.«

»Nein, natürlich nicht«, meinte Travis. »Harlan hat keine Berichte geschrieben. Er wollte nicht, dass der Name dieses Typen irgendwo auf Papier verewigt wird, außer wir hätten irgendwas wirklich Eindeutiges gefunden, wie den sprichwörtlichen rauchenden Colt.«

»Warum wollte er das nicht?«, wunderte sich Noah. »Hatte er Angst, Thomas würde das Revier wegen Polizeischikane verklagen?«

»Wollen Sie wissen, was ich wirklich denke?«, entgegnete Travis. »Meiner Meinung nach wäre es Harlan am liebsten gewesen, wenn er verschwunden wäre, nur dass wir ihn, wie bereits gesagt, überhaupt nicht mit Kelseys Fall in Verbindung bringen konnten.«

»Wie gut kannten Sie den Chie... – also Bobby?«, fragte Josie.

»Nicht besonders gut. Wir haben nur ein paarmal miteinander gesprochen. Er kam nicht oft aufs Revier. Wie Sie vielleicht wissen, können sich Bobby und Harlan nicht ausstehen. Hat mir echt leidgetan für Bobby. Er hat Kelsey aufrichtig geliebt. Er war ja derjenige, der sie aufgezogen hat. Harlan hat sich nie für sie interessiert, außer er konnte Bobby damit ärgern. Jedenfalls wollte Bobby dann von mir Informationen über ihren Fall, weil er sie von Harlan nicht bekam. Ich hab sie ihm dann gegeben.«

Josie musste daran denken, was der Chief ihr gesagt hatte. Wie schwierig es damals gewesen war, Material über den Fall aus dem Polizeiarchiv von Brighton Springs zu bekommen, und dass sie sich nicht darum kümmern solle, wie er an das ganze Material gekommen war. »Sie haben ihm die Unterlagen aus der Akte gegeben, nicht wahr?«

Travis zuckte halbherzig mit den Achseln. »Macht wohl jetzt auch keinen Sinn mehr, das zu leugnen, oder? Wahrscheinlich hat er es Ihnen nicht erzählt, weil er mich schützen wollte, aber ich bin ja nicht mal mehr bei der Polizei, sodass das wohl jetzt egal ist. Ja, ich hab immer nach und nach Kopien von der Akte gemacht, bis ich einiges beisammenhatte, und dann haben wir uns getroffen und ich hab ihm alles übergeben.«

»Aber warum haben Sie das getan?«, hakte Noah nach. »Sie sind ja wegen der Schlächter-Sache schon beinahe gefeuert worden. Warum dann ein solches Risiko eingehen?«

Travis ließ den Kopf hängen und noch einmal ein trockenes Lachen hören. »Lieutenant, falls Sie es noch nicht mitbekommen haben: Mein ganzes Leben dreht sich seit dieser Zeit darum, mich wieder reinzuwaschen. Ich arbeite mit gefährdeten Jugendlichen, versuche, sie wieder auf Spur zu bringen, sie zu beschützen. Ich wusste damals, dass meine Tage als Polizist gezählt waren. Es war nur noch eine Frage der Zeit. Um ehrlich zu sein, dachte ich, dass Bobby viel größere Chancen hätte, den Fall zu lösen, als Harlan. Er verdiente es einfach zu wissen, was in dieser Akte stand, und Harlan, der immer alles kontrollieren und jeden manipulieren wollte, hätte sie ihm nie und nimmer gezeigt. Sie haben ja keine Ahnung, wie schlecht das Verhältnis der beiden damals war. Da war dieses eine Mal in der Bar ...« Er schüttelte den Kopf. »Egal. Ich sollte nicht darüber sprechen. Geht mich nichts an.«

Josie war klar, dass es auch sie eigentlich nichts anging, aber sie konnte sich nicht helfen – die Neugier war einfach stärker: »Tappy's Lounge? 1999?«

Travis stand die Überraschung ins Gesicht geschrieben: »Woher wissen Sie das?«

»Der Chie... – Bobby hat sowas erwähnt, mir allerdings nicht genau erzählt, was passiert ist.« Dass Harlan jetzt in einer Bruchbude über Tappy's Lounge wohnte, erwähnte sie nicht.

Ein paar Sekunden lang herrschte Schweigen. Dann berichtete Travis: »Bobby hat Harlan beinahe umgebracht. Das ist passiert. Er kam, um mit Harlan Kelseys Fall zu besprechen. Wie immer sind sie in Streit geraten, nur dieses Mal wurde es handgreiflich. Bobby hat ihn krankenhausreif geschlagen. Im wörtlichen Sinn. Harlan war danach zwei Wochen in der Klinik. Beide Police Departments – Brighton Springs und Lochfield – waren mit der Sache befasst, aber weder Harlan noch Bobby wollten darüber sprechen. Harlan weigerte sich, Anzeige zu erstatten, und als er zu seinen Verletzungen befragt wurde, behauptete er, er hätte sich betrunken und wäre gestürzt. Ich weiß nicht, warum, aber er wollte Bobby nicht ans Messer liefern. Jeder wusste, was wirklich passiert war. Ungefähr vierzig Leute hatten verdammt noch mal dabei zugesehen, aber irgendwie war wohl klar, dass der Vorfall eine Sache zwischen den beiden bleiben sollte, sodass keiner von ihnen jemals dafür zur Verantwortung gezogen wurde.«

»Mr Benning, Sie kennen den Fall Kelsey Chitwood ja offensichtlich recht gut und Sie haben bereits eine Sache erwähnt, die niemals in der Akte dazu aufgetaucht ist«, sagte Noah jetzt. »Gibt es noch etwas anderes, was wir nicht wissen? Irgendetwas? Auch wenn es vielleicht belanglos ...«

Travis hob eine Hand, um Noah zu stoppen, und lächelte. »Ich weiß schon noch, wie Ermittlungen so laufen, Lieutenant. Auf die Schnelle fällt mir jetzt nichts anderes mehr ein, aber ich werde mich die nächsten Tage mal in Ruhe hinsetzen und versuchen, mich an so viele Details des Kelsey-Falls wie möglich zu erinnern. Falls mir noch was einfallen sollte, melde ich mich. Sie haben ja offensichtlich auch meine Nummer.

Wenn Sie noch etwas von mir brauchen, können Sie mich einfach anrufen oder mir eine Nachricht schicken. Und wenn es Ihnen nichts ausmacht, dann grüßen Sie doch bitte Bobby von mir, ja?«

»Nur noch eine letzte Frage«, meinte Josie und schaltete den Bildschirm ihres Handys ein. Nachdem sie ihre PIN eingegeben hatte, suchte sie die Fotos von dem mysteriösen blonden Mädchen im Bekleidungsgeschäft heraus. Sie schob das Handy über den Tisch zu Travis und fragte: »Haben Sie dieses Mädchen jemals gesehen?«

Travis betrachtete das Foto, nahm das Handy in die Hand und zoomte mit Daumen und Zeigefinger in das Foto hinein. »Ich glaube eher nicht, aber ich sehe eine Menge dieser Kids, und wenn es hoch kommt, sehe ich sie zweimal, ehe sie ihren Therapeuten zugewiesen werden. Wie ich schon sagte, mit Namen bin ich besser. Wie heißt sie denn?«

Josie nahm ihr Handy zurück. »Daran arbeiten wir noch. Wie viele Jugendliche kommen denn pro Woche zu Ihnen?«

»Pro Woche? Das sind wohl so zwischen fünf und fünfzehn. Manchmal mehr. Es gibt sehr großen Bedarf und RedLo deckt ein ziemlich großes Gebiet von Mittelpennsylvania ab.«

»Nach welchen Kriterien entscheiden Sie, welchem Therapeuten die Jugendlichen zugewiesen werden?«, wollte Noah wissen.

»Ich mache eine vollständige Fallaufnahme, verschaffe mir einen Eindruck, wo ihre speziellen Probleme liegen, und weise sie dann - je nach den Bedürfnissen und dem Wohnort der Jugendlichen und der Spezialisierung unserer Therapeuten und Therapeutinnen – jemandem zu.«

»Wem ist Gemma Farmer zugewiesen worden?«, wollte Josie wissen.

»Aus dem Stegreif weiß ich das nicht, aber ich kann es natürlich herausfinden, wenn ich zurück im Büro bin. Ich kann auch nachsehen, wer der Therapeut von Sabrina Beck war, wenn Sie das möchten.«

»Das würde uns sehr helfen«, antwortete Josie.

»Gibt es jemanden unter Ihren Kollegen bei der RedLo Group, der Ihrer Meinung nach zu solchen Morden fähig wäre?«, fragte Noah.

Travis zögerte nur einen so winzigen Augenblick lang, dass es Josie beinahe entgangen wäre. Seine Lippen zuckten einmal ganz kurz, als wäre er beinahe mit einem Namen herausgeplatzt, hätte sich dann aber gerade noch zurückgehalten. »Ich hoffe inständig, dass es niemanden gibt«, meinte er dann, »aber Sie wissen beide wahrscheinlich besser als ich, dass es fast unmöglich ist, zu sagen, wozu Menschen fähig sind, bevor man es nicht mit eigenen Augen gesehen hat.«

FÜNFUNDDREISSIG

Josie und Noah ließen Travis Benning bei Komorrah's zurück und gingen langsam zu Fuß zum Polizeirevier. In Josies Kopf wirbelten die Gedanken. Jedes Mal, wenn sie einer Spur folgten, dann führte diese zu zehn weiteren, und dennoch brachte sie keine davon dem Aufspüren des Mörders im Geringsten näher. Mit jedem neuen Fitzelchen an Information wuchs die Kette an abenteuerlichen Assoziationen exponentiell. Sie mussten jede Menge Fakten in Betracht ziehen. Noch vor einer Stunde hatte keiner von ihnen auch nur einen Gedanken an den Schlächter von Brighton Springs verschwendet. Jetzt durften sie ihn bei ihren Überlegungen nicht mehr außen vor lassen. Harlan und Travis hatten ihn als potenziellen Mörder niemals völlig ausgeschlossen; sie hatten damals nur nicht länger versucht, ihn mit Kelseys Mord in Verbindung zu bringen. Josie und ihr Team wussten jetzt, dass alle drei Opfer, von denen sie Kenntnis hatten – Kelsey Chitwood, Gemma Farmer und Sabrina Beck – an einer Stichwunde gestorben waren und dass Travis und Harlan damals an einem Fall gearbeitet hatten, der unter dem Namen »Der Schlächter von Brighton Springs« traurige Berühmtheit erlangt hatte. Da außerdem auch die

Opfer des Schlächters Mädchen gewesen waren und Harlan ihn damals für ausreichend verdächtig gehalten hatte, um ihn zu überwachen, hatte Josie jetzt keine andere Wahl, als zu versuchen, ihn aufzuspüren. Die Verbindung war zwar dürftig, aber nachdem das mysteriöse blonde Mädchen sowohl bei den Ermittlungen zu Gemma Farmer als auch zu Sabrina Beck durch die Maschen geschlüpft war, wollte Josie um jeden Preis vermeiden, dass ihr irgendeine Spur, und sei sie noch so zweifelhaft, entging.

»Was hältst du von Travis Benning?«, fragte Noah.

Josie seufzte. »Ich weiß nicht. Für mich ist es ein zu unwahrscheinlicher Zufall, dass er vor fünfundzwanzig Jahren am Fall Kelsey Chitwood mitgearbeitet hat und jetzt auch Gemma Farmer und Sabrina Beck kannte. Ich meine, wie hoch stehen die Chancen für sowas? Du hast gesagt, er wohnt in einem Apartment in Fairfield?«

»Stimmt«, bestätigte Noah. »Bei der Überprüfung seines Hintergrunds hab ich rausgefunden, dass er dort seit etwa acht Jahren wohnt. Ich kann auch noch seine letzten Arbeitsstellen abchecken. Sie etwas genauer unter die Lupe nehmen.«

»Wir müssen unbedingt auch ausführlich überprüfen, ob er irgendwelche Immobilien hat«, sagte Josie. »Ich kann mir nicht vorstellen, wie er eine so lange Zeit unbemerkt eine Jugendliche in einem Apartment hätte gefangen halten können, geschweige denn zwei von ihnen zur gleichen Zeit – angenommen, er hat sie beide am selben Ort festgehalten. Möglich ist sowas sicher, aber wahrscheinlich wäre es alles andere als einfach. Wir müssen feststellen, ob er noch irgendwo sonst eine Unterkunft hat – eine Hütte oder eine Art Rückzugsort auf dem Land. Überprüf doch bitte auch seine Familie und sieh nach, ob es Immobilien in ländlicher Umgebung gibt, die auf den Namen seiner Eltern eingetragen sind. Dann müssen wir noch seine Alibis für beide Morde genau unter die Lupe nehmen.«

Als sie vor dem Vordereingang des Polizeireviers standen,

zog Noah an einem der Türgriffe und ließ Josie den Vortritt. »Mach ich«, versprach er. »Wie willst du bei dieser RedLo Group vorgehen?«

Josie winkte dem Sergeant am Empfang, Dan Lamay, zu, als sie durch die Eingangshalle gingen. »Ich werde bei Diana Farmer und Portia Beck anrufen und fragen, ob sie uns die Namen der Therapeuten oder Therapeutinnen ihrer Töchter nennen können. Vielleicht geht das schneller, als darauf zu warten, bis Benning sie für uns herausfindet.«

Sie stiegen die Treppe zum Großraumbüro hoch. Mettner saß immer noch an seinem Schreibtisch und arbeitete und Noah unterrichtete ihn über ihr Gespräch mit Travis Benning. Josie sah auf ihr Handy, ob eine Nachricht von Gretchen über ihre Nachforschungen in der Mall eingetroffen war. Noah setzte sich an seinen Schreibtisch und schaltete den Computer ein. »Ich kümmere mich darum, wo der Schlächter abgeblieben ist, und drehe jeden Stein zweimal um, was Travis Bennings Arbeitsstellen und Immobilien betrifft.«

Josie ließ sich auf ihren Schreibtischstuhl fallen und telefonierte kurz mit Diana, die ihr bestätigte, dass Gemma Therapiesitzungen bei RedLo in Anspruch genommen hatte, als sie noch in Keller Hollow wohnten. An den Namen der betreffenden Person könne sie sich jedoch nicht mehr erinnern, und die ganzen Unterlagen aus dieser Zeit seien immer noch in einer Umzugskiste verstaut. Josie bat sie, danach zu suchen und sie später zurückzurufen. Als Nächstes kontaktierte sie Portia Beck, die ihr ebenfalls bestätigte, dass Sabrina durch Vermittlung ihrer Schule Therapiegespräche bei RedLo geführt hatte. Auch sie konnte sich allerdings an keinen Namen erinnern, da Sabrina etwa drei Monate vor ihrem Verschwinden ihre Besuche dort aufgegeben hatte – was vor ungefähr einem Jahr gewesen war. Auch sie versprach, nach den entsprechenden Unterlagen zu suchen. Sehr wahrscheinlich könnte Josie auch eine richterliche

Anordnung für die Einsicht in die Klientenakten von RedLo bekommen, da beide Mordopfer dort mit demselben Sozialarbeiter ein Aufnahmegespräch geführt hatten, aber sie wollte schon im Voraus so viele Informationen sammeln wie möglich. Falls der Mörder eine andere Person war, die bei der RedLo Group arbeitete, dann wollte Josie diese nicht schon im Voraus warnen, bevor sie eine Vorstellung von deren Identität hatte.

Nachdem sie einen detaillierten Bericht über ihre und Noahs Befragung von Travis Benning geschrieben hatte, bereitete sie den Antrag auf einen richterlichen Beschluss vor, der RedLo zur Herausgabe der Unterlagen zu Gemma Farmer und Sabrina Beck verpflichtete. Sobald sie die Namen der Therapeutin oder des Therapeuten erfuhr, konnte sie diese Information hinzufügen, aber zumindest hätte sie dann schon alles vorbereitet. Und während Noah nach allen Informationen forschte, die er über die Arbeitsverhältnisse und Immobilien von Travis Benning und auch über den Schlächter von Brighton Springs herausfinden konnte, fuhr Josie nach Bellewood und stattete sowohl Harry's Restaurant als auch der Episkopalkirche einen Besuch ab, wo Travis Benning sich angeblich jeden Freitagabend aufhielt.

Alle seine Alibis bestätigten sich. Das Restaurant hatte sogar Bilder der Überwachungskamera von ihm an beiden fraglichen Abenden.

Josie kehrte zur gleichen Zeit wie Gretchen aufs Revier zurück. Zusammen stapften sie die Treppe zum Großraumbüro hinauf, und als sie sich an ihre Schreibtische setzten, stieß Gretchen einen tiefen Seufzer aus. »In der Mall hab ich überhaupt nichts rausgekriegt. Einige Vollzeitangestellte im Food-Court und in anderen Geschäften haben zwar unser mysteriöses blondes Mädchen wiedererkannt. Sie meinten, sie hätten sie wohl seit etwas über einem Jahr dort rumhängen sehen. Aber niemand hat genauer auf sie geachtet. Der Geschäftsführer der

Pizzeria meinte dazu nur: ›Teenager in einer Mall zu sehen ist in etwa so überraschend wie Fische in einem Teich.‹«

Josie presste ihren Nasenrücken zwischen Daumen und Zeigefinger und versuchte damit, die Kopfschmerzen zu lindern, die sich hinter ihren Augen zusammenbrauten. »Travis Bennings Alibis für die Abende, in denen Gemma Farmer und Sabrina Beck ermordet wurden, sind stichhaltig.«

»Wirklich?«, wunderte sich Noah.

Josie nickte. »Ich weiß nicht, warum, aber irgendwie hatte ich das Gefühl, dass er uns anlügt. Irgendwas stimmt nicht mit ihm.«

»Er ist zu hilfsbereit«, meinte Noah.

Mettner meldete sich zu Wort. »Er war früher mal Polizist. Wahrscheinlich macht er deshalb einen zu hilfsbereiten Eindruck auf uns.«

Gretchen runzelte die Stirn. »Kann mir vielleicht mal jemand sagen, wer zum Teufel dieser Travis Benning ist und warum wir seine Alibis überprüfen?«

»Tschuldigung«, sagte Josie. »Langen Tag gehabt.«

Sie erklärte ihr, dass Travis Benning damals bei Kelsey Chitwoods Entführung und späterer Ermordung Harlan Chitwoods Teampartner bei der Polizei von Brighton Springs gewesen war. Anschließend fassten sie und Noah ihr Gespräch mit ihm bei Komorrah's und all die Informationen zusammen, die er ihnen gegeben hatte, darunter die Geschichte über den Schlächter von Brighton Springs. Sie erwähnten auch, dass es bei Bennings eine Verbindung zu ihren beiden Mordopfern Gemma Farmer und Sabrina Beck gab.

»Habt ihr ihm ein Foto von diesem mysteriösen blonden Mädchen gezeigt? Hat er sie erkannt?«

»Ja und nein«, erwiderte Noah. »Wo wir gerade von ihr sprechen – hat wirklich niemand von den Mitarbeitern in der Mall, die sie häufig dort gesehen haben, jemals mit ihr geredet?«

Gretchen schüttelte den Kopf. »Niemand hat erwähnt,

jemals mit ihr gesprochen zu haben. Einige von Sabrinas Kolleginnen bei Avalanche, diesem Friseur- und Kosmetiksalon, erinnern sich allerdings daran, sie mit Sabrina im Food-Court und einmal auch allein in der Mall gesehen zu haben, nachdem Sabrina bereits vermisst wurde, aber das war alles.«

»Wann war das letzte Mal, dass jemand sie dort gesehen hat?«, fragte Josie.

Gretchen zog ihr Notizbuch heraus und blätterte ein paar Seiten um. »Vor etwa drei bis vier Monaten. Ein Mitarbeiter des Taco-Stands im Food-Court hat sie gesehen. Allein. Wir haben uns alle Aufnahmen der Überwachungskameras angeschaut – aus der Mall und auch von den Parkplätzen draußen, aber leider reichen die nur einen Monat lang zurück. Auf den Videos konnten wir sie nicht entdecken.«

»Aber diese Mall muss das Jagdrevier des Mörders sein«, mutmaßte Mettner. »Meint ihr nicht? Diese mysteriöse Blonde ist wie der Köder in einer Falle. Ein Lockvogel. Sie freundet sich mit den Mädchen an, erschleicht sich ihr Vertrauen und bringt sie dann zu ihm. Von Sabrina Becks Mutter wissen wir jetzt auch, dass sie ein Auto hat.«

»Die Mall ist der Ort, an dem er seine Falle aufstellt«, meinte Josie. »Aber ich glaube nicht, dass er sie dort auch auswählt.«

»Wenn es nicht in der Mall ist, dann muss es bei Benning sein«, vermutete Mettner. »Er ist der Erstberater bei RedLo, und so lernt er sie alle kennen. Er wählt ein bestimmtes Mädchen aus und lässt dann die mysteriöse Blonde all die Handlangerarbeiten machen.«

»Genau so hab ich es mir auch vorgestellt«, warf Noah ein. »Viele der Puzzleteile passen zusammen. Benning hat in Brighton Springs gelebt und gearbeitet, als Kelsey Chitwood verschwand und auch als sie ermordet aufgefunden wurde. Er hat sowohl im Vermisstenfall Kelsey als auch im Mordfall

Kelsey mit Harlan Chitwood zusammen ermittelt. Dadurch war es kein Problem für ihn, Beweismittel zu manipulieren.«

»Allerdings hat der Chief damals zusätzlich seine eigenen Nachforschungen angestellt«, wandte Josie ein. »Aber er hat auch nicht mehr oder nichts anderes herausgefunden als sein Vater und Travis. Wir wissen das mit Sicherheit, weil wir mittlerweile auch die offizielle Akte einsehen konnten. Es gibt darin nichts, was der Chief noch nicht gesehen hatte, außer dem Bericht über die Fingerabdrücke von den Kirchenbänken, der aber im Wesentlichen nichts bringt. Es gab nur zwei Fingerabdrücke, die in der AFIS-Datenbank registriert waren – einer gehörte zu einer Neunzehnjährigen und der andere zu einem siebenunddreißigjährigen Sexualstraftäter, und der hat in den vergangenen fünf Jahren hinter Gitter gesessen, also kann er für die aktuellen Fälle nicht verantwortlich sein.«

Noah gab zu bedenken: »Benning hätte trotzdem problemlos Asservaten oder Unterlagen aus der Fallakte verschwinden lassen können.«

»Stimmt«, räumte Josie ein. »Er könnte Mittel und Wege dazu gefunden haben. Andererseits hat er Alibis für die Nächte der Morde. Belastbare Alibis.«

»Vielleicht führt ja unsere mysteriöse Blonde die Tötungen aus«, meinte Gretchen.

Keiner sagte etwas.

Schließlich spekulierte Noah: »Okay, sagen wir mal, er wählt die Opfer aus und schickt dieses Mädchen, das er einer Gehirnwäsche unterzogen hat, um sie anzulocken. Er hält sie einige Zeit lang gefangen und dann befiehlt er ihr, sie zu töten. Wo hält er die Mädchen gefangen, während sie vermisst sind? Seine früheren Adressen befanden sich durchaus an Orten, die zu den passenden Zeitpunkten in geografisch passenden Gegenden liegen, andererseits verfügt er über keinerlei eigene Immobilien. Und soviel ich weiß, hat er auch nie welche besessen, sondern immer in Mietwohnungen gewohnt. Ich hab jede

Adresse mit Google Street View überprüft und sie liegen alle in ziemlich dicht bewohnten Gegenden. Ein paar seiner Adressen waren Häuser, aber der Mord an Kelsey ist schon fünfundzwanzig Jahre her. Dort würden wir jetzt keine Spuren mehr finden. Seit ein paar Jahren hat er ein Apartment in Fairfield gemietet, wo er wohnt, seit er in diese Gegend gezogen ist.«

»Man kann auch in einem Apartment eine Person gegen ihren Willen festhalten. Das kann ich bestätigen«, meinte Gretchen.

»Aber Sabrina war neun Monate lang verschwunden«, wandte Noah ein.

»Dann wurde sie eben neun Monate lang gefangen gehalten«, entgegnete Gretchen.

»Noah hat schon recht«, warf Mettner ein. »Gemma Farmer war vier Monate verschwunden. Die beiden Fälle überlappen sich zeitlich. Zwei Teenagerinnen zur gleichen Zeit in einem Apartment festzuhalten, ohne dass jemand Verdacht schöpft, könnte ziemlich schwierig sein.«

»Über was für eine Art von Apartment reden wir eigentlich?«, fragte Gretchen. »Ich meine, das in Fairfield? Liegt es in einem Wohnblock, in dem viele Leute ein und aus gehen und wo er Nachbarn zu beiden Seiten und auf der anderen Seite des Korridors hat, oder handelt es sich um ein altes Haus, das in zwei oder drei Apartments aufgeteilt wurde, wo er kommen und gehen kann, ohne oft gesehen zu werden, und wo die Anzahl anderer Mieter, die irgendwelchen Lärm hören könnten, begrenzt ist?«

»Ich hab es mir genau angesehen«, sagte Noah. »Auch bei Google Street View. Es ist ein Wohnblock mit dreißig Apartments. Er wohnt im ersten Stock. Wie du schon gesagt hast, hat er Nachbarn auf beiden Seiten, gegenüber im Korridor und unter sich.«

»Wir sollten ihm trotzdem einen Überraschungsbesuch

abstatten«, schlug Josie vor. »Uns ein echtes Bild von dem Ort machen.«

»Absolut«, pflichtete ihr Mettner bei. »Aber ich interessiere mich mehr für diesen Schlächter. Was habt ihr über den rausgefunden?«

Noah verzog das Gesicht. Er lehnte sich in seinem Stuhl zurück und verschränkte die Hände hinter dem Kopf. »Das ist eine abschreckende Geschichte darüber, welchen verheerenden Schaden schludrige Polizeiarbeit anrichten kann. Er hatte ein eigenes Haus. Hat mit seiner Mutter dort gelebt, die in dem Zeitraum, als er seine Verbrechen beging, ALS hatte, eine degenerative Muskelerkrankung, und bettlägerig war. Man nahm an, dass er für sie sorgte, aber als die Polizei ihm endlich auf die Schliche kam, ihn mit den verschwundenen Mädchen in Verbindung brachte und sich Zutritt zum Haus verschaffte, war sie schon seit Wochen tot gewesen. Er hatte sie in ihrem Bett verwesen lassen.«

»Gütiger Gott«, stieß Gretchen entsetzt aus.

»Und es kommt noch schlimmer«, sagte Noah. »Zwischen 1990 und 1994 hat er vier Mädchen zwischen elf und fünfzehn Jahren entführt und sie buchstäblich abgeschlachtet, laut den Berichten, die ich gelesen hab. Nur eines der Mädchen hat überlebt. In den frühen Berichten über seine Verhaftung steht nichts über Benning oder über verfälschte Beweismittel. Als der Schlächter jedoch 1996 vor Gericht gestellt wurde, musste der Prozess eingestellt werden und Bennings Name wurde der Presse bekannt gegeben. Sieht so aus, als hätte es danach einen riesigen Shitstorm gegeben. Der Bezirksstaatsanwalt hat versucht, ihm den Tod der Mutter des Schlächters anzulasten, aber der Rechtsmediziner schrieb in seinem Bericht, dass sie an natürlichen Ursachen starb.«

»Das ist eine Schande«, schimpfte Gretchen. »Kaum zu glauben, dass man Benning noch so lange im Dienst behielt, wenn er einen so wichtigen Fall derart vermasselt hat. Harlan Chitwood muss eine große Macht besessen haben.«

Mettner fügte hinzu: »Und Brighton Springs muss noch korrupter gewesen sein, als wir anfangs gedacht haben.«

Josie fiel Detective Meredith Dorton ein, die in dem kleinen Container hinter dem Hauptgebäude des Polizeireviers hocken musste. Sie war dorthin verbannt worden, weil sie nur auf einen winzigen Teil der Missstände durch Harlan Chitwoods jahrelanges korruptes und schädliches Verhalten hingewiesen hatte. »Das stimmt«, erwiderte sie. »Noah, Travis hat gesagt, dass er und Harlan den Schlächter im Blick behielten, bis er ›weiterzog‹, das heißt also, er muss noch einige Zeit nach seinem Prozess weiter in Brighton Springs geblieben sein.«

»Diese Chuzpe muss man erst mal haben«, sagte Gretchen. »Könnt ihr euch das vorstellen? Er hat sich sicher an seiner Berühmtheit aufgegeilt.«

»Ist anzunehmen«, erwiderte Noah. »Sieht aber so aus, als hätten sie sein Haus abgerissen, sobald er verhaftet war. Ich schätze mal, keiner wollte es kaufen.«

»Verständlich«, meinte Mettner.

»Aber das Grundstück hat er trotzdem an einen Immobilienentwickler verscherbeln können. Hat nicht viel dafür bekommen, aber es sieht so aus, als hätte er das Geld genommen und sich irgendwann 1998 eine Hütte in den Wäldern zwischen hier und Brighton Springs gekauft.«

»Eine Hütte?«, fragte Gretchen. »In den Wäldern? Hier in der Nähe? Das passt doch auf einige der Kriterien, über die wir vorhin gesprochen haben.«

»Ja, aber es ist ausgeschlossen, dass dieser Kerl irgendwie für die RedLo Group gearbeitet haben könnte«, entgegnete Mettner. »Wer hätte so jemanden mit Jugendlichen arbeiten lassen?«

»Stimmt«, räumte Noah ein. »Als er zwischen 1998 und 2001 seine Grundsteuer für die Hütte nicht bezahlte, wurde sie zur Zwangsversteigerung ausgeschrieben, und da fand der Sheriff des Countys den Ort verlassen vor. Eine Frau namens Lorna Sims hat dann Grundstück und Hütte bei der Zwangsversteigerung für 'nen Appel und 'n Ei erworben.«

»Und seine Habseligkeiten?«, fragte Josie.

»Waren verschwunden«, erwiderte Noah. »Die Presse hat das damals aufgegriffen: *Was geschah mit dem Schlächter von Brighton Springs?* Keiner hat jemals berichtet, ihn noch mal gesehen zu haben. Die Sache wurde ein großes Thema im Internet, in den True-Crime-Podcasts über wahre Fallgeschichten. Es gibt sogar einen Reddit-Thread über ihn, der immer noch weitergeführt wird.«

»Er könnte noch am Leben sein«, stellte Mettner fest. »Schließlich weiß man von Leuten, die ihren Namen geändert und eine falsche Identität angenommen haben. Er hätte sich in all den Jahren bis heute eine völlig neue Existenz schaffen können. Er könnte sehr wohl unser Mann sein.«

»Nur die Verbindung zur RedLo Group passt nicht dazu«, stellte Josie fest. »Ich glaube, diese Verbindung und das mysteriöse blonde Mädchen in der Mall sind derzeit unsere vielversprechendsten Spuren.«

Die Stimme des Chiefs ließ alle zusammenschrecken. »Höchste Zeit, dass einige von Ihnen heimgehen und eine Mütze voll Schlaf kriegen.«

Sie alle wandten sich um und sahen, dass er an der Wand vor seinem Büro gelehnt stand. Wie lange hatte er ihnen von dort aus wohl zugehört, fragte sich Josie. Sie war so gefangen genommen gewesen von all den neuen Richtungen, die ihre Ermittlung genommen hatte, dass sie ganz vergessen hatte, bei ihm hereinzuschauen und zu sehen, wie es ihm ging. Ihre Blicke trafen sich und er sagte: »Ich hab alles gehört, Quinn. Ich bin auch der Meinung, dass wir uns jetzt erst einmal auf die Mall und auf diese Beratungsstelle konzentrieren. Aber Sie alle haben diese Sache verfolgt wie eine ausgehungerte Hundemeute, die einem Stück Fleisch hinterherjagt – was ich ...« – er hustete, als wäre ihm im Hals stecken geblieben, was er gerade sagen wollte – »... was ich sehr zu schätzen weiß. Teilen Sie sich wieder auf. Zwei von Ihnen gehen nach Hause, ruhen sich aus und essen was und die anderen beiden arbeiten weiter. Und das im Wechsel."

»Dann gehen wir zuerst nach Hause«, meldete sich Noah. Josie öffnete den Mund, um zu protestieren, presste ihn aber schnell wieder zusammen, als sie die strenge Miene des Chiefs sah.

»Morgen können Sie weitermachen, Quinn«, sagte er zu ihr. »Vielleicht schauen Sie ja morgen auf dem Weg hierher bei Travis Bennings Haus vorbei.«

SECHSUNDDREISSIG

Der Überraschungsbesuch in Travis Bennings Apartment war keine so große Überraschung, wie Josie gehofft hatte. Es war nicht einmal möglich, das Gebäude zu betreten, ohne dass von der Wohnung aus der Türöffner betätigt werden musste. Sobald sie den Klingelknopf drückte, auf dem *Benning, 2-H* stand, und in die Gegensprechanlage sagte, dass sie und Noah draußen seien, mussten sie volle fünf Minuten warten, bis Travis den Türöffner betätigte und sie hineinließ. Dann dauerte es nochmals fünf Minuten, um die Treppen hinaufzugehen und sein Apartment zu finden.

»Er hatte zehn Minuten Zeit«, schimpfte Noah, als sie den langen, mit Spannteppich ausgelegten Korridor im ersten Stock entlanggingen und nach 2-H suchten. »Eine Menge Zeit, um Beweismittel zu verstecken.«

»Beweismittel für was?«, flüsterte sie. »Er hat Alibis für die beiden Mordabende.«

»Er könnte trotzdem mit der geheimnisvollen Blonden gemeinsame Sache machen, Josie. Er hätte die Mädchen entführen und gefangen halten können.«

Gesprächsfetzen, Fernsehgeräusche, das Piepen von Mikrowellengeräten und Telefongeklingel drangen aus den Wohnungen entlang des Korridors. »Ich weiß nicht«, sagte Josie. »Die Wände sind hier so dünn. Hätte er wirklich diese Teenager-Mädchen hier gegen ihren Willen festgehalten, dann hätte ein lauter Hilfeschrei gereicht und das ganze Mietshaus hätte gewusst, dass da was nicht stimmt.«

Die Tür zu Apartment 2-H stand leicht offen. Von drinnen drang der Duft von Kaffee und gebratenen Eiern. Josie klopfte an den Türpfosten und rief nach Travis.

»Kommen Sie rein«, hörten sie eine Stimme von drinnen.

Travis' Apartment war noch kleiner, als Josie es sich vorgestellt hatte. Die Eingangstür führte direkt in einen Wohnbereich, der nur Platz bot für eine Couch, einen Couchtisch und einen Fernseher an der gegenüberliegenden Wand. Eine dünne metallene Bodenleiste trennte den Wohnzimmerteppich von dem gefliesten Boden der Küche ab. Dort nahm ein kleiner Esstisch den meisten Raum ein. Travis stand, einen Pfannenwender in der Hand, eingezwängt zwischen einem der beiden Küchenstühle und dem Herd. Er blickte auf und lächelte sie an. »Ich würde Ihnen ja gern was anbieten, aber ich bin ziemlich in Eile. Muss zur Arbeit. Übrigens, ich hab den Namen des Therapeuten rausgefunden.«

»Darf ich bitte mal Ihre Toilette benutzen?«, fragte Noah.

Josie wusste, dass er das nur fragte, um einen Blick auf das übrige Apartment werfen zu können – nicht, dass da noch viel mehr Räume gewesen wären.

»Sicher«, sagte Travis und deutete mit dem Pfannenwender auf einen kleinen Flur links vom Wohnzimmer. »Den Flur runter, es gibt nur zwei Türen. Das Bad ist das Zimmer mit der Toilette drin.«

Noah ging hinaus. Josie fragte: »Des Therapeuten? Es war also dieselbe Person, sowohl bei Gemma Farmer als auch bei Sabrina Beck?«

»Genau. Es ist dieselbe Person. Kade McMichaels. Er arbeitet im Hauptsitz von RedLo in Bellewood.«

Josie prägte sich den Namen ein. »Kennen Sie ihn gut?«

»Nicht so gut«, erwiderte Travis. »Er ist irgendwie schwierig im Umgang. Jedenfalls mit den Kollegen. Eltern und Klientinnen beschweren sich allerdings nie über ihn. Ich schätze, er bewahrt sich seine guten Manieren für die auf.«

»Sie mögen ihn nicht?«

Travis schüttelte den Kopf und schob mit dem Pfannenwender die Rühreier in der Bratpfanne herum. »Nicht besonders, aber bei unserer Arbeit spielt es nicht wirklich eine Rolle, ob ich ihn mag oder nicht. Schließlich bin ich ja nicht bei ihm in Therapie. Als Nächstes werden Sie mich sicher gleich fragen, ob ich glaube, dass er für die Morde in Frage kommt. Keine Ahnung. Ich meine, er ist schätzungsweise im passenden Alter. Ich glaube, er ist etwa Ende vierzig, Anfang fünfzig. Aber ist er dazu fähig, junge Mädchen zu entführen und zu töten? Das kann ich wirklich nicht beurteilen.«

»Wir werden ihn genau überprüfen«, versicherte ihm Josie, als Noah zurück in die Küche kam. Während Travis seine Rühreier auf einen Teller schob, nickte ihr Noah rasch und fast unmerklich zu. Er hatte nichts Ungewöhnliches bemerkt. Josie setzte das Gespräch fort: »Wenn es Ihnen nichts ausmacht, würden wir Sie bitten, nicht mit Mr McMichaels über dieses Problem zu sprechen.«

»Selbstverständlich«, erwiderte Travis. Er richtete den Blick auf Noah und lächelte ihn freundlich an: »Haben Sie gefunden, was Sie gesucht haben?«

Noah erwiderte sein Lächeln souverän: »Ja. Vielen Dank.«

Draußen im Auto sagte Josie: »Er weiß, was wir heute bei ihm wollten. Warum wir unangekündigt vorbeigekommen sind und warum du dich in seiner Wohnung umgesehen hast.«

Noah legte den Sicherheitsgurt an und startete den Wagen. »Wie er schon gesagt hat, er weiß, wie diese Dinge laufen.«

»Ist dir irgendwas aufgefallen?«

Noah schüttelte den Kopf und fuhr vom Parkplatz des Apartmentkomplexes. »Nichts Besorgniserregendes, allerdings — hätte er irgendein belastendes Beweismittel herumliegen gehabt, dann hatte er gute zehn Minuten Zeit, um es aus dem Blickfeld zu räumen. Außerdem ist die Wohnung wirklich sehr klein. Ein Schlafzimmer. Ich konnte seine Nachbarn durch die Wände streiten hören, als ich den Kopf reingesteckt habe. Dieser Kerl ist für uns nicht leicht zu packen. Meinst du, dass er es ist?«

Josie schüttelte den Kopf. »Ich weiß nicht. Keine Ahnung, wie er es bewerkstelligt haben könnte, aber andererseits taucht er im Zusammenhang mit drei verschiedenen Fällen auf, die fünfundzwanzig Jahre auseinanderliegen. Du hattest ja seine Eigentums- und Anstellungsverhältnisse genau unter die Lupe genommen, nicht? Gibt's da irgendwas Auffälliges?«

»Keine heißen Spuren«, erwiderte Noah. »Benning besitzt keine Berghütten draußen auf dem Land, die sich dafür eignen würden, entführte Opfer dort gefangen zu halten. Die chronologische Abfolge seiner Arbeitsverhältnisse ist auch unauffällig. Seit er mit dem College fertig ist, hat er in Einrichtungen genau wie RedLo zwischen hier und Lochfield gearbeitet.«

»Vielleicht hat Mettner ja recht und das mysteriöse blonde Mädchen ist unser fehlendes Bindeglied in diesem ganzen Fall. In der Zwischenzeit sollten wir uns diesen Therapeuten, Kade McMichaels, definitiv genauer vornehmen.«

Josie wartete nicht, bis sie zurück auf dem Revier waren, sondern nutzte das mobile Datenterminal, um McMichaels zu überprüfen, während Noah fuhr. »Na, was ist?«, fragte Noah nach fünfzehn Minuten. »Erfüllt er die Kriterien?«

Josie scrollte durch ihre Ergebnisse. »Er ist zweiundfünfzig. Hat zwei auf ihn zugelassene Fahrzeuge: einen Nissan Rogue, Baujahr 2018, und einen Chevrolet Malibu, Baujahr 2006 – oh, warte mal, das ist ein stillgelegtes Fahrzeug.«

»Das heißt, der Wagen gehört ihm, aber er ist laut den gesetzlichen Bestimmungen von Pennsylvania nicht fahrtüchtig, weil er die technische Inspektion nicht bestehen würde«, sagte Noah. »Das heißt aber noch lange nicht, dass er nicht illegalerweise damit herumfährt – oder jemand anderen damit unrechtmäßig herumfahren lässt.«

»Du denkst dabei an unsere mysteriöse Blonde?«, meinte Josie.

„Genau. Außerdem ist das tatsächlich eine Limousine. Was für eine Farbe hat sie?«

Josie fuhr mit dem Finger über das Display, bis sie den Wagen fand. »Hellbraun. Nicht schwarz.« Seufzend studierte sie weiter jede kleinste Information, die sie über Kade McMichaels finden konnte. »Er wohnt zwischen Bellewood und Denton.«

»Also wahrscheinlich in einer ländlichen Gegend«, erwiderte Noah. »Die Häuser dort draußen stehen nicht dicht nebeneinander.«

»Ich seh mir das gleich noch auf Google Street View an. Er lebt seit elf Jahren dort. Rate mal, wo er vorher gewohnt hat?«

»In Brighton Springs?«, versuchte Noah zu raten.

»Ganz in der Nähe. In Pittsburgh. Danach in Lochfield.«

»Sicher war er irgendwann mal auf dem College. Wo hat er seinen Abschluss gemacht?«

»An der University of Pittsburgh«, erwiderte Josie. »Er hat einen Masterabschluss in Sozialarbeit, genau wie Benning. Also, stimmt nicht perfekt mit unseren Kriterien überein, kommt ihnen aber ziemlich nah.«

Josie tippte auf die App von Google Street View und gab Kades Adresse ein. »Das ist interessant«, meinte sie. »Sieht so aus, als hätte er etwa vier Hektar Land, das heißt, es ist wohl viel Platz zwischen ihm und seinen Nachbarn. Direkt gegenüber von seinem Haus steht ein anderes, das so aussieht, als hätte man von dort einen ziemlich guten Blick auf seine Frontseite. Die Gegend ist nicht so ländlich, wie ich sie mir für diesen Mörder vorgestellt habe, aber ich glaube, es wäre dennoch machbar, dass er die Mädchen auf seinem Grundstück gefangen halten konnte, ohne dass es jemand gemerkt hätte. Ich sehe keinen Eintrag, dass er verheiratet ist oder Kinder hat.«

»Schätzungsweise hat er auch keine Einträge im Strafregister«, sagte Noah. »Sonst hätten sie ihn nicht mit Kindern und Jugendlichen arbeiten lassen.«

Josie schüttelte den Kopf. »Auf dem Papier hat er eine blütenreine Weste.« Sie las seine Adresse vor. »Warum schauen wir da nicht mal vorbei?«

Fairfield, wo Travis Benning wohnte, war etwa fünfundvierzig Minuten von Kade McMichaels' Haus entfernt. Josie und Noah bogen in die kiesbedeckte Zufahrt ein, auf der keine anderen Fahrzeuge standen, und hielten davor an. Das Haus besaß nur ein Stockwerk und die hellbraune Außenverkleidung war neu gestrichen. Auch die Blumenbeete rundherum sahen äußerst gepflegt aus. Obwohl Josie nicht erwartet hatte, dass jemand öffnen würde, klopfte sie mehrmals laut an die Tür. Sie lauschten beide, ob sie drinnen jemanden rufen hörten, aber alles blieb still. Sie gingen um das Haus herum und entdeckten nichts Auffälliges. Hinter dem Haus befand sich eine freistehende Garage, die mit ihren roten Ziegelsteinen und den leuchtend weißen Türen wie ein Neubau aussah. Noah war groß genug, um durch die Fenster der Garagentore zu blicken.

»Von hier aus sehe ich eine Menge Werkzeuge, einen Mähtraktor und etwas, das so aussieht wie ein Auto unter einer PVC-Abdeckung. Wahrscheinlich der stillgelegte Malibu. Aber das ist insgesamt eine recht große Garage. Wir müssten allerdings da reinkommen, um alles genau zu sehen.«

»Vielleicht kann ich einen Durchsuchungsbeschluss für sein Haus und die Garage erwirken, wenn wir die Akten von RedLo bekommen und wenn die zweifelsohne belegen, dass Verbindungen zu unseren beiden letzten Opfern bestehen«, meinte Josie. »Mit dem Grundbuch bin ich nicht allzu weit gekommen, aber ich würde gern eine umfangreichere Suche durchführen, um sicherzustellen, dass er keine zusätzlichen Immobilien besitzt, etwa eine Jagdhütte oder dergleichen.«

Josies Handy summte in ihrer Tasche, und als sie es herauszog, sah sie den Namen des Chiefs auf dem Display. Sie nahm das Gespräch an und sagte: »Chief?«

»Quinn, wir haben gerade einen Anruf von einem Mitarbeiter der Mall reinbekommen, der glaubt, dass er das mysteriöse blonde Mädchen heute Morgen im Food-Court gesehen hat. Fahren Sie mit Fraley sofort los. Wir treffen uns dort.«

SIEBENUNDDREISSIG

Als Josie und Noah auf den Parkplatz der Oak Ridge Mall einbogen, rief der Chief sie schon wieder an. Während sie und Noah aus dem Auto stiegen und durch den nächstgelegenen Eingang in die Mall eilten, nahm Josie den Anruf an.

»Quinn«, schrie er. »Wo zum Teufel bleiben Sie denn?«

»Wir sind jetzt hier«, erwiderte sie, »und kommen durch den Eingang zu den oberen Ladenstraßen rein. Haben Sie sie gefunden?«

»Nein, aber ich bin gerade im Büro des Sicherheitsdiensts. Wir haben sie auf einem Überwachungsvideo von heute Morgen im Food-Court. Also könnte sie noch hier sein. Die Wachleute der Mall kontrollieren schon alle Ausgänge und suchen auf dem Parkplatz nach einer kleinen schwarzen Limousine. Ich brauche Sie beide drinnen, um nach diesem Mädchen zu suchen. Hab auch schon ein paar uniformierte Einheiten aus dem Revier angefordert und um Hilfe aus dem Büro des Sheriffs gebeten, aber die kommen alle erst in ein paar Minuten.«

»Was trägt sie?«, fragte Josie.

»Blue Jeans, braune Stiefel, kastenförmige braune Jacke. Alles viel zu groß für sie.«

Josie beendete das Gespräch und ließ das Handy in die Tasche zurückgleiten. Sie winkte einem der Wachleute zu, während sie und Noah durch die Eingangstore hasteten. Ein breiter Gang mit Ladenfronten auf beiden Seiten führte in den zentralen Bereich der Mall. Josie briefte Noah beim Gehen. Als sie in die große Halle in der Mitte kamen, erkannte Josie, dass sie im ersten Stock waren. »Einer von uns muss runtergehen.«

»Wo ist der Food-Court?«, fragte Noah.

»Bin mir nicht sicher, komm mit hier rüber.« Sie eilte hinüber zu einem Ladenverzeichnis mit Lageplan der Mall und studierte ihn, so schnell sie konnte: »Unten, ganz hinten am Ende.«

»Dort wurde sie anscheinend am häufigsten gesehen«, sagte Noah. »Einer von uns sollte dort anfangen. Oder wir fangen an diesem Ende hier an und arbeiten uns nach dorthin vor.«

»Ich geh runter«, sagte Josie. »Du suchst hier oben. Sobald die Uniformierten in der Mall aufkreuzen, wird die Polizeipräsenz viel sichtbarer sein. Das könnte sie erschrecken, daher lass uns schnellstmöglich so viel Fläche absuchen wie möglich.«

»Du hast recht«, sagte Noah. Er griff nach ihrer Hand und drückte sie kurz, bevor sie losrannte, den ersten Treppenabgang, den sie fand, hinunter ins Erdgeschoss. Die Innendecke der Mall war aus Glas, sodass der Sonnenschein von oben als große Strahlenbündel den hohen, höhlenartigen Raum unten erreichte. Während Josie durch die Ladenstraße im Erdgeschoss eilte, musste sie von Zeit zu Zeit ihre Augen mit der Hand abschirmen, damit sie vor sich etwas sehen konnte. Sie suchte im Laufen mit ihrem Blick jedes Geschäft und den Kiosk im Zentralbereich der Mall ab und konzentrierte sich dabei ganz gezielt auf Personen mit blonden Haaren. Da es ein Vormittag unter der Woche war, befanden sich glücklicherweise nicht viele Kunden oder gar »Mallwalker« im Gebäude und es herrschte kein Gedränge. Ein Mitarbeiter an einem Verkaufsstand, der eine Art Anti-Aging-Wundercreme anbot, versuchte, sie zum Ausprobieren seines Produkts zu überreden. Stattdessen zeigte ihm Josie das Foto des Mädchens und fragte ihn, ob er sie gesehen habe. Verwirrt verneinte der Mann und Josie hastete weiter, noch bevor er einen zweiten Anlauf seines Sermons darüber beginnen konnte, warum sie seine Wundercreme ganz dringend brauchte.

Die unzähligen Düfte des Food-Courts stiegen Josie in die Nase, noch ehe sie ihn vor sich sah. Er war kreisförmig angelegt und die Verkaufstheken der Essenslokale reihten sich, dicht an dicht, rund um einen großen Sitzbereich mit Tischen, Stühlen und Abfalleimern aneinander.

Hier herrschte weitaus mehr Betrieb als in den Ladenstraßen, fast jeder Tisch war besetzt und vor jeder Essenstheke standen die Kunden Schlange. Es war hier auch viel lauter und Josie hörte nicht einmal ihr Handy klingeln, sie spürte nur den Vibrationsalarm in ihrer Tasche. Sie riss ihren Blick gerade so lange von dem dicht gedrängten Food-Court los, um Noahs Namen auf dem Handybildschirm zu lesen. »Hast du sie gefunden?«, rief sie, nachdem sie über Annehmen gewischt hatte.

»Bin mir nicht sicher. Aber ich glaube, ja. Wenn sie es ist, dann geht sie in deine Richtung. Ich bin noch hier oben, aber ich kann sie von hier aus sehen.«

Josie blickte hinter sich. »Wo? Bei welchem Geschäft ist sie gerade?«

»Sie geht gerade am Spur-Mobile-Laden vorbei. Dahinter kommen dann eine Reihe von Verkaufsständen.«

»Ich weiß, wo das ist«, sagte Josie. »Bin schon auf dem Weg.«

Rasch schrieb sie dem Chief eine Nachricht:

Zentraler Innenhof. Erdgeschoss.

Dann rannte sie den Weg zurück, den sie gekommen war. Die Verkäufer und Verkäuferinnen an den Ständen priesen laut und aggressiv ihre Ware an. Sicher würden sie auch versuchen, das Mädchen anzusprechen, um ihr weitschweifig ihre Produkte anzudrehen. Vielleicht nicht gerade der Mann mit der Wundercreme, dachte Josie, da die mysteriöse Blonde noch so jung war, aber vielleicht bei den Sonnenbrillen oder beim Modeschmuck. Der Schweiß lief ihr den Rücken hinunter, aber sie blieb nicht stehen, um ihre Jacke auszuziehen, denn diese bedeckte als Einziges die Pistole an ihrer Hüfte, und sie war sich nicht sicher, wie das Mädchen darauf reagieren würde. Sie wollte ihr keinen Schrecken einjagen.

Der Verkäufer der Wundercreme gab Josie ein Zeichen, als sie sich seinem Stand näherte. Ein rascher Blick nach oben zeigte ihr, dass Noah fieberhaft Ausschau hielt. Ihre Blicke trafen sich und er hob beide Hände, wie um ihr zu signalisieren, dass er das Mädchen aus den Augen verloren hatte. »Miss, bitte«, sagte der Verkäufer.

Josie öffnete schon den Mund, um ihn zum Schweigen zu bringen, aber er kniff den Mund zusammen, riss die Augen auf und nickte andeutungsweise auf seine rechte Seite. Dann formte er mit den Lippen die Worte: »Das Mädchen.«

Als sie dorthin blickte, erkannte Josie die Gesuchte, die zwischen den Verkäuferinnen des Stands mit den Sonnenbrillen und des Handyhüllenkiosks stand. Sie versuchte gerade, die beiden Frauen abzuwimmeln. Josie ging hinüber.

»Wenn ich dir nur kurz mal diese Hülle zeigen dürfte«, erbot sich eine der beiden Verkäuferinnen. »Sie hat alle möglichen praktischen Eigenschaften. Was für ein Handy hast du denn, Schätzchen?«

»Wir haben Sonnenbrillen für jeden Style. Du kannst alle anprobieren. Sieht so aus, als bevorzugst du einen eher ... maskulinen Stil. Ich glaube, ich hab was für dich, was dir sicher gefallen wird«, sagte die andere.

»Nein, nein«, murmelte das Mädchen und beschleunigte ihre Schritte.

Josie bemerkte die schweren Stiefel an ihren Füßen, die zu groß für sie wirkten – es waren solche, wie Männer auf Baustellen sie trugen. Ihre schlottrigen Jeans warfen über den Stiefeln Falten und verschwanden unter einem braunen Buttondown-Cordhemd, dessen viel zu weiter Kragen den schlanken Hals des Mädchens noch dünner aussehen ließ. Es war genau, wie der Chief gesagt hatte – alles, was sie trug, sah zu groß an ihr aus. Ihre blonden Locken waren zu einem unordentlichen Pferdeschwanz zusammengefasst. Sie hatte nichts bei sich, und nach allem, was Josie sehen konnte, trug sie keinen Schmuck, was sie zu einem bevorzugten Ziel für den Verkäufer des nächsten Standes machte, bei dem in mehreren Glaskästen Modeschmuck präsentiert wurde.

»Miss? Miss?«, rief ihr der Mann zu. »Ich habe eine Halskette, die perfekt zu Ihrem Hemd passt.«

Josie trat zwischen den Mann und das Mädchen und setzte ein breites, gespieltes Lächeln auf. »Da bist du ja!«, sagte sie zu dem Mädchen. »Ich hab schon überall nach dir gesucht!«

Das Mädchen riss überrascht die Augen auf. Einen Sekundenbruchteil lang dachte Josie, sie würde gleich davonrennen. Rasch wandte sie sich an den Mann und sagte: »Es tut mir leid, aber wir können im Moment nicht mit Ihnen sprechen. Meine Schwester hat einen Termin und wir dürfen nicht zu spät kommen.«

Josie gab dem Mädchen ein Zeichen, ihr zu folgen, und das tat sie, bis sie außer Hörweite des Schmuckverkäufers und ein Stück entfernt von den anderen Verkaufsständen waren. Dann blieb das Mädchen abrupt stehen. Auch Josie hielt an und wandte sich ihr zu.

»Was wollen Sie?«, fragte das Mädchen.

»Ich möchte mit dir reden«, erwiderte Josie. Aus dem Augenwinkel heraus sah sie, dass Noah sich im oberen Teil der

Halle weiterbewegte und sie beide genau beobachtete. Sein Handy hielt er ans Ohr gepresst.

»Worüber denn?«, fragte das Mädchen. »Ich kenne Sie nicht. Sie kennen mich nicht.«

Josie trat einen Schritt näher und ließ die Gesichtszüge des Mädchens auf sich wirken. Ihre Augen waren dunkelbraun, ihr Haar flachsblond, dünn und fransig.

Sommersprossen zogen sich über ihre Nase und die Wangen. Josie erinnerte sich daran, dass eine der Verkäuferinnen des Bekleidungsgeschäfts gesagt hatte, sie hätte »tote Augen« gehabt, aber jetzt, von Angesicht zu Angesicht mit ihr, wirkten sie auf Josie eher misstrauisch und wachsam, nicht tot.

»Ich kenne dich nicht, das stimmt«, sagte Josie. »Aber ich glaube, du kanntest zwei Mädchen, die öfter hierher in die Mall kamen – oder du hast sie zumindest hier getroffen.«

Das Mädchen senkte das Kinn auf die Brust und versuchte um Josie herum zu entwischen, aber die holte sie leicht wieder ein und ging neben ihr her. Aus dem Augenwinkel erspähte sie zwei uniformierte Deputys. Sie kamen aus einem der Seitengänge, die zu den Ausgängen der Mall hinführten, auf sie zu. »Gemma Farmer und Sabrina Beck«, ergänzte Josie. »Du hast sie gekannt. Du hast Gemma ein Kleid gekauft und hast Sabrina von ihrer Arbeit nach Hause gefahren. Ich muss mit dir über die beiden reden.«

Das Mädchen blieb vor einer Buchhandlung stehen und sah Josie mit zusammengekniffenen Augen an. »Wer sind Sie?«

»Was glaubst du denn, wer ich bin?«, fragte Josie.

»Ich will nicht mit Ihnen reden«, entgegnete das Mädchen. »Ich muss nicht mit Ihnen reden. So viel weiß ich.«

»Das stimmt«, räumte Josie ein. Hinter dem Mädchen kamen weitere Officers in Uniformen der Polizei von Denton auf sie zu. »Aber es ist wirklich nur zu deinem Besten, wenn du mit mir redest. Warum sagst du mir nicht, wie du heißt? Ich heiße Josie. Josie Quinn.«

Das Mädchen sah Josie einen langen Moment forschend an. »Sie kommen mir bekannt vor. Sind Sie nicht die von der Polizei, die dauernd im Fernsehen ist?«

»Ich bin Detective, ja, und ich war schon oft im Fernsehen zu sehen. Schaust du viel fern?«

Das Mädchen nickte. »Ich mag Fernsehen. Ich hab Gemmas Foto da gesehen.«

»Ja«, erwiderte Josie. »Wir mussten ein Foto von ihr im Fernsehen zeigen, weil wir Hilfe brauchten, um ihren Fall zu lösen. Ich glaube, du könntest uns dabei eine große Hilfe sein. Wie wär's, wenn wir beide uns im Food-Court zusammensetzen und uns unterhalten? Nur wir beide?«

»Ich kann nicht.«

»Warum nicht?«, fragte Josie.

Das Mädchen zog ihre Hände in die überlangen Ärmel ihres Hemdes zurück. »Ich kann nicht mit jemandem reden, mit dem ich nicht reden soll.«

»Wer hat dir das gesagt?«

Das Mädchen zuckte leicht mit ihrer rechten Schulter. »Das kann ich nicht sagen.«

»Kannst du mir wenigstens deinen Namen sagen?«, fragte Josie.

»Nur wenn ich dann gehen kann«, erwiderte das Mädchen. »Ich weiß, dass Sie mich nicht hier festhalten können. Sie können mich nicht dazu zwingen, hierzubleiben.«

»Und wo gehst du dann hin?«, fragte Josie.

»Das kann ich auch nicht sagen.«

»Wer hat dir all diese Sachen befohlen?«, fragte Josie und versuchte, ihre Stimme ruhig und beiläufig klingen und sich ihren Frust nicht anmerken zu lassen.

Das Mädchen schüttelte den Kopf, schlug die Augen nieder und verzog missmutig das Gesicht. »Ich kann das nicht sagen. Warum begreifen Sie das nicht? Jetzt muss ich gehen.«

»Dein Name«, sagte Josie. »Mehr will dich jetzt gar nicht fragen.«

»Sie sagen Daisy zu mir«, sagte das Mädchen widerwillig.

Josie lächelte. »Daisy. Wie alt bist du?«

Die Verwirrung stand Daisy ins Gesicht geschrieben, als sie sagte: »Ich muss jetzt gehen.«

Doch als sie sich von Josie abwandte, sah sie eine Mauer uniformierter Polizisten sowohl vom Büro des Sheriffs als auch von der Polizei von Denton vor sich. Sie drehte sich nicht noch einmal um, aber Josie hörte sie sagen: »Sie können mich nicht hier festhalten.«

Josie sagte: »Keiner wird dir etwas tun, Daisy. Wir müssen nur mit dir reden. Wenn wir jemand von deinen Eltern oder einen Betreuer anrufen sollen, der dir zur Seite steht, dann können wir das vorher noch tun.«

»Ich hab schon zu viel gesagt«, flüsterte Daisy.

Blitzschnell drehte sie sich auf dem Absatz um und ging auf Josie los. Mit beiden Händen stieß sie Josie vors Brustbein und brachte sie aus dem Gleichgewicht. Josie taumelte rückwärts und ruderte mit den Armen, um nicht umzufallen. Ein Officer der Polizei von Denton sprang ihr bei und fing sie auf. Die anderen Officers verfolgten Daisy, dabei polterten ihre Stiefel laut über den Linoleumboden, sodass eine Gruppe Kunden stehen blieb, als sie vorbeistürmten, um das Spektakel vor ihnen zu beobachten. Josie sprintete den anderen Officers hinterher, während sie sich den Grundriss der Mall vergegenwärtigte und zu erraten versuchte, wo Daisy hinlaufen könnte. Vielleicht würde das Mädchen es schaffen, im Gedränge des Food-Courts unterzutauchen, aber am Ende würden sie sie schnappen.

Käufer und Mallwalker blieben wie angewurzelt stehen und beobachteten den Pulk an Polizisten, die einer zierlichen Teenagerin hinterherjagten. Mehrere der Uniformierten riefen ihr zu, sie solle sofort stehenbleiben, aber sie flüchtete weiter, in einem Zickzackkurs zwischen ahnungslosen Kunden und großen Kübeln mit Grünpflanzen hindurch. Als sie gerade an einem großen Brunnen vorbeirannte, schoss ihre Hand zur Seite und sie warf etwas ins Wasser. Josie hörte, wie sich die anderen Officers etwas zuriefen, und einer von ihnen blieb stehen, um das, was Daisy weggeworfen hatte, aus dem Wasser zu holen. Josie rannte ihr weiter hinterher.

Am Food-Court bog Daisy nach links ab und schlängelte sich zwischen den dicht besetzten Tischen hindurch. Während Josie die übrigen Officers einholte, beobachtete sie, wie Daisy mit mehreren Gästen zusammenstieß und versehentlich deren Essen vom Tisch fegte. Sie rannte auch dann noch weiter, als verschiedene Leute wütend von ihren Sitzen aufsprangen und ihr hinterherschrien. Während sie so, ohne erkennbares Ziel, zwischen den Tischen durchjagte und immer wieder Leute von ihren Plätzen aufsprangen, verursachte sie einen gewaltigen Aufruhr im gesamten Food-Court. Josie verlor sie zwischen den dicht besetzten Tischen aus den Augen.

Auch die anderen Officers schienen sie auf einmal nicht mehr zu sehen. Zu beiden Seiten von Josie blieben sie stehen oder wurden langsamer, ließen die Blicke suchend über die Menge gleiten und ihr Gang wurde zögerlich. Einige sprachen leise in ihre Funkgeräte an den Schultern. Vom Food-Court nach draußen gab es keinen Ausgang, erinnerte sich Josie, doch es existierte ein für Essensgäste nicht zugänglicher Korridor, der hinter den einzelnen Speisebetrieben verlief. Josie nahm die Schilder über jeder Essenstheke ins Visier. In der Mitte stach ihr eine kleine rote Neonanzeige für TOILETTEN ins Auge, und darunter stand NUR FÜR PERSONAL.

»Hier entlang«, rief sie den ihr am nächsten stehenden Officers zu und lief los. Gerade als sie den schmalen Gang unterhalb der beiden Schilder erreichte, sah sie braunen Stoff und blondes Haar aufblitzen und in der Damentoilette am Ende des

Gangs verschwinden. Als Josie an der Tür ankam, trat gerade eine junge Mutter mit einem Kleinkind an der Hand heraus. Das Kind blieb im Türrahmen stehen und deutete auf einen unbestimmbaren Flecken auf einer Fliese.

»Entschuldigung«, rief Josie.

Die Frau runzelte verärgert die Stirn, bis sie hinter Josie den herannahenden Trupp von Polizisten sah. Schnell nahm sie ihr Kind auf den Arm und trat beiseite. Die Toilette hatte fünf normale Toilettenkabinen und eine barrierefreie. Es stank nach Urin, Fäkalien und irgendeinem eklig-süßen Industriereiniger, der das Duftgemisch noch verschlimmerte. Josies Sneaker blieben am Fliesenboden kleben, was bei jedem Schritt ein schmatzendes Geräusch verursachte. Auf der Ablagefläche zwischen den Waschbecken stand verspritztes Wasser und auf dem Boden lagen Fetzen von Toilettenpapier. An zwei der sechs Kabinentüren klebten handgeschriebene Zettel, auf denen »Außer Betrieb« stand. Die vier anderen Türen waren geschlossen.

»Daisy«, rief Josie. »Keiner wird dir was tun. Wir wollen nur mit dir reden.«

Josie ging in die Hocke, um zu sehen, ob sie unterhalb der Kabinentüren Füße entdecken konnte, aber sie sah keine. Hinter sich hörte sie, wie die Eingangstür aufgerissen wurde. Im großen Spiegel, der sich über die gesamte Länge des Toilettenraums erstreckte, sah sie zwei uniformierte Officers der Polizei von Denton mit gezogener Waffe hereinschleichen. Josie legte den Zeigefinger an ihre Lippen, dann streckte sie ihn nach vorn und bedeutete ihnen, weiter leise zu sein und ihr einen Moment Zeit zu geben.

»Daisy«, versuchte sie es noch mal. »Ich weiß, du hast Angst, aber du kannst jetzt wirklich nicht mehr entkommen. Weil du mich gestoßen hast und vor uns weggerannt bist, fürchte ich, dass wir dich mit aufs Revier nehmen müssen, aber ich verspreche dir, dass dir keiner wehtut.«

Josie überprüfte die geschlossenen Kabinentüren eine nach der anderen und schob jede Tür nach innen auf. Die letzte geschlossene Kabine war größer und breiter, damit man mit einem Rollstuhl hineinfahren konnte. Die Tür ging nach außen auf. »Daisy?«, fragte Josie nach. »Ich weiß, dass du da drin bist. Ich werde jetzt die Tür aufmachen, damit wir reden können.«

Sie hielt sich seitlich von der Kabinenöffnung und zog die Tür langsam auf. In den zwei Sekunden, die Josie dazu brauchte, um Daisy — die wie eine Art Gargoyle mit beiden Füßen auf dem Toilettensitz hockte – wahrzunehmen, stieß sich das Mädchen ab und sprang auf die Türöffnung zu. Sie wandte Josie den Rücken zu, als sie an ihr vorbeisauste, blieb aber abrupt stehen, als sie die uniformierten Polizisten sah, die ihr den Ausgang versperrten. Josie ließ die Kabinentür zuschwingen.

»Daisy«, sagte sie. »Bitte komm mit uns. Wir wollen nur mit dir reden.«

Daisy wirbelte herum und stürzte sich auf Josie. Ein schrilles Kreischen drang aus ihrer Kehle, als ihr und Josies Körper zusammenprallten und Josie nach hinten geschleudert wurde. Josies Schulter krachte gegen den Händetrockner an der Wand. Sie schlang ihre Arme um Daisy, um deren wild fuchtelnde Fäuste am Zuschlagen zu hindern, aber das Mädchen war stark und wild, fast wie ein Raubtier, in ihrem verzweifelten Versuch, Josie zu verletzen. Ihre verknäulten Körper stürzten zur Seite und Josies Kreuz schlug gegen den Rand der Waschtischfläche. Dann prallte ihr Kopf gegen etwas Kleines, Hartes, und Wasser lief ihr über den Nacken.

Daisy gab einen weiteren eher tierischen als menschlichen Schrei von sich, und Josie bemühte sich krampfhaft, sie beide auf den Beinen zu halten. Das alles dauerte nur Sekunden, aber es fühlte sich an wie eine Ewigkeit, bevor die anderen Officers Daisy von ihr losrissen.

Schwer atmend beobachtete Josie, wie zwei der Männer das

Mädchen, die Arme mit Handschellen auf den Rücken gefesselt, wegtrugen. Dabei reckte Daisy den Hals und spähte über ihre Schulter. Josie erwartete, Wut in ihren Augen zu sehen, aber da war nur Angst.

ACHTUNDDREISSIG

ZWEI MONATE ZUVOR – MITTELPENNSYLVANIA

Prima wachte auf und sah am Rand der Jalousien das Tageslicht schwach hereinsickern. Ihr Mund öffnete sich, als wollte sie schreien, doch es kam kein Ton heraus. Das geschah nicht zum ersten Mal. Sie schlief inzwischen sehr unruhig, schreckte immer wieder aus dem Schlaf hoch, mit einem erstickten Urschrei, der einfach nicht aus ihrem Inneren hervorbrechen wollte. Sie war gefangen in einem Albtraum, zusammen mit dem fremden, nackten Mädchen am Fußende ihres Bettes, das genau vorhersagen konnte, was weiter geschehen würde. Zum Beispiel das mit den Markierungen. Prima setzte sich auf und fuhr mit den Fingerspitzen vorsichtig über ihren rechten Unterarm, wo man ihr im Schlaf sieben Linien in die Haut geritzt hatte. Die Schnitte waren immer noch rot und blutverkrustet, verheilten aber mit jedem Tag ein wenig mehr. Prima fragte sich, ob Narben zurückbleiben würden. Das nackte Mädchen hatte auch welche, im Nacken, allerdings nur sechs.

»Wofür sind die?«, hatte Prima das Mädchen an einem jener schier endlos scheinenden Tage gefragt, an denen nichts geschehen war, außer dass man ihnen etwas zu Essen gebracht hatte und sie zur Toilette hatte gehen lassen.

»Weiß ich nicht«, hatte das Mädchen geantwortet und seine Stimme hatte matter geklungen als sonst.

Jetzt blickte Prima zu ihr hinüber. Tief schlafend lag sie da, nichts als ein Haufen Haut und Knochen. Einmal hatte Prima eine Decke über sie gelegt, während sie schlief. Dafür hatte das Mädchen Prügel bezogen und Prima hatte einen Tag lang nichts zu essen bekommen.

Der Türknauf drehte sich mit einem Knarzen, das Prima zusammenzucken ließ, gleichzeitig aber eine irrationale Hoffnung in ihr weckte. Wenn sie nicht gerade damit beschäftigt war, sich und ihre Mitgefangene zu bemitleiden, malte sie sich aus, wie man sie befreien würde. Aber es war auch diesmal wieder der Mann. Irgendwo hatte sie ihn schon einmal gesehen, aber sie wagte es nicht, ihn darauf anzusprechen. Dass er keine Maske trug, machte ihr Angst. Sie hatte im Fernsehen genügend Krimis gesehen, um zu wissen, dass man so gut wie tot war, wenn der Entführer einem erst mal sein Gesicht gezeigt hatte.

Er schloss die Tür hinter sich und schlich demonstrativ leise und auf Zehenspitzen zum Bett, als hätten sie zusammen irgendeinen Streich ausgeheckt und versuchten nun, das andere Mädchen nicht zu wecken. Dann beugte er sich mit einem Lächeln über Prima.

Ihr wurde übel.

»Es gibt etwas, worüber wir reden müssen«, sagte er.

»Ich möchte nicht reden«, murmelte sie und vermied es krampfhaft, ihm ins Gesicht zu sehen.

»Es ist aber sehr wichtig«, sagte er. »Es ist Zeit für dich, in das Zimmer zu gehen.«

»Ich will nicht«, brach es aus ihr heraus, doch sie bereute es noch im selben Moment.

Seine Miene veränderte sich schlagartig, und sein Lächeln wich einem Ausdruck von Traurigkeit. Er blickte vielsagend zu dem schlafenden Mädchen auf dem Boden. »Ich kann dich nicht dazu zwingen«, sagte er. »Aber überleg es dir gut. Denk daran, was passieren wird, wenn du es nicht tust.«

NEUNUNDDREISSIG

Auf dem Revier spürte Josie die Anspannung des gesamten Teams wie ein Vibrieren in der Luft. Der Gegenstand, den Daisy in den Brunnen geworfen hatte, war ein Handy. Sie hatten es aus dem Wasser geholt und im Großraumbüro auf Josies Schreibtisch in eine Schale mit Reis gelegt. Während Josie eine richterliche Anordnung vorbereitete, um das Handy einschalten zu dürfen, und eine separate richterliche Anordnung, um die Daten auszulesen, standen Noah und der Chief hinter ihrem Stuhl und betrachteten das Handy, als könnte es jeden Moment anfangen, Informationen auszuspucken. Josie wusste, sie alle hofften verzweifelt, dass das mit dem Reis funktionieren würde. Dann könnten sie alles, was auf dem Handy gespeichert war, sobald wie möglich genau überprüfen. Andernfalls müssten sie eine Woche oder länger versuchen, den Mobilfunkanbieter herauszufinden, und diesem Anbieter dann eine richterliche Anordnung vorlegen, um die gespeicherten Daten verwenden zu können. Sobald sie ihre richterlichen Anordnungen unterzeichnet vorliegen hätten, könnten sie wahrscheinlich – gesetzt den Fall, das Handy ließe sich einschalten –, mit einem GrayKey an die Daten gelangen.

Dieses moderne Forensik-Tool würde es ihnen hoffentlich ermöglichen, die Eingabe einer PIN zu umgehen, mit der Daisy ihr Handy womöglich gesperrt hatte.

Was immer auf diesem Handy an Daten gespeichert war, konnte ihnen bei den Ermittlungen zu einem Durchbruch verhelfen.

Gretchen und Mettner kamen frühmorgens aufs Revier, um über die Entwicklungen auf den neuesten Stand gebracht zu werden. Danach trug ihnen der Chief auf, sofort wieder aufzubrechen und bei der Suche nach der kleinen schwarzen Limousine zu helfen, in der Portia Beck Daisy hatte fahren sehen. Als die Officers Daisy in Gewahrsam genommen hatten, hatte man in einer ihrer Jackentaschen einen einzelnen Autoschlüssel gefunden. Man nahm daher an, dass sie selbst zur Mall gefahren war, aber auf dem Parkplatz standen weit über hundert Fahrzeuge. Gretchen und Mettner brauchten allerdings nicht sehr lange, um die in Frage kommende Limousine zu orten. Um sie durchsuchen zu können, hatten sie jedoch wiederum eine richterliche Anordnung benötigt, was ziemlich lange gedauert hatte.

In der Zwischenzeit erhielt Josie die Unterschriften für die richterlichen Anordnungen, um das Handy einzuschalten und auszulesen, dann ließ sie es von Hummel abholen, damit er oder jemand anderes von der Spurensicherung es immer wieder darauf überprüfen konnte, ob es sich einschalten ließ. Anschließend ging sie ein Stück weiter auf dem Korridor in ein Zimmer neben einem der Vernehmungsräume und setzte sich dort an den Tisch. Als Gretchen schließlich anrief, um ihr die Neuigkeiten über das Auto mitzuteilen, ließ Josie in ihrer Hast, das Gespräch anzunehmen, beinahe ihr eigenes Handy fallen.

»In diesem Auto gibt es keinerlei Anhaltspunkte für eine Identifizierung«, berichtete Gretchen. »Tatsächlich befindet sich fast gar nichts darin. Wir haben ein Messer und eine Unmenge leerer Gebäckkartons der Marke Cinnabon gefunden, dazu noch ein paar Münzen Kleingeld und einen Haargummi.«

Mit ihrer freien Hand kontrollierte Josie ihr Haar. Es war zwar schon seit Stunden wieder trocken, aber sie wurde das Gefühl von nassen Haaren nicht los. Auch der Gestank der Toilette in der Mall ging ihr nicht mehr aus der Nase, obwohl sie dort nicht auf den Boden gefallen war. Sie versuchte, diese Phantomgerüche zu verdrängen und wandte sich dem großen Bildschirm der Überwachungskamera zu. Im Raum nebenan saß Daisy reglos an einem verschrammten Tisch. Sie sprach kein Wort, nicht einmal, als Noah eintrat und ihr anbot, ihr etwas zu essen zu besorgen. Sobald er jedoch aus dem Raum war, trank sie mehrere Schlucke aus der Wasserflasche, die er ihr dagelassen hatte.

»Ein Messer?«, fragte Josie. »Etwa sowas wie ein Abhäutemesser? Einseitig geschliffen, nicht gezahnt, fünf bis siebeneinhalb Zentimeter lang und zwischen eins Komma drei und eins Komma sechs Zentimeter breit?«

»So ein Abhäutemesser, wie man es in einem Messerset zum Ausweiden von Wild finden würde?«, fragte Gretchen. »Boss, ich glaub nicht, dass dieses Mädchen auf die Jagd geht.«

»Wir befinden uns hier in Mittelpennsylvania, Gretchen«, erwiderte Josie. »Viele Jugendliche gehen hier auf die Jagd. Auch Mädchen.«

»Das Messer, das wir hier gefunden haben, ist kein Abhäutemesser. Es hat eine fünf bis siebeneinhalb Zentimeter lange Klinge mit einer stumpfen Spitze und einem scharfen Ausweidehaken. Mett meint, es wird zum Ausweiden von Rehwild verwendet.«

»Ja, ich weiß, was für eine Art Messer du meinst«, erwiderte Josie. »Hätte jemand allerdings so eines bei Gemma Farmer oder Sabrina Beck verwendet, dann hätte das beträchtliche Gewebeschäden nach sich gezogen, als der Mörder das Messer herauszog.«

Gretchen seufzte. »Wir tüten es sowieso ein. Hummel wird dann schon sehen, was er daran sichern kann. Fingerabdrücke, DNA, vielleicht einen Hinweis darauf, wo es sich befunden hat.«

»Was ist mit dem Nummernschild?«, fragte Josie.

»Wurde vor drei Jahren von einem Auto in Fairfield gestohlen. Ein Typ hat seinen Wagen eine Nacht lang draußen in seiner Zufahrt stehen lassen, und am nächsten Morgen war das Nummernschild weg. Er hat das sofort bei der Polizei gemeldet und hat ein neues Nummernschild bekommen.«

»Und die FIN?«, fragte Josie.

Die Fahrzeug-Identifizierungsnummer würde ihnen alle Informationen liefern, die sie über das Fahrzeug wissen mussten, darunter auch seine früheren Besitzer.

Erneut seufzte Gretchen. »Die Nummer ist nur zum Teil erkennbar. Jemand hat einen großen Teil davon abgekratzt – an all den Stellen, wo sie angebracht war. Wir versuchen eine Übereinstimmung im System zu finden, aber das könnte eine Weile dauern. In der Zwischenzeit lässt Hummel den Wagen abschleppen und wird ihn dann kriminaltechnisch untersuchen.«

Die Tür zum Raum ging auf und der Chief kam herein. Einen Moment lang stand er nur da und beobachtete Daisy auf dem Bildschirm der Videoüberwachung.

»Was für ein Wagen ist es?«, fragte Josie.

»Ein Chevy Malibu«, erwiderte Gretchen. »Aber mehr kann ich dir auch nicht dazu sagen. Nicht ohne die FIN.«

Josie spürte, wie ein Ruck sie durchfuhr. Kade McMichaels besaß einen stillgelegten Malibu, aber der war hellbraun. War es ein Zufall, dass der Wagen, den Daisy gefahren hatte, auch ein Malibu war? Man hätte leicht jemanden finden können, der das Fahrzeug schwarz umlackierte – oder es sogar selbst tun können. »Wie ist die Lackierung ausgeführt?«, fragte Josie.

»Nicht gerade perfekt.«

»Vielleicht haben wir es da mit dem Wagen von Kade McMichaels zu tun.«

»Dem Therapeuten von RedLo?«, fragte Gretchen nach.

»Genau, den meine ich. Ich hab ihn überprüft. Er hat einen stillgelegten Chevy Malibu, der auf ihn registriert ist, Baujahr 2006. Hellbraun.«

»Schick mir die Fahrzeugidentifizierungsnummer, bitte«, sagte Gretchen. »Mett und ich prüfen, ob wir eine Übereinstimmung finden. Hast du schon mit McMichaels gesprochen?«

»Das hab ich vor, sobald ich hier fertig bin.«

Sie vereinbarten, sich gegenseitig auf dem Laufenden zu halten, und Josie beendete das Gespräch. Daisy saß weiter bewegungslos am Tisch.

Während Josie Kade McMichaels' Daten wieder aufrief und Gretchen per Textnachricht die Fahrzeug-Identifizierungsnummer seines Malibu sandte, ging der Chief hinter ihr auf und ab. »Was halten Sie von diesem Mädchen, Quinn? Sie haben doch in der Mall mit ihr gesprochen?«

Noah betrat den Videoüberwachungsraum, schloss die Tür hinter sich und lehnte sich dagegen. Er beobachtete den Chief, wie er auf der kleinen Fläche im gleichmäßigen Rhythmus eines Metronoms auf und ab ging.

»Sie ist wirklich sonderbar«, erwiderte Josie. »Irgendwas …«

»… stimmt mit ihr nicht«, ergänzte Noah. »Sie hat kein Wort gesprochen, seit wir sie in Gewahrsam genommen haben. Sie hat nichts bei sich gehabt, außer einem einzelnen Autoschlüssel und dreißig Dollar in bar. Mehr nicht. Keinerlei Ausweis.«

»Wir haben hier gleich mehrere Probleme«, erläuterte Josie. »Zum einen wissen wir nicht, wer sie ist, und sie will es uns – bisher – nicht sagen. Wir haben ihr zwar Fingerabdrücke abgenommen, da sie jetzt eigentlich wegen eines tätlichen Angriffs auf eine Polizistin in Gewahrsam ist, aber sie ist nicht im System. Und zum anderen kennen wir ihr tatsächliches Alter nicht. Sie ist anscheinend minderjährig, aber wir können das nicht mit Sicherheit sagen und sie wollte es mir nicht verraten, als ich in der Mall mit ihr geredet habe.«

»Wir müssen also das Jugendamt anrufen«, folgerte Noah.

»Einverstanden«, sagte der Chief. »Wir müssen auch im ganzen Bundesstaat die Vermisstenmeldungen überprüfen, ob eine auf sie passt.«

»Dabei könnte uns das Jugendamt helfen«, schlug Noah vor.

»Rufen Sie dort an«, sagte der Chief.

Noah ging hinaus. Der Chief ging weiter auf und ab. Josie sagte: »Wenn sie minderjährig ist, und ich glaube, das ist sie, dann können wir nicht mit ihr sprechen, ohne dass ein Elternteil oder ein Vormund anwesend ist. Nicht, während sie wegen eines mutmaßlichen Verbrechens bei uns in Gewahrsam ist, und auch nicht, wenn sie als Verdächtige in den Mordfällen Farmer und Beck gilt. Das bedeutet, dass sie dort drüben sitzt, bis das Jugendamt uns jemanden schickt oder bis wir herausfinden, wer sie ist, und dann ihre Eltern oder ihren Vormund kontaktieren. Aber wenn wir das nicht können, dann ...«

Der Chief blieb stehen und deutete zur Kamera. »Sehen Sie sich dieses Mädchen doch an, Quinn. Glauben Sie wirklich, sie versteht überhaupt, was mit ihr geschieht?«

Daisy saß reglos da, mit geradem Rücken, beide Handflächen vor sich auf den Tisch gelegt, den Blick geradeaus gerichtet. Josie sah sie jetzt: die »toten Augen«. Es war nicht so, als ginge in Daisys Kopf dahinter nichts vor; es schien eher, als hätte sie sich an einen Ort in ihrem Bewusstsein begeben, der für sie so real war, dass sie ihre gegenwärtige Realität vollkommen verlassen hatte. Doch Josie dachte an das Gespräch, das sie in der Mall geführt hatten. *Ich muss nicht mit Ihnen reden. Sie können mich nicht dazu zwingen, hierzubleiben.*

»Ich glaube, sie versteht einige Dinge – Dinge, die man ihr

vielleicht gesagt hat. Aber ich bin mir nicht sicher, ob sie ihre Situation in ihrer ganzen Tragweite erfasst.«

»Wenn jemand vom Jugendamt herkommt und wir nicht herausfinden können, wer sie ist oder wo ihre Eltern oder ihr Vormund sind, dann nimmt das Jugendamt sie in Obhut«, sagte der Chief.

»Also, sie muss auf jeden Fall psychologisch begutachtet werden«, meinte Josie.

Der Chief ging hinüber zum Tisch und beugte sich hinunter, sodass er ihr direkt ins Gesicht sehen konnte. Sein Atem roch nach Kaffee. »Gehen Sie dort rüber, Quinn. Versuchen Sie es noch einmal.«

»Chief, ich kann nicht mit ihr ...«

»Ich werde es aufnehmen. Erklären Sie ihr einfach, was hier vorgeht, und schauen Sie, ob sie uns ihren ganzen Namen sagt oder wo sie herkommt, irgendwas. Sobald sie vom Jugendamt in Obhut genommen worden ist, steht jede Menge Papierkrieg zwischen ihr und uns. Sie ist unsere einzige Spur, Quinn.«

»Sie ist nicht unsere einzige Spur«, widersprach Josie. »Da gibt es noch Kade McMichaels, den Therapeuten von der RedLo Group, der sowohl Gemma Farmer als auch Sabrina Beck vor ihrem Verschwinden behandelt hat. Er wohnt in einer halb ländlichen Gegend und er hat in der Nähe von Brighton Springs gelebt, als Kelsey verschwand. Er liegt auch in der passenden Altersspanne. Noah und ich haben heute bei seinem Haus vorbeigeschaut – dort waren wir gerade, als Sie angerufen haben. Es kann sogar sein, dass die Limousine, die Daisy gefahren hat, auf ihn registriert ist. Gretchen und Mett überprüfen das gerade. Wenn wir hier fertig sind, dann werde ich meinen Antrag auf eine richterliche Anordnung für die Durchsuchung der RedLo Group und für Einsicht in seine Akten fertig schreiben und ihm dann einen Besuch abstatten.«

»Quinn«, sagte der Chief. »Ich bitte Sie, gehen Sie nur ein

einziges Mal dort rein und versuchen Sie einfach, ihren Nachnamen aus ihr rauszubekommen. Etwas, das uns dabei hilft, sie zu identifizieren. Fragen Sie sie nach nichts anderem. Nichts über die Fälle oder wo sie gewesen ist oder mit was sie herumfährt oder solches Zeug. Wenn sie irgendwo dort draußen Eltern hat, die nach ihr suchen, und wir können die herbeischaffen, bevor das Jugendamt sie in Obhut nimmt, dann haben wir vielleicht eine Chance, sie zum Reden zu bringen.«

Josie sah die Verzweiflung in seiner Miene. Seufzend legte sie ihm eine Hand auf die Schulter und schob ihn sanft von sich weg. Sie stand auf und sagte: »Nehmen Sie jede Sekunde auf. Und das meine ich ernst.«

»Ich weiß«, erwiderte er.

Daisys Gesicht blieb ausdruckslos, als Josie eintrat. Das einzige Anzeichen, dass sie Josie überhaupt wahrnahm, waren zwei Lidschläge. Anstatt sich ihr gegenüberzusetzen, ging Josie um den Tisch herum und setzte sich neben sie. Daisy schob mit den Füßen langsam ihren Stuhl von Josie weg, sodass der Abstand zwischen ihnen auf über einen halben Meter anwuchs.

»Daisy«, begann Josie. »Verstehst du, was hier gerade geschieht?«

Daisy konzentrierte sich auf Josies Gesicht. »Sie haben mich verhaftet, weil ich Sie gestoßen hab, und jetzt muss ich hierbleiben.«

»Ja, das stimmt«, sagte Josie. »Von jetzt an hängt eine Menge von dem, was mit dir geschieht, von deinem Alter ab. Kannst du mir sagen, wie alt du bist?«

Daisy sagte nichts.

»Wir wissen, dass du einen Wagen fährst, also musst du einen Führerschein haben. Das bedeutet, du bist mindestens sechzehn. Ist das richtig? Oder bist du älter als sechzehn?«

Noch immer gab Daisy keine Antwort.

Josie wartete eine Weile und versuchte es dann nochmals.

»Okay. Ich erkläre dir einfach, was jetzt geschieht. Da wir dich für minderjährig halten, müssen wir das Jugendamt einschalten. Weißt du, was das ist?«

»Ja.«

»Man wird dich dort in Obhut nehmen, bis wir mehr Informationen über dich haben, zum Beispiel deinen Vor- und Nachnamen, dein Geburtsdatum, deine Adresse, die Namen deiner Eltern. Du bleibst dort in Obhut, bis die Dinge, rein rechtlich, geklärt sind. Wenn wir herausfinden, dass du nicht minderjährig, sondern achtzehn oder älter bist, dann kannst du deine eigenen Entscheidungen treffen, etwa ob du einen Anwalt hinzuziehen willst oder einen Pflichtverteidiger annimmst, der dir bei deinem rechtlichen Verfahren beratend zur Seite steht.«

Eine weitere längere Pause trat ein. Josie blickte zur Kamera und wusste, dass der Chief alles genau beobachtete, nämlich dass sie mit diesem Mädchen nicht weiterkam. Josie wollte schon aufgeben, als Daisy sagte: »Ich hab keinen Führerschein.«

»Okay«, meinte Josie. »Dann bist du also ohne Führerschein gefahren?«

Daisy nickte.

Josie wünschte sich nichts mehr, als mit ihrer Befragung genauso weiterzumachen, vor allem, da Daisy endlich freiwillig etwas preisgegeben hatte, aber sie musste behutsam vorgehen. Sie durfte nicht das Gesetz brechen, indem sie Daisy, wenn sie noch minderjährig war, einem Verhör unterzog, ohne dass ein Elternteil oder ein Vormund anwesend war. »Und dein Alter? Kannst du mir sagen, wie alt du bist? Es ist wirklich wichtig, Daisy.«

Josie bemerkte einen Anflug von Unsicherheit im Blick des Mädchens. Sie biss sich auf die Unterlippe und sagte dann mit hoher, kindlicher Stimme: »Ich weiß nicht, wie alt ich bin.«

»Okay«, erwiderte Josie und hätte am liebsten mit Fragen

weitergemacht, von denen sie wusste, dass sie sie in dieser Situation nicht stellen durfte.

»Kannst du mir deinen Nachnamen nennen?«

Keine Antwort.

»Kennst du deine Adresse?«

Daisy schüttelte den Kopf. Josie bemerkte, dass in ihre Augen wieder dieser abwesende Blick zurückkehrte. Sie verschloss sich wieder.

»Gibt es eine Person, die wir für dich anrufen können, Daisy? Jemanden, den du selber gerne anrufen würdest? Ein Anruf steht dir zu.«

»Ich kann nicht. Ich weiß die Nummern nicht.«

»Das macht nichts«, versicherte ihr Josie. »Ich könnte dir helfen. Sind irgendwelche Nummern in deinem Handy gespeichert? Wir haben es gesichert und warten darauf, dass es trocknet. Ich kann Nummern aus deinem Handy anrufen, wenn du willst.«

Als Daisy nichts sagte, fuhr Josie fort: »Oder du könntest mir den Namen der Person sagen, die du gerne anrufen würdest. Ich kann die Nummer rausfinden, wenn ich einen Namen habe.«

Wieder trat Stille zwischen ihnen ein. Josie wartete und zählte mit dem Ticken der Uhr an der Wand die Sekunden mit. Daisy hatte den Blick fest auf sie gerichtet, aber Josie wusste, dass sie nichts sah, was in diesem Raum war. Sie stand auf, um zu gehen. Ihre Hand lag schon auf dem Türknauf, als Daisy das Letzte sagte, was an diesem Tag noch über ihre Lippen kam.

»Ich weiß seinen Namen nicht.«

VIERZIG

Kade McMichaels war groß gewachsen und athletisch gebaut. Mit seinem legeren Anzug, dem kahl rasierten Kopf und den tiefbraunen Augen sah er eher so aus, als gehörte er auf die Trainerbank eines Sportvereins als hinter den Schreibtisch bei der RedLo Group. Die gemeinnützige Beratungsstelle nahm das Erdgeschoss eines viergeschossigen historischen Backsteingebäudes in Bellewood, dem Verwaltungssitz von Alcott County, ein. McMichaels' Büro befand sich tief im Inneren des Gebäudes, es ging durch ein Labyrinth von blassgelb gestrichenen Korridoren. Als Josie und Noah ihm dorthin folgten, sah Josie in einem Raum, an dem auf einem Schild »Erstberatung« stand, Travis Benning hinter einem Schreibtisch sitzen. Ihr Blick traf sich mit seinem, aber er grüßte sie oder Noah nicht.

McMichaels schloss seine Bürotür und bedeutete ihnen, Platz zu nehmen. Zwei Lehnsessel und eine kleine Couch standen um einen schmalen Kaffeetisch. Josie und Noah setzten sich auf die Couch und McMichaels nahm ihnen gegenüber in einem der Sessel Platz. Er legte seinen rechten Knöchel auf sein linkes Knie, lehnte sich zurück und betrachtete sie mit einem skeptischen Lächeln. »Polizei von Denton, hm? Es überrascht mich, Sie hier zu sehen. Normalerweise ist es die Staatspolizei oder der Sheriff, mit denen wir es hier zu tun haben, wenn jemand von unserer jugendlichen Klientel Probleme bekommt. Was kann ich für Sie tun?«

Josie schob ihm die richterliche Anordnung über den Tisch. »Sie können aus dem Dokument ersehen, dass wir eine Reihe von Unterlagen erbitten. Und dann möchten wir mit Ihnen auch über Gemma Farmer und Sabrina Beck sprechen.«

Er stellte seinen rechten Fuß auf den Boden und beugte sich vor, um die Anordnung zur Hand zu nehmen, aber er sah sie sich nicht an. »Tut mir leid, über wen?«

Noah wiederholte: »Gemma Farmer und Sabrina Beck. Sie waren Klientinnen von Ihnen. Sie waren Ihr Therapeut.«

»Diese Namen kommen mir nicht bekannt vor«, erwiderte Kade, »aber ich habe eine extrem hohe Fallbelastung. Das gilt für uns alle hier. Vielleicht waren sie bei mir, aber ich erinnere mich nicht auf Anhieb.«

»Das letzte Mal, dass sie Gemma gesehen haben, muss irgendwann letztes Jahr gewesen sein«, erläuterte ihm Josie, »vor weit über vier Monaten, mindestens, und bei Sabrina ist es wohl noch länger her – vor etwa einem Jahr.«

Er nahm die richterliche Anordnung zwischen Daumen und Zeigefinger vom Tisch und rieb sich mit der anderen Hand die Glatze. »Wie ich schon sagte, ich erinnere mich nicht. In meinem Beruf sind fünf oder sechs Monate oder ein Jahr eine Ewigkeit. Ich schaffe kaum meine derzeitige Fallbelastung, geschweige denn, dass ich mir über Jugendliche Gedanken machen kann, die nicht mehr wiederkommen. Ich würde Ihnen gerne weiterhelfen, wenn ich könnte.«

Mit diesen Worten schob er die Anordnung zurück zu Josie und Noah. Mit einem aufgesetzten Lächeln fügte er hinzu: »Tut mir wirklich leid.«

Noah atmete hörbar lange aus. Mit übertriebenen Bewegungen legte er einen Zeigefinger oben auf das Dokument und schob es langsam Richtung McMichaels zurück. Mit einem ebenso falschen Lächeln wie dem seines Gegenübers sagte er: »Sie haben Unterlagen. Sehen Sie dort nach.«

McMichaels rührte sich nicht und das unechte Lächeln blieb auf seinem Gesicht wie festgefroren. »Wenn diese beiden Mädchen Klientinnen von mir waren, dann ja, dann habe ich Unterlagen dazu. Aber, Detectives, Sie wissen beide, dass hier strenge Gesetze zum Schutz der Privatsphäre gelten, die mich daran hindern, Persönliches oder Privates über meine Klienten preiszugeben.«

Josie hielt ihm entgegen: »Gemma Farmer und Sabrina Beck sind tot.«

Sie beobachtete die Reaktion von McMichaels genau – er erstarrte in seiner Haltung, blinzelte zweimal rasch hintereinander und musste hörbar schlucken.

Josie fuhr fort: »Wir untersuchen ihre Morde. Unsere Ermittlungen heben in diesem Fall Ihre Verschwiegenheitspflicht auf. Das hier ist eine Anordnung, unterzeichnet von einem Richter. Sie sind gesetzlich verpflichtet, sie zu befolgen.«

Wieder nahm McMichaels das Dokument zur Hand und las es übertrieben widerwillig und lange durch. Josie nahm währenddessen Geräusche außerhalb seines Büros, irgendwo auf dem Stockwerk, wahr: gedämpfte Stimmen, ein Radio, das unbestimmbare Musik spielte, Handyklingeln und das Surren eines Geräts, das so klang wie ein Drucker oder ein Kopierer. Schließlich sagte McMichaels: »Ich kann Ihnen die Unterlagen heraussuchen. Wenn Sie wiederkommen ...«

Noah schnitt ihm das Wort ab: »Wir werden darauf warten.«

McMichaels seufzte: »Es könnte eine Weile dauern.«

»Wir haben eine Weile Zeit«, versicherte ihm Josie. »Aber bevor Sie mit dem Heraussuchen anfangen, lassen Sie mich

Ihnen noch eine Frage stellen: Wo waren Sie am Nachmittag und Abend des sechsten Mai?«

Er hob die Augenbrauen. »Daran kann ich mich nicht erinnern. Warum ...«

Noah unterbrach ihn: »Und wo waren Sie am zwanzigsten Mai?«

Diesmal brauchte McMichael länger für seine Antwort. »Keine Ahnung – ich kann mich nicht erinnern. Ich müsste in meinem Terminkalender nachsehen, aber wenn ich nicht hier bei der Arbeit bin, dann bin ich meist zu Hause.«

»Wohnen Sie allein?«, fragte Noah.

Zwei weitere rasche Lidschläge. »Ähm, ja. Warum fragen Sie mich das?«

»Die passendere Frage ist, warum wollten Sie nichts über unsere Mordermittlung wissen? Wir sind mit einer richterlichen Anordnung zu Unterlagen hergekommen, die zwei Ihrer früheren Klientinnen betreffen, und Sie haben nicht einmal nachgefragt, was ihnen genau zugestoßen ist. Warum nicht?«

Er lächelte mit Verzögerung und schüttelte den Kopf. »Oh, ich verstehe. Sie glauben, weil ich nicht heule und mit den Zähnen klappere, habe ich etwas mit dem Tod dieser Mädchen zu tun?«

»Mit dem Mord an ihnen«, korrigierte ihn Noah. »Beide Mädchen wurde gegen ihren Willen mehrere Monate gefangen gehalten und dann brutal getötet.«

»Okay, okay«, sagte McMichaels. »Hören Sie, ich weiß, dass ich kaltschnäuzig wirke, aber ich mache diese Arbeit hier seit Langem. Ich sehe eine Menge Jugendliche, die hier durchgeschleust werden. Den meisten von ihnen kann man nicht mehr helfen. Wir sind hier gemeinnützig und bieten kostenfreie und nach Einkommen der Eltern gestaffelte Beratung und Therapie an. Das hier ist keine Einrichtung, wo man hinkommt, weil man Hilfe braucht. Es ist ein Ort, wo man landet, weil man kein Geld hat für einen Therapeuten, der nicht von der schieren

Menge an Klienten erdrückt wird. Und für viele unserer Jugendlichen gilt: Sie werden zu uns geschickt als Teil einer gerichtlich angeordneten Maßnahme wegen irgendeines Delikts, das sie begangen haben. Ein ziemlich hoher Prozentsatz unserer Klientel nimmt sich trotz unserer Bemühungen das Leben. Dann gibt es Jugendliche, die hierher zur Therapie kommen, weil ein Elternteil oder Vormund oder irgendein wohlmeinender Schulleiter darauf besteht. Die Kids sitzen hier ihr Minimum an Stunden ab, dann bleiben sie weg, und es endet damit, dass sie doch wieder in Schwierigkeiten geraten. Die Art von Schwierigkeiten, die sie das Leben kostet. Meinen Sie, Sie sind die ersten Detectives, die hier aufkreuzen, weil ein paar unserer Jugendlichen getötet wurden? Letzte Woche war jemand vom Büro des Sheriffs hier wegen eines Jungen, der von seinem Drogendealer erschossen wurde. Und die Jugendlichen, die Hilfe annehmen wollen? Die Kids, die auf mich hören? Für die bin ich da. Sie bleiben mir im Gedächtnis. Sie sind mir wichtig. Ich kann ihrem Leben eine andere Richtung geben. Aber die anderen? Noch mal, ich will nicht grausam klingen – ich sag nur, wie es ist –, aber bei vielen dieser Jugendlichen sind alle meine Anstrengungen verschwendete Zeit. Es ist nicht so, dass es mir egal ist, dass diese beiden Mädchen, die Sie erwähnt haben ...«

Er brach ab und blickte fragend von Josie zu Noah und wieder zurück, bis Josie ihm schließlich mit vor Zorn glühenden Wangen über seine Abgebrühtheit die Namen wiederholte: »Gemma Farmer und Sabrina Beck.«

»Richtig«, fuhr er fort. »Es ist mir gar nicht egal, dass sie ermordet wurden, wie Sie sagen. Es tut mir sehr leid, das zu hören, und ihren Familien gilt mein Mitgefühl. Aber, Detectives, ich kann einfach nicht erkennen, was das mit mir zu tun hat.«

Josie riskierte einen verstohlenen Seitenblick zu Noah und am Zucken seiner Kiefermuskeln erkannte sie, dass er ebenso wütend war wie sie. Er sagte: »Mr McMichaels, beide Mädchen wurde auf dieselbe Art getötet. Tatsächlich lässt die Ähnlichkeit ihrer Fälle darauf schließen, dass wir es mit einem Serientäter zu tun haben könnten. Die einzige Verbindung, die wir zwischen den beiden Mädchen finden können, sind Sie.«

McMichaels blinzelte wieder in rascher Abfolge. Josie zählte die Lidschläge. Vier. Er ließ einmal mehr sein spöttisches Lachen hören, aber diesmal mit einem nervösen Unterton. »Ich? Das ist absurd. Weil ich ihr Therapeut war? Ich habe es Ihnen doch erklärt, ich habe eine extrem hohe Fallbelastung. In den vergangenen zwei Jahren habe ich Hunderte von Jugendlichen betreut. Für Sie mag es eine Bedeutung haben, dass sie beide Klientinnen von mir waren, aber ich kann Ihnen versichern, das ist reiner Zufall. RedLo deckt ein sehr weites Gebiet ab. Es sollte also nicht überraschend sein, dass sie beide frühere Klientinnen waren.«

Noah warf dazwischen: »Sie besitzen einen Chevrolet Malibu, Baujahr 2006, richtig?«

Fünf Lidschläge. »Ich verstehe nicht«, sagte McMichaels. »Warum fragen Sie mich jetzt plötzlich nach meinem Wagen? Ich dachte, Sie wären wegen meiner früheren Klientinnen hier.«

Josie beantwortete seine Frage mit einer eigenen. »Wann haben Sie Ihren Malibu zum letzten Mal gefahren?«

McMichaels räusperte sich. »Seit Jahren nicht mehr. Ich habe eine Bescheinigung über die Stilllegung des Fahrzeugs.«

Noah fragte nach: »Dann steht er also einfach so ... in Ihrer Garage?«

»Ja. Er steht in meiner Garage. Warum nicht? Was hat mein altes Auto mit dem Ganzen zu tun?«

»Ein Chevy Malibu, Baujahr 2006«, sagte Josie. »Das ist nicht gerade der typische Oldtimer.«

»Na und?« McMichaels' Stimme hörte sich nun leicht schrill an.

Noah griff Josies Verhörstrategie auf. »Warum der ganze Aufwand einer Stilllegung? Warum behalten Sie den Wagen überhaupt?«

»Weil er nie einen Totalschaden hatte. Ich bin an einem Wochenende nach Pittsburgh gefahren, um mir ein Spiel der Pirates anzusehen. Da wurde der Wagen gestohlen. Meine Versicherung ersetzte mir den Neuwert. Etwa ein Jahr später fand die Polizei meinen gestohlenen Wagen und ich erhielt ihn zurück, aber zu der Zeit hatte ihn die Versicherung bereits als Totalverlust abgeschrieben. Ich musste ihn stilllegen lassen, obwohl er nicht kaputt ist. Er läuft gut. Ich wollte ihn eigentlich wieder anmelden, aber ich hab einfach nie die Zeit dazu gefunden. Zufrieden? Oder ist das nicht dubios genug für Sie beide?«

»Haben Sie ihn neu lackieren lassen, seit sie ihn zurückhaben?«, fragte Josie.

Drei Lidschläge. »Nein. Ich habe Ihnen doch gesagt, er steht in meiner Garage.«

»Wie lange ist das her mit der Fahrt zum Pirates-Spiel?«

»Keine Ahnung. Vier Jahre? Das wissen Sie gar nicht? Sie wissen doch anscheinend sonst alles über mich. Hören Sie, wollen Sie mich wegen etwas beschuldigen, oder können wir aufhören mit diesem ... was auch immer das hier sein soll?«

Josie beantwortete seine Fragen nicht, sondern zog ihr Handy heraus, öffnete Daisys Polizeifoto und zeigte es McMichaels. »Haben Sie dieses Mädchen schon mal gesehen?«

Er brauchte eine Sekunde, um die Fassung wiederzuerlangen, holte tief Luft und setzte sich aufrecht hin. Dennoch konnte er seine schnellen Lidschläge nicht unterdrücken.

»Mr McMichaels?«, drängte ihn Josie.

Die richterliche Anordnung in seinen Händen bekam Knitterspuren. »Nein«, erwiderte er. »Sollte ich?«

Josie steckte ihr Handy wieder ein. »Sagt Ihnen der Name Kelsey Chitwood etwas?«

Sie erwartete, dass er das Gespräch beenden oder sich

einmal mehr über ihre Fragen beklagen würde, stattdessen lehnte er sich wieder in seinem Sessel zurück und schüttelte den Kopf. »Nein. Sollte er?«

»Und der Schlächter von Brighton Springs?«, setzte Noah nach.

McMichaels lachte, obgleich Josie einen Beiklang von Panik heraushörte. »Der was? Haben Sie Schlächter gesagt?«

Josie stellte eine Gegenfrage: »Mr McMichaels, gehen Sie auf die Jagd?«

Sein Blick schoss zu Josie hinüber und sie erkannte an der Art, wie seine Miene entgleiste – wie eine Maske, die auf seinem Gesicht seltsam verrutschte –, dass ihr Schnellfeuer an Fragen und der plötzliche Themenwechsel ihn aus der Spur geworfen hatten. Einmal mehr versuchte er seine Nervosität zu zügeln und holte dreimal tief Luft, bevor er antwortete. »Tut das nicht jeder in dieser Gegend hier?«

»Was jagen Sie denn?«, fragte Noah.

»Spielt das eine Rolle?«, fragte er zurück, diesmal mit einem Unterton von Erschöpfung. »Ich versteh nicht, was Sie von mir wollen.«

»Lieutenant Fraley hat Sie danach gefragt, was Sie jagen«, fasste Josie, absichtlich begriffsstutzig, nach. »Ich glaube, er meint damit, ob Sie Kleinwild jagen? Oder Hirsch? Truthahn? Bär? Sowas meint er damit.«

»Ähm, meist Hirsch. Manchmal Kleinwild.«

»Mit Pfeil und Bogen?«, fragte Noah. »Oder mit der Flinte? Oder mit beidem?«

»Mit der Flinte«, antwortete McMichaels.

»Ich auch«, sagte Noah, obwohl Josie sich nicht daran erinnern konnte, dass er jemals, seit sie sich kannten, auf die Jagd gegangen war. »Und wo jagen Sie? Hier in Alcott County?«

»Klar«, erwiderte McMichaels. »Ja. Normalerweise.«

»Als Sie in Pittsburgh gewohnt haben, sind Sie dort auch auf die Jagd gegangen?«, wollte Josie wissen.

McMichaels öffnete den Mund, um zu antworten, aber dann presste er die Lippen zusammen. Eine Weile trat Schweigen ein. Er stand auf und wedelte mit der richterlichen Anordnung. »Ich such dann mal diese Unterlagen für Sie raus. Warten Sie doch bitte draußen im Empfangsbereich.«

EINUNDVIERZIG

»Kaum zu glauben, dass dieser Typ ein Therapeut für schwierige Teenager ist«, sagte Noah auf der Rückfahrt nach Denton. In einer Tasche von Josies Jeans steckte der USB-Stick mit den Dateien, den Kade McMichaels ihnen mitgegeben hatte.

»Nach dem, was er erzählt hat, scheinen die Jugendlichen, die von RedLo betreut werden, keine große Wahl zu haben«, gab Josie zurück. »Die müssen sich mit ihm abfinden. Wenn man zu denen gehört, denen er seiner Meinung nach helfen kann, ist eine Therapie bei ihm vielleicht ganz in Ordnung, aber wenn nicht, wäre ich nur ungern seine Klientin.«

»Das ist doch furchtbar«, sagte Noah. »Dieser Typ ist ein Arsch, da hat Benning schon recht. Er war auch richtig abweisend und hat eindeutig was zu verbergen.«

»Das stimmt schon«, erwiderte Josie. »Die Frage ist nur: was? Eine Serie von Entführungen und Morden innerhalb der letzten fünfundzwanzig Jahre oder irgendwas ganz anderes?«

»Er ist ganz schön nervös geworden, als wir ihn nach dem Auto gefragt haben«, bemerkte Noah. »Apropos Auto: Wenn

Daisy damit gefahren ist, wie konnte es dann in McMichaels' Garage stehen, als wir heute Morgen bei seinem Haus waren?«

»Wir haben es ja nicht wirklich gesehen«, gab Josie zu bedenken. »Es war ja zugedeckt. Wir sind nur davon ausgegangen, dass es sich unter der Abdeckung befand.«

Noah schüttelte den Kopf. »Wir müssen uns Zutritt zu seinem Haus und der Garage verschaffen.«

»Falls Gretchen und Mett nachweisen können, dass der Wagen, mit dem Daisy unterwegs war, McMichaels gehört, und wenn wir ihr Handy zum Laufen kriegen und sich rausstellt, dass sie in Kontakt mit ihm stand, oder wenn wir Daisy noch mal befragen dürfen und sie uns etwas über ihn erzählt, könnten wir einen Durchsuchungsbeschluss bekommen«, sagte Josie.

Als Josie und Noah wieder aufs Revier kamen und das Großraumbüro betraten, marschierte der Chief gerade mit großen Schritten um die Schreibtische der vier Detectives herum. Außer ihm war nur Mettner anwesend, der mit einem Stift zwischen den Zähnen dasaß und stirnrunzelnd auf seinen Bildschirm starrte. »Das Handy funktioniert immer noch nicht«, sagte er, noch bevor die beiden danach fragen konnten.

»Hast du bei der Suche nach der Fahrgestellnummer schon was erreicht?«, wollte Noah wissen, während er und Josie sich an ihre Schreibtische setzten.

Der Chief drehte weiter seine Runden, ohne ihnen Beachtung zu schenken, antwortete aber anstelle von Mettner: »Nein, hat er nicht.«

Mettner wartete, bis sich der Chief gerade hinter ihm befand, und rollte dann die Augen. »Ich tu, was ich kann. Wie sieht's bei euch aus? Hat das Treffen mit McMichaels was ergeben?«

Noah berichtete von ihrem Gespräch, während Josie den USB-Stick in ihren Computer steckte und die Ordner herunterlud, die McMichaels ihnen herausgegeben hatte. Der Chief blieb stehen, schnappte sich Gretchens Stuhl und rollte ihn zu Josies Schreibtisch hinüber. Er setzte sich und schob sich mit den Füßen ein Stück näher, sodass die Armlehnen der beiden Drehstühle aneinanderstießen.

»Privatsphäre«, sagte Josie zu ihm.

Noah und Mettner erstarrten und glotzten Josie und den Chief an, als erwarteten sie, dass er jeden Moment explodieren und ihr eine Abfuhr erteilen würde. Noch vor ein paar Wochen hätte Josie ebenfalls damit gerechnet – er ließ sich nun mal nicht gerne sagen, was er zu tun und zu lassen hatte. Im Grunde ließ er sich überhaupt nichts gerne sagen. Doch seitdem war einiges passiert: Sie war in seiner Garage gewesen, hatte sich seine Lebensgeschichte angehört, hatte stundenlang mit ihm im selben Auto gesessen und ihn sturzbesoffen vom Fußboden einer Kirche aufgesammelt. Die unsichtbare Barriere, die sie bisher immer davon abgehalten hatte, ihm auf die Zehen zu treten, existierte nicht mehr.

»Wie: Privatsphäre?«, erwiderte er.

Josie stupste ihn mit dem Ellbogen an. »Na, Privatsphäre halt. Sie sollen mir die meine lassen.«

»Wir haben echt keine Zeit für so einen Unsinn, Quinn«, entgegnete er, fast in der gewohnten Lautstärke, rutschte dann aber doch mit seinem Stuhl ein paar Zentimeter beiseite, damit sie genug Platz hatte, um an ihre Computermaus und Tastatur zu kommen.

Während Josie weitere Ordner von dem USB-Stick aufrief, merkte sie, wie Noah und Mettner sie und den Chief anstarrten. Der Chief bekam nichts davon mit. Er sah konzentriert auf den Bildschirm und deutete auf den Ordner, der mit *Farmer, Gemma* benannt war. »Machen Sie den hier zuerst auf«, sagte er. »Drucken Sie alles aus. Ich will es mir selbst durchlesen.«

Josie öffnete mehrere Dateien und schickte sie zu dem alten Tintenstrahldrucker, der in der Ecke des Büros stand.

»Wo ist eigentlich Gretchen?«, fragte Noah.

»Bei der Kfz-Verwahrstelle«, sagte Mettner. »Sie ist mit Hummel dort, bei den Kollegen von der Beweissicherung. Sie wollte mit dabei sein, wenn Hummel das Auto unter die Lupe nimmt.«

Josie sagte: »Was ist mit Daisy? Ist schon jemand vom Jugendamt da?«

»Sie ist jetzt vorläufig in deren Obhut«, sagte der Chief. »Ich hab denen klargemacht, dass wir unbedingt mit ihr sprechen müssen, aber die lassen sich nicht drängen.«

Noah streckte sich mit einem Stöhnen. »Tja, sieht ganz danach aus, als wären wir kurz davor, etwas zu finden, was uns zu einem grandiosen Durchbruch verhilft.«

Der Chief stand auf und ging zum Drucker, um die Unterlagen zum Fall Gemma Farmer zu holen. »Dann machen wir einfach weiter, bis wir es gefunden haben.«

Stunde um Stunde verging. Die Ermittler arbeiteten schweigend vor sich hin und machten nur eine kurze Pause, um zu essen, was Mettner für sie beim Take-away bestellt hatte. Josie und der Chief lasen sich die Unterlagen über Gemma Farmer und Sabrina Beck durch. In beiden Fällen zeichneten sie das Bild eines unglücklichen, etwas rebellischen Mädchens mit schulischen Problemen und – trotz aller Bemühungen der Eltern – angespannten familiären Verhältnissen. Sowohl bei den Farmers als auch bei Sabrina und Portia Beck hatte es zu Hause Schwierigkeiten gegeben, doch aus sämtlichen Berichten und Dokumenten war herauszulesen, dass die Eltern versucht hatten, ihren Töchtern die nötige Unterstützung zu geben. Nirgendwo fand sich etwas, das sie bei ihren Ermittlungen vorangebracht hätte. Kade McMichaels' Gesprächsnotizen waren knapp und sachlich.

Josie druckte gerade die Klientenliste des Therapeuten aus, als Gretchen mit der Nachricht eintraf, dass Hummel im Innenraum und an der Außenseite des Autos so viele Fingerabdrücke wie möglich abgenommen und durch die AFIS-Datenbank geschickt hatte. Er hatte sowohl innen als auch außen die Fingerabdrücke von Gemma Farmer und von Sabrina Beck gefunden, was allerdings nicht weiter erstaunlich war, denn dass Sabrina in dem Auto gesessen hatte, wussten sie bereits. Dass dasselbe auch auf Gemma zutraf, war ihnen zwar neu, trug aber nichts zur Lösung des Falls bei.

Sie brauchten mehr Informationen.

Einmal mehr wies der Chief die Detectives an, sich bei der Arbeit abzuwechseln, und schickte Josie und Noah als Erste nach Hause, während Gretchen und Mettner weitermachten. Josie war zwar gerade überhaupt nicht nach Schlafen zumute, aber sie wusste auch, dass sich mitten in der Nacht ohnehin nichts erreichen ließ.

Sie und Noah lagen im Bett – Trout ans Fußende gekuschelt – und schliefen tief und fest, als Josies Handy klingelte. Es war fünf Uhr morgens. Auf dem Display, das den abgedunkelten Raum erhellte, erschien Mettners Gesicht. Josies meldete sich mit schlaftrunkener Stimme: »Was ist los?«

Mettner klang, als hätte er sich die ganze Nacht über mit Kaffee vollgepumpt. »Es gibt wichtige Neuigkeiten«, sagte er.

»Habt ihr Daisys Handy zum Laufen gebracht? Seid ihr reingekommen?«, krächzte sie. Hoffnung machte sich in ihr breit und die Benommenheit begann sich zu lichten.

»Äh, nein«, entgegnete Mettner, und die Aufregung, die in seiner Stimme mitschwang, flaute ein wenig ab.

»Was ist es dann?«, fragte Josie.

»Ich konnte die Fahrzeug-Identifizierungsnummer abgleichen. Der Wagen, den Daisy gefahren hat, ist Kade McMichaels' Chevy Malibu. Hast du gehört, Boss? Das mysteriöse Mädchen ist mit McMichaels' Auto gefahren!«

ZWEIUNDVIERZIG

Es war nach acht Uhr morgens, als Josie und ihr Team bei Kade McMichaels' Haus ankamen. Sie waren im Konvoi gefahren: Josie und Noah, Gretchen und Mettner, der Chief, zwei Streifenpolizisten vom Revier in Denton, Hummel mit seiner Kollegin Jenny Chan von der Spurensicherung sowie zwei weitere Kollegen aus deren Team in ihrem eigenen Fahrzeug. Es hatte eine Weile gedauert, bis der Durchsuchungsbeschluss ausgestellt und von einem Richter unterschrieben, die Spurensicherung einsatzbereit und der Sheriff von Alcott County darüber verständigt war, dass sie in seinem Zuständigkeitsbereich eine Hausdurchsuchung vornehmen würden. Josie wusste nicht, wann Kade McMichaels üblicherweise zur Arbeit ging, aber als sie an die Haustür klopften und laut rufend den Grund ihres Besuchs nannten, blieb alles ruhig. Josie wartete ein paar Minuten, dann versuchte sie es noch einmal. Immer noch kam keine Antwort und im Haus war kein Geräusch zu hören. Sie warf einen Blick über die Schulter, vorbei an ihren Kollegen, die sich unten am Treppenaufgang vor McMichaels' Haus drängten, und sah den Chief an.

»Er ist schon bei der Arbeit. Wir könnten ihn anrufen – oder ihn holen«, schlug sie vor.

»Nein«, gab der Chief zurück. »Wir brauchen seine Erlaubnis nicht, um uns Zutritt zu verschaffen. Los!«

Josie schickte Gretchen und Mettner um das Haus herum, für den Fall, dass doch jemand da war und auf diesem Weg fliehen wollte, sobald Josies Team durch den Vordereingang kam. Sie, Noah und der Chief machten einen Schritt zur Seite, als die beiden Streifenpolizisten einen Rammbock brachten. Nur wenige Augenblicke später konnten sie McMichaels' Haus betreten. Sie begannen schweigend mit ihrer Arbeit, gingen routiniert vor, sahen in sämtliche Schubladen, unter alle Möbel, in jeden Schrank. McMichaels' Haus war unverkennbar das eines alleinstehenden Mannes: sparsam möbliert, mit nur wenigen persönlichen Dingen, nicht besonders unordentlich, aber auch nicht blitzsauber. Auf dem Küchentisch lagen mehrere ungeöffnete Briefe. Der Mülleimer hätte mal wieder geleert werden müssen. Auf dem Couchtisch im Wohnzimmer sah man eine einsame leere Bierflasche. Unter dem Fernseher befand sich eine Spielkonsole mit einem ganzen Wust von Kabeln, die auf beiden Seiten wirr herausstanden. Das Waschbecken im Bad war mit Barthaaren gesprenkelt wie mit Konfetti. Auf dem Fliesenboden lag ein zusammengeknülltes Handtuch. Das Bettzeug im Schlafzimmer war zerwühlt. Mehrere Arbeitshemden waren achtlos über die Lehne eines Stuhls in einer Ecke des Zimmers geworfen worden. Auf seinem Nachttisch stand eine weitere leere Bierflasche.

Außer seinem Schlafzimmer gab es noch ein weiteres Zimmer, das er offenbar hauptsächlich als Abstellkammer verwendete. An einer Wand waren mehrere Kartons aufgestapelt, in denen sich Kleidung, alte Schulbücher und verschiedene Verlängerungs- und Ladekabel befanden. Auf dem Boden vor den Kartons standen zwei staubbedeckte Drucker, die Kabel darumgewickelt wie dicke schwarze Schlangen. Außerdem sah Josie einen Staubsauger, ein Fahrrad ohne Vorderrad und einen Waffenschrank. Hinter dem ganzen Durcheinander lag ein Futon auf dem Boden. Während Josie aufmerksam die Sachen betrachtete, die darauf verstreut waren, hämmerte ihr das Herz in der Brust wie eine Trommel: eine zerknüllte Decke mit dem Logo der University of Pittsburgh, ein Kissen, Männerkleidung – ein weißes T-Shirt, eine Jeans, ein Herrenhemd aus braunem Cord. Daneben lag etwas, das wie ein Damenslip aussah, aus weißer Baumwolle mit einem winzigen weißen Schleifchen vorne drauf.

Obwohl sie Handschuhe trug, widerstand sie dem Drang, es zu berühren. »Hummel!«, schrie sie. »Hierher!«

Sie ging näher heran, beugte sich über das Kissen und suchte den Bezug ab, bis sie das verräterische blonde Haar gefunden hatte.

»Hummel!«, brüllte sie noch einmal.

Hinter sich hörte sie Noahs Stimme. »Er ist draußen in der Garage. Du musst mit rauskommen. Es ist wichtig.«

Josie deutete auf den Futon. »Wichtiger als das hier?«

Sie drehte sich zu Noah um und schaute ihn an. Erst selten hatte sie ihn so blass gesehen wie in diesem Moment. »Okay«, sagte sie. »Ich gehe in die Garage. Hol Chan oder jemand anderen von der Spurensicherung und lass sie die ganzen Sachen hier als Beweismittel aufnehmen. Aber zuerst sollen sie noch Fotos von allem machen. Die Kleidung und das Bettzeug müssen auf DNA untersucht werden. Da sind Haare drauf, blonde Haare, die von Daisy stammen könnten.«

Noah nickte.

Sie ließ ihn in dem Zimmer zurück, ging nach draußen und dann hinters Haus, wo sich die Garage befand. Als sie sah, dass sich fast alle, die mit ihnen hergekommen waren, um eines der Garagentore drängten, wurden ihr die Knie ein wenig weich.

Sie bildeten eine Gasse, um Josie durchzulassen. Drinnen mischte sich der Geruch von Benzin, Sägespänen und gemähtem Gras zu einem unangenehmen Gestank. Abgesehen von ein paar Ölflecken mitten auf dem Betonboden war der Stellplatz leer. Links davon sah Josie einen weiteren Stellplatz. Die PVC-Abdeckung war zurückgeschlagen und ließ ein Quad, einen Traktor und eine Schneefräse erkennen, die dicht nebeneinander abgestellt worden waren. Josie blickte wieder zu dem Ölfleck hinüber. Dort hatte der Malibu also die ganze Zeit über gestanden. Und deshalb war der Stellplatz jetzt auch leer. Sie hatte die Wagenspuren neben dem Haus bemerkt – offenbar parkte er sein neues Auto immer dort. Damit hatte er es nicht so weit zum Haus, als wenn er die Garage benutzt hätte.

Hinter den Fahrzeugen sah Josie die Hinterköpfe von einigen der anderen aufragen – die von Hummel, Mettner und dem Chief. Sie starrten auf irgendetwas auf dem Boden. Mit jedem Schritt, den sie näherkam, pochte Josies Herz lauter in ihren Ohren. Sie spürte, wie ihre Hände in den Gummihandschuhen schwitzten. Als sie um das Quad herumgegangen war, sah sie, dass McMichaels ein Holzregal mit zwei Fächern in die Wand eingebaut hatte. Mettner deutete mit einem behandschuhten Finger auf ein Messerset mit leuchtend orangefarbenen Griffen.

»Das ist ein Messerset zum Ausnehmen von Wild«, erklärte er gerade dem Chief. »Hier haben Sie ein großes und ein kleines Abhäutemesser, ein Ausbeinmesser und eine Knochensäge ... Das Einzige, was fehlt, ist das Ausweidemesser, das wir in dem Auto gefunden haben, mit dem Daisy unterwegs war. Es ist anzunehmen, dass das Messer ebenfalls aus diesem Set stammt.«

»Wir werden das alles eintüten und untersuchen, um rauszufinden, ob das Set und das Ausweidemesser aus dem Auto zusammengehören«, sagte Hummel. »Sieht so aus, als wäre beides vom selben Hersteller, aber wir werden es auch auf Fingerabdrücke überprüfen und vielleicht gibt das Abhäutemesser ja auch irgendwelche DNA- oder Blutspuren her.«

Gretchen kniete auf dem Betonboden. Auch ihre Hände steckten in Handschuhen und sie tastete eben die Rückseite des zweiten Regalfachs ab. Vor ihr stand eine rote Werkzeugkiste aus Metall, der Deckel lag daneben auf dem Boden.

Zwei weitere Schritte und Josie stand nur noch wenige Zentimeter von der Kiste entfernt. Als sie auf das starrte, was darin lag, spürte sie, wie es ihr die Kehle zuschnürte. »Oh, Gott!«, rief sie aus.

Sie sah lang genug auf, um dem Blick des Chiefs zu begegnen, und war sich sicher, Tränen in seinen Augen schimmern zu sehen. Sein Adamsapfel hüpfte auf und ab, als er schluckte. Er sagte kein Wort und Josie wurde klar, dass er das auch gar nicht hätte tun können, ohne die Fassung zu verlieren. Für einen kurzen Moment versuchte sie sich vorzustellen, wie es sich anfühlen musste, wenn man endlich die Antworten bekam, auf die man fast drei Jahrzehnte lang gewartet hatte. Doch noch hatten sie längst nicht alle Antworten – geschweige denn das Wichtigste: Gerechtigkeit. Der Chief nickte, als hätte er ihre Gedanken gelesen.

Josie wandte ihren Blick wieder dem Inhalt der Kiste zu. Es gab darin kein herausnehmbares Zwischenfach, so wie es bei Werkzeugkisten dieser Größe sonst meist der Fall war. Stattdessen war sie mit einer dicken Lage dunkelblauem Samt ausgekleidet, auf dem in gleichmäßigen Abständen winzige weiße Kärtchen festgesteckt waren, nicht viel größer als zweieinhalb mal zweieinhalb Zentimeter. Auf jedem davon stand eine Zahl, mit dicker schwarzer Tinte geschrieben. 1, 2, 3, 4, 5, 6, 7. Unter fast allen befand sich ein durchsichtiges Plastiktütchen mit einer einzelnen Haarsträhne, die mit einer weißen Schleife zusammengebunden war. Die meisten davon hatten einen Braunton, nur die mit den Nummern 1 und 2 waren blond. Das Haar unter der Nummer 1 war so hell, dass es fast schon weiß aussah. Die einzigen Zahlen, unter denen noch keine Strähne befestigt war, waren die 4 und die 7.

Gretchen schaute zu Josie auf. »Höchste Zeit, dass wir uns einen Haftbefehl ausstellen lassen, Boss.«

DREIUNDVIERZIG

Josie stand neben ihrem Wagen auf dem Parkplatz eines Drogeriemarkts, nur wenige Straßen von den Beratungsräumen der RedLo Group entfernt. Die Vormittagssonne wärmte ihr den Rücken und in ihrem Nacken sammelte sich der Schweiß. Obwohl es noch nicht einmal zehn Uhr vormittags war, lag die Temperatur bereits bei achtzehn Grad. In den Büschen und Bäumen rings um den Parkplatz hüpften die Vögel, flatterten von Ast zu Ast und zwitscherten einander zu. Es war einer jener herrlichen Frühlingstage in Pennsylvania, an denen man das Gefühl hatte, das Leben sei bunt und voller Möglichkeiten. Dass nur wenige Straßen entfernt, in einem Gebäude, in dem Jugendliche ein und aus gingen, ein Serienmörder sein Unwesen trieb, ohne dass es jemand ahnte, wirkte geradezu paradox.

Die Käufer, die aus dem Geschäft kamen, blickten von ihren Handys auf und starrten auf den beständig anwachsenden Pulk von Polizisten. Jogger, die auf dem Gehweg vorbeiliefen, verlangsamten ihr Tempo, um zu sehen, was vorging. Deputy Judy Tiercar scheuchte sie davon. »Gehen Sie weiter«, rief sie. »Das ist nur ein Übungseinsatz.«

Josie hatte das Büro des Sheriffs darüber informiert, dass sie eine Verhaftung vornehmen würden, denn Bellewood lag nicht in ihrem Zuständigkeitsbereich. Deputy Tiercar und zwei ihrer Kollegen hatten sich Josie, Noah, Gretchen, Mettner, dem Chief und zwei Streifenpolizisten aus Denton auf dem Parkplatz des Drogeriemarkts angeschlossen. Deputy Tiercar sah Chief Chitwood an. »Wie wollen Sie vorgehen, Chief?«

»Wir gehen jetzt da rein und holen ihn. Er darf keine Minute länger auf freiem Fuß sein, vor allem, wenn er Tag für Tag Kontakt zu jungen Mädchen hat.«

»In Ordnung, dann los«, sagte Gretchen.

Sie verteilten die Ausrüstung, zogen sich ihre Einsatzwesten an und stiegen wieder ins Auto, um das letzte kurze Stück bis zur RedLo Group zu fahren. Josie saß schon halb im Wagen, als sie merkte, dass der Chief sich nicht gerührt hatte. Sie stieg wieder aus und ging zu ihm. Er stand einfach nur da und beobachtete den Konvoi. Der laue Wind blies ein paar seiner weißen Haarsträhnen senkrecht in die Luft. »Chief?«, sprach Josie ihn an.

»Ich kann nicht mit reingehen, Quinn«, sagte er.

»Wieso denn nicht?«, fragte sie. »Sie sollten mit dabei sein. Sie brauchen die Verhaftung ja nicht selbst vorzunehmen, aber Sie sollten sie mitansehen ... sie miterleben.«

Er schüttelte den Kopf, starrte weiter an Josie vorbei, auf irgendeinen Punkt in weiter Ferne. »Erinnern Sie sich an Travis Benning? Wegen ihm ist der Schlächter damals auf freiem Fuß geblieben.«

»Weil Benning Beweismaterial kontaminiert hat«, sagte Josie. »Hier geht es doch um etwas ganz anderes.«

»Ich kann nicht mit rein. Ich würde ja gern, aber ich kann nicht. Ich möchte unbedingt vermeiden, dass es Fragen zu meiner persönlichen Beteiligung an dieser Sache gibt.«

»Aber Sie leiten diese Ermittlungen«, wandte Josie ein.

»Damit trägt die Sache doch zwangsläufig Ihre Spuren, Chief. Sie ...«

Als er sie endlich anblickte, war Josie überrascht von den Gefühlen, die sich in seinem Gesicht widerspiegelten. Es waren echte Gefühle, nicht der ständige Missmut oder der gespielte Ärger, an den sie alle sich längst gewöhnt hatten. Das hier war echte Wut, echter Hass. Der Wunsch nach Vergeltung. Josie kannte ihn nur allzu gut. Auch sie hatte an diesem Punkt gestanden, war in denselben Abgrund gestürzt, in eine derart tiefe Finsternis, dass sie unendlich lange gebraucht hatte, um sich wieder hinauf ans Licht zu kämpfen.

Der Chief sagte: »Ich will nicht so sein wie mein Vater.«

Er vertraute sich offenbar selbst nicht so recht, schoss es Josie durch den Kopf, und wusste nicht, was passieren würde, wenn er im Augenblick der Verhaftung dem Mann von Angesicht zu Angesicht gegenüberstand, der seine geliebte Schwester entführt, gefangen gehalten und getötet hatte.

»Sie sind nicht wie er«, versicherte Josie ihm. »Das waren Sie nie und werden es auch nie sein. Ich ruf Sie an, wenn wir fertig sind, und dann sehen wir uns auf dem Revier.«

Sie war erst ein paar Schritte gegangen, als er ihr nachrief: »Quinn?«

Sie drehte sich zu ihm um und wartete.

»Sie machen es. Sie legen ihm die Handschellen an, okay?«

Josie nickte.

Als sie wieder im Auto saß, fragte Noah: »Was war denn los?«

Josie fuhr vom Parkplatz. Gretchen und Mettner folgten ihnen in ihrem Auto, dahinter kamen ein Streifenwagen der Polizei von Denton und Deputy Judy Tiercar am Steuer eines Wagens mit der Aufschrift »Sheriff«. »Er stößt später auf dem Revier wieder zu uns«, antwortete sie.

Es dauerte keine Minute, bis der Konvoi den Sitz der RedLo Group drei Straßen weiter erreicht hatte, doch die kurze

Zeit reichte aus, um Josies Puls zum Rasen zu bringen. Sie schickte Gretchen und Mettner zum Hintereingang des Gebäudes, für den Fall, dass McMichaels zu fliehen versuchte. Deputy Tiercar und die beiden Streifenpolizisten aus Denton positionierten sich draußen. Josie und Noah marschierten an vier wartenden Klienten und einer äußerst verdutzten Empfangsdame vorbei, der sie im Vorbeigehen eine knappe Erklärung hinwarfen, und steuerten geradewegs McMichaels' Büro an. Die Tür stand offen. McMichaels saß hinter seinem Schreibtisch und notierte gerade etwas auf einem Blatt Papier. Als die beiden Ermittler eintraten, blickte er auf und sein gelangweilter Gesichtsausdruck verwandelte sich in eine Mischung aus Überraschung und Angst.

»Kade McMichaels«, sagte Josie. »Sie sind verhaftet.«

»Stehen Sie bitte auf, Sir«, forderte Noah ihn auf, während er und Josie – einer links, einer rechts – um den Schreibtisch herumgingen. »Und legen Sie die Hände auf den Rücken.«

McMichaels stand auf, wobei er mit der Rückseite seiner Beine den Drehstuhl so schwungvoll wegschob, dass dieser gegen die Wand hinter ihm krachte. Erst schwankte er ein wenig, dann ballte er die Fäuste und erklärte: »Nein, nein. Das ist ein Missverständnis!«

Josie und Noah stellten sich links und rechts neben ihn.

»Sir, bitte legen Sie den Stift auf den Tisch und die Hände hinter den Rücken«, sagte Josie.

»Es ist nicht so, wie Sie denken«, sprudelte es aus McMichaels hervor. Sein Blick schoss zwischen den beiden hin und her, die Panik ließ seine Stimme grell und hoch klingen. »Ich hab doch nur versucht zu helfen. Ich ... Es ist nichts passiert. Früher nicht und diesmal auch nicht.«

»Lassen Sie den Stift fallen, Sir«, sagte Noah mit fester Stimme.

Der Stift fiel McMichaels aus der Hand. Josie und Noah nahmen den Therapeuten in die Zange und wiesen ihn noch einmal an, die Hände auf den Rücken zu legen. Noah belehrte ihn über seine Rechte. Als Josie ihm die Handschellen anlegte, spürte sie, wie er zitterte.

»Gehen wir«, sagte sie, packte ihn am Oberarm und geleitete ihn hinter dem Schreibtisch hervor.

»Das ist ein Missverständnis«, rief er. »Ich hab sie nie angefasst. Ich schwöre es Ihnen ... Ich hab keine von ihnen angefasst.«

VIERUNDVIERZIG

Als sie das Polizeirevier erreichten, war kein Wort mehr aus Kade McMichaels herauszubringen und er weigerte sich, mit jemand anderem zu sprechen als dem Anwalt, nach dem er verlangt hatte. Josie war zwar etwas enttäuscht, aber sein Entschluss überraschte sie nicht. Immerhin hatte er sich bereits wenig gesprächig gezeigt, als sie ihn zum ersten Mal befragt hatten. Sie bezweifelte, dass er sich jetzt, wo sie ihn wegen Mordes an Gemma Farmer und Sabrina Beck in Gewahrsam genommen hatten, selbst belasten würde. Die Polizisten im Wartebereich übernahmen McMichaels von Josie und Noah, überprüften seine Identität und gestatteten ihm, sich mit einem Anwalt in Verbindung zu setzen.

Josie und Noah stapften die Treppe zum Großraumbüro hinauf, legten die Einsatzwesten ab und ließen sich auf ihre Stühle fallen. Gretchen und Mettner, die über vierundzwanzig Stunden nahezu durchgearbeitet hatten, waren direkt nach Hause gefahren, um eine überfällige und wohlverdiente Pause einzulegen. Josie hatte den Chief vom Auto aus angerufen, aber nur seinen Anrufbeantworter erreicht. »Es ist vorbei«, hatte sie gesagt. Jetzt war die Tür zu seinem Büro geschlossen und niemand wusste, was darin vor sich ging. Sie versuchte sich zu erinnern, ob sie auf dem Parkplatz hinter dem Revier sein Auto gesehen hatte, aber stattdessen gingen ihr immer wieder Kade McMichaels' Worte durch den Sinn: *Es ist nicht so, wie Sie denken. Ich hab doch nur versucht zu helfen. Ich ... Es ist nichts passiert. Früher nicht und diesmal auch nicht. Ich hab sie nie angefasst. Ich hab keine von ihnen angefasst.*

»Hast du überhaupt gehört, was ich eben gesagt habe?«, fragte Noah.

Josie wandte sich von der Bürotür des Chiefs ab und starrte ihn blinzelnd über ihre Schreibtische hinweg an. »Was?«

»Hummel hat mir eine Nachricht geschickt. Ich soll ihn sofort anrufen. Ich stelle das Telefon auf laut.«

Noah legte sein Handy auf den Schreibtisch und wählte Hummels Nummer. Es klingelte viermal, dann meldete sich Hummel: »Ich hab hier was für euch, das euch interessieren wird.«

»Josie ist auch bei mir. Ich hab auf laut gestellt.«

Josie schaltete sich sofort ein: »Habt ihr Daisys Handy zum Laufen gebracht? Hat das mit dem GrayKey funktioniert?«

»Ach so«, gab Hummel zurück. »Nein. Chan hat es heute früh versucht, aber sie konnte es nicht anschalten. Wir bleiben aber dran. Ich wollte wegen etwas anderem mit euch sprechen. Ihr wisst ja, dass wir noch das restliche Grundstück von McMichaels durchsucht haben. Er hat vier Hektar Land. Aber irgendwelche anderen Gebäude oder Verstecke im Gelände, wo er eine oder mehrere Personen gefangen gehalten haben könnte, haben wir nicht gefunden.«

»Vielleicht hat er sie ja im Haus oder in der Garage festgehalten«, meinte Noah.

»Könnte sein. Wir haben sämtliche Fingerabdrücke und DNA-Spuren gesichert, die wir in den beiden Gebäuden finden konnten. Außer denen von McMichaels und Daisy gab es dort keine anderen. Er hat Gemma Farmer und Sabrina Beck also definitiv nicht in seinem Haus oder der Garage festgehalten – es sei denn, er hätte alles abgewischt, was die beiden berührt haben. Dafür haben wir in dem Wald am Ende des Grundstücks einen Lagerfeuerplatz gefunden, nur einen kurzen Fußmarsch von einer Nebenstraße entfernt, die dahinter entlangführt. Wir haben die Asche mitgenommen und was sonst noch dalag, unter anderem mehrere Flaschen Tequila und Pfirsichlikör und ein paar Bierdosen. Von ein paar Flaschen konnte ich Fingerabdrücke sichern.«

»Und? Gab es Übereinstimmungen?«, wollte Josie wissen.

»Kade McMichaels. Daisy. Gemma Farmer. Sabrina Beck. Und noch ein paar andere, noch nicht identifizierte, die auf einer der Flaschen mit Pfirsichlikör waren. Außerdem gab es mehrere Glasscherben von anderen Flaschen, die um die Feuerstelle verstreut lagen. Ich schick euch den Bericht per Mail, dann könnt ihr sehen, welche Abdrücke wo drauf waren. Die von Kade und Daisy waren jedenfalls fast überall zu finden. Wir haben eine Glasscherbe mit den Fingerabdrücken von Kade und Gemma Farmer, aber auch eine mit denen von Kade und Sabrina Beck. Angesichts der witterungsbedingten Veränderungen und der Tatsache, dass wir nicht wissen, wie lange die Flaschen schon da draußen rumliegen, ist das kein schlechtes Ergebnis. Und dann ist da noch das Abhäutemesser, das ihr in der Garage gefunden habt, in dem Messerset. Auf dem Griff sind seine Fingerabdrücke ebenfalls drauf, aber das ist eigentlich keine große Überraschung. Ich schick es rüber ins Labor – die finden vielleicht auch noch irgendwelche DNA-Spuren.«

»Das ist ja fantastisch, Hummel«, sagte Josie.

»Freut euch mal lieber nicht zu früh«, erwiderte Hummel. »Ich glaube nicht, dass die Untersuchung des Messers noch irgendwas ergibt. Aber nach dem, was Dr. Feist mir gesagt hat, dürften die Größe und die Form des Messers zu den Wunden der beiden Opfer passen.«

»Was ist mit dieser gruseligen Werkzeugkiste mit den Haarsträhnen?«, fragte Noah.

»Tja, hier beginnt die Sache merkwürdig zu werden«, sagte Hummel.

Josie spürte, wie ihre Euphorie schlagartig schwand. »Merkwürdig? In welcher Hinsicht?«

»Na ja, McMichaels' Fingerabdrücke sind zwar außen zu finden, aber nicht in der Kiste.«

»Nicht mal ein Teilabdruck?«, fragte Noah. »Wahrscheinlich musste er das Innere der Kiste gar nicht großartig berühren, um etwas reinzulegen oder rauszunehmen – oder um die Haarsträhnen dort zu deponieren.«

»Nein, da war nichts«, antwortete Hummel.

»Was ist mit den Plastiktütchen?«, wollte Josie wissen. »Oder den Karten mit den Zahlen drauf?«

»Auch da keine Fingerabdrücke von McMichaels. Aber auf einer der Karten – einer einzigen, und zwar der mit der Zahl Vier, zu der es keine Haarsträhne gab – waren zwei Abdrücke von derselben Person.«

»Von wem?«, fragte Noah.

»Ich schick euch gleich den Bericht«, sagte Hummel. »Aber sie stammen von einer Frau, die meines Wissens in keinerlei Zusammenhang mit dem Fall steht. Ihr Name ist Winnie Hyde. Sie wurde 1996 in Brighton Springs wegen Ladendiebstahls verurteilt.«

Den Rest des Gesprächs hörte Josie schon nicht mehr. Mühsam durchforstete sie die verworrenen Einzelheiten des Falls in ihrem Gedächtnis und versuchte herauszufinden, wo sie den Namen Winnie Hyde schon einmal gehört hatte. Sie erweckte ihren Computerbildschirm zum Leben und klickte sich durch die Unterlagen zum Fall, um dort danach zu suchen.

»Du hörst mir ja gar nicht zu«, beschwerte sich Noah.

»Tut mir leid«, erwiderte Josie. »Aber diese Winnie Hyde –

ich hab den Namen schon mal gehört. Ich komm nur nicht drauf, wo das war.«

»Im Zusammenhang mit dem Fall Kelsey Chitwood vielleicht?«, schlug Noah vor. »Hummel hat doch was von Brighton Springs gesagt.«

»Stimmt«, sagte Josie und schob den Ordner zum Fall Gemma Farmer beiseite. »Gehen wir runter in den Konferenzraum, dann kann ich nachschauen.«

Noah folgte ihr ins Erdgeschoss und half ihr, während sie das Gespräch fortsetzten. »Hummel hat doch diesen Rogue, Baujahr 2018, von McMichaels beschlagnahmt und will heute anfangen, ihn genauer zu untersuchen. Ich werde trotzdem zusätzlich eine richterliche Anordnung beantragen, um an die GPS-Daten des Wagens zu kommen. Falls es einen anderen Ort gibt, zu dem er immer wieder gefahren ist, sollten wir das so schnell wie möglich wissen. Mir macht allerdings Sorgen, dass das, was wir haben, überwiegend reine Indizienbeweise sind.«

Josie nickte, während sie die Unterlagen aus einem der vielen aufeinandergestapelten Aktenkartons durchblätterte, auf denen Kelseys Name stand. »Stimmt, aber der Bezirksstaatsanwalt hat schon oft jemanden nur auf Grundlage von Indizienbeweisen verurteilt.«

»Aber die Sache hier ist zu wichtig, um es darauf ankommen zu lassen«, wandte Noah ein, der gerade einen Stapel Berichte durchsah. »Ich glaube, wir sollten mehr Druck machen und versuchen, noch was aus Daisy rauszubringen. Im Moment haben wir nichts, was auf einen direkten Zusammenhang zwischen McMichaels und den Leichen von Gemma Farmer oder Sabrina Beck hinweisen würde.«

»Außer der Kiste mit den Haarsträhnen«, wandte Josie mit einem leichten Schauer ein. »Und seinen Fingerabdrücken überall.«

»Überall in seinem Haus. Aber wir haben nichts, was ihn mit den Schauplätzen der Morde oder den Leichen in Verbindung bringt. Zumindest nicht direkt. Du hast ja gehört, was Hummel gesagt hat: Von dem Messer wird das Labor wahrscheinlich keine DNA gewinnen können. Und selbst wenn wir nachweisen könnten, dass seine Abdrücke darauf sind, wird sein Anwalt dagegensetzen, dass das ganz normal ist, weil ihm das Messer ja schließlich gehört. Und auch wenn das Messer von der Größe her zu den Wunden passt, wird sein Anwalt erklären, dass jedes Jahr Zigtausende solcher Messer hergestellt werden. Ich glaube einfach, wir brauchen mehr als das.«

»Dann werden wir ihnen mehr liefern«, erwiderte Josie. »Wir könnten beim Jugendamt anrufen und fragen, ob sie uns nicht doch erlauben, mit Daisy zu sprechen. Sie ist immerhin auch in diesen Mordfall verwickelt. Nach allem, was wir wissen, könnte sie sogar selbst die Mörderin sein – darüber hatten wir ja schon mal gesprochen. Vielleicht bietet uns der Bezirksstaatsanwalt einen Deal an, wenn sie kooperiert und uns alles sagt.«

Josie blätterte einen weiteren Packen Unterlagen durch, als sie plötzlich auf den Bericht über die Fingerabdrücke auf den Kirchenbänken stieß. Schlagartig fiel ihr wieder ein, dass sie darin den Namen Winnie Hyde zum ersten Mal gelesen hatte. Sie zog die Seiten aus dem Stapel.

Noah sagte: »Das ist vielleicht gar kein so schlechter Anfang. Ich ruf mal beim Jugendamt an und versuche, etwas mit denen zu vereinbaren.«

Josie schwenkte den Bericht durch die Luft. »Mach nur. Ich komm auch gleich. Aber ich habe eben den Namen gefunden. Winnie Hyde hat einen Fingerabdruck auf einer der Kirchenbänke hinterlassen, auf denen man Kelsey Chitwood tot aufgefunden hat. Ich werde ihre Personalien überprüfen und unsere Cold-Case-Ermittlerin in Brighton Springs anrufen – vielleicht kann die ja noch mehr Informationen ausgraben.«

Noah, der bereits sein Handy in der Hand hielt, runzelte

die Stirn. »Glaubst du denn, dass diese Frau eine Rolle spielt? Dass sie was mit der Sache zu tun hat?«

»Keine Ahnung«, sagte Josie. »Aber ihre Fingerabdrücke sind uns bei diesen Fällen jetzt schon zweimal untergekommen – das sollten wir nicht unbeachtet lassen.«

»Da hast du recht.«

Josie folgte ihm nach oben. Sobald Noah an seinem Schreibtisch saß, tippte er eine Nummer in sein Handy. Nur wenige Augenblicke später sprach er mit ruhiger Stimme mit jemandem vom Jugendamt. Josie angelte sich ihr eigenes Handy von einem Stapel mit Berichten auf ihrem Schreibtisch, rief Detective Meredith Dorton an und erklärte ihr die Situation. Meredith versprach, die Akte über Winnie Hyde zu finden, sofern sie noch existierte, und sie ihnen zusammen mit einem Polizeifoto zu schicken. Josie beendete das Gespräch und stieß ihre Computermaus an, damit der Bildschirm anging.

Eine Suche nach Winnie Hyde in der TLO-Datenbank ergab so gut wie nichts, nur ein Geburtsdatum. Ein Führerschein oder ein anderes Ausweisdokument war nicht hinterlegt, lediglich eine einzige Adresse von einem Apartment in Brighton Springs, in dem sie mit achtzehn Jahren gewohnt hatte. Die Verurteilung wegen Ladendiebstahls war zwar vermerkt, doch Josie fragte sich, wie die Festnahme und Verurteilung ohne einen Ausweis überhaupt möglich gewesen war. In Pennsylvania bekam man frühestens mit sechzehn Jahren einen Führerschein, konnte sich aber schon mit zehn Jahren einen Ausweis mit Foto ausstellen lassen, auch wenn das keine Pflicht war. Die meisten Menschen brauchten allerdings einen, sobald sie eine Stelle annehmen, eine Wohnung mieten, ein Haus kaufen oder ein Konto eröffnen wollten. Ein Lichtbildausweis war eine Voraussetzung dafür, in der Welt der Erwachsenen existieren und agieren zu können. Aber warum hatte Winnie Hyde nie einen besessen? War sie etwa verstorben?

Josie konnte keine Sterbeurkunde finden. War die Frau irgendwann einfach von der Bildfläche verschwunden?

Josie loggte sich ins System ein, um nachzusehen, ob Hummel schon Fotos von der Hausdurchsuchung hochgeladen hatte, die sie am Morgen bei McMichaels durchgeführt hatten. Sie hatte Glück. Beim Durchscrollen fand sie ein Bild von der Werkzeugkiste, das sie auf ihrem Bildschirm vergrößerte. Um wen es sich bei Mädchen eins handelte, war nach wie vor ungeklärt. Laut ihrer Theorie, der zufolge McMichaels seine Opfer durchnummerierte und mit Schnitten markierte, stammte die Haarsträhne von Mädchen zwei von Kelsey Chitwood. Wenn Meredith Dorton vom Cold-Case-Archiv in Brighton Springs recht hatte, handelte es sich bei McMichaels' drittem Opfer um Priscilla Cruz, deren stark verweste Überreste man auf einem brachliegenden Grundstück hinter einer Highschool gefunden hatte. Dass Gemma Farmer Mädchen fünf und Sabrina Beck Mädchen sechs waren, stand fest. Das Labor der Staatspolizei verfügte über Haarproben der beiden, die mit den entsprechenden Strähnen aus der unheimlichen Werkzeugkiste abgeglichen werden konnten, auch wenn ein DNA-Abgleich ohne Haarwurzeln nicht möglich war.

Doch was war mit Mädchen vier und Mädchen sieben? Warum gab es von ihnen keine Haarsträhne? Hatte McMichaels ursprünglich auch von Winnie Hyde eine Locke aufheben wollen? Josie überschlug die vorliegenden Daten im Kopf: Ihrem Geburtsdatum zufolge war Winnie Hyde 1994 sechzehn Jahre alt geworden. Wenn Kelsey Chitwood 1997 sechzehn geworden war und Mädchen zwei war, konnte Winnie Hyde nicht Mädchen vier sein.

Aber welche Rolle spielte sie dann in dem Fall? Hatte McMichaels sie als Lockvogel für Kelsey und Priscilla und für Mädchen eins und vier benutzt – wer auch immer sie waren? Josie fiel die Frau an der Bushaltestelle ein, mit der Kelsey sich unterhalten hatte, bevor sie verschwand, doch diese hatte weißes Haar gehabt – folglich konnte es nicht Winnie gewesen sein. Eine Achtzehnjährige hatte kein weißes Haar.

Josie schob die Gedanken an Winnie Hyde für einen Moment beiseite und konzentrierte sich stattdessen wieder auf das Foto von der Werkzeugkiste und die fehlenden Haarsträhnen. War die Sache anders gelaufen als von McMichaels geplant? Oder aber – bei dieser Vorstellung spürte Josie einen kalten Schauer über ihren ganzen Körper laufen – wurden die Mädchen vier und sieben womöglich noch irgendwo festgehalten? Priscilla Cruz hatte man 2003 gefunden. Der nächste Todesfall, von dem sie wussten, war der von Gemma Farmer. Sabrina Becks Leiche war nur zwei Wochen später entdeckt worden. Die beiden hatten zumindest die letzte Zeit ihrer Gefangenschaft zusammen verbracht. Wenn er mehrere Mädchen gleichzeitig festgehalten hatte, wo konnte das dann gewesen sein? Abgesehen von dem Futon in McMichaels' Zimmer, wo sie die blonden Haare und den Damenslip gefunden hatten, gab es keinerlei Hinweise darauf, dass sich auch Gemma Farmer oder zumindest Sabrina Beck dort aufgehalten hatten. Möglich war das natürlich trotzdem. Vielleicht war McMichaels ja einfach nur besonders gut im Beseitigen von Spuren. Das würde auch erklären, warum man ihn bisher nicht geschnappt hatte.

Oder aber es gab noch einen anderen Ort, an dem er die Mädchen gefangen hielt.

Hatte er Mädchen vier schon Jahre zuvor entführt und sie bis heute bei sich behalten? War das der Grund, weshalb sich in der Kiste keine Haarsträhne von ihr befand? Aber was war dann mit Mädchen sieben? Gab es von ihr keine Trophäe, weil er sie ebenfalls noch festhielt oder weil er sie zu seinem Opfer bestimmt, aber noch nicht entführt hatte?

Noahs Stimme riss Josie aus ihren Gedanken. »Wir dürfen nicht mit Daisy sprechen.«

»Wie bitte?«, erwiderte Josie.

»Das Jugendamt hat sie bislang nicht identifizieren können. Es gibt keine Übereinstimmungen mit vermissten Personen. Die haben keine Ahnung, wie alt sie ist, und sie hat ihnen nichts über sich gesagt. Bevor sie jemanden mit ihr sprechen lassen, wollen sie erst den Rat eines Rechtsbeistands und eines Psychologen einholen. Sie haben auch eine DNA-Probe genommen.«

»Verdammt. Das klingt nicht gut«, sagte Josie. »Noah, ich glaube, dass es da draußen noch mehr Mädchen gibt und dass sie vielleicht noch am Leben sind.«

FÜNFUNDVIERZIG

Josie erläuterte Noah ihren Gedankengang – dass es von Mädchen vier und Mädchen sieben keine Andenken gab und was das ihrer Meinung nach bedeuten könnte. Schon einen Augenblick später hatte Noah wieder den Telefonhörer in der Hand. »Ich ruf gleich noch mal beim Jugendamt an«, sagte er. »Wenn wir denen sagen, dass es noch ein oder sogar zwei weitere Mädchen gibt, deren Leben auf dem Spiel steht, lassen sie uns vielleicht doch mit Daisy sprechen. Falls McMichaels sie an einem Ort festhält, den wir einfach noch nicht gefunden haben, könnte es für sie knapp werden. Wir wissen ja nicht, unter welchen Bedingungen sie dort leben oder ob er ihnen Vorräte hinterlassen hat. Wir müssen sie unbedingt finden, bevor sie verdursten oder verhungern.«

Fieberhaft durchsuchte Josie Mettners Schreibtisch nach der Liste der vermissten fünfzehnjährigen Mädchen, an der dieser gearbeitet hatte, bevor der Fall das aktuelle Ausmaß angenommen hatte. Während Noah mit jemandem vom Jugendamt diskutierte, glich Josie die Namen von Mettners Liste mit McMichaels' Klientenliste ab.

Als Noah auflegte, pochte ihr Herz so heftig, dass sie

glaubte, es würde ihr jeden Moment aus der Brust springen. »Ich hab eine gefunden«, sagte sie. »Der Name des Mädchens taucht sowohl auf Mettners Liste der vermissten Fünfzehnjährigen als auch auf Kade McMichaels' Klientenliste auf.«

Noah stand auf und ging zu Josies Schreibtisch. »Wie heißt sie?«

»Erica Mullins. Ich glaube, dass Mett sich den Fall nicht genauer angeschaut hat, weil sie unter etwas anderen Umständen verschwunden ist als die anderen Mädchen. Vor drei Monaten war sie übers Wochenende bei ihrer Großmutter in Quakertown, weil ihre Eltern verreist waren, und als die Frau sie morgens wecken wollte, damit sie sich für die Heimfahrt fertigmachen kann, war sie weg. Ihre persönlichen Dinge hat sie alle dagelassen. Allerdings leben ihre Eltern in Bowersville.«

Bowersville lag direkt außerhalb von Denton und war so winzig, dass man es kaum als eigene Ortschaft bezeichnen konnte.

»Wann ist ihr sechzehnter Geburtstag?«

Josie deutete auf das Geburtsdatum des Mädchens. »In zwei Tagen.«

»Es wäre möglich, dass er noch keine Gelegenheit hatte, Erica umzubringen – oder dass Daisy noch keine Gelegenheit dazu hatte, falls sie die Täterin ist. Das Mädchen könnte also noch am Leben sein.«

»Aber wo steckt sie?«, fragte Josie. »Die Einzigen, die uns das verraten könnten, sind Daisy und McMichaels. Was haben die vom Jugendamt gesagt: Dürfen wir uns mit ihr unterhalten?«

»Frühestens morgen. Sie versuchen, so schnell wie möglich einen Termin zu arrangieren.«

»Dann müssen wir uns zuerst McMichaels vornehmen«, sagte Josie.

»Er hat sich schon einen Anwalt besorgt«, gab Noah zu bedenken.

»Dann müssen wir herausfinden, wer das ist, und die beiden zur Vernunft bringen. Falls Erica Mullins eines seiner Opfer ist und sie noch irgendwo lebend festgehalten wird, müssen wir sie so schnell wie möglich finden, sonst hat er noch eine weitere Mordanklage am Hals.«

»Zuerst sollten wir mit ihren Eltern sprechen. Rufen wir sie an und bitten sie, sich mit uns zu treffen. So können wir rausfinden, ob Erica ebenfalls mit einer neuen ›Freundin‹ rumgehangen hat oder gesehen wurde – vielleicht ja sogar mit einer blonden Teenagerin in Männerkleidung.«

SECHSUNDVIERZIG

Die Eltern von Erica Mullins waren mehr als einverstanden, mit Josie und Noah zu sprechen. Bowersville lag westlich von Denton und bestand lediglich aus einer Ansammlung von Häusern in einem Talgrund zwischen den Hügeln. Es gab eine Einkaufsstraße und ein paar Kirchen, aber weder ein Postamt noch ein Polizeirevier oder Bestattungsunternehmen. Das Glanzstück von Bowersville war ein neugeschaffener Minigolfplatz, der sich trotz der abgeschiedenen Lage des Orts großer Beliebtheit erfreute. Das Haus der Mullins' war leicht zu finden, da es als Einziges in einer Sackgasse zwischen der Ladenstraße und der Baptistenkirche stand. Das zweistöckige weiße Haus hatte ein Giebeldach und eine großzügige Vorderveranda, auf der es zwei hölzerne Schaukelstühle, eine Reihe Topfpflanzen und Unmengen von Keramikfröschen gab.

Bevor Josie oder Noah klopfen konnten, öffnete Faith Mullins schon abrupt die Eingangstür. Sie war klein und zierlich und trug graue Jogginghosen, ein Denton-University-T-Shirt und darüber eine schwarze Strickjacke. Ihr dunkles Haar hatte sie oben auf dem Kopf zu einem unordentlichen Dutt zusammengedreht. Ihr herzförmiges Gesicht war blass und unter ihren Augen lagen dunkle Schatten.

Josie stellte sich und Noah vor und Faith bat sie herein. Das Wohnzimmer war in auf alt getrimmtem weißen Holz gehalten und mit niedrigen eierschalenfarbenen Sitzmöbeln eingerichtet. Ein Mann in Jeans und einem lose darüberhängenden Poloshirt lag ausgestreckt auf der Couch. Das auf seiner linken Brustseite aufgestickte Logo gehörte zu einem Kfz-Ersatzteilegeschäft in Denton. Als sie hereinkamen, sprang er auf und schüttelte ihnen die Hand. »Oscar Mullins«, stellte er sich vor.

Faith und Oscar setzten sich auf die Couch und baten Josie und Noah, auf dem Zweisitzer Platz zu nehmen. »Gibt es Neuigkeiten?«, fragte Faith, als alle saßen.

In Josies Magen machte sich Unbehagen breit. Sie hasste diesen Teil ihres Jobs – in die verzweifelt hoffnungsvollen Gesichter von Angehörigen zu blicken und Nachrichten zu übermitteln, die es entweder erschwerten, die Hoffnung aufrechtzuerhalten, oder sie gleich völlig zunichtemachten. »Wir sind hier, weil wir vor Kurzem Kade McMichaels wegen des Mordes an zwei Mädchen ungefähr in Ericas Alter verhaftet haben.«

Faith und Oscar sahen sich erstaunt an. »McMichaels«, sagte Oscar. »Ist das nicht dieser Therapeut?«

»Das verstehe ich nicht«, sagte Faith.

»Diese zwei Mädchen waren Klientinnen von Kade McMichaels. Genauer gesagt ehemalige Klientinnen zum Zeitpunkt, als sie verschwanden. Die beiden waren ebenfalls fünfzehn Jahre alt. Auch die Umstände ihres Verschwindens ähneln denen bei Erica – es sah so aus, als hätten sie einfach all ihre Sachen dagelassen und wären fortgelaufen. Aber wir wissen jetzt, dass das nicht der Fall war.«

»Moment mal«, äußerte sich Faith. »Sie glauben also, ihr Therapeut hätte sie entführt? Ist es das, was Sie uns sagen wollen?«

»Ihr ehemaliger Therapeut«, korrigierte Oscar.

»Erica ist aus dem Haus meiner Mutter in Quakertown verschwunden«, sagte Faith. »Das ist ein paar Stunden von hier entfernt. Wie sollte er da ... Wie hätte er da ... Sie glauben also, er ist hingefahren und hat sie mitgenommen?«

»Zum jetzigen Zeitpunkt können wir das nicht mit Sicherheit sagen. Die Ermittlungen laufen noch«, beschwichtigte Noah.

Faith hielt sich den Mund mit der Faust zu und ließ einen unterdrückten Schluchzer hören. »Ist sie ... Ist sie tot? Ist meine Kleine tot?«

Oscar blinzelte hektisch und griff nach der freien Hand seiner Frau. Seine Knöchel traten weiß hervor, aber auch wenn sein Griff zu fest gewesen wäre – Faith hätte es wohl kaum gemerkt.

Josie spürte einen großen Schmerz in ihrer Brust.

»Die Wahrheit ist: Wir wissen es nicht«, bekannte Noah. »Wir sind uns noch nicht einmal sicher, dass Erica von McMichaels entführt wurde. Wir wissen lediglich, dass sie auf der Liste seiner Klienten stand und dass sie jetzt seit drei Monaten vermisst wird.«

»Warum sind Sie dann hergekommen?«, fragte Faith. »Sie machen uns Angst.«

»Das tut mir sehr leid«, Mrs Mullins«, sagte Josie. »Das war bestimmt nicht unsere Absicht. Wir wollen nur herausbekommen, ob Ihre Tochter von ihm entführt worden sein könnte. Wenn tatsächlich die Möglichkeit besteht, dass er sie entführt hat, obwohl sie in Quakertown war, und sie noch nicht gefunden wurde, dann könnte sie noch am Leben sein. In diesem Fall müssen wir so schnell wie möglich herausfinden, wo er sie festhält.«

»Können Sie ihn denn nicht fragen?«, sagte Oscar aufgebracht. »Sie haben doch gesagt, dass Sie ihn verhaftet haben.

Fragen Sie ihn doch einfach! Das Leben unserer Tochter steht hier vielleicht auf dem Spiel.«

»Wir täten nichts lieber als das. Aber wir müssen über seinen Anwalt gehen. Es gibt gesetzliche Vorgaben für solche Fälle, die das Ganze erschweren.«

»Aber wir tun natürlich, was wir können, um Ihnen Erica zurückzubringen – falls McMichaels sie überhaupt entführt hat«, fügte Josie hinzu.

»Aber wie kommen Sie drauf, dass er es war?«, fragte Faith.

»Woher wollen Sie das denn wissen?«

»Deswegen sind wir ja hier«, erklärte Noah. »Wir müssen Ihnen eine Reihe von Fragen zu Ericas Verschwinden stellen, um herauszufinden, ob McMichaels etwas damit zu tun hat oder nicht. Ein paar davon werden Ihnen vielleicht eigenartig vorkommen, aber es gibt Ermittlungsdetails, die wir zum jetzigen Zeitpunkt nicht preisgeben können.«

»Also dann«, sagte Oscar und in seiner Stimme schwang leise Ungeduld mit. »Fragen Sie, was Sie fragen müssen. Fangen Sie schon an.«

»Können Sie uns die Tage, bevor sie zu Ihrer Mutter gefahren ist, genau beschreiben?«, fragte Josie.

Faith und Oscar sahen einander an, als müssten sie sich erst einig werden, wer von der letzten Woche erzählen sollte, in der ihre Tochter zu Hause war.

Schließlich begann Faith: »Es war eine ganz normale Woche. Sie ging zur Schule ...«

»Hat einen Test in Biologie verhauen«, unterbrach Oscar.

Faith schenkte Josie und Noah ein müdes Lächeln, das aber sofort wieder verschwand. »Ja, das war ärgerlich. Wir ... Wir haben sie bestraft.«

Oscar verdrehte die Augen. »Dann hat sie ein großes Theater veranstaltet, melodramatisch rumgeheult, als ob ihr Leben zu Ende wäre, bloß weil wir ihr für ein paar Stunden das Handy weggenommen haben.«

»Du hältst ja alles, was sie tut, für melodramatisch«, regte Faith sich auf. »Sie ist fünfzehn! Wenn man fünfzehn ist, ist alles ein großes Drama!«

Oscars Gesicht lief vor Ärger rot an. An seiner Schläfe trat eine Ader hervor. »Sie heult wegen allem. Wegen der geringsten Kleinigkeit, Faith! Sie muss endlich mal erwachsen werden.«

»Nein, du musst endlich mal mehr Verständnis für sie aufbringen. Kein Wunder, dass sie diese Angstzustände entwickelt hat. Es liegt an dir! Wenn du nicht gewesen wärst, hätte sie überhaupt nicht zu diesem blöden Therapeuten gehen müssen. Jetzt schau, was passiert ist!«

Oscar schoss von der Couch hoch und fuhr sie an: »Das ist jetzt also meine Schuld? Dass irgend so ein Freak sie entführt hat? Angstzustände? Du und die Schule, ihr habt so lange versucht, ihr diesen Schwachsinn einzureden, bis sie es dann geglaubt hat. Mit mir hatte das überhaupt nichts zu tun. Ich wollte ja gar nicht, dass sie da hingeht!«

Noah stand auf, ging zu Oscar und legte ihm eine Hand zwischen die Schulterblätter. »Mr Mullins«, sagte er. »Ich bitte Sie, sich wieder zu beruhigen. Es ist wichtig, dass wir so viele Informationen wie möglich bekommen, damit wir Erica helfen können. Wir wär's, wenn wir ein paar Minuten raus an die frische Luft gehen?«

Oscar blickte seine Frau finster an, ließ sich dann aber von Noah hinaus auf die Veranda begleiten.

Allein mit Josie presste Faith ihre Lider fest zusammen, aber trotzdem stahlen sich Tränen darunter hervor und liefen ihr über die Wangen. Josie sah sich um und fand eine Schachtel Papiertaschentücher auf einem der Beistelltische. Daneben stand ein Schnappschuss von Erica mit einer der Stationen auf dem Minigolfplatz im Hintergrund. In der Hand hielt sie einen Schläger und das Grübchen in ihrer rechten Wange war absolut entwaffnend. Sie wirkte jünger als fünfzehn und hatte etwas

Entzückendes, das vielen Teenagern abging. Josie zupfte ein Taschentuch aus der Schachtel und setzte sich neben Faith auf die Couch.

»Hier.« Sie hielt Faith das Taschentuch hin.

Faith öffnete die Augen, nahm es und wischte sich die laufende Nase damit ab. »Es tut mir so leid«, brachte sie mühsam heraus. »So leid. Ich wollte nicht, dass das passiert. Sie können sich gar nicht vorstellen, wie das ist. Ich möchte den ganzen Tag laut schreien und mir die Haare ausreißen. Er denkt, dass sie weggelaufen ist. Er denkt immer nur das Schlimmste von ihr, aber Erica ist ein gutes Mädchen. Sie würde sowas nicht tun. Jemand hat sie mitgenommen. Ich weiß es. Ob es nun McMichaels war oder irgendein anderer Perverser ...«

»Warum denkt Ihr Mann denn immer nur das Schlimmste von ihr?«, fragte Josie nach.

»Weil sie ... Sie hatte einfach eine schwere Zeit, seit sie auf die Highschool gekommen ist. Ihre Noten sind schlechter geworden. Ich hab rausgefunden, dass sie in der Schule gemobbt wurde. Sie war deprimiert und verängstigt. Sogar die Lehrer haben es bemerkt. Aber mein Mann glaubt nicht, dass so etwas wie psychische Gesundheit überhaupt existiert. Er denkt, sie solle sich ›einfach nicht so anstellen‹ und ›gefälligst mehr lernen‹. Das hat zu einer Menge Auseinandersetzungen geführt und meiner Ansicht nach hat das alles für sie noch schlimmer gemacht. Er glaubt, sie tut einfach nur so, als ob sie Angstzustände hätte, damit sie sich vor dem Lernen drücken kann. Ich hab versucht, ihm zu erklären, dass hier viele verschiedene Faktoren am Werk sind, aber er behauptet einfach, alle Teenager wären faul und wollten die Erwachsenen an der Nase rumführen und jedes Kind, bei dem es anders aussieht, würde sich lediglich verstellen. Wenn's nach ihm geht, sind alle Teenager völlig hysterisch. Egal. Er war auf jeden Fall fest der Meinung, dass sie weggelaufen ist und schon zurückkommen würde, wenn sie kapiert, wie schwierig es ist, sich allein durchzuschlagen – vor allem da unten, wo meine Mutter lebt. Sie kennt ja dort niemanden. Aber jetzt ...«

»Hat das dortige Revier denn jemanden hierhergeschickt, um ihre ganzen Freundinnen zu befragen?«

»Ja. Aber die waren keine große Hilfe. Niemand weiß etwas.«

»Gab es denn irgendeine Person, mit der Erica geredet oder Zeit verbracht hat, die Sie davor noch nicht kannten? Irgendeine neue Bekanntschaft?«

Faith zuckte die Achseln. »Nicht wirklich. Nur ein paarmal, wenn ich die Kids vom Minigolfen abgeholt hab – das ist ja der einzige Zeitvertreib in diesem gottverdammten Kaff –, hab ich sie mit einem blonden Mädchen sprechen sehen. Die war ungefähr in ihrem Alter, aber als ich Erica nach ihr gefragt hab, sagte sie, das Mädchen würde weiter weg wohnen.«

Josies Herz fing an zu rasen. Sie zückte ihr Handy und suchte das Polizeifoto von Daisy heraus. »Ist sie das?«

Faith musterte die Aufnahme. »Ja«, meinte sie. »Das ist sie. Wie kommen Sie ... Was hat das zu bedeuten? Hat McMichaels sie auch entführt?«

»Wir wissen nicht, welche Rolle sie genau spielt, aber sie wurde gesehen, wie sie mit den anderen Opfern sprach, bevor diese verschwanden«, erklärte Josie.

»Wer ist sie? Ist sie ... Ist sie auch tot?«

»Das Jugendamt hat sie in Obhut genommen«, antwortete Josie. »Wir wissen nicht, wer sie ist, weil sie es niemandem sagt. Aber wir haben handfeste Beweise, dass sie mit Kade McMichaels in Verbindung steht. Hat Erica gesagt, wo sie herkam?«

»Nein, sie meinte nur, das Mädchen wäre nicht von hier. Aber, Moment mal, ich versteh das nicht. Sie weiß etwas, will es aber nicht sagen?«

»Wir wussten natürlich bisher nicht, dass wir sie auch nach Erica fragen sollten«, erklärte Josie. »Lieutenant Fraley hat beim Jugendamt auf ein Treffen mit ihr gedrängt, damit wir versuchen können, Informationen von ihr zu bekommen. Wir hoffen, morgen mit ihr sprechen zu können.«

Faith krallte ihre Finger in Josies Unterarm. »Wenn Sie das Mädchen sehen, dann sagen Sie ihr bitte, dass Ericas Mom ihre Tochter unbedingt zurückhaben will. Ich muss meine Kleine wiederhaben.«

SIEBENUNDVIERZIG

Am nächsten Morgen versammelte sich das Team im Großraumbüro. Der Chief ging im Hintergrund auf und ab, als lauerte er auf etwas. Josie hatte bereits Hummel kontaktiert, um in Erfahrung zu bringen, ob er mit Daisys Handy weitergekommen war. Ihr Herz machte einen Luftsprung, als er meinte, er hätte endlich geschafft, es aufzuladen, sank aber dann wieder, als er ihr sagte, er hätte sogar mit dem GrayKey Probleme, Daisys PIN zu umgehen. Er hatte ihr versprochen dranzubleiben.

Noah hielt ein Foto hoch, damit Mettner und Gretchen es sehen konnten. »Das hier ist Erica Mullins. Sie war ebenfalls Klientin von Kade McMichaels. Sie ist fünfzehn, genau wie die anderen Mädchen. Morgen wird sie sechzehn. Sie wird seit drei Monaten vermisst.« Dann unterrichtete er sie über alles, was Josie und er über Ericas Fall in Erfahrung gebracht hatten. »Wir glauben, dass sie vor ihrem Verschwinden Kontakt mit Daisy hatte.«

»Wir müssen sie finden«, ergänzte Josie. »Und zwar so schnell wie möglich. Wir warten noch auf die Auswertung der GPS-Daten aus McMichaels' Nissan Rogue, um zu sehen, ob wir damit herausfinden können, wo er diese Mädchen festgehalten hat. In seinem Haus ganz sicher nicht, sonst wären ihre Fingerabdrücke und ihre DNA dort nämlich überall zu finden. So gründlich kann kein Mensch sauber machen.«

»Möglicherweise haben wir nicht genug Zeit, um auf die GPS-Auswertung zu warten«, gab Gretchen zu bedenken.

»Das sehen wir auch so«, entgegnete Noah.

»Dann bleiben uns eigentlich nur zwei Möglichkeiten«, sagte Mettner. »Entweder wir besorgen uns die Information von Daisy oder von McMichaels selbst. Nach allem, was wir wissen, hat wahrscheinlich Daisy das Töten übernommen. Tatsächlich können wir aber zum jetzigen Zeitpunkt nicht wirklich nachweisen, wer von beiden die Mörderin oder der Mörder ist. Wir haben bisher nur ein paar Indizien. Da brauchen wir mehr.«

Noah lächelte. »Mithilfe genau dieser Argumentation ist es mir gelungen, uns ein Treffen mit Daisy zu verschaffen. Ich hab einfach der zuständigen Mitarbeiterin im Jugendamt gesagt, dass wir eine Anklage wegen Mordes in Erwägung ziehen. Sie haben Daisy eine Anwältin besorgt, die heute mit ihr herkommt.« Er drehte sich schwungvoll in seinem Stuhl herum und sah auf die Wanduhr. »Sie sollten in etwa einer halben Stunde hier sein.«

»Und ich habe der Anwältin von Kade McMichaels eine Nachricht hinterlassen, verspreche mir aber nicht viel davon«, berichtete Josie.

Gretchen seufzte. »Ja, kann mir nicht vorstellen, dass irgendein Anwalt möchte, dass er zu diesem Zeitpunkt mit der Polizei spricht. Außer du überredest den Bezirksstaatsanwalt dazu, Milde walten zu lassen, wenn er uns sagt, wo Erica ist.«

»Nein. Keine mildernden Umstände«, mischte der Chief sich ein. »Quinn wird das, was sie braucht, von Daisy in Erfahrung bringen.«

Josie sah zu ihm hin. Daisy war genauso undurchsichtig

und schweigsam gewesen wie alle anderen Beschuldigten, die Josie jemals vernommen hatte – einmal hatte sie sogar versuchen müssen, Informationen von einem Mädchen zu bekommen, das überhaupt nicht sprach. Sie war sich nicht sicher, ob sie aus Daisy irgendwas herausbekommen würde, aber sie musste es versuchen, das war ihr klar.

Das Leben von Erica Mullins hing vielleicht davon ab.

Eine Stunde später war Daisy erneut im Vernehmungsraum. Diesmal trug sie Jeans und ein einfaches gelbes T-Shirt, das eher ihrer Kleidergröße entsprach. Begleitet wurde sie von zwei Frauen in den Vierzigern. Eine stellte sich als die für Daisy zuständige Jugendamtsmitarbeiterin vor, die andere als Daisys Anwältin. Vor dem Mädchen stand eine noch ungeöffnete Flasche Wasser. Daisy hatte die Hände im Schoß gefaltet und blickte starr geradeaus. Josie entschied sich wieder für den Platz neben ihr. Das Mädchen rückte dieses Mal nicht gleich so weit ab wie beim letzten Mal. Offensichtlich war sie gewillt, Josie etwas näher an sich heranzulassen. Josie hoffte, das als Vertrauensbeweis interpretieren zu können.

Als Josie saß, drehte sich Daisy zu ihr. »Wenn ich Ihnen Sachen erzähle, kann ich dann gehen?«

Josie sah rasch erst zur Anwältin, dann zur Jugendamtsmitarbeiterin hinüber. »Ich habe versucht, Miss ..., äh, Daisy die Situation zu erklären, bin mir aber nicht sicher, ob sie die Sachlage wirklich versteht«, meinte die Anwältin. Die Jugendamtsmitarbeiterin gab mit einem Nicken ihr Einverständnis zur Weiterbefragung.

Josie wandte sich wieder Daisy zu und lächelte. »Ich wünschte, es wäre so einfach, Daisy, aber es hängt wirklich davon ab, was wir heute herausfinden. Zuerst muss ich dich über deine Rechte belehren.«

Daisy antwortete nicht. Josie klärte sie geduldig und Punkt

für Punkt über ihre Rechte auf. Als sie Daisy fragte, ob sie alles verstanden habe, bejahte das Mädchen das.

»Gut«, meinte Josie. »Nachdem wir damit durch sind, lass uns über ein paar andere Dinge sprechen. Im Moment wirst du wegen deines Angriffs auf mich festgehalten – vorgestern in der Mall. Du hast versucht wegzulaufen und mich weggestoßen. Auf den Toiletten hast du mich dann angegriffen.«

Daisy blieb stumm. Dass sie so ohne ein Blinzeln vor sich hinstarrte, verunsicherte Josie, und zum ersten Mal, seit sie das Mädchen kennengelernt hatte, kam ihr Daisys Gesichtsausdruck mit den weit aufgerissenen Augen vage bekannt vor, aber sie wusste nicht, woher.

»Während ich sogar bereit wäre, diese Vorwürfe fallen zu lassen, kommen auf dich eventuell noch weit ernstere Anschuldigungen zu.«

»Wegen was denn?«

»Zum Beispiel wegen Mordes.«

»Mord an wem?«

»An Gemma Farmer und Sabrina Beck.«

Daisy schüttelte heftig den Kopf und über ihre blassen Gesichtszüge breitete sich Röte aus. »Nein, nein. Ich hab ihnen nichts getan. Sie waren meine Freundinnen.«

»Gemma und Sabrina waren deine Freundinnen?«

»Ja, wir haben miteinander geredet, über so Mädchendinge. Sie waren nett zu mir.«

»Weißt du, was mit ihnen passiert ist?«

Daisy senkte den Blick in ihren Schoß. »Ich weiß, dass sie tot sind, weil ich sie nicht mehr gesehen hab.«

»Wo gesehen?«, fragte Josie.

Daisys Stimme wurde zaghaft. »An dem Ort, wo ich sie hinbringen sollte.«

»Welcher Ort war das denn, Daisy?«

Daisy zögerte, bevor sie antwortete. »Der Lagerfeuerplatz draußen im Wald. Da war ein Feuer und wir haben Chips gegessen und wir hatten ... Wir haben Alkohol getrunken und so. Ich sollte ihnen Alkohol geben und die pinken Pillen. Damit sie einschlafen.«

»Das musstest du tun?«

»Ja.«

»Wer hat das von dir verlangt, Daisy?«

»Ich kenne seinen Namen nicht. Er ist derjenige, der alle Anweisungen gibt, das weiß ich, aber seinen Namen kenne ich nicht.«

Josie nahm ihr Handy und suchte das Polizeifoto von Kade McMichaels heraus. »Ist er das?«

Daisy sah das Foto lange an, gab aber keine Antwort. Der Handybildschirm schaltete sich aus.

»Wir wissen, dass du sein Auto gefahren hast«, sagte Josie. »Hast du es schwarz lackiert?«

Daisy verneinte mit einem Kopfschütteln.

»Wir wissen auch, dass du eine Zeit lang in seinem Haus gewesen bist. Du hast seinen Wagen gefahren, in seinem Haus gewohnt, weißt aber seinen Namen nicht?«

Daisy blieb stumm und starrte auf den dunklen Handybildschirm.

Josie wartete eine endlose Minute lang, aber Daisy kam nicht mehr aus der Deckung. »Daisy, wer hat von dir verlangt, dass du ein Ballkleid für Gemma Farmer kaufen sollst?«

Nichts.

Josie gab ihre PIN ins Handy ein, um noch einmal McMichaels' Foto herzuzeigen. »War es dieser Mann?«

Keine Antwort.

Josie suchte Fotos von Sabrina und Gemma heraus und wischte zwischen den beiden hin und her, damit Daisy sie sehen konnte. »Hast du diese Mädchen getötet?«

»Nein«, sagte Daisy kaum hörbar.

»Hast du Gemma beim Anziehen für den Abschlussball geholfen?«

»Nein.«

»Hast du sie zur Denton East High School gefahren?«

»Nein.«

»Hast du ihr einen tödlichen Stich verpasst?«

»Nein.«

»Und was ist mit Sabrina Beck? Hast du sie nach Hause gebracht?«

»Von der Arbeit. Ich hab sie öfters mit dem Auto von der Arbeit nach Hause gefahren.«

»Aber am zwanzigsten Mai abends, hast du sie da zum Wohnwagen ihrer Mutter gefahren und in ihrem Bett erstochen?«

»Nein, nein. Ich würde sowas niemals tun. Ich hab Ihnen doch gesagt, dass ich ihnen nichts angetan hätte. Sie waren meine Freundinnen.«

Josie wischte zurück zum Foto von McMichaels. »Hat er sie umgebracht?«

»Ich weiß es nicht.«

Als Nächstes suchte Josie auf dem Handy ein Foto von Erica Mullins heraus. »Hast du sie an ›den Ort‹ gebracht, zum Lagerfeuerplatz?«

»Erica? Ja. Sie wollte dorthin, also hab ich sie hingebracht.«

»Was ist dann passiert?«

»Sie hat viel getrunken. Wirklich sehr viel. Und sie hat die Pillen genommen. Sie ist nicht mehr aufgewacht.«

Josie wechselte einen raschen Blick mit der Anwältin und fragte dann weiter: »Ist sie gestorben? Am Lagerfeuerplatz?«

»Ich glaube nicht. Ich weiß es nicht. Ich hab sie dortgelassen, wie es von mir verlangt wurde.«

»Wer hat dir gesagt, du sollst sie dortlassen?«

Keine Antwort.

Josie deutete auf Ericas lachendes Gesicht. »Wo ist sie, Daisy? Wo ist sie jetzt?«

»Ich weiß es nicht.«

»Daisy, das ist sehr wichtig. War Erica auch deine Freundin?«

»Ja.«

»Erica ist möglicherweise in Gefahr. In sehr großer Gefahr sogar. Sie könnte sterben, wenn wir sie nicht finden, Daisy. Wenn du ihre Freundin, wenn du eine gute Freundin bist, musst du uns helfen, sie zu finden, bevor das passiert. Kannst du das für mich tun?«

Zum allerersten Mal glitzerten Tränen in Daisys Augen. »Ich will ja«, brachte sie mühsam heraus, »ich möchte es. Aber ich kann nicht.«

»Wieso nicht?«, fragte Josie. »Wieso kannst du mir nicht sagen, wo wir Erica finden können?«

»Weil ich es versprochen habe, und ich muss meine Versprechen halten.«

»Sogar, wenn das bedeutet, dass deine Freundin vielleicht stirbt?«, fragte Josie behutsam. »Wer hat von dir ein solches Versprechen verlangt?«

Über Daisys Wange lief eine Träne. »Ich möchte jetzt nicht mehr reden.«

Josie tippte mit dem Finger auf ihren Handybildschirm, damit Ericas Foto dablieb. »Daisy, ich weiß, wie schwierig das ist. Ich glaube, dein Leben war bisher sehr hart. Und ich vermute, die Erwachsenen, mit denen du dein ganzes Leben verbracht hast, wollten, dass du Dinge glaubst, die einfach nicht wahr sind. Eine Freundin – wie Erica – zu retten, ist es wert, jedes Versprechen dieser Welt zu brechen, meinst du nicht?«

Noch immer Schweigen. Jedes Mal, wenn Josies Handybildschirm dunkel wurde, tippte sie wieder darauf, um Ericas Gesicht im Zentrum der Aufmerksamkeit zu halten.

»Was ist mit der PIN für dein Handy? Kannst du uns die sagen?«

Ohne Josie in die Augen zu sehen, nuschelte Daisy fünf Ziffern vor sich hin. Josie wusste, dass das Team sie vom anderen Raum aus beobachtete und dass augenblicklich jemand Hummel anrufen und ihm die Ziffern durchgeben würde.

»Danke«, sagte Josie. »Das war doch gar nicht so schwierig, oder? Kannst du mir auch verraten, wo wir Erica finden können?«

Josie achtete weiterhin darauf, dass Ericas Gesicht nicht von ihrem Handybildschirm verschwand. Schließlich fragte Daisy: »Wenn ich nicht von hier weggehen darf, was passiert dann mit mir?«

Josie deutete zur Jugendamtsmitarbeiterin hin. »Das liegt in der Hand des Jugendamts. Du musst wohl einige Zeit in deren Obhut bleiben. Wenn du wegen irgendwelcher Tatvorwürfe schuldig gesprochen wirst, musst du ins Gefängnis. Tut mir leid, das sagen zu müssen. Wenn du uns hilfst, Erica zu finden, gibt es eine Chance, dass wir dir das Gefängnis ersparen können. Wenn du uns hilfst, sie zu finden, werde ich dafür alle Hebel in Bewegung setzen.«

Daisys Blick wanderte von der Jugendamtsmitarbeiterin zu Ericas Foto, weiter zu Josie und dann zu dem Einwegspiegel auf der anderen Seite des Raums. »Ich möchte gehen«, bat sie.

»Es tut mir leid, aber das geht nicht so einfach«, sagte Josie sanft. »Aber hilf uns, Erica zu finden, und ich werde sehen, was ich tun kann.«

Erneut Schweigen.

»Fürchtest du dich vor jemandem, Daisy?«, fragte Josie.

Keine Antwort. Josie wischte wieder zum Foto von McMichaels. »Fürchtest du dich vor ihm?«

Immer noch keine Antwort.

»Weil er nämlich jetzt im Gefängnis sitzt, Daisy. Er kann weder dir noch jemand anderem mehr wehtun.«

Nichts.

»Gibt es eine andere Person, vor der du Angst hast?«

Daisys Gesicht verschloss sich, jegliche Lebendigkeit wich aus ihren Augen und ihre Miene wurde undurchdringlich.

Josie änderte ihre Taktik. »Wie heißt du mit Familiennamen, Daisy?«, wollte sie wissen.

»Weiß ich nicht.«

»Wo sind deine Eltern?«

»Ich hab keine Eltern.«

Über Daisys Schulter hinweg sah Josie, wie sich die Augen der Jugendamtsmitarbeiterin weiteten und ihr Stift bewegungslos über dem Notizbuch in ihrer Hand hing.

»Wer hat dir das Handy gegeben?«

Keine Reaktion.

»Gut«, sagte Josie und lächelte wieder. »Kannst du mir sagen, wo du warst, bevor du hier warst?« Sie wischte auf dem Handy zu einem Foto von McMichaels' Haus. »Wir wissen, dass du hier gewesen bist, weil wir deine Fingerabdrücke und ein paar Sachen von dir in diesem Haus gefunden haben.«

»Anderswo«, sagte Daisy, als ob das alles erklären würde.

»Was für ein Ort war das?«, hakte Josie nach.

Keine Antwort.

»Kannst du uns hinführen?«

Daisy schüttelte den Kopf.

»Sind da noch andere Menschen?«

Keine Reaktion.

»Wie alt bist du, Daisy?«

Achselzucken. »Weiß ich nicht.«

Josie ging zurück auf das Foto von Kade McMichaels. »Hat dich dieser Mann jemals angefasst oder irgendwie versucht, dich anzufassen?«

Wieder schüttelte Daisy den Kopf. »Ich glaub ... Ich glaube, dass er es vielleicht wollte, aber er hat es nie getan.«

ACHTUNDVIERZIG

Der Chief, Noah und Gretchen standen im Videoüberwachungsraum nebenan dicht gedrängt um den Bildschirm. Als Josie hereinkam, drehten sich alle zu ihr um. Auf dem Bildschirm sah man, wie die Anwältin und die Jugendamtsmitarbeiterin ihre Sachen zusammenpackten und Daisy aus dem Raum hinausgeleiteten. Josie fühlte sich wie ausgewrungen und so erschöpft, als wäre sie gerade einem zähen Morast entstiegen, in dem sie den ganzen Tag um ihr Leben schwimmen musste. Nicht um ihr Leben. Um das Leben von Erica Mullins. Sie war so nahe dran, vor ihren Kollegen in Tränen auszubrechen, wie nie zuvor.

»Tut mir leid, Chief«, sagte sie.

Chitwood schluckte. »Sie werden einen anderen Weg finden, Quinn. Das weiß ich.«

Josie sah hoffnungsvoll zu Noah hin. »Irgendwas von Hummel bezüglich des Handys?«

»Bisher nicht«, entgegnete er. »Aber ich hab ihm die PIN gegeben.«

Die folgende Stille im Raum wurde nur von Kleiderrascheln unterbrochen, da alle unbehaglich von einem Fuß auf den anderen traten. Das Schrillen eines Handys ließ sie alle in ihre Taschen greifen. »Es ist meins«, sagte Noah und hielt sein Handy in die Luft. Er wischte auf Annehmen. Man konnte nicht hören, was am anderen Ende gesprochen wurde, aber nach ein paar zustimmenden Worten sagte Noah schließlich: »Wir halten uns bereit.«

Er beendete das Gespräch. »Sieht so aus, als bekämen wir noch eine Chance. Das war die Anwältin von Kade McMichaels. Er will mit uns sprechen. Seine Anwältin wird bald hier sein. Ich werde ihn aus dem Gewahrsam raufholen lassen.«

»Er will reden?«, fragte Mettner.

»Und seine Anwältin ist damit einverstanden?«, wunderte sich Gretchen.

Noah zuckte die Achseln. »Ich gebe nur wieder, was sie gesagt hat.«

Der Chief sah Josie an. »Bereit für die nächste Runde, Quinn?«

»Wenn es für Sie keinen Unterschied macht, Chief«, entgegnete Josie, »wäre ich dafür, dass jetzt jemand anders sein Glück versucht. Vielleicht Gretchen. Sie hat die meiste Erfahrung.«

Der Chief sah zu Gretchen hin. »Einverstanden, Palmer?«

»Klar«, meinte Gretchen.

»Dann gehen Sie zusammen rein«, entschied der Chief. »Palmer kann die Vernehmung leiten.«

Zwanzig Minuten später saßen Josie und Gretchen Kade McMichaels und seiner Anwältin gegenüber am Tisch in demselben Raum, in dem Josie kurz zuvor Daisy vernommen hatte. Die Anwältin war jünger als McMichaels, vielleicht in den Dreißigern, und trug einen Business-Hosenanzug. Ihr Haar war lang, dunkel und maximal geglättet. Sie hatte einen strengen Gesichtsausdruck und Josie schloss aus ihrem kühlen, aufgesetzten Lächeln, dass sie als Verteidigerin vor Gericht wohl unerbittlich kämpfen würde. Die Anwältin eröffnete das Treffen: »Detectives, um Bereitschaft zur Kooperation zu zeigen und weil wir der Meinung sind, dass Sie den falschen Mann verhaftet haben und Ihre Anstrengungen besser darauf richten sollten, den wahren Mörder zu finden, würde mein Mandant gerne eine Reihe von Aussagen zu Protokoll geben.«

»Können wir im Anschluss Fragen dazu stellen?«, erkundigte sich Gretchen.

»Fragen können Sie, was Sie wollen«, erwiderte die Anwältin ungerührt. »Ich werde meinen Klienten wissen lassen, bei welchen der Fragen eine Antwort angebracht ist.«

»Wenn er unschuldig ist, wäre es dann nicht angebracht, dass er alle unsere Fragen beantwortet?«, wollte Gretchen wissen.

Die Anwältin ignorierte sie und nickte McMichaels bedeutungsschwanger zu. Er legte seine Hände auf die Tischplatte und sah Gretchen an. »Vor etwa einem Jahr habe ich in der öffentlichen Bibliothek eine junge Frau kennengelernt. Sie hat mir gesagt, sie heiße Daisy. Sie schien obdachlos zu sein. Ich ... ich hab mich mit ihr angefreundet. Ich habe ihr erlaubt, auf unbestimmte Zeit in meinem Haus zu wohnen, und ihr mein Auto zur Verfügung gestellt.«

Sein Statement wirkte auswendig gelernt, als spräche die Anwältin aus seinem Mund.

»Hat Daisy Ihnen gesagt, wie alt sie ist?«, fragte Gretchen.

Er schüttelte den Kopf.

»Was haben Sie denn gedacht, wie alt sie ist?«, hakte Gretchen nach.

»Ich weiß ...«

»Das ist nicht relevant«, unterbrach die Anwältin.

»Mr McMichaels hat versucht, einer jungen Frau zu helfen, die ganz offensichtlich in Nöten war. Sie brauchte eine Unterkunft, Nahrung und eine Möglichkeit, sich fortzubewegen, und das hat er ihr zur Verfügung gestellt.«

»Ich dachte, Jugendlichen zu helfen, die sich nicht selbst helfen können, wäre für Sie reine Zeitverschwendung?«, merkte Josie an.

Aller Augenpaare richteten sich auf sie, aber Josie fixierte McMichaels unbeirrt. Er blinzelte in Warpgeschwindigkeit. Sechs Lidschläge.

»Sie brauchte Hilfe. Sie hat mich um Hilfe gebeten.«

»Sie haben ihr einen Wagen gegeben, der nicht einmal zugelassen war. Sie hat keinen Führerschein. Hielten Sie das für eine verantwortungsbewusste Entscheidung?«, fragte Gretchen.

»Ich hab nicht gedacht ... Ich meine, sie hat versprochen, vorsichtig zu fahren. Sie sagte, sie wolle sich nach einem Job in der Mall umsehen und nur dorthin fahren und wieder zurück.«

»Haben Sie ihr ein Handy gegeben?«, wollte Josie wissen.

»Was? Nein. Sie hatte eins, als ich sie kennengelernt hab. Sie sagte, es sei ein Prepaidhandy, das sie in einem Lebensmittelmarkt gekauft hätte.«

»Wer hat Ihr Auto umlackiert?«, fragte Gretchen.

»Das war sie. Keine Ahnung, warum. Eines Tages kam sie damit zurück und es war schwarz. Natürlich hab ich mich aufgeregt, aber was hätte ich schon sagen sollen? Es war wichtiger, dass sie ihr Leben wieder auf die Reihe bekam.«

»Sie sind Sozialarbeiter«, sagte Josie. »Sie lernen eine obdachlose Jugendliche kennen und anstatt sie an die passenden Sozialdienste zu verweisen, nehmen Sie sie bei sich auf. Geben ihr zu essen. Und dann stellen Sie ihr ein Auto zur Verfügung, das gar nicht auf die Straße dürfte. Sie hat auch Ihre Kleider getragen, richtig?«

McMichaels ließ den Kopf hängen.

»Als ich Ihnen in Ihrem Büro das Foto von Daisy gezeigt habe, haben Sie abgestritten, sie zu kennen«, fuhr Josie fort.

»Ich hatte Angst, dass Sie denken würden ...«

»Hatten Sie eine sexuelle Beziehung mit ihr?«, fragte Gretchen.

Er zuckte zurück und seine Lippen legten die Zähne frei.

»Um Himmels willen, nein.«

»Warum fürchten Sie sich dann vor dem, was wir denken könnten?«, wollte Josie wissen.

Er ließ das Kinn auf die Brust sinken und seufzte.

»Kommen Sie schon, Detectives. Ich bin sechsundfünfzig Jahre alt. Daisy hat mir nie gesagt, wie alt sie ist, aber sie ist jung. Das sieht man. Wie würde das denn aussehen?«

»Sie sagen also, dass wir immer dann, wenn ein Mann in den Fünfzigern einem jungen Menschen Obdach gewährt, automatisch annehmen sollten, dass da etwas Unangemessenes vor sich geht? Was verschweigen Sie uns?«, fragte Gretchen.

»Kade«, sagte seine Anwältin mit einem warnenden Unterton.

Er seufzte wieder. »Nicht jeder Mann. Ich habe eine ... Vorgeschichte.«

»Was für eine Vorgeschichte?«, fragte Gretchen.

»Als ich gerade meinen Master gemacht hatte, habe ich in Lochfield gelebt, in der Nähe von Pittsburgh, und in einer Einrichtung dort so ziemlich dasselbe gemacht wie hier, nämlich therapeutisch mit Teenagern arbeiten, die an Depressionen oder Ängsten leiden oder soziale, familiäre oder Drogen- und Alkoholprobleme haben. Und was es sonst noch so gibt. Ich bin von dort weggegangen, weil einige von den Mädchen – Klientinnen – mein Verhalten falsch aufgefasst haben.«

McMichaels' Gesicht hatte in der Zwischenzeit eine tiefrote Färbung angenommen.

»Was soll das heißen? Sie haben *Ihr Verhalten falsch aufgefasst*? In welcher Weise denn?«

»Das spielt keine Rolle«, fuhr die Anwältin dazwischen. »Es hat damals eine interne Untersuchung gegeben, aber die Anschuldigungen wurden als nicht glaubwürdig eingestuft. Mein Mandant hat gekündigt, um die Sache hinter sich zu bringen. Es wurde niemals Anklage erhoben. Nicht einmal die Polizei wurde involviert.«

»Ich glaube sehr wohl, dass das relevant ist vor dem Hintergrund, dass zwei seiner Klientinnen in den letzten zwei Wochen ermordet wurden und eine weitere Klientin von ihm vermisst wird«, merkte Josie an.

»Detective Quinn hat recht«, sagte Gretchen. »Es ist relevant, weil wir seine Fingerabdrücke zusammen mit den Fingerabdrücken der beiden ermordeten Mädchen auf Flaschen von alkoholischen Getränken an einem Lagerfeuerplatz auf seinem Grundstück gefunden haben. Ganz abgesehen von der Werkzeugkiste, die wir - ebenfalls mit seinen Fingerabdrücken – in seiner Garage entdeckt haben und die verschiedene Haarsträhnen enthielt. Wir sind gerade dabei, abzugleichen, ob diese Gemma Farmer und Sabrina Beck zugeordnet werden können.«

McMichaels sah zu seiner Anwältin hinüber, gab ihr aber keine Chance, auf seine Antwort Einfluss zu nehmen, sondern wandte sich sofort wieder den Ermittlerinnen zu und sprudelte los: »Meine Abdrücke sind auf dieser Werkzeugkiste, weil es meine ist, aber ich schwöre Ihnen, das Einzige, was ich da jemals reingetan habe, waren Werkzeuge! Ich weiß nicht, wo die Haare herkommen. Vielleicht hat Daisy sie da reingelegt. Vielleicht steckt sie hinter dem Ganzen. Ich habe diese Mädchen nicht umgebracht. Ich hab keines der beiden Mädchen gesehen, seit sie das letzte Mal bei mir in Therapie waren ... Und wer wird jetzt noch vermisst? Sie haben bisher nichts davon gesagt, dass noch eine Klientin verschwunden ist. Aber das ist auch ganz egal, weil ich Ihnen nämlich sage, dass ich nichts Unrechtes getan habe. Dieser alte Lagerfeuerplatz hinten auf meinem Grundstück? Da bin ich seit Jahren nicht mehr gewesen. Ich benutze ihn nicht. Wenn da draußen irgendwelche Jugendlichen was getrunken haben – ich weiß nichts davon. Das war Daisy. Sie hat den Alkohol aus meinem Haus genommen. So ist das Zeug dahingekommen. Das muss sie sein. Sie will mir was anhängen. Sie ist ganz komisch drauf. Irgendwas stimmt nicht mit ihr.«

Josie ließ nicht locker: »Wenn etwas nicht stimmt mit ihr, warum haben Sie Daisy dann in Ihrem Haus aufgenommen? Ihr einen Wagen zur Verfügung gestellt?«

Er vergrub das Gesicht in seinen Händen. »Ich weiß es nicht, okay? Ich weiß es nicht. Ich mochte sie. Ich ... manchmal mag ich diese Mädchen einfach, aber ich würde nie, niemals ...«

»Kade, Schluss jetzt«, sagte die Anwältin und packte seine Schulter mit eisernem Griff.

»Was hat Daisy Ihnen über ihre Herkunft erzählt?«, fragte Gretchen, und Josie war klar, dass sie absichtlich das Thema wechselte, um zu verhindern, dass die Anwältin das Treffen abbrach.

Er atmete ein paarmal tief durch und legte seine Hände wieder auf den Tisch. »Sie sagte, sie habe vor langer Zeit eine Mom gehabt, aber die hätte sie dann weggeschickt – erst vor Kurzem. Und dass sie versuchen wolle, selbst ihren Weg zu finden.«

»Haben Sie sie nach ihrer Mutter gefragt? Nach deren Namen? Wo sie lebt? Nach den Kontaktdaten?«, wollte Gretchen wissen.

»Natürlich habe ich das. Sie wollte es mir nicht sagen. Sie wollte mir gar nichts sagen – weder ihr Alter noch ihr Geburtsdatum, nicht mal ihren Familiennamen. Sie sagte, sie wüsste das alles nicht, aber ich denke, sie hat gelogen. Wahrscheinlich sowas wie eine Traumareaktion. Ich dachte, wenn ich ihr Vertrauen erwerben könnte, würde sie sich mir öffnen und wir könnten alles in Ordnung bringen.«

»Sie war doch ein ganzes Jahr bei Ihnen?«, fragte Josie. »Sie sind ein ausgebildeter Therapeut und konnten in einem Jahr nichts aus ihr herausbekommen?«

McMichaels blickte hinunter auf seine Hände. »Nein, konnte ich nicht. Und sie war auch nicht das ganze Jahr bei mir, sondern mal da, mal wieder weg. Sie ist immer wieder für lange Zeit verschwunden. Ich habe damit gerechnet, dass eines Tages die Polizei anrufen würde, dass sie mein Auto irgendwo gefunden hätten, und dass ich sie nie wiedersehen würde, aber sie kam doch immer wieder zurück. Inzwischen ist mir klar geworden, dass sie mich reingelegt hat. Sie müssen mir glauben. Ich hab die Dinge, die Sie mir zur Last legen, nicht getan – echt nicht.«

»Die Beweise sprechen aber eine andere Sprache«, merkte Gretchen an.

McMichaels schlug mit beiden Handflächen auf den Tisch. »Dann sind die Beweise eben falsch! Daisy hat das getan und sie hat die Beweise platziert, damit es so aussieht, als hätte ich diese Dinge getan.«

»Und warum?«, fragte Josie.

Er erstarrte. »Wie bitte?«

Josie lehnte sich nach vorn. »Warum? Wenn das stimmt, was Sie sagen, warum sollte Daisy Ihnen denn zwei Morde in die Schuhe schieben wollen? Nachdem Sie sie aufgenommen und sie ein Jahr lang mit Lebensmitteln und Kleidung und einer Fahrgelegenheit versorgt haben, warum sollte sie in Ihrem Haus Beweise platzieren, die Sie mit mehrfachem Mord in Zusammenhang bringen?«

McMichaels blieb der Mund offen stehen. Gretchen und Josie ließen mehrere Augenblicke verstreichen und warteten darauf, dass er sein Schweigen beenden würde. Schließlich meldete sich seine Anwältin zu Wort: »Es tut nichts zur Sache, warum. Es liegt nicht in Mr McMichaels' Verantwortung, die Arbeit für Sie zu erledigen. Er kann Ihnen lediglich sagen, was er weiß. Er hat diese Mädchen nicht getötet und er hat die Haarsträhnen, die in seiner Werkzeugkiste platziert wurden, noch nie gesehen. Er hat niemals zusammen mit Minderjährigen an dem Lagerfeuerplatz hinten auf seinem Grundstück Alkohol getrunken. Er mag sich vielleicht eines mangelnden Urteilsvermögens schuldig gemacht haben, aber er trägt keine Verantwortung für die Morde an Gemma Farmer und Sabrina Beck.«

Ohne auch nur eine Sekunde verstreichen zu lassen, holte Gretchen ihr Handy heraus und tippte und wischte darauf herum, bis sie ein Foto von Erica Mullins gefunden hatte. Sie schob das Handy über den Tisch. »Gut, dann lassen Sie uns über die Entführung dieses Mädchens sprechen. Auch eine Ihrer Klientinnen.«

Er starrte das Foto an. »Ich habe niemanden entführt.«

»Können Sie sich an sie erinnern?«, fragte Gretchen.

»Ich ... ich erinnere mich an ihr Gesicht, ja. Wie heißt sie?«

»Erica Mullins«, antwortete Josie. »Sie wurde vor drei Monaten entführt, aber sie war nur für ein paar Monate im letzten Jahr ihre Klientin.«

»Ich erinnere mich nicht – ich hab sie nicht gekidnappt. Ich weiß, dass Sie hier ein Problem haben – Mädchen, die verschwinden und tot wiederauftauchen –, aber ich schwöre beim Grab meiner Mutter, dass ich niemandem etwas angetan habe. Das würde ich nie tun. Ich schwöre Ihnen, das würde ich nicht tun.«

Gretchen tippte mit dem Zeigefinger auf Ericas Gesicht. »Sagen Sie uns, wo sie ist, und wir überlegen uns was in Bezug auf die Mordanklage. Vielleicht können wir Sie vor dem Todestrakt bewahren. Ich kann mit dem Büro des Bezirksstaatsanwalts sprechen. Wenn Sie uns helfen, Erica zu finden, bevor sie stirbt, bin ich mir sicher, dass der Staatsanwalt sich zu einem Deal überreden lässt.«

McMichaels öffnete den Mund und wollte etwas sagen,

aber seine Anwältin war schneller. »Mein Mandant hat Ihnen bereits alles gesagt, was er weiß. Das Treffen ist hiermit beendet.«

Josie stand auf und beugte sich weit über den Tisch, sodass ihr Gesicht dem von McMichaels ganz nahe kam. »Sie wollen helfen? Sie wollen, dass keine Zeit mehr verschwendet wird? Dann helfen Sie diesem Mädchen. Retten Sie sie. Sagen Sie uns, wo sie ist, bevor es zu spät ist.«

Die Anwältin erhob sich. »Ich sagte, das Treffen ist beendet.«

Josie beachtete sie nicht. »So wie die Sache jetzt steht, haben Sie zwei Mordanklagen am Hals. Vorsätzlicher Mord. Das heißt zweimal lebenslänglich, wenn Sie das Glück haben, überhaupt weiterleben zu dürfen. Aber in dieser Kiste, die wir in Ihrer Garage gefunden haben, waren sieben Fächer. Irgendwann kommt die Zeit, in der die Gerichtsbezirke, in denen die anderen Mädchen ermordet wurden, beziehungsweise die dort zuständigen Stellen Sie für diese Morde unter Anklage stellen werden. Das sind vier weitere Mordanklagen in Gerichtsbezirken, die vielleicht weniger Interesse daran haben, Sie vor dem Todestrakt zu bewahren. Aber wir können mit ihnen sprechen. Sie wissen lassen, dass Sie kooperiert haben, dass Sie uns gesagt haben, wo wir Erica Mullins finden können, dass Sie ihr Leben gerettet haben.«

Wieder öffnete er den Mund, um etwas zu sagen, aber seine Anwältin hielt ihn zurück, indem sie nach seiner Schulter griff. Ihr Gesicht war rot vor Zorn. »Dieses Treffen ist vorbei und Sie sollten nicht damit rechnen, dass es noch einmal eine solche Möglichkeit geben wird, mit meinem Mandanten zu sprechen. Ich werde ihn vehement gegen jegliche Anklagen verteidigen, die auf ihn zukommen. Ich würde anraten, dass Sie Ihre Anstrengungen darauf richten, den tatsächlichen Mörder in diesen Fällen zu finden. Ob Sie es nun hören wollen oder nicht: Er ist noch immer da draußen unterwegs. Wenn dieses

Mädchen, Erica Mullins, tot aufgefunden wird, während mein Mandant in Polizeigewahrsam ist, brauchen Sie sich nicht zu wundern. Ich wünsche Ihnen in der Tat viel Glück dabei, den Eltern von Ms Mullins zu erklären, dass ihre Tochter gestorben ist, weil Sie und Ihr Team einen Tunnelblick hatten.«

NEUNUNDVIERZIG

»Sie hat recht.«

Josie stand im Großraumbüro und blickte zu den anderen Teammitgliedern, die an ihren Schreibtischen saßen. Der Chief stand neben Gretchen.

Noah, der gerade noch etwas in seinen Computer getippt hatte, sah auf und fragte: »Wovon sprichst du?«

»Die Anwältin von McMichaels. Sie hat recht. Wir haben einen Tunnelblick. Ich bin mir inzwischen nicht mehr so sicher, ob tatsächlich er diese Mädchen ermordet oder Erica Mullins entführt hat. Ich glaube, er hat nicht die leiseste Ahnung, wo wir das Mädchen finden können.«

»Aber was ist mit den Beweisen? Wir sind doch der Beweislage gefolgt und sie hat uns zu ihm geführt«, sagte Mettner.

»Josie hat recht«, meinte Gretchen mit einem Seufzer. »Okay, es gibt Sachbeweise, und ja, sie führen in seine Richtung, aber es gibt da auch eine Menge ungelöster Probleme.«

»Dann ist es also ein reiner Indizienbeweis«, kommentierte Mettner. »Haufenweise Fälle werden nur aufgrund von Indizien weiterverfolgt.«

»Aber wir können McMichaels lediglich dadurch mit den

Mädchen in Verbindung bringen, dass er ihr Therapeut war«, gab Gretchen zu bedenken.

»Und durch Daisy«, argumentierte Mettner. »Daisy hat in seinem Haus gewohnt! Er hat ihr das Auto geliehen. Sie ist losgefahren und hat die Mädchen mitgenommen, sie zum Lagerfeuerplatz hinten auf seinem Grundstück gebracht und ihnen Alkohol und Benadryl verabreicht.«

»Ja, so sieht es zumindest aus«, meinte Josie. »Aber auch wenn die Dinge wirklich so passiert sind, können wir nicht beweisen, was danach stattgefunden hat.«

»Genau deswegen hat er ja das Mädchen dafür benutzt«, sagte Mettner. »Exakt aus diesem Grund. Um alles undurchsichtig zu machen. Und womöglich, um Daisy wie die Mörderin aussehen zu lassen.«

»Sie könnte es ja auch sein«, warf Noah ein, der noch immer auf seinen Bildschirm starrte. Josie fragte sich, wonach er suchte. »Aber wie wählt sie die Opfer aus? Es kann doch kein Zufall sein, dass sie alle Klientinnen von McMichaels waren.«

»Wenn Daisy dahintersteckt, erklärt das aber noch lange nicht die Morde, die vor fünfundzwanzig Jahren geschehen sind«, merkte Gretchen an.

»Vielleicht ist genau das die Masche dieses Typen«, überlegte Noah. »Er findet eine junge Frau, überzeugt sie, für ihn zu töten, und erschafft sich so eine Mörderin.«

»Ich glaube nicht, dass Daisy eine Mörderin ist«, sagte Josie und setzte sich an ihren Schreibtisch.

Endlich gab der Chief etwas von sich: »Aber wer ist es dann, Quinn? Wenn es nicht Daisy ist und auch nicht McMichaels?«

»Es gibt nur eine andere Person mit hinreichenden Verbindungen zu den Fällen von damals und denen von heute: Travis Benning«, erklärte Josie. »Er war früher der Partner Ihres Vaters. Er hatte Zugang zu Kelsey und zu Priscilla Cruz – mal angenommen, sie ist das dritte Opfer – und er hatte auch so weit Zugang zu den Polizeiakten und den Ermittlungen, dass er vertuschen konnte, was immer vertuscht werden musste. Er hat außerdem mit wenigstens zwei der drei Mädchen in unseren Fällen das Aufnahmegespräch geführt. McMichaels denkt, dass Daisy ihm eine Falle gestellt hat, aber sie kann unmöglich hinter dem Mord an Kelsey stecken. Da war sie noch nicht mal auf der Welt. Aber sie war die ganze Zeit über genau an der richtigen Stelle, dass sie McMichaels eine Falle stellen konnte – wahrscheinlich auf Anweisung einer dritten Person. Wie Benning.«

»Wir haben ihn doch überprüft«, sagte Mettner. »Wir haben nicht den geringsten Hinweis darauf gefunden, dass er in die Sache verwickelt ist. Er hat für die Mordabende glaubwürdige Alibis. Er lebt in einem Apartment im ersten Stock in einem Wohnkomplex mit dreißig Parteien und papierdünnen Wänden. Du und Fraley, ihr wart doch dort. Ihr habt gesagt, da wäre nichts gewesen. Niemand. Er hat keinen anderen Grundbesitz. Niemand hat ihn belastet. Wir haben keinen Beweis gefunden, dass er in die Sache verwickelt ist. Du bist doch diejenige, die immer sagt, wir sollen der Beweislage folgen, Boss. Es gibt keine Beweise gegen Benning.«

Plötzlich klatschte Noah in die Hände und zog so die Aufmerksamkeit aller auf sich. »Ich hab's!«, rief er laut. »Hört euch das mal an: McMichaels hat gesagt, dass er vor Jahren in einer Einrichtung in Lochfield kündigen musste, weil es Anschuldigungen gegen ihn gab, erinnert ihr euch? Jetzt ratet mal, wer dort zur selben Zeit gearbeitet hat.«

»Travis Benning«, antwortete Josie.

Noah nickte.

»Na und?«, meinte Mettner. »Sie haben in Lochfield zusammengearbeitet. Was soll das beweisen?«

»Benning war im Polizeidienst«, sagte Noah. »Was, wenn er Kelsey vor fünfundzwanzig Jahren getötet hat und vielleicht sogar auch Priscilla Cruz – falls sie tatsächlich Opfer Nummer drei ist – und dann damit aufgehört hat? Vielleicht hat er Angst bekommen, fürchtet, dass er auffliegt, und deswegen macht er eine Pause. Dann arbeitet er genau zu der Zeit am selben Ort wie Kade McMichaels, als dieser von Mädchen im Teenageralter beschuldigt wird, sich unangemessen verhalten zu haben. Benning wittert eine Chance, McMichaels seine Morde in die Schuhe schieben zu können. Vielleicht ist es ja kein Zufall, dass Benning hier gelandet ist und in derselben Einrichtung arbeitet, bei der auch McMichaels jetzt beschäftigt ist. Er ist genau am richtigen Ort, um alles zu manipulieren, und er weiß genug über Polizeiarbeit, um unter unserem Radar zu bleiben. Er benutzt Daisy als Handlangerin, sodass auch hier wieder keine Spur zu ihm zurückverfolgt werden kann. Ihr habt das Mädchen gesehen – keine Chance, dass sie ihn auffliegen lässt.«

»Das ergibt hundertprozentig Sinn«, sagte Gretchen. »Das Problem ist nur, dass wir nichts davon beweisen können.«

Noah setzte erneut zum Sprechen an, aber die Tür zum Treppenhaus öffnete sich mit einem Zischen und Hummel kam ihnen mit einem Stapel Papier entgegenmarschiert.

»Boss«, sagte er zu Josie, »ich hab das, was du brauchst, von Daisys Handy holen können.«

Josie stand auf, als er näherkam, und er übergab ihr die Blätter. »Das ist der Bericht, aber ich sag dir einfach direkt, was du wissen musst. Die Anrufliste reicht nur ein halbes Jahr zurück – für alles, was darüber hinausgeht, müsstest du dir die Daten direkt vom Mobilfunkanbieter holen, aber ich denke nicht, dass das was bringen würde. Es gibt keine Textnachrichten. Sie hatte keine Social-Media-Apps auf dem Handy. Das Einzige, was auf diesem Handy gespeichert ist, ist die Anrufliste. Darunter ist nur eine einzige Nummer, die sie während des letzten halben Jahrs kontaktiert hat und von der sie Anrufe erhalten hat. Es ist eine Handynummer. Da ihr alle so beschäftigt wart, habe ich ein wenig weitergegraben – soweit es eben ohne richterliche Anordnung ging. Die Nummer, mit der Daisy in Kontakt stand, stammt von einem anderen Prepaidhandy. Bei diesem Zahlungsmodell braucht man allerdings zum Einrichten eine E-Mail-Adresse.«

»Man kann aber eine E-Mail-Adresse anlegen, ohne wirklich persönliche Daten preisgeben zu müssen, vor allem, wenn es ein kostenloser Account ist«, warf Gretchen ein.

»Stimmt«, meinte Hummel. »Aber in diesem Fall ist die E-Mail-Adresse, die zu dem Handy gehört, das mit Daisy Kontakt hatte, bei Spur Mobile unter dem Namen einer gewissen Laura Claxon registriert, die tatsächlich existiert.«

Josie spürte, dass in der Gesäßtasche ihrer Jeans ihr Handy vibrierte. Sie ignorierte es und suchte im Bericht nach den Seiten über Laura Claxon. Sie hatte keine Vorstrafen und war über siebzig. Ihre Wohnadresse in Brighton Springs kam Josie äußerst bekannt vor. Tatsächlich war es dieselbe Adresse, die sie am Tag zuvor für Winnie Hyde herausgefunden hatte, lediglich die Wohnungsnummer war eine andere.

Josie Handy vibrierte erneut. Sie drückte Gretchen die Berichte in die Hand und zog das Handy aus ihrer Hosentasche, um die Nachrichten zu checken. Da war eine Textnachricht von Meredith Dorton vom Cold-Case-Archiv in Brighton Springs:

Check deine E-Mails.

»Wer zum Teufel ist Laura Claxon?«, wollte Mettner wissen.

»Ich weiß es nicht genau«, antwortete Josie. Sie setzte sich an ihren Schreibtisch, rief den Browser auf, öffnete ihren E-Mail-Account und fand im Posteingang die Mail von Meredith Dorton. In der Betreffzeile stand: *Winnie Hyde*. Josie klickte auf die Mail.

Ich hab in unserer Datenbank weit mehr entdeckt als erwartet. Habe alles, was ich finden konnte, gescannt und in einer einzigen PDF-Datei angehängt. Das ist wirklich der Hammer! Hoffe, es hilft weiter. M.

»Sie steht jedenfalls in irgendeiner Beziehung zu Winnie Hyde«, fügte Josie hinzu und klickte auf die PDF-Datei.

»Winnie Hyde?«, fragte Gretchen.

Josie blinzelte und las die Informationen in der Datei ein zweites Mal durch.

»Quinn?«, fragte der Chief. Es war das erste Mal seit mehreren Minuten, dass er etwas sagte.

Josie drehte sich zu ihm. »Setzen Sie vorläufig eine Einheit auf Benning an. Nur eine. Die können wir entbehren.« Der Chief hob eine Braue. Ohne aufzublicken, wusste Josie, dass das ganze Team sie gerade anstarrte, als wäre sie verrückt. Erica Mullins blieb nicht mehr viel Zeit.

»Gretchen hat recht«, sagte sie. »Wenn Benning der Drahtzieher hinter all dem ist, dann hat er jede Einzelheit genau so organisiert, dass wir ihn mit nichts in Verbindung bringen können, und das weiß er.«

»Was bedeutet, dass er nichts zugeben wird«, folgerte Noah. »Ganz egal, wie viel Druck wir auf ihn ausüben.«

Josie blickte um sich in die Gesichter der anderen aus ihrem Team. Alle wirkten niedergeschlagen und frustriert. »Aber wir haben darüber gesprochen, welche wichtige Rolle seine Fantasien bei diesen Morden spielen. Das könnte heißen, dass er sogar jetzt, wo wir uns McMichaels und Daisy schon vorgeknöpft haben, vielleicht noch riskiert, Erica Mullins umzubringen. Sie wird morgen sechzehn. Es wird ihm zwar nicht gelingen, den Teil seiner Fantasien zu inszenieren, bei dem es darum geht, sie an einem öffentlichen oder halböffentlichen Ort zu platzieren, aber er kann sie trotzdem töten.«

»Vielleicht fährt er ja zu ihr«, meinte Mettner. »Wir können ihm folgen.«

»Stimmt«, sagte Josie. Mit einem Klick auf Drucken schickte sie die PDF-Datei an den Tintenstrahldrucker. »Leute, ihr hängt euch an Benning. Der Chief und ich fahren noch mal nach Brighton Springs.«

Niemand im Raum bewegte sich. »Aber du hast doch gerade erklärt, wir sollen uns an Benning hängen«, wunderte sich Mettner.

»Ja, hab ich«, antwortete Josie. Sie ging zum Drucker, schnappte sich die Seiten und hielt sie hoch: »Aber hinter dieser Sache steckt wesentlich mehr, als wir bisher sehen können. Ich bin mir nicht sicher, ob Benning hier unsere einzige Spur ist. Ich möchte nicht alles auf eine Karte setzen. Das könnte Erica Mullins das Leben kosten. Der Chief und ich müssen dorthin zurück, wo alles begann. Wenn wir uns in Bezug auf Benning irren, könnte das unsere einzige Chance sein, Erica lebend zu finden.«

FÜNFZIG

ZWEI WOCHEN ZUVOR – MITTELPENNSYLVANIA

Sie betrat das Zimmer, auch wenn sie sich gerne widersetzt hätte. Schon beim Gedanken an »das Zimmer« schauderte ihr, vor allem, weil sie keine Ahnung hatte, was dort mit ihr geschehen würde. Das nackte Mädchen – von dem sie irgendwann doch den Namen erfahren hatte: Sabrina – erzählte ihr immer wieder, dass das andere Mädchen oft in diesen Raum gegangen, eines Tages aber nicht mehr zurückgekehrt sei.

»Hat sie dir nicht gesagt, was in dem Raum passiert ist?«, fragte Erica sie. »Woher weißt du, dass es dort so schrecklich ist?«

»Ich weiß es, eben weil sie nicht darüber sprechen wollte.«

Inzwischen kannte Erica den Grund: Sie durfte es nicht. Es gab Regeln. Unendlich viele. Und alle hatten sie etwas mit dem Zimmer zu tun. So musste man zum Beispiel duschen und sich etwas Hübsches anziehen, bevor man in das Zimmer ging – auch wenn es nicht ganz richtig passte. Man musste sich die Haare kämmen und die Zähne putzen. Und man musste in dem Zimmer eine positive Haltung an den Tag legen. *Positiv denken und mir immer danken*, wie der Mann es scherzhaft nannte. Man musste in dem Zimmer alles tun, was einem gesagt wurde, und wenn man es tat, konnte man dort sehr lange bleiben.

Als es für Erice schließlich an der Zeit war, das Zimmer zu betreten, fiel es ihr nicht schwer, dafür dankbar zu sein. Sie hatte keine Ahnung, wie viele Tage, Wochen, wenn nicht Monate sie nun schon zusammen mit Sabrina in dem muffigen Schlafzimmer eingesperrt war und nicht einmal allein zur Toilette durfte. Oder duschen gehen. Oder etwas anderes tragen als den Schlafanzug, den man ihr gegeben hatte und der seit ihrer Ankunft nicht ein einziges Mal gewaschen worden war. Er stank bestialisch.

Obwohl sie sich selbst dafür verachtete, war sie sogar ein kleines bisschen gespannt auf das Zimmer. Zu duschen fühlte sich wunderbar an. Die Kleider waren sauber und gebügelt und dufteten so frisch wie die Luft im Freien. Auch ihr Haar fühlte sich wieder sauber an, fast seidig. Als sie zum ersten Mal vor der Tür zu dem Zimmer stand – einer schweren Außentür, die im Inneren einer Hütte eher fehl am Platz wirkte –, war sie so aufgeregt, dass sie fast keine Luft bekam. Ihre Haut prickelte und die Luft um sie herum schien beinahe zu flirren. Sie hatte Angst, dass sie ohnmächtig werden könnte.

Im Zimmer war dann alles ganz anders, als sie erwartet hatte.

EINUNDFÜNFZIG

Zum vierten Mal innerhalb einer Stunde hämmerte Sharifa Hagstrom mit dem Stiel ihres Besens gegen die Decke. »Geht es leiser, bitte?«, schrie sie diesmal zusätzlich. »Manche Leute hier versuchen zu arbeiten!« Im Anschluss hielt sie inne und lauschte, aber sie konnte weiterhin das Geplärre des Fernsehers in der Wohnung über ihr hören und ein gleichmäßiges Tropfgeräusch von irgendeinem Leck. Sie befürchtete, dass das, was dort oben tropfte, früher oder später auch durch ihre Decke sickern würde. Ein Wasserschaden war das Letzte, was sie jetzt gebrauchen konnte. Der Vermieter hatte noch nicht einmal den Abfluss ihrer Spüle ordentlich repariert, aber sie hatte keine Zeit gehabt, deswegen mit ihm herumzustreiten. Sie hatte im Moment für gar nichts anderes Zeit als für ihre Dissertation.

Tropf, tropf, tropf.

Sharifa hämmerte noch einmal gegen die Decke. Von oben kam jetzt gedämpftes Jubelgeschrei. Wer auch immer da wohnte, schaute offensichtlich gerade irgendein Match an. »Na toll«, murmelte sie vor sich hin und ging an ihren Schreibtisch zurück.

Tropf, tropf, tropf.

Sie nahm sich vor, das alles, diesen ganzen Lärm, einfach nicht zu beachten und sich ausschließlich auf ihre Arbeit zu konzentrieren. Als sie gerade drei Sätze getippt hatte, drang erneut das Geräusch von Applaus vom Fernseher oben in ihre Wohnung. Sie hörte sogar, wie ein Fernsehkommentator brüllte: »Er hat ihn rausgeschlagen!«, weil es offensichtlich einen Homerun gab.

Entnervt stieß sie sich auf ihrem Stuhl vom Schreibtisch ab und stand auf. »Das war's!«, sagte sie laut, obwohl sie allein war. »Jetzt reicht's mir.«

Sie ging die Treppe hinauf ins nächste Stockwerk und fragte sich, warum niemand von den Nachbarn auf dieser Etage sich über den Lärm beschwerte, der immer lauter wurde, je näher sie dem betreffenden Apartment kam. Die Leute waren wohl alle bei der Arbeit, dachte sie. Im ganzen Gebäude waren offensichtlich mitten am Tag nur sie und diese Arschgeige, die über ihr wohnte, zu Hause. Wirkte jedenfalls so.

»Das ist ein Grand Slam für Rhys Hoskins! Die Phillies erhöhen auf sechs zu zwei im siebten Inning!«, röhrte der Kommentator, als sie den Hausflur gerade halb durchquert hatte.

Die Tür zum Apartment über dem von Sharifa war nur angelehnt und der Fernseher machte einen solchen Lärm, dass sie das Tropfen nicht mehr hören konnte.

»Hallo?«, rief sie und klopfte an den Türrahmen. »Entschuldigen Sie? Ich bin die Mieterin genau unter Ihnen. Hallo? Könnten Sie vielleicht Ihren Fernseher leiser stellen?«

Es kam keine Reaktion. »Entschuldigen Sie? Es ist wirklich laut. Ich versuche zu arbeiten. Und ich glaube auch, dass bei Ihnen ein Rohr undicht ist oder so. Es tropft ...«

Sie klopfte erneut, diesmal direkt an die Tür. Diese schwang auf und Sharifa hatte jetzt freie Sicht auf das, was dahinter war. Sekunden später übertönte ihr Kreischen den Lärm des Fernsehers.

ZWEIUNDFÜNFZIG

Josie war sich ziemlich sicher, dass sie in unter zwei Stunden Brighton Springs erreichen konnten, wenn sie ihre abnehmbare Warnleuchte benutzte. Rot blinkend und fast doppelt so schnell wie erlaubt brauste sie über den Highway. Der Chief auf dem Beifahrersitz stemmte sich mit einer Hand gegen das Armaturenbrett. »Quinn«, sagte er. »Rasen Sie nicht so höllisch. Wir werden Erica Mullins in Brighton Springs nicht finden.«

»Nein«, meinte Josie. »Aber vielleicht finden wir heraus, wo sie ist, und wenn ich mich nicht täusche, haben wir weniger als vierundzwanzig Stunden, um sie zu holen, bevor sie umgebracht wird. Ich möchte nicht darauf vertrauen, dass Benning als Einziger an diesen Morden beteiligt ist.«

»Da haben Sie sicher recht«, antwortete der Chief. »Aber ich verstehe nicht, warum Sie erwarten, ausgerechnet in Brighton Springs Antworten zu finden.«

»Verstehe ich selber nicht«, gab Josie zu. »Aber die Alternative war, auf dem Revier herumzuhocken und zuzusehen, wie der letzte Tag im Leben von Erica Mullins langsam verstreicht,

Minute für Minute. Mehr, als nach dem letzten Strohhalm zu greifen, können wir nicht tun.«

Ein Seufzer. Dann meinte Chitwood: »Also gut. Ich hatte nur gehofft, dass ich meinem Dad nie mehr begegnen muss.«

»Das tut mir leid«, entgegnete Josie. »Wir fahren bei ihm vorbei, nachdem wir bei den Claxons waren.«

Der Morgan-Arms-Wohnkomplex war ein imposantes altes Backsteingebäude mit sechs Stockwerken. U-förmig umschloss es einen großen Innenhof. Ziemlich ähnlich wie die Gebäudenische an der Denton East High, dachte Josie, nur dass das hier eher wie ein Park aussah, mit dem Springbrunnen in der Mitte, den Steinbänken, üppigen Beeten und gewundenen Pflasterwegen. Den Chief im Schlepptau folgte Josie einem davon zum Eingang des »C«-Flügels. Als sie im Eingangsbereich waren, drückte sie an einem der Aufzüge den Knopf für die Fahrt nach oben.

Der Chief hatte sich während der Autofahrt die Dokumente angesehen, die von Detective Meredith Dorton gekommen waren. »Das hier ist die letzte bekannte Adresse von Winnie Hyde, oder?«

»Genau«, meinte Josie. »Aber Dennis und Laura Claxon, die in der Wohnung gegenüber wohnten, sind immer noch da. Sie leben seit dreiundvierzig Jahren hier.«

Über ihren Köpfen pingte es und die Aufzugtüren öffneten sich ruckelig. Sie betraten die Kabine und Josie drückte auf den Knopf für den zweiten Stock. »Den Berichten nach, die Meredith geschickt hat, wurde Winnie Hyde von ihrer alleinerziehenden Mutter großgezogen. Winnie und ihre Mutter hatten sonst keine Verwandten und deshalb auch kein soziales Netzwerk – bis auf Dennis und Laura Claxon. Die beiden waren wie Großeltern für Winnie.«

Der Aufzug kam rumpelnd zum Stehen. Die Türen gingen quietschend auf und Josie und der Chief traten hinaus auf einen abgenutzten dunkelroten Teppich, der über die ganze Länge des großzügigen Etagenflurs lief. Josie sah sich die Nummern auf den Türen ringsum an und wandte sich dann schnellen Schrittes nach links. Der Chief musste ihr nachsprinten, um sie einzuholen. »Und Sie glauben, diese Laura Claxon, die Kontakt mit dem Mädchen, Daisy, hatte, wird Ihnen jetzt einfach alles erzählen, Quinn?«, fragte er.

»Keine Ahnung.«

Sie fand Wohnung Nummer hundertsiebzehn und betätigte die Klingel. Der Chief hinter ihr meinte keuchend: »Und was, wenn sie nicht zu Hause sind?«

Die Tür öffnete sich. Vor ihnen stand ein großer weißhaariger Mann und lächelte freundlich: »Wie kann ich Ihnen helfen?«

»Dennis Claxon?«, fragte Josie und zeigte ihren Dienstausweis vor. »Ich bin Detective Josie Quinn und das hier ist Chief Robert Chitwood. Wir kommen aus Denton.«

Zögerlich zeigte auch der Chief seinen Dienstausweis vor. Während Dennis die Ausweise noch betrachtete, erschien eine schlanke Frau mit sandblondem Haar neben ihm. Sie rückte ihre Brille auf der Nase zurecht und sah sich ebenfalls die Ausweise an. »Ich bin Mrs Claxon«, stellte sie sich vor. »Was ist denn los?«

»Ich weiß gar nicht, wo Denton liegt«, meinte Dennis. »Und du?«

»In der Nähe ist es jedenfalls nicht«, sagte die Frau.

»Worum geht es denn?«, wollte Dennis wissen.

»Wir sind wegen Ihres Handys hier, Mrs Claxon«, erklärte Josie. Sie rasselte die Nummer herunter. Laura sah jetzt noch erstaunter drein. »Ich besitze gar kein Handy«, antwortete sie. »Mein Mann hat eines, aber die Nummer ist anders als die, die Sie gerade genannt haben.«

»Ich kann es Ihnen zeigen«, sagte Dennis, aber seine Frau

legte ihm die Hand auf den Unterarm, ehe er es holen gehen konnte.

»Sie haben also innerhalb der letzten sechs bis zwölf Monate kein Prepaidhandy gekauft?«, fragte der Chief.

»Nein«, entgegnete Laura. »Wir haben ja das Festnetztelefon und Dennis hat ein Handy, wie ich schon sagte, falls wir mal eins brauchen, was selten vorkommt.«

Josie nannte ihnen die E-Mail-Adresse, von der Hummel festgestellt hatte, dass sie mit der Handynummer verknüpft war. »Ist das Ihre E-Mail-Adresse?«

Laura schüttelte langsam den Kopf. »Nein, wir haben seit zwanzig Jahren dieselbe E-Mail-Adresse. Eine gemeinsam.«

»Ich glaube, es geht um Identitätsdiebstahl«, sagte Dennis.

»Ja, da hast du wohl recht«, meinte Laura. Sie musterte Josie und den Chief von oben bis unten mit scharfem und kritischem Blick. »Aber Sie sind doch wahrscheinlich nicht den ganzen Weg von Denton hierhergefahren, um mit mir über einen Identitätsdiebstahl zu sprechen.«

Josie sah sich die beiden genau an. Sie wirkten ernsthaft bestürzt. Nach der Lektüre des kompletten PDF-Dokuments, das Meredith Dorton übermittelt hatte, und Hummels Hintergrundrecherche über Laura war Josies Gefühl von Anfang an gewesen, dass jemand Fremdes Lauras Namen benutzte. »Sie haben recht«, sagte sie. »Können wir mit Ihnen über Winnie Hyde sprechen? Wir haben den Eindruck, dass Sie beide ihr und ihrer Mutter nahestanden. Ich weiß, das ist Jahrzehnte her, aber wir müssen Ihnen dringend ein paar Fragen über Winnie stellen.«

Die Haltung der beiden versteifte sich merklich. »Es ist Jahrzehnte her, aber sowas vergisst man nicht so leicht«, entgegnete Dennis.

Lauras Mundwinkel wanderten nach unten. In ihren Augen schwamm Traurigkeit. »Kommen Sie rein«, meinte sie.

Sie führte die beiden direkt in die Küche. Die dunklen Holzschränke darin ließen den Raum altmodisch wirken, aber die freundlichen gelben Akzente in Form von Wandbildern, Küchenhandtüchern und Vorhängen gaben ihm etwas Helles. Laura bat sie, sich an den gelben Resopaltisch in der Mitte zu setzen. »Woher kennen Sie Winnie denn?«, fragte Dennis, als er und Laura sich gegenüber niederließen.

»Wir kennen Winnie nicht«, sagte Josie. »Wir wissen lediglich, dass sie die Einzige war, die dem Schlächter von Brighton Springs lebend entkommen ist.«

Die Erwähnung des Schlächters ließ Laura erschaudern.

»Wir wissen, dass Winnie 1994 aus der Gefangenschaft des Schlächters befreit wurde«, fuhr Josie fort. »Da war sie sechzehn Jahre alt. 1997 ist ein Mädchen namens Kelsey Chitwood aus Brighton Springs verschwunden. Vier Monate später wurde ihre Leiche in der Kirche St. Agnes entdeckt. Auf einer der Kirchenbänke, auf denen sie gefunden wurde, waren Fingerabdrücke von Winnie Hyde.«

Dennis und Laura sahen einander an und die Bestürzung auf ihren Gesichtern ließ ihre Falten noch tiefer erscheinen. Laura sagte: »1997 war Winnie schon wieder weg.«

»Ist Winnie zur Kirche gegangen?«, fragte der Chief. »War sie katholisch?«

»Nein«, antwortete Dennis. »Das war sie nicht.«

»Was meinen Sie damit, dass Winnie schon wieder weg war, Mrs Claxon?«, hakte Josie nach.

»Winnie ist kurz nach ihrem achtzehnten Geburtstag von hier weggegangen.«

»Wir denken jedenfalls, dass sie weggegangen ist«, stellte Dennis klar und warf seiner Frau einen vielsagenden Blick zu.

»Das stimmt«, sagte Laura leise. »Winnies Mutter hatte einen Herzinfarkt, kurz nach Winnies achtzehntem Geburtstag. Das war 1996. Unmittelbar nachdem der ... der Schlächter wieder freikam. Winnie blieb in der Wohnung ...«, Laura hob den Arm und deutete in Richtung Eingangstür. »Sie haben gegenüber von uns gewohnt. Na, jedenfalls ist Winnie dort noch eine gewisse Zeit geblieben. Was meinst du, wie lang sie nach dem Tod ihrer Mutter noch hier war, Dennis?«

Er zuckte mit den Achseln. »Das weiß ich jetzt nicht mehr. Ein paar Monate vielleicht? Wir haben hin und wieder nach ihr gesehen, aber sie wollte nichts mit uns zu tun haben. Und auch mit niemandem sonst.«

»Eines Tages haben wir sie dann nicht mehr ein und aus gehen gesehen. Wir haben den Vermieter gebeten nachzuschauen, aber sie war nicht mehr da«, ergänzte Laura.

»Sind ihre Sachen denn dageblieben?«, fragte der Chief.

»Das war schwer zu sagen«, antwortete Laura. »Es ist möglich, dass sie Kleider mitgenommen hat und ein paar persönliche Dinge, aber wir waren in ihr tägliches Leben nicht mehr so eingeweiht wie vor ... vor ihrem Martyrium. Der Schlächter hatte sie ziemlich lange. Haben Sie das gewusst? Wie lang war das, Dennis? Eineinhalb Jahre?«

»Zwei Jahre waren es«, sagte Dennis. »Sie war vierzehn, als er sie geholt hat. Hat sie sich auf ihrem Heimweg von der Schule geschnappt, direkt von der Straße weg. Sie ging jeden Tag denselben Weg. War nie ein Problem. Dann, eines Tages, kam sie nicht heim. Ihre Mutter war völlig aufgelöst. Die Polizei suchte und suchte. Alle Nachbarn hier im Wohnkomplex haben nach ihr Ausschau gehalten. Die Leute aus ihrer Schule.«

»Es war schrecklich«, ergänzte Laura. »Aber nicht so schrecklich, wie es war, als sie befreit wurde.«

»Was meinen Sie damit?«, hakte der Chief nach.

Dennis stützte sich mit den Ellbogen auf die Tischfläche und lehnte sich nach vorn. Seine blauen Augen nahmen eine dunkle Färbung an. »Zwei Jahre lang hat der Schlächter sie gequält, hat sie bei all den Dingen zuschauen lassen, die er den anderen kleinen Mädchen angetan hat. Das hat sie verändert. Entstellt, irgendwie.«

»Sie war nicht mehr dieselbe, als sie sie heimbrachten«, sagte Laura. »Es brach einem das Herz. Zuerst dachten wir, es wären nur die Schmerzen. Sie hatte eine Menge Verletzungen. Aber ihr Körper heilte wieder.«

Dennis' Augen waren jetzt glasig vor Tränen. »Und die ganzen Narben. So viele Narben, wo er sie geschnitten hatte.«

Laura nickte bedächtig und tätschelte ihrem Mann die Schulter. »Es war wirklich schlimm. Hart mitanzusehen. Hart, sich vorzustellen, dass ein erwachsener Mann einem Mädchen solche Grausamkeiten antun konnte.«

»Nicht nur einem Mädchen«, rief Dennis ihr in Erinnerung.

Sie nickte. »Winnies Mutter – Gott sei ihrer Seele gnädig – hat manchmal gemeint, es wäre besser für Winnie gewesen, wenn er sie einfach umgebracht hätte. Es war so hart mitanzusehen, wie sehr Winnie zu kämpfen hatte. Was für ein Leben kann man nach sowas noch führen? Wissen Sie, dass ihr Haar weiß geworden war?«

Josie fühlte Chitwoods Blick auf sich und wusste, dass er an die weißhaarige Frau dachte, mit der man Kelsey in den Wochen vor ihrem Verschwinden an der Bushaltestelle hatte sprechen sehen. Sie waren die ganze Zeit über davon ausgegangen, dass es eine ältere Frau gewesen war. Josie lenkte ihre Aufmerksamkeit wieder auf Laura Claxon zurück. »Sie wurde mit achtzehn Jahren wegen Ladendiebstahls verhaftet. Auf ihrem Polizeifoto, von dem wir gerade heute eine Kopie bekommen haben, hat sie auch weiße Haare.«

»Daran war der Schlächter schuld«, meinte Dennis. »Als er sie geholt hat, war ihr Haar noch braun. Als sie gerettet wurde, war es komplett weiß geworden. Die Farbe ist nie zurückgekommen, obwohl es im Sonnenlicht manchmal fast blond wirkte. Er hat sie kaputt gemacht. Dieser Mistkerl hat sie kaputt gemacht und ist dafür nicht mal ins Gefängnis gegangen.«

»Wie hat sie sich ...«, setzte Chitwood mit rauer Stimme an. Er räusperte sich und begann von Neuem: »Wie hat sie sich verhalten, nachdem sie wieder zu Hause war?«

Laura und Dennis wechselten einen Blick. Dennis fasste sich mit der Hand ans Auge, um eine Träne wegzuwischen. Laura nahm seine Hand und drückte sie. Sie sagte: »Winnie war traurig, verängstigt ... anders.«

»Die Winnie, die nach Hause gekommen ist, war nicht mehr die Winnie, die hier am Tag ihrer Entführung aus dem Haus ging«, erläuterte Dennis. »Wissen Sie, wir haben sie beinahe aufgezogen, haben ihrer Mutter bei allem geholfen. Es hat uns nie etwas ausgemacht. Wir haben das Mädchen geliebt. Wie eine eigene Tochter. Wir haben einen Sohn, aber er ist an die Westküste gezogen und wollte nie Kinder. Winnie war für uns wie eine Enkelin.«

»Wir haben sie so gern verwöhnt«, fügte Laura hinzu. »Sie und ihre Mutter. Die Jahre, bevor sie entführt wurde, waren herrlich. Wir hatten eine so schöne Zeit miteinander, wir vier. Winnie war ein reizendes und rücksichtsvolles Kind. Sie liebte Bücher und hat sich gern verkleidet und mit Puppen gespielt. Als sie älter wurde, hat sie sich geschminkt und Frisuren ausprobiert. Ich hab sie das auch bei mir machen lassen. Das hat sie wirklich geliebt.«

»Sie hat Leichtathletik gemacht, ist gelaufen«, sagte Dennis. »Sie war richtig gut. Wir sind zu allen ihren Wettkämpfen gegangen. Ihre Mutter auch, wenn sie nicht gearbeitet hat. Sie war Krankenschwester. Hatte immer lange Schichten.«

»Und danach?«, forderte der Chief die beiden zum Weitererzählen auf.

»Sie hat die Wände angestarrt«, antwortete Laura. »Wollte nicht mehr sprechen.«

»Außer mit ihrer Mutter«, sagte Dennis. »Aber sie war grausam zu ihr. Gemein. Winnie war vorher nie so gewesen. So böse. Hat Dinge nach ihrer Mutter geworfen, sie als Schlampe bezeichnet, hat gesagt, sie würde sie ...« Er verstummte.

»Schon gut, Schatz«, beruhigte Laura ihren Mann.

Er schluckte. »Sie hat gesagt, sie würde sie im Schlaf zerstückeln. Ehrlich. Ich glaube, ihre Mutter hatte am Schluss richtig Angst vor ihr.«

Laura nickte. »Irgendwann lebte sie quasi hinter abgeschlossener Tür in ihrem Schlafzimmer, während Winnie sich frei in der restlichen Wohnung bewegte. Ich glaube nicht, dass Winnie sie tatsächlich jemals verletzt hätte – oder überhaupt irgendjemanden –, ich glaube einfach, dass sie das, was ihr zugestoßen war, was sie gesehen hatte, nicht verarbeiten konnte. Wer hätte das schon gekonnt? Sie hatte nach ihrer Rückkehr eine Therapeutin, aber offensichtlich hat sie mit der auch nicht gesprochen.«

»Sie war bei einer Frau in Therapie?«, fragte der Chief.

Laura und Dennis nickten.

Josie versuchte, das Gespräch wieder darauf zu lenken, was mit Winnie geschehen war. »Was haben Sie getan, als Ihnen klar wurde, dass Winnie nicht mehr in ihrer Wohnung war?«

Laura seufzte. »Wir haben die Polizei angerufen. Der Schlächter war nur einen oder zwei Monate zuvor entlassen worden. Wir haben befürchtet, dass er vielleicht zurückgekommen war, um zu vollenden, was er begonnen hatte. Wir haben uns Sorgen um sie gemacht.«

»Verständlich«, meinte Josie. »Was hat die Polizei gesagt?«

Dennis schnaubte empört. »Die waren komplett unfähig. Sie haben gemeint, Winnie wäre achtzehn und könnte jederzeit fortgehen, wenn sie will ...«

»Und weil wir keine Angehörigen waren«, unterbrach Laura ihn, »hatten wir auch nicht das Recht, Vermisstenanzeige zu erstatten.«

Der Chief neben Josie verkrampfte sichtlich. »Ich weiß, es ist lange her«, meinte er, »aber können Sie sich noch erinnern, mit wem Sie damals gesprochen haben? War es ein Officer in Uniform? Ein Detective?«

»Es war dieser Detective, der in Brighton Springs immer die spektakulären Fälle gelöst hat«, entgegnete Dennis. »Wer damals hier gelebt hat, kannte ihn. Da gab es diesen großen Fall, den Mord an einem Prominenten, den hat er gelöst.«

»Harlan Chitwood?«, fragte Josie.

Dennis runzelte die Stirn. »Ich bin mir nicht ganz sicher. Aber ich glaube, so hieß er.«

»Er war es«, sagte der Chief.

»Er hat auch im Schlächter-Fall ermittelt«, meinte Josie. »Er war in der Sondereinheit. Hat er denn nicht befürchtet, dass der Schlächter wieder hinter Winnie her gewesen sein könnte?«

Laura schüttelte den Kopf. »Er sagte, das Revier hätte den Schlächter überwacht und er hätte sich keine Mädchen mehr geholt.«

»Was glauben Sie denn, dass ihr passiert ist?«, fragte Josie.

»Ich weiß es nicht«, antwortete Laura. »Wenn sie von sich aus gegangen ist, wie dieser Detective meinte, kann ich mir nicht vorstellen, wohin. Manchmal hab ich mich sogar gefragt, ob sie sich umgebracht hat. Alle haben so verzweifelt versucht, ihr zu helfen, aber niemand kam mehr an sie heran.«

»Nachdem sie aus den Fängen des Schlächters gerettet wurde, sind Ihnen da irgendwelche neuen Bekannten von ihr aufgefallen?«, wollte Josie wissen.

Laura schüttelte den Kopf, aber Dennis meinte: »Da war dieser Mann. Wir haben anfangs gedacht, er wäre eine Art Therapeut. Erinnerst du dich, Laura? Der ist doch jede Woche gekommen, oder? Nachdem es passiert war, konnte Winnie zuerst gar nicht aus dem Haus gehen. Wegen ihrer Verletzungen und der ganzen Schmerzen. Aber dieser Typ ist jede Woche zu ihr gekommen, manchmal sogar öfter. Wir hatten keine Ahnung, wer das war, bis der Schlächter freikam.«

Laura sah ihren Mann lange an, während sie mit geschürzten Lippen in ihrem Gedächtnis kramte. Schließlich sagte sie: »Ich kann nicht glauben, dass ich das vergessen hab. Ja, das war schrecklich. Einfach nur schrecklich.«

»Wer war der Mann?«, wollte Josie wissen.

»Der Polizist, der den ganzen Fall in den Sand gesetzt hat. Ich erinnere mich nicht mehr an seinen Namen, nur noch an sein Gesicht. Er hat Winnie all diese Wochen über besucht, obwohl er genau wusste, was er angerichtet hatte.«

»Was hat er denn mit ihr gemacht?«, fragte der Chief.

»Wir haben keine Ahnung. Hatten wir auch damals nicht. Winnies Mutter meinte, er hätte manchmal mit ihr gesprochen und ansonsten einfach nur bei ihr gesessen. Ein paarmal sind sie auch spazieren gegangen. Ich konnte nicht herausfinden, warum ihre Mom sie einem Mann anvertraut hat, nach allem, was ihr bei dem Schlächter passiert war, aber offensichtlich war er die einzige Person, in dessen Anwesenheit Winnie sich wohlgefühlt hat.«

Dennis' Gesicht wurde hart und aus seinen Worten klang Ärger: »Nachdem der Schlächter freikam, hab ich diesen Polizisten mal im Hausflur erwischt und ihm gesagt, er soll die beiden in Ruhe lassen und gefälligst nie mehr hier auftauchen, denn wenn ich ihn noch einmal in diesem Gebäude sehen würde, würde es ihm leidtun.«

»Wir haben ihn dann nie mehr gesehen«, fügte Laura hinzu.

Josie rechnete in Gedanken nach. Das musste 1996 gewesen sein, ein ganzes Jahr oder länger vor dem Verschwinden von Kelsey Chitwood. Was hatte Benning da getan? Wollte er Winnie verführen? Er hatte sie nach ihrer Befreiung wöchentlich besucht, obwohl er die ganze Zeit wusste, dass er die Anklage gegen den Schlächter zunichtegemacht hatte. Hatte er aus einem Schuldgefühl heraus gehandelt? Oder aus einem anderen Grund? Mit Schuldgefühlen ließ sich das am ehesten erklären. Allerdings war Winnie ein paar Monate nach dem Freikommen des Schlächters und dem Tod ihrer Mutter verschwunden – kurz nachdem ihr wohlmeinender Nachbar Benning gedroht hatte.

Aber Benning lebte allein in der Nähe von Denton. Er war im ganzen Bundesstaat beschäftigt gewesen. Hatte er Winnie mit sich genommen? Waren sie die ganzen Jahre über irgendwie zusammen gewesen? Sie musste noch am Leben sein. Benning hatte bestimmt kein Prepaidhandy gekauft und einen E-Mail-Account eröffnet, der unter Laura Claxons Namen lief. Aber vielleicht Winnie. Sie hatte ja ganz offensichtlich eine emotionale Bindung zu dem Paar. Aber wo war sie? Wo sollte Benning sie die ganze Zeit über versteckt gehalten haben? Keiner der beiden hatte irgendwelchen Grundbesitz, aber wenn tatsächlich Benning hinter den Morden steckte, bräuchte er einen Ort, wo er die Mädchen gefangen halten konnte. Und er bräuchte Hilfe. Er hatte deutlich gemacht, dass es in seinem Leben niemanden gab. Auf jeden Fall niemanden, der loyal genug wäre, ihn dabei zu unterstützen, das einzige überlebende Opfer des Schlächters fünfundzwanzig Jahre lang von der Bildfläche verschwinden zu lassen.

Oder hatte er doch jemanden?

»Ich möchte gern sichergehen, dass wir über denselben Mann sprechen, wenn es Ihnen nichts ausmacht«, sagte der Chief.

Er blickte zu Josie und sie zog ihr Handy heraus und suchte zuerst ein Foto von Kade McMichaels heraus, um eine mögliche Verwirrtheit oder Gedächtnislücken auszuschließen. »Auf diesem Foto ist er wesentlich älter«, erläuterte sie und drehte den Bildschirm zu den Claxons. »Ist das der Mann, den Sie bei Winnie gesehen haben?«

Die beiden reagierten prompt. Dennis schüttelte den Kopf und Laura entgegnete: »Nein, nein, das ist er nicht.«

Josie zog ihr Handy zurück und wischte zu einem Foto von Travis Benning, das sie sich von der Website der RedLo Group geholt hatte. »Und was ist mit diesem Mann?«

»O ja, das sieht nach ihm aus«, antwortete Dennis. »Älter natürlich, aber dieses Gesicht werde ich nie vergessen. Diese Dreistigkeit, fast zwei Jahre lang hierherzukommen, als wäre er ein Freund, obwohl er doch die ganze Zeit gewusst hat, was er angestellt hatte. Das hat mich wirklich krank gemacht.«

»Wissen Sie«, meinte Laura, »Sie könnten bestimmt in den Zeitungen von damals sein Foto finden oder in alten Aufzeichnungen der Lokalsender hier. Sein Gesicht war überall zu sehen, nachdem der Schlächter freigekommen war. Die Familien der anderen Opfer haben das Police Department verklagt. Wussten Sie, dass er niemals gefeuert wurde? Sie haben ihn vom Dienst beurlaubt. Ich bin mir ziemlich sicher, dass er nach einem Jahr wieder zur Arbeit zurückkommen durfte. Dachten, sie könnten ihn einfach heimlich wieder in den Polizeidienst aufnehmen und niemand würde es bemerken. Als herauskam, dass er wieder im Dienst war – ich erinnere mich, dass das 1996 war, denn es war ungefähr zu der Zeit, als der Unabomber gefasst wurde –, ging eine Gruppe von Leuten zum Polizeirevier und hat dort protestiert.«

»Ja, wir sind damals auch hingegangen«, ergänzte Dennis, »weil wir erreichen wollten, dass er ein für alle Mal gefeuert wird, aber da es keinen Druck von den Medien gab, hat das den Polizeichef nicht gekümmert. Die haben sich für die ganze Geschichte überhaupt nicht interessiert. Der Unabomber war viel spannender als irgend so ein lokales Geschehen. Der Schlächter-Fall war da bereits Schnee von gestern. Hat keinen mehr gekümmert. Es war, als hätten sie diesen Polizisten die ganze Zeit geschützt und absichtlich immer in die andere Richtung gesehen, egal was passierte.«

Laura nickte zustimmend, während er sprach. »Ich habe den Verdacht, dass er auch innerhalb des Police Departments jemanden hatte, der für ihn die Strippen gezogen hat.«

»Da kann ich Ihnen nur beipflichten«, murmelte der Chief.

Und auch Josie wusste genau, wer der Strippenzieher gewesen war.

DREIUNDFÜNFZIG

In Tappy's Lounge war es genauso düster, feuchtkalt und muffig wie beim ersten Mal, als Josie die Bar betreten hatte. Diesmal war Harlan Chitwood jedoch der einzige Gast. Er saß allein vor einem Glas mit einer bernsteinfarbenen Flüssigkeit. Auch diesmal nahm der Barmann beim Hereinkommen keine Notiz von den beiden Ermittlern, sondern sah erst dann auf, als der Chief zu Harlan hinüberging und ihn mit einem Faustschlag ins Gesicht von seinem Barhocker holte.

»Chief!«, schrie Josie.

»Hey!«, brüllte der Barmann und kam mit einem Baseballschläger in den Händen hinter dem Tresen hervor.

Harlan, der rücklings auf dem Boden lag, schaute zu ihnen hoch, ein breites Grinsen im Gesicht. Dort, wo die Haut an seiner Wange aufgeplatzt war, tropfte Blut. Josie stellte sich zwischen die beiden Chitwoods und den Barmann und hob beschwichtigend die Hand.

»Du Hurensohn!«, stieß der Chief verächtlich hervor. Die Hände neben seinem Körper waren zu Fäusten geballt, sein Brustkorb hob und senkte sich. »Was hast du getan?«

Der Barmann kam einen Schritt näher, doch Josie legte ihre Hand auf den Baseballschläger und schob ihn beiseite.

Harlan lachte und berührte seine Wange mit zwei Fingern, dann starrte er sie an. Sie waren nass und rot. Er setzte sich auf und wischte sich das Blut an der Hose ab. »Fängst du schon wieder damit an, Bobby? Die Sache ist Jahrzehnte her. Wann schließt du endlich damit ab?«

»Ich werde damit abschließen, wenn du mir sagst, was du getan hast, du Scheißkerl!«, herrschte der Chief ihn an. »Und wenn du es nicht sagst, bring ich dich ...«

»Aufhören«, sagte Josie laut und deutlich. »Sofort aufhören.« Sie sah Harlan an. »Stehen Sie auf.«

Harlan schüttelte den Kopf. »So springst du also mit einem Mann über neunzig um? Das ist Gewalt gegen ältere Menschen, das ist dir schon klar? Ich bin ...«

»Aufstehen!«, befahl Josie ihm. »Alles andere interessiert mich nicht.«

Langsam rappelte Harlan sich hoch, wobei er ununterbrochen in sich hineinkicherte. »Da hast du ja eine echte Granate erwischt, Bobby. Jung, knackig und temperamentvoll. Die waren mir auch immer die Liebsten.«

Wieder wollte der Chief sich auf Harlan stürzen, doch diesmal schob sich Josie zwischen die beiden Männer. Sie stemmte ihre Absätze in den klebrigen, abgewetzten Boden, um den Chief mit ihrem ganzen Gewicht davon abzuhalten, auf seinen Vater loszugehen. Auch der Barmann griff ein und half Harlan auf einen Stuhl außerhalb der Reichweite des Chiefs.

»Es reicht«, sagte Josie zum Chief. »Das Einzige, was jetzt zählt, ist, dass wir Erica Mullins finden, vergessen Sie das nicht. Noch hat sie eine Chance.«

Josie sah, wie sich seine Kaumuskeln verkrampften und wieder lösten, hatte aber dennoch den Eindruck, dass die Anspannung in seinem Körper etwas nachließ. »Setzen Sie sich«, wies sie ihn an.

Sie selbst nahm auf dem Barhocker Platz, der zwischen Vater und Sohn stand. Der Barmann kehrte hinter seinen Tresen zurück, verstaute den Schläger wieder und stellte vor jeden von ihnen ein Schnapsglas. Er begann, sie mit Whiskey zu füllen, doch Josie hielt die Hand über ihr Glas. Schon lange hatte sie kein so dringendes Bedürfnis nach Alkohol mehr verspürt wie in diesem Augenblick, aber sie hatte nicht vor, ihr Versprechen gegenüber sich selbst zu brechen – und schon gar nicht wegen eines moralisch derart verkommenen Menschen wie Harlan Chitwood.

Der Barmann reichte Harlan ein Geschirrtuch, das dieser gegen seine Wange presste, während er mit der anderen Hand nach dem Glas griff und den Whiskey hinunterstürzte. »Ahhh«, stöhnte er genüsslich, dann knallte er das Glas wieder auf den Tresen. Der Barmann füllte es erneut.

»Sie waren Teil der Sondereinheit, der man den Fall des Schlächters übertragen hatte. Winnie Hyde war eines seiner Opfer.«

Harlan rollte die Augen. »Scheint Ihnen wohl Spaß zu machen, irgendwelchen alten Kram wieder aufzuwärmen, was, Schätzchen?«

»Wenn er etwas mit Leichen zu tun hat, die in meinem Zuständigkeitsbereich gefunden werden, auf alle Fälle, Sie Supercop. Sie kennen also Winnie Hyde.«

»Jeder, der an diesem verdammten Fall gearbeitet hat, kannte sie«, sagte er.

»Sind Sie denn nicht stutzig geworden, als man ihre Fingerabdrücke auf der Kirchenbank entdeckt hat, auf der Ihre Tochter ermordet aufgefunden wurde?«, fragte Josie.

Sein Blick verfinsterte sich. Er ließ das Geschirrtuch sinken, das inzwischen blutverschmiert war.

Josie fuhr fort: »Sie und Ihre Kollegen haben Winnie Hyde 1994 vor dem Schlächter gerettet. 1996 wurde sie wegen Ladendiebstahls verhaftet und unter Anklage gestellt. Sie haben die Festnahme damals durchgeführt. Später verstarb Winnies Mutter, sie selbst verschwand, und ihre Nachbarn versuchten, sie vermisst zu melden. Sie haben die beiden in ihrer Wohnung aufgesucht und ihnen erklärt, Sie könnten nichts tun. 1997 ist dann Ihre Tochter Kelsey verschwunden und vier Monate später hat man sie tot in der Kirche gefunden und die Fingerabdrücke von Winnie Hyde auf einer der Kirchenbänke. Warum sind Sie der Sache nicht weiter nachgegangen?«

Harlan stürzte den nächsten Whiskey hinunter. »Weiter nachgegangen? Was hätte ich denn rausfinden sollen? Warum die Fingerabdrücke von irgend so einem durchgeknallten, verkorksten Mädchen am Tatort gefunden wurden? Wen hätte das interessiert?«

»Den leitenden Ermittler in dem Fall hätte das interessieren müssen«, entgegnete der Chief. »Dich. Du kanntest Winnie Hyde. Sie war nicht irgendein Mädchen. Du wusstest aus deinen Ermittlungen im Fall mit dem Schlächter, dass ihr Haar weiß geworden war. Man hatte beobachtet, wie Kelsey vor ihrem Verschwinden an der Bushaltestelle wiederholt mit einer weißhaarigen Frau gesprochen hat. Ist dir denn nie in den Sinn gekommen, dass es da einen Zusammenhang geben könnte?«

Harlan machte eine wegwerfende Handbewegung. »Ach, komm schon, Bobby. Du weißt, dass bei solchen Fällen nicht alles eine Bedeutung hat. Ja, Kelsey hatte sich mit einer weißhaarigen Frau unterhalten. Hast du eine Ahnung, wie viele Leute in dieser Stadt weiße Haare haben? Ihr beiden macht einen ganz schönen Wirbel um die Sache. Kelsey ist tot und wird nicht wieder lebendig. Komm endlich drüber hinweg, Bobby.«

Er deutete auf sein Glas und der Barmann füllte es erneut. Josie schob es außer Reichweite von Harlan. Sie beugte sich weit genug vor, um seinen fauligen Atem und den metallischen Geruch des Blutes wahrzunehmen, das inzwischen auf seiner

Wange gerann. »Dem großen Harlan Chitwood ist doch nicht etwa irgendwas entgangen? Oder doch?«

Harlan antwortete nicht, sondern versuchte stattdessen, nach seinem Glas zu greifen. Josie schob es noch ein Stück weiter, sodass er es nicht erreichen konnte. »Sie wissen ja selbst, Harlan, dass Sie hier in der Stadt bei allem Ihre Finger mit im Spiel haben. Ihr Sohn hat das Sorgerecht für Kelsey nicht bekommen, weil Sie einen Richter in der Tasche hatten. Ihre alten Fälle sind alle unter Verschluss, sodass niemand rausfinden kann, was für einen Pfusch Sie da geliefert haben.«

»Hey …«, widersprach Harlan.

»Halt den Mund«, fuhr der Chief ihn an.

Josie sprach weiter: »Ihr Partner, Travis Benning, hat im Fall mit dem Schlächter einen so eklatanten Fehler begangen, dass man deshalb einen Serienmörder wieder auf freien Fuß setzen musste – einen Serienmörder, der es auf junge Mädchen abgesehen hatte. Aber Benning wurde dafür nicht etwa gefeuert, sondern durfte seine bisherige Arbeit als Ermittler fortsetzen. Die Familien der Opfer des Schlächters haben Protest eingelegt, aber er durfte seinen Job trotzdem behalten. Und dafür waren Sie verantwortlich.«

»Diese Familien haben eine Entschädigung bekommen und damit war die Sache abgeschlossen«, sagte Harlan.

»Wie konntest du das tun, Dad?«, fragte der Chief. »Und warum? Warum hast du das getan?«

Harlan beugte sich nach vorn und deutete mit seinem knotigen Finger an Josie vorbei auf den Chief. »Du hast es immer noch nicht kapiert, was? Du kapierst einfach nicht, worum es bei der Polizeiarbeit geht. Es geht einzig und allein darum, ganz nach oben zu kommen und sich dort zu halten. Wenn du das Gesetz auf deiner Seite hast, spielt alles andere keine Rolle. Dann hast du Macht, mein Sohn. Aber das hast du noch nie begriffen. Wenn du erst mal die Macht hast, bist du nicht mal mehr auf Geld angewiesen. Und um Macht zu bekommen, muss man Geheimnisse sammeln. Dinge, die die Menschen lieber nicht mit anderen teilen. Du sorgst dafür, dass sie in deiner Schuld stehen, dann bleibst du immer ganz oben. Der Richter, der dir das Sorgerecht für Kelsey nicht geben wollte? Dem stand ein Prozess wegen Vergewaltigung bevor. Ich hab dafür gesorgt, dass es nicht so weit kam. Er war mir was schuldig. Und der Polizeichef damals, 1994? Der hat seine Frau mit einer Prostituierten betrogen. Ich hatte Beweisvideos! Der war mir auch was schuldig.«

»Sie haben Travis Benning also eine Gefälligkeit erwiesen«, sagte Josie und schob Harlan mit ihrer freien Hand ein Stück von sich weg. »Da haben Sie ja offenbar einige Verbindlichkeiten einlösen müssen. Was waren Sie ihm denn schuldig?«

Sie nahm ihre Hand von seinem Glas. Er griff gierig danach und kippte den Whiskey hinunter, wobei ein Teil davon sein Kinn hinunterrann. Als er keine Antwort gab, sagte der Chief: »Quinn hat dich was gefragt. Was hattest du Travis Benning zu verdanken?«

Harlan hielt den Blick starr auf das leere Glas gerichtet. Er winkte dem Barmann, aber dieser schüttelte den Kopf und stellte die Whiskeyflasche zurück ins Regal. Harlan schob das Glas beiseite, holte tief Luft und stieß einen Seufzer aus, der eine jahrzehntelange Anspannung verriet. Er ließ die Schultern hängen und für einen kurzen Augenblick sah man ihm tatsächlich jedes einzelne seiner über neunzig Lebensjahre an. Wieder tupfte er seine Wange mit dem Geschirrtuch ab und sagte: »Alles. Ich hatte ihm alles zu verdanken. Benning steckte mit dem Polizeichef und dem Bezirksstaatsanwalt unter einer Decke und war offenbar damit beauftragt worden, mich abzusägen. Da ging's um irgendwelche bescheuerten internen Angelegenheiten. Als sie ihn rekrutiert haben, war er noch Streifenpolizist. Sie haben ihn in jeder Hinsicht gefördert, irgendwann zum Ermittler ernannt und dann auf mich angesetzt. Er sollte so viel Schmutz wie möglich über mich rausfinden und ihnen darüber Bericht erstatten, alles dokumentieren.«

»Sie wollten wahrscheinlich wissen, was Sie über sie in der Hand hatten«, sagte Josie.

Harlan nickte. »Das auch. Aber in erster Linie hatten sie es auf mich abgesehen.«

»Wie hast du Benning auf deine Seite bekommen?«, wollte der Chief wissen.

Harlan lachte in sich hinein. Er fummelte an dem blutigen Geschirrtuch herum. »Der Bursche war einfach nicht für diesen Job gemacht. Klar, sowas wie Verkehrskontrollen hat er schon hingekriegt, aber bei allem, was darüber hinausging, hat er sich echt in die Hose gemacht. Es war also nicht schwer. Ich hatte ihm einmal, ganz am Anfang, das Leben gerettet und da hat er ausgepackt und mir alles erzählt. Er hat gesagt, dass er mit dem, was ich mache, nichts zu tun haben will, mich aber auch nicht verpfeifen würde. Als der Chef und der Staatsanwalt ihn nach Beweisen für mein ›Fehlverhalten‹ fragten, hatte er nichts für sie.«

»Und wie ging es dann in dem Fall mit dem Schlächter weiter?«, fragte Josie.

»Wie? Mit Benning, meinen Sie? Er war damals mit so einer Tussi zusammen. Ihre Tochter war eines der vermissten Mädchen. Der Chef hat Benning von der Sondereinheit abgezogen. Die Sache ging ihm zu nahe und sein Verhalten wurde unberechenbar. Ich glaube, seine Braut hat ihm ziemlich Druck gemacht, dass er das Mädchen finden soll. Aber der Kerl lief ja immer noch frei herum. Als wir dann eine Spur zum Täter hatten, bat er mich, ihm zu sagen, wann und wo der Zugriff stattfinden würde. Ich hab mir nichts dabei gedacht. Ich dachte, er will es nur wissen, weil die Tochter seiner Freundin vielleicht auch dort sein könnte. Aber dann ist er vor uns allen hingefahren. Hat sich in das Haus geschlichen und alles angefasst, in fast jedem Zimmer. Ich kann Ihnen sagen: Der ist komplett ausgetickt. Sowas hab ich noch nie erlebt. Wir sind angerückt und wollten das Haus durchsuchen, derweil war er schon überall gewesen. Wir haben ihn dann im Mordzimmer gefunden, von Kopf bis Fuß mit Blut beschmiert. Alles war voll, als hätte jemand das Zimmer mit einer verdammten Sprühdose angemalt. Und er stand mittendrin, das Kind seiner Freundin in den Armen, und hat geheult wie ein Baby. Das ältere Mädchen, Winnie, saß oben auf einer Kommode wie so ein verfluchter Gargoyle und hat alles beobachtet. Sie hat kein Wort gesagt.«

Josie lief ein kalter Schauer über den Rücken, aber sie unterdrückte das Zittern. Sie spürte ihr Handy in ihrer Jackentasche vibrieren, ignorierte es jedoch und fragte: »Hat Winnie denn nicht gegen den Schlächter ausgesagt? Hätte ihre Zeugenaussage denn nicht trotz der kontaminierten Beweise ausgereicht?«

Harlan zuckte mit den Schultern. »Vielleicht. Davon sind wir alle ausgegangen, obwohl man ihre Glaubwürdigkeit durchaus anzweifeln konnte. Immerhin war sie nicht angebunden oder so, als wir in das Haus kamen. Sie hätte also weglaufen können. Aber sie hat es nicht getan. Vielleicht hatte er sie ja schon seelisch gebrochen. Oder sie hatte das Stockholm-Syndrom oder sowas, nach all dem, was er ihr angetan hatte. Sie wollte nichts dazu sagen. Zuerst hat sie gar nichts gesagt, monatelang, kein einziges Wort. Ihre Mutter meinte, sie würde Winnie nicht zu einer Aussage zwingen. Und weil sie nicht auf der Zeugenliste stand, hat die Verteidigung einen Antrag auf Unterdrückung von Beweisen gestellt. Und gewonnen.«

Josie stieg Zornesröte ins Gesicht. »Hat denn keiner von Ihnen ihr erklärt, wie wichtig ihre Aussage ist? Dass der ganze Prozess davon abhängt, weil Benning den kompletten Tatort kontaminiert hat?«

»Das war nicht meine Aufgabe, Herzchen. Außerdem hat

Benning durchaus versucht, sie dazu zu bringen, dass sie etwas sagt und als Zeugin auftritt.«

»Und damit ging alles los«, sagte der Chief.

Josie warf ihm einen Blick zu und sah den Schmerz in seinen Augen.

»Was ging los?«, fragte Harlan.

Das Handy des Chiefs meldete sich. Josie kannte das Klingeln – es war das eines altmodischen Wählscheibentelefons. Er nahm es aus der Tasche und drückte den Anruf weg, ohne auf das Display zu sehen. Sein Blick war fest auf Harlan gerichtet.

»Sie sind gar nicht untätig geblieben, als man Winnies Fingerabdrücke am Schauplatz von Kelseys Ermordung gefunden hat«, sagte Josie. »Sie haben sehr wohl nachgeforscht, weil Sie nämlich genau wussten, wo Winnie war – oder besser gesagt: jemanden kannten, der es wusste. Travis Benning hatte Winnie Hyde jede Woche besucht, seit sie aus dem Mordzimmer des Schlächters befreit worden war. Eine Weile nach ihrem achtzehnten Geburtstag starb ihre Mutter und dann verschwand Winnie spurlos, von einem Tag auf den anderen. Dabei war sie die ganze Zeit über bei Benning, oder?«

Harlan hob die Hände. »Ich hatte etliche Sachen mit irgendwelchen jungen Frauen am Laufen. Ich hatte nicht vor, mich da einzumischen. Sie war in Sicherheit. Und er hat dafür gesorgt.«

Wieder spürte Josie das Vibrieren ihres Handys, aber sie konzentrierte sich weiter auf das Gespräch mit Harlan.

»Du hast mit ihm über Winnies Fingerabdrücke gesprochen. Was hat er gesagt?«, fragte der Chief.

Harlan ließ den Kopf hängen. »Ihr zwei lasst mich anscheinend erst in Ruhe, wenn ich euch alles erzählt habe, was?«

Josie überlegte, ob sie ihm sagen sollte, dass möglicherweise das Leben eines Mädchens auf dem Spiel stand. Aber einem Mann wie Harlan Chitwood war das vermutlich egal. Für manche Menschen war die Entscheidung, zur Polizei zu gehen, eine Berufung, mit dem Ziel, sich in den Dienst der Gesellschaft zu stellen, andere zu beschützen und für Gerechtigkeit zu sorgen, wann immer das möglich war. Anderen aber ging es nur um Macht – die Macht, die die Polizeimarke ihnen verlieh, und den Schutz, den sie ihnen bot. Und nicht selten war es ein Schutz, den sie nicht verdienten. Das Einzige, was Harlan Chitwood je interessiert hatte, waren die Macht und er selbst.

Josie gab dem Barmann ein Zeichen. Er füllte ihr Glas und sie schob es vor Harlan. »Sie sagen uns, was Sie wissen – die Wahrheit –, dann sehen Sie uns nie wieder.«

Harlan kippte den Whiskey hinunter und wischte sich mit dem Handrücken über den Mund. »Ich wusste, dass irgendwas zwischen Benning und Winnie Hyde lief, aber nicht, was. Ich stellte ihn wegen der Fingerabdrücke zur Rede. Es sagte, er würde mit ihr sprechen. Ich wollte, dass er sie aufs Revier bringt. Er meinte, er müsste sie erst finden.«

»Hat sie denn nicht bei ihm gewohnt?«, fragte Josie.

Harlan fuhr mit dem Finger am Rand des Glases entlang. »Seiner Aussage nach nicht. Sie ist wohl ab und zu vorbeigekommen und eine Weile geblieben, dann aber immer wieder für längere Zeit verschwunden. Er sagte, er wüsste nicht, wohin sie ging. Ich erklärte ihm, dass er sie finden und aufs Revier bringen muss, aber er weigerte sich. Er wollte nicht, dass sie vernommen wird, weil sie schon traumatisiert genug war. Aber er hat mit ihr gesprochen. Sie hat ihm erzählt, sie wäre oft in die St.-Agnes-Kirche gegangen, um zu beten und ihren Glauben zu finden oder so, und hätte eines Abends gesehen, wie der Schlächter gerade aus der Kirche kam. Weil sie es mit der Angst zu tun bekam, hat sie gewartet, bis er weg war, und ist dann reingegangen. Sie hat Kelsey gefunden. Und deshalb waren auch ihre Fingerabdrücke dort. Sie hat die Polizei nicht verständigt, weil sie Angst hatte.«

»Und Benning hatte sie auch nichts davon erzählt?« Josie

spürte, wie ihr Handy ein weiteres Mal vibrierte. »Haben Sie ihm die Geschichte wirklich abgenommen?«

Harlan schob das Glas von sich. Es fiel um und rollte auf dem Tresen hin und her. »Es war der Schlächter. Warum sollte er von allen Mädchen in der ganzen Stadt gerade meine Tochter umbringen? Sie erstechen und an einem öffentlich zugänglichen Ort zurücklassen? Weil es eine Botschaft von ihm war. Ich hatte die Ermittlungen der Sondereinheit geleitet. Ich hatte dem Kerl die Handschellen angelegt. Er hat mich damit verhöhnt. Er hat sogar seine Vorgehensweise geändert, damit wir die Sache nicht mit ihm in Verbindung bringen.«

»Lass mich raten«, sagte der Chief. »Winnie wollte auch in diesem Fall nicht als Zeugin aussagen.«

»Ich brauchte mehr als ihre Zeugenaussage«, entgegnete Harlan. »Benning und ich sind dem Dreckskerl fast ein verdammtes Jahr lang hinterhergerannt und haben versucht, genügend Beweise zu bekommen, um ihn festnehmen zu können.«

»Und dann ist er weggezogen«, sagte Josie. »Einfach verschwunden.«

Harlan stieß ein Lachen aus. »Weil Benning und ich ihn haben verschwinden lassen. Und damit hatte ich Benning dann in der Hand. Er hat mir geholfen, den Schlächter umzubringen. Der Kerl hauste in einer abgelegenen Hütte, mitten im Nirgendwo. Eines Nachts haben wir ihm einen Besuch abgestattet. Niemand hat was davon mitbekommen. Meilenweit keine Menschenseele. Wir haben uns Zeit gelassen und dann haben wir ihn im Wald verscharrt. Aber falls ihr jemals versuchen solltet, mich dafür einzubuchten, werde ich abstreiten, dass ich euch das alles erzählt hab. Und mein Freund da drüben ...« – er deutete auf den Barmann – »... hat auch kein Wort davon mitbekommen.«

»Was mitbekommen?«, sagte der Barmann und wandte sich wieder dem Fernsehbildschirm an der Wand zu.

»Warum hast du mir nie was davon erzählt?«, fragte der Chief.

»Machst du Witze, Bobby? Du hast doch schon immer versucht, mich für irgendwas dranzukriegen, seit dem Tag, als du zum ersten Mal die Uniform getragen hast. Außerdem ist das nicht alles. Das Beste kam dann ein paar Jahre später, als die Hütte zwangsversteigert wurde.«

Josie versuchte sich daran zu erinnern, was sie in der Fallakte darüber gelesen hatte. Es war nicht Harlan Chitwood gewesen, der die Hütte des Schlächters gekauft hatte. »Sie mussten irgendwie verhindern, dass sie in die Hände von jemand Fremden gelangt«, sagte Josie. »Immerhin lag da draußen ja die Leiche des Schlächters. Was haben Sie gemacht?«

»Ich hatte damals was mit dieser Frau – junges Ding, krass drogenabhängig, versuchte gerade, ihr Leben wieder in den Griff zu kriegen. Sie war eine Informantin bei dieser Serie von Morden zwischen zwei rivalisierenden Banden – da ging's wieder mal um Drogen. Auch nachdem der Fall abgeschlossen war, wollte ich die Sache mit ihr fortsetzen, und sie wollte unbedingt aus Brighton Springs raus. Also hab ich ihr geholfen. Ich hab ihr etwas Geld gegeben und sie hat die Hütte zu einem Spottpreis gekauft. Im Gegenzug dafür hat sie niemandem was von unserer Vereinbarung erzählt. Kein Wort. Eine Weile lang war ich noch mit ihr zusammen, aber irgendwann hatte ich keine Lust mehr, ständig zu dieser Hütte rauszufahren.«

»Lorna Sims?«, fragte Josie, der der Name wieder eingefallen war, auf den Noah bei seiner Recherche über die Hütte gestoßen war.

»Ja«, bestätigte Harlan und grinste sie an. »Nicht schlecht, Süße. Ja, Lorna hat in der Hütte gewohnt. Auf dem Grundstück gab es auch noch eine alte Scheune. Dort hat Benning seine Freundin einquartiert – Winnie. Er meinte, sie käme mit anderen Menschen nicht so gut zurecht und bräuchte einen ruhigen Ort, weit ab vom Schuss. Ich hab ihn gefragt, ob es ihr denn nichts ausmacht, dass das Grundstück mal dem Schlächter gehört hat, aber er meinte, die Vorstellung würde ihr sogar gefallen. Jedenfalls ist Benning immer wieder mal zu ihr rausgefahren, wenn es von der Arbeit her ging, so wie ich es auch mit Lorna gemacht hab. Das hat eigentlich ganz gut geklappt. Selbst als ich dann genug hatte von Lorna, ist er noch hingefahren und hat dafür gesorgt, dass niemand dort rumschnüffelt.«

»Lebt Lorna noch dort?«, fragte Josie.

»Nö, sie ist vor vielleicht zehn, elf Jahren von dort weg. Danach ist Bennings Freundin in die Hütte raufgezogen.«

»Wer zahlt die Grundsteuer für die Hütte?«, wollte Josie wissen. »Sie läuft doch immer noch auf den Namen von Lorna Sims.«

»Benning und seine Freundin«, antwortete Harlan. »Sie nutzt die Scheune für irgendwelche Geschäfte, macht da irgendwas für die Leute aus der Gegend. Keine Ahnung, was. Ist mir auch egal. Das läuft wohl unter der Hand, aber sie scheint damit genug zu verdienen, um einmal im Jahr die Grundsteuer bezahlen zu können.«

Wieder klingelte das Handy des Chiefs, aber er brachte es zum Schweigen.

Josie fragte: »Wo liegt diese Hütte?«

VIERUNDFÜNFZIG

Josie stieg in ihren SUV und startete den Motor. In der Hand hielt sie die grobe Karte, die Harlan für sie und den Chief auf der Rückseite einer Serviette skizziert hatte. Sie tippte die Adresse der Hütte in das Navi. Wie Harlan vorausgesagt hatte, konnte es den Standort nicht finden. Er hatte ihr geraten, stattdessen die Adresse einer Autowerkstatt in der nächstgelegenen Ortschaft zu verwenden. »Die liegt an der Einmündung der Straße, die zu der Hütte raufführt«, hatte er ihnen erklärt. »Da biegt ihr nach links ab und fahrt ein paar Kilometer. Wenn ihr dann die Scheune seht, wisst ihr, dass ihr richtig seid.«

Josie gab die Adresse ein und der Standort der Werkstatt wurde angezeigt. Harlan hatte sie allerdings gewarnt, dass das Navi sie siebzig oder achtzig Kilometer vor dem Ziel im Stich lassen würde. »Mitten im Nirgendwo« war eindeutig untertrieben, dachte sich Josie, als sie auf das Display tippte, um die Satellitenansicht einzustellen. Kilometerweit sah man nichts als grünen Wald. Mit Daumen und Zeigefinger versuchte sie die Ansicht zu verkleinern, doch das Grün schien kein Ende zu nehmen. Harlan hatte ihnen gesagt, dass die Straße auf keiner Karte eingezeichnet war, und ihnen deshalb die Skizze mitgegeben. Der einzige Orientierungspunkt, den er erwähnt hatte, war die zweistöckige, rot gestrichene Scheune am Rand einer Schotterpiste.

Josie zentrierte die Karte auf dem Navi wieder und sah auf die Uhr. Anderthalb Stunden Fahrzeit. Sie würde es in der Hälfte der Zeit schaffen. Damit wären sie auf alle Fälle noch rechtzeitig vor Erica Mullins' sechzehntem Geburtstag vor Ort.

Der Chief stieg ein und setzte sich auf den Beifahrersitz. »Mein Telefon hat die ganze Zeit geklingelt«, sagte er, holte es heraus und scrollte durch die Liste der verpassten Anrufe. »Gretchen, Mett, Noah.«

»Meines auch«, entgegnete Josie, deren Handy in diesem Moment ebenfalls wieder in ihrer Tasche zu vibrieren begann. Sie befestigte die Warnleuchte auf dem Autodach, dann raste sie vom Parkplatz der Bar.

»Quinn, wollen Sie denn nicht wissen, warum die anderen angerufen haben, bevor wir uns in diesen endlosen Wald schlagen und nach der Hütte suchen?«, erkundigte sich der Chief.

»Rufen Sie Noah zurück«, wies Josie ihn an, während sie das Lenkrad herumriss, um zwei Autos vor ihnen zu überholen. »Wenn ich mich nicht täusche, sollte sich Erica Mullins noch bis mindestens morgen Nachmittag in der Scheune oder der Hütte befinden. Aber ich will keine Zeit verlieren, falls irgendwas schiefgeht.«

Der Chief wählte Noahs Nummer und schaltete auf Lautsprecher. »Fraley«, sagte er, als Noah sich meldete. »Was zum Teufel ist denn los?«

»Es geht um Travis Benning. Er ist tot.«

Es folgte ein langes Schweigen. Josie wandte die Augen für eine Sekunde von der Straße ab, um zum Chief hinüberzusehen. Er wirkte seltsam ruhig, wie er so das Handy vor sich hielt und mit starrem Blick fixierte, als wäre es etwas, was er noch nie zuvor gesehen hätte.

Josie konzentrierte sich wieder auf die Straße. »Was ist passiert?«

»Wir hatten Mett auf ihn angesetzt. Er ist zu dem Wohnblock gefahren, wo Benning lebt, und hat gesehen, dass sein Auto noch dort stand, also hat er geparkt und vor dem Haus gewartet. Kurz darauf ist eine ganze Batterie von Deputys aus Lenore County aufgetaucht. Die Nachbarin von unten meinte, sie hätte sich nicht konzentrieren können, weil bei Benning der Fernseher so laut lief und sie ein Tropfen gehört hätte. Sie ging rauf und wollte ihn bitten, leiser zu stellen, aber seine Tür stand offen. Er hat sich umgebracht, Josie. Hat sich die Pulsadern aufgeschnitten und ist verblutet. Das Tropfen, das die Frau gehört hat, war sein Blut. Er saß am Küchentisch.«

»Oh, mein Gott«, sagte Josie. Sie raste durch die Straßen von Brighton Springs in Richtung Interstate, während die Autos vor ihr an den Straßenrand fuhren, um Platz zu machen.

»Aber das ist noch nicht alles. Er hat eine Nachricht hinterlassen.«

Josie spürte die Angst durch ihren Magen kriechen, wie eine Giftschlange, die jeden Moment angreifen würde. »Was stand drin, Noah?«

Der Chief verharrte immer noch regungslos.

»Noah!«, schrie Josie.

»Sie war an dich gerichtet, Josie. Sie lautet: *Tut mir leid. Schauen Sie in Ihre E-Mails.*«

Für einen Moment verschlug es Josie die Sprache.

Dann meldete sich endlich der Chief zu Wort: »Das ist alles? ›Hallo, Detective Quinn: Tut mir leid. Schauen Sie in Ihre E-Mails‹?«

»Ich kann euch ein Foto davon schicken, wenn ihr wollt«, antwortete Noah. »Die Nachricht lag auf dem Tisch, neben deiner Visitenkarte, Josie. Daher hatte er auch die E-Mail-Adresse.«

Josie wusste, dass es ein Leichtes für Noah war, die

Zugangsdaten für ihren polizeilichen E-Mail-Account zu erraten. Er kannte fast alle ihre Passwörter und PINs. »Hast du schon reingeschaut?«, fragte sie ihn.

Noah zögerte.

Der Chief erhob seine Stimme und fragte noch einmal: »Fraley? Haben Sie reingeschaut?«

»Ja«, gab Noah mit einem Seufzen zurück. »Ich hab dein Passwort erraten, Josie. Wir konnten dich nicht erreichen und haben uns Sorgen gemacht, dass irgendwas mit Erica Mullins sein könnte. Ich bin davon ausgegangen, dass ihr nichts dagegen habt. Wegen Gefahr im Verzug und so.«

»Was hat er mir geschickt?«, wollte Josie wissen. Ihr Herz hämmerte so stark, dass ihr ganzer Körper vibrierte.

»Videodateien«, sagte Noah. »Unmengen. Wir haben uns erst ein paar davon anschauen können, aber es sieht so aus, als würde es darin um Gemma Farmer gehen.«

Mühsam bezwang Josie den Brechreiz, der in ihr aufstieg. »Was ist in den Videos zu sehen, Noah?«

»Das ist ja das Verrückte«, antwortete er. »Wir haben uns auch auf das Schlimmste gefasst gemacht – das absolut Schlimmste –, aber bisher sieht man nur Gemma in diesem Zimmer. Es ist eine Art Schlafzimmer, aber für ein kleines Mädchen. Alles ist rosa gestrichen und mit Prinzessinnenkrönchen und Blumen dekoriert. Sie kommt rein, im Schlafanzug, und zieht dann etwas aus der Kommode an. Auch das sind eher Kleider, wie kleinere Mädchen sie tragen würden, keine Teenager. Der Ton ist abgestellt, aber sie scheint zu hören, wie jemand ihr sagt, was sie tun soll, weil sie eine Sache nach der anderen macht: Sie legt sich aufs Bett, kämmt sich am Frisiertisch die Haare, blättert in einem Bilderbuch – auch das wieder nicht ihrem Alter entsprechend –, schaut sich eine Zeichentrickserie im Fernsehen an und malt sogar in einem Malbuch.«

»Wie bitte?«, sagte der Chief. »Das ist alles? Ist jemand bei ihr?«

»In dem zweiten und dritten Video, das wir uns angeschaut haben, ist auch Benning zu sehen«, antwortete Noah. »Er bringt ihr ein Kleid und lässt es sie anziehen. Sie muss sich vor ihm im Kreis drehen und dann mit ihm tanzen. Im nächsten Video lässt er sie sich wieder umziehen und sie muss zu seinen Füßen sitzen, während er ihr ein Buch vorliest. Das ist nicht, was wir erwartet haben, aber trotzdem ganz schön gruselig, das sag ich euch.«

»Und sonst ist nichts zu sehen?«, hakte der Chief nach.

»Wir sind erst beim dritten Video, aber bis jetzt nicht.«

»Das sind sie«, sagte Josie, »seine Fantasien. Als wir Gemma Farmer gefunden haben, war sie abgesehen von der Stichwunde körperlich unversehrt. Keinerlei Anzeichen von Missbrauch oder Folter.«

»Weil sie mitgespielt hat«, sagte der Chief. »Sabrina Beck nicht, deshalb ist er mit ihr so brutal umgegangen.«

»Gretchen und Mett sind mit den Kollegen aus Lenore County vor Ort«, fuhr Noah fort, »und ich schau mir inzwischen so viele Videos wie möglich an und versuche rauszufinden, ob Erica ebenfalls mal in dem Zimmer war. Vielleicht stoße ich ja auf irgendwelche Hinweise, wo es sein könnte – in seinem Apartment war es offensichtlich nicht.«

»Das Zimmer muss in der Hütte sein«, sagte Josie. »Alles andere ist unwahrscheinlich. Harlan zufolge nutzen Benning und Winnie das Grundstück schon seit einundzwanzig Jahren, ohne dass ihre Namen jemals damit in Verbindung gestanden haben. Noah, mach bitte mit den Videos später weiter und besorg mir einen Durchsuchungsbeschluss für diese Hütte. Auf dem Grundstück gibt es außerdem eine Scheune, für die brauchen wir auch einen. Verständige den Sheriff des Countys, in dem sich die Hütte befindet, und schick ihm eine Kopie davon.«

»Geht klar«, antwortete Noah.

Josie überholte ein Auto nach dem anderen. Das Blinken der roten Warnleuchte durchschnitt die Nacht, die sie umgab.

Sie flogen nur so über den Highway und die weißen Streifen der Mittellinie schossen vorüber wie Sternschnuppen.

»Benning und Winnie haben die ganze Zeit über gemeinsame Sache gemacht«, sagte der Chief.

»Ja«, erwiderte Josie. Ihr fiel die weißblonde Haarsträhne in der Werkzeugkiste ein, die unter das Kärtchen mit der Nummer eins geheftet war. »Ich glaube, Winnie war Mädchen eins. Sie war von Anfang an bei ihm. Sie war der Lockvogel für Kelsey. In der Hütte können die beiden sie nicht festgehalten haben, weil die damals ja noch nicht mal dem Schlächter gehört hat, aber sie haben einen anderen Ort gefunden, und dort haben sie sie gefangen gehalten, bis sie sie dann irgendwann wieder loswerden wollten. Und dasselbe haben sie dann mit Priscilla Cruz gemacht – wenn wir davon ausgehen, dass sie Mädchen drei war.«

»Benning hat bei dem Fall mit dem Schlächter total gepfuscht und deswegen alles verloren. Er hat versucht, sich umzubringen. Nicht nur einmal. Scheiße. Jetzt hat er's doch geschafft. Aber warum hat er die Mädchen festgehalten und dann umgebracht? Und warum hat ihm das einzige überlebende Opfer des Schlächters dabei geholfen?«

»Ich weiß es nicht«, musste Josie zugeben. »Aber Sie haben mich doch mal gefragt, wie ich das Ganze sehe. Ich sag es Ihnen: Benning verliert im Verlauf der Schlächter-Morde die Tochter seiner Verlobten. Er ist schuld daran, dass der Täter freikommt. Seine Verlobte verlässt ihn. Seine berufliche Karriere ist ein Scherbenhaufen. Seine Schuldgefühle bringen ihn dazu, Winnie Hyde regelmäßig zu besuchen.«

»Die zu dem Zeitpunkt genauso gebrochen ist wie er«, murmelte der Chief.

»Das Mordzimmer des Schlächters ist ein Trauma, unter dem sie beide leiden«, merkte Josie an. »Aber mir ist nicht klar, wie alles anfing oder wer von beiden auf die Idee kam, die Mädchen zu entführen, festzuhalten und dann umzubringen.

Ich weiß nicht mal, warum die beiden es getan haben, außer dass es für Benning offenbar eine Möglichkeit war, seine Fantasien auszuleben.«

»Ja, die Mädchen werden entführt, aber sie werden nicht gequält, sondern bekommen das, was er für die Wunschvorstellung eines kleinen Mädchens hält.«

»Und an Stelle des Mordzimmers beim Schlächter tritt sein rosarotes Rüschchenzimmer mit den Märchenschlössern, Einhörnern und Blumen.«

»Aber wenn er die Mädchen erst mal bei sich hat, kann er sie natürlich nicht einfach wieder laufen lassen. Sie würden ihn verraten«, fuhr der Chief fort. Er zögerte, dann sagte er mit erstickter Stimme: »Aber warum gerade Kelsey? Meine Kelsey? Er kannte mich, er kannte meinen Dad. Sie war doch unschuldig, genauso wie die Mädchen, die der Schlächter umgebracht hat. Warum hat er ihr das angetan?«

»Chief, Sie dürfen nicht vergessen, dass wir es hier nicht mit einem zurechnungsfähigen oder vernünftig denkenden Menschen zu tun haben. In Benning war etwas ganz Grundlegendes zerbrochen. Außerdem gab es tatsächlich etwas, das alle Opfer gemeinsam hatten.«

»Dass sie alle fünfzehn Jahre alt waren? Voller Hoffnungen und Erwartungen, und ihr ganzes Leben noch vor sich hatten?«

»Ja«, stimmte Josie ihm zu. »Aber sie kamen auch alle aus einem Elternhaus, in dem schwierige Bedingungen herrschten. Für Kelsey gab es kein geregeltes Familienleben mehr, nachdem Ihr Vater beschlossen hatte, sie aufs Internat zu schicken. Gemma Farmers Eltern haben die ganze Zeit miteinander gestritten. Die Mutter von Sabrina Beck hat ihr Bestes getan, aber das Mädchen ist trotzdem immer wieder in Schwierigkeiten geraten. Und Erica Mullins' Eltern hatten anscheinend ein angespanntes Verhältnis zu ihr und auch untereinander. Die drei jüngsten Opfer waren alle wegen Stress, Ängsten und anderen Problemen in Therapie.«

»Dann dachte er also, er würde sie befreien?«, grübelte der Chief. »Das ist doch absurd.«

»Benning ist nicht normal. So wie er tickt, erschien ihm das alles wahrscheinlich ganz logisch. Wäre er ein normaler Mensch mit Sinn und Verstand, dann hätte er sowas nie getan.«

»Aber er hat doch mit Jugendlichen gearbeitet«, sagte der Chief. »Er hat in einer psychosozialen Einrichtung gearbeitet, verdammt noch mal!«

Josie nickte. »Kann sehr gut sein, dass er versucht hat, aufzuhören. Immerhin wurden nach Priscilla Cruz keine weiteren Opfer mehr gefunden, erst mit Gemma Farmer wieder. Wir wissen nicht, ob Mädchen vier unmittelbar vor Gemma dran war und wir sie einfach nicht gefunden haben, oder aber gleich nach Priscilla Cruz Anfang der Zweitausenderjahre, aber so oder so gibt es in der Serie seiner Verbrechen eine deutliche Lücke. Ohne zu wissen, wer Mädchen vier war und seit wann sie festgehalten wurde, ist es schwierig, den Zeitraum einzugrenzen, aber zwischen Priscilla Cruz und Gemma Farmer liegen mehr als fünfzehn Jahre.«

»Was hat ihn dazu gebracht, damit aufzuhören? Im Gefängnis war er während dieser Zeit nicht.«

»Ich weiß es nicht«, sagte Josie. »Es gibt nur eine Person auf der Welt, die es wissen könnte, und das ist Winnie Hyde.«

»Die bei den Verbrechen eine wichtige Rolle gespielt hat«, gab der Chief zu bedenken. »Sie war diejenige, die Daisy von dem Wegwerfhandy aus angerufen hat, das auf Laura Claxons Namen lief. Sie muss es gewesen sein. Und Sie glauben, wir können jetzt einfach so in ihrem verrückten Serienmörderfetischzimmerchen vorbeischauen und sie bitten, uns alle diese Fragen zu beantworten?«

»Nein«, gab Josie zurück. »Zumindest nicht allein. Sie müssten erst mal rausfinden, wer der Sheriff des Countys ist, in dem die Hütte liegt. Rufen Sie an und erklären Sie, was los ist. Und dann verständigen Sie noch die Staatspolizei. Es ist schon dunkel und die Gegend ist ziemlich abgelegen. Erica Mullins' Leben steht auf dem Spiel und wenn an dem, was wir besprochen haben, was dran sein sollte, ist Winnie Hyde gefährlich. Außerdem ist sie mit dem Gelände vertraut, womit wir im Nachteil sind. Wir brauchen Verstärkung, und zwar schnell, weil wir jeden Moment in ein Funkloch kommen.«

FÜNFUNDFÜNFZIG

Bei der Autowerkstatt, die Harlan ihnen beschrieben hatte, stießen zwei Deputys aus Wendig County und ein einzelner Staatspolizist zu ihnen. Er hatte eine ausgedruckte topografische Karte mitgebracht, auf der ihr aktueller Standort aus der Vogelperspektive zu sehen war: die Abzweigung auf die Schotterpiste rund anderthalb Kilometer weiter und dann, ungefähr drei Kilometer von dort, die rote Scheune, von der Harlan gesprochen hatte. Auf der Karte sah es so aus, als befände sich daneben ein kleiner, unbefestigter Parkplatz, von dessen Ende ein Weg bergauf zu einer Lichtung führte, auf der die Hütte stand. Sie würden den Wagen bei der Scheune abstellen und zunächst diese durchsuchen. Dann würden sie zu Fuß zu der Hütte hinaufgehen müssen, da der Weg zu schmal und damit nicht befahrbar war. Josie sah sich die Karte genau an, aber eine andere Möglichkeit, zur Hütte zu gelangen, gab es nicht – es sei denn, einer oder mehrere von ihnen versuchten es durch den Wald.

Josie tippte mit dem Finger auf die Karte. »Wie gut kennen Sie diesen Wald hier, Deputy?«

Der Mann schüttelte lächelnd den Kopf. »Nicht gut genug,

um die Hütte im Dunkeln zu finden, wenn es das ist, worauf Sie anspielen. Aber ich hätte einen Vorschlag: Mein Kollege und ich durchsuchen die Scheune, während Sie und die anderen zur Hütte raufgehen. Wir kommen dann nach und positionieren uns davor. Und falls Sie Hilfe brauchen, sind wir gleich vor der Tür.«

»Etwas anderes bleibt uns wohl nicht übrig«, erwiderte Josie.

Noah hatte ihr per E-Mail Kopien der beiden Durchsuchungsbeschlüsse zukommen lassen und einer der Deputys aus Wendig County war so nett gewesen, sie für Josie auszudrucken und mitzubringen. Sie steckte die Papiere in ihre Gesäßtasche und zurrte die Riemen ihrer Einsatzweste fest. Etwas mehr Verstärkung wäre ihr lieber gewesen, aber letztendlich hatten sie und der Chief ja auch nur vor, die Scheune und die Hütte nach Erica Mullins zu durchsuchen und wenn möglich Winnie Hyde zu befragen. Der Chief hatte keine Einsatzweste mitgebracht, doch Josie hatte noch die von Noah im Kofferraum. Er zog sie sich über, dann kontrollierten sie alle ihre Waffen und Taschenlampen und stiegen wieder ein.

Als sie neben der roten Scheune parkten und die Scheinwerfer ausschalteten, sah Josie zum Chief hinüber. Er hatte seit über einer Stunde kein Wort mehr gesagt.

Sie knipste ihre Taschenlampe an. »Und, sind Sie bereit?«

Für einen kurzen Moment traf der Lichtschein seine Augen. Er blickte sie so finster an wie noch nie zuvor. »Ich bin seit fünfundzwanzig Jahren bereit, Quinn. Also los.«

Der Strahl ihrer Taschenlampen hüpfte auf und ab, als sie sich an die Rückseite der Scheune heranpirschten. Das Licht von Josies Lampe fiel auf ein kleines Schild neben dem Seiteneingang mit der Aufschrift Hydes Wildverarbeitung.

Während die beiden Deputys die verdunkelte Scheune durch eine Hintertür betraten, gingen Josie, der Chief und der Polizist weiter. Sobald sie an den Weg zur Hütte kamen, schalteten sie die Taschenlampen aus. Es gab keine größere Lichtquelle in der Umgebung, aber ihre Augen gewöhnten sich schnell an die Dunkelheit, und das silberne Licht des Mondes reichte aus, um im Gelände etwas erkennen zu können. Der schwarze Nachthimmel mit Tausenden von funkelnden Sternen bot ein großartiges Schauspiel. Schweigend marschierte das Grüppchen den steinigen Pfad hinauf. Es war nichts zu hören als das Zirpen der Grillen, der Ruf einer Eule und ihr eigenes Keuchen. Endlich tauchte die Hütte auf, aus deren Fenstern goldenes Licht fiel. Die Hütte selbst zeichnete sich als tiefschwarze Silhouette vor dem noch dunkleren Hintergrund ab. Sie war größer, als Josie erwartet hatte. Zusammen mit dem Chief betrat sie die schmale Veranda, auf der lediglich ein einzelner Schaukelstuhl stand, während der Polizist ein Stück zurückblieb, außer Sichtweite.

Josie öffnete das Holster. Ihr Herz schlug so heftig, dass es sich anfühlte, als würde ein Elefant auf ihrer Brust herumtrampeln. Sie hob die Hand und klopfte kräftig an die Tür. »Hallo?«, rief sie laut. »Hier ist die Polizei. Ich bin Detective Josie Quinn vom Denton Police Department. Ich habe einen Durchsuchungsbeschluss für diese Räumlichkeiten.«

Keine Antwort.

Der Chief griff zum Türknauf. Er ließ sich mühelos drehen. Sie zogen beide ihre Pistole und hielten sich bereit. Josie trat als Erste über die Schwelle und ging nach rechts, dicht gefolgt vom Chief, der nach links abbog. Noch einmal nannte Josie laut ihren Namen und ihre Dienststelle und kündigte die geplante Hausdurchsuchung an. Während ein Teil ihres Geistes hellwach war und bereit, auf die geringste Bedrohung zu reagieren, registrierte ein anderer Teil rasch und nüchtern jedes Detail im Raum: ein Dielenboden mit einem ovalen Flickenteppich. Rustikale Möbel – Sofa, Stuhl und Couchtisch –, alles aus dunkel gebeiztem Holz. Dünne Vorhänge an den Fenstern. Eine Wandvertäfelung aus Zedernholz. Ein Laptop auf dem

Sofa, halb verdeckt von einer gestrickten Decke. Aufnahmegeräte und USB-Laufwerke, über den ganzen Couchtisch verstreut.

»Sauber!«, sagte der Chief.

Josie warf einen flüchtigen Blick in seine Richtung, wo das Wohnzimmer in eine kleine Küche überging. Ein Holztisch, der aussah, als sei er aus den Bäumen draußen angefertigt worden. Vier Stühle. Eine Arbeitsfläche aus grünem Laminat. Die üblichen Küchengeräte. Ein Foto am Kühlschrank, das sich Josie jedoch nicht genauer anschauen konnte. Als Nächstes schoben sie sich durch den engen, dunklen Flur. Badezimmer – klein, aber zweckmäßig –, sauber. Ein Schlafzimmer mit einem Doppelbett, zerwühlten Laken, Nachttisch und Kommode. Ein weiteres Foto, doch auch jetzt fehlte Josie die Zeit, es sich genauer anzusehen. Ein Schrank mit Kleidern und Schuhen – für Frauen und Männer –, alles in gedeckten Farben. Sauber. Ein weiteres Schlafzimmer, lediglich mit einer fleckigen Matratze auf dem Boden und mehreren Stahlketten, die von der Wand herabhingen. Sauber.

Am Ende des Flurs gab es eine letzte Tür. Eine Außentür für einen Innenraum. Noch bevor sie sie öffnete, wusste Josie, dass sich dahinter das Zimmer aus den Videos befand. Alles wie in Noahs Beschreibung: zartrosa, überall Rüschen und Spitze, Plüschtiere auf dem Bett, weiße Möbel, ein Schminktisch, darauf eine ganze Palette von Haarschmuck, ordentlich aufgereiht. Ein Schrank voller bunter Kleider. Die Fenster mit Brettern vernagelt, die angestrichen waren – ebenfalls in Rosa. Neonröhren an der abgehängten Decke. Zwei Kameras an der Wand über ihnen – wie tote Augen, die das Zimmer im Blick behielten.

»Sauber!«, sagte der Chief.

Sie ließen ihre Waffen sinken. In Josie machte sich Enttäuschung breit. »Ich war mir so sicher, dass Erica noch hier ist. Vielleicht hab ich ja etwas übersehen. Vielleicht sind sie ja doch erst am letzten Tag hier. Wenn die Mädchen getötet werden sollen, werden sie an einen anderen Ort gebracht, einen Ort, an dem sie an ihrem sechzehnten Geburtstag möglicherweise gewesen wären. Kelsey war in der Kirche. Gemma beim Abschlussball. Sabrina in ihrem Bett. Irgendwo wird ein letztes Essen für sie zubereitet, nur wenige Stunden, bevor man sie an ihre Ruhestätte bringt. Ich war mir so sicher, dass das hier stattfindet, in dieser Hütte.«

Der Chief starrte sie an. Er steckte seine Waffe zurück ins Holster und sagte: »Schauen Sie sich um, Quinn. In der Hälfte der Zimmer war das Licht an, auch in diesem. Hier muss kurz vor uns noch jemand gewesen sein. Vielleicht haben sie uns kommen sehen oder gehört und sich durch die Hintertür raus...«

Noch bevor er zu Ende sprechen konnte, gab eines der Paneele oben an der abgehängten Decke nach und fiel dem Chief auf die Schulter, wobei mehrere Stücke absplitterten. Er zuckte zusammen. Auf seinem Gesicht lag ein Ausdruck von Verwirrung. Dann stürzte eine Gestalt von oben herab, direkt auf ihn. Die folgenden Sekunden waren ein wildes Durcheinander aus hektischen Bewegungen und grimmigem Geschrei. Der Chief ging zu Boden, begraben unter der Gestalt. Erst als Josie den schlohweißen Haarschopf sah, wurde ihr klar, dass es Winnie Hyde war. Heftig um sich schlagend wälzten sich die beiden auf der Erde und versuchten, sich gegenseitig zu treffen oder zu überwältigen. Josie hielt ihre Pistole noch in der Hand, doch sie war nutzlos. Sie hätte nicht auf Winnie schießen können, ohne zugleich das Leben des Chiefs zu gefährden. In der Hoffnung, der Polizist draußen würde sie hören, schrie sie aus Leibeskräften, dann schob sie ihre Waffe zurück ins Holster und stürzte sich ins Getümmel. Sie sprang auf Winnies Rücken und versuchte, sie vom Chief zu zerren. Winnie war knochig und sehnig unter ihren abgetragenen Jeans und dem Tanktop, das über Josies Wange streifte. Der Chief krümmte sich unter

Winnie zusammen und hielt sich die Arme vors Gesicht, um ihre Schläge abzuwehren. Josie war gerade dabei, ihren rechten Arm unter Winnies Kinn zu schieben, um sie mit einem Würgegriff bewusstlos zu machen und so für eine Weile außer Gefecht zu setzen, als diese ihr den Hinterkopf mitten ins Gesicht rammte.

Der Stoß landete direkt zwischen ihren Augen. Sie begann Sterne zu sehen. Die Benommenheit ließ ihren Körper für einen kurzen Moment erschlaffen, was Winnie dazu nutzte, sie abzuschütteln. Josie fiel rücklings gegen die Kommode und schlug mit dem Hinterkopf hart an einen der Schubladenknäufe. Tief aus ihrem Inneren brach ein Keuchen hervor. Ihre Einsatzweste hatte ihren Rumpf zwar vor einer schlimmeren Verletzung bewahrt, erschwerte es ihr aber umso mehr, sich auf beengtem Raum gegen eine Angreiferin zu wehren, die so blitzschnell und brutal agierte wie Winnie.

Dann drang vage die Stimme des Chiefs an Josies Ohr. Obwohl er nur wenige Schritte von ihr entfernt war, klang es, als befände er sich in einem Raum am anderen Ende des Flurs. »Raus hier, Quinn! Finden Sie das Mädchen!«

Winnie verpasste ihm einen kräftigen Kinnhaken. Das Krachen, das zu vernehmen war, schickte augenblicklich eine Woge der Übelkeit von Josies Magen hinauf bis in den Hals. Der Chief verstummte. Aus seinem Mund floss Blut. »Nein!«, schrie Josie und wollte aufstehen. In diesem Moment sah sie das Messer aufblitzen.

Josie hechtete auf Winnies Arm zu, doch diese trat ihr mit dem Stiefel gegen das Brustbein. Der Stoß schleuderte sie mit solcher Wucht rückwärts gegen die Kommode, dass sie Holz splittern hörte und es ihr alle Luft aus der Lunge presste. Mit entsetzlicher Klarheit musste sie mitansehen, wie Winnie Hyde sich zwischen die Beine des Chiefs kniete. Josie hätte nicht sagen können, ob er überhaupt noch etwas davon mitbekam. Sein Kopf war zur Seite gedreht, mit den Händen versuchte er das Blut zu stillen, das ihm von den Lippen rann. Winnie richtete sich auf, hob das Messer hoch über ihren Kopf und rammte es ihm in die Innenseite seines Oberschenkels.

Verzweifelt rang Josie nach Luft, um ihre Wut herauszuschreien und um sein Leben zu flehen, doch sie brachte nichts heraus als ein kraftloses Keuchen. Winnie ließ das Messer im Bein des Chiefs stecken, stand auf und blickte auf Josie herab. Sie sah nicht wesentlich älter aus als auf dem Polizeifoto, das sie im Alter von achtzehn Jahren gezeigt hatte. Auf dem Foto war sie darauf nur von den Schultern aufwärts abgebildet gewesen. Nun aber konnte Josie ihre nackten Arme sehen, die von breiten, wulstigen, silbrigen Narben überzogen waren – das Werk des Schlächters. Josie wusste, dass sie fünfundvierzig Jahre alt war, doch das sah man ihr nicht an. Sie bewegte sich auch nicht so. Der Schlächter hatte ihr zwar Narben beigebracht und sie vorzeitig altern lassen, aber ihr Gesicht hatte er komplett verschont. Auch die Zeit hatte ihrem Aussehen kaum etwas anhaben können. Ihre olivbraune Haut war glatt und makellos. Nur in den Augenwinkeln und auf ihrer Stirn sah man ein paar Fältchen. Eine lange, gerade Nase, mit Sommersprossen gesprenkelt. Volle, breite Lippen. Und dunkle Augen, die vor Bosheit sprühten.

Der Chief wand sich und hustete.

Winnie grinste Josie an. Dann rannte sie los.

SECHSUNDFÜNFZIG

Josie zählte die Sekunden, bis ihr Atem wieder in ihren Körper zurückkehrte, und sah dabei hilflos zu, wie sich der Chief vor ihr krümmte. Eins, zwei, drei, vier ... bei fünf strömte die Luft wieder. Sie versuchte zum Chief hinzukriechen und wäre dabei fast vornüber auf den Kopf gefallen. Eine Woge von Schwindel und Übelkeit packte sie. Dennoch hielt sie den Blick starr auf den Messergriff gerichtet, der aus dem Oberschenkel des Chiefs ragte, und robbte sich mühsam über den Boden zu ihm hin.

»Nicht bewegen«, befahl sie ihm.

Sie beugte sich über ihn und berührte seine Schulter.

»Chief!«, sagte sie. »Bleiben Sie ganz ruhig.«

»Qu..., Qu...«, stieß er mit gurgelnder Stimme aus.

Josie beugte sich noch weiter herunter, bis ihre Gesichter nur noch eine Handbreit voneinander entfernt waren. »Sehen Sie mich an«, bat sie und spürte, wie allmählich das Gefühl in ihren Körper zurückkehrte und die Farben und der Zustand des Zimmers um sie herum mit jeder Sekunde schärfer sichtbar wurden. »Chief.«

Seine Augen blickten suchend, ohne sie zu sehen. »Bobby«,

sagte Josie und drückte fest seine Schulter. »Sehen Sie mich an.«

Sein Blick fand sie.

Josies Herz klopfte bis zum Hals. In den vergangenen Wochen hatte sie den Menschen hinter seinem missmutigen Poltern und seinen strengen Regeln kennengelernt. Sie hatte beobachtet, wie sich bei ihm Zorn, Kränkung, Verletzlichkeit und tiefe Traurigkeit abwechselten. Aber das hier hatte sie noch nicht an ihm gesehen. Das hier war Todesangst.

»Bobby«, sagte sie. »Alles okay. Ich bin hier. Alles okay.«

»Qui...«

Der Polizist stürmte ins Zimmer und blieb abrupt stehen, als er sie beide am Boden sah. Mit der rechten Hand hielt er seinen linken Unterarm umfasst und Blut rann zwischen seinen Fingern hervor. »O Gott«, rief er. »Was zum Teufel ist hier passiert? Diese verrückte ... Frau kam plötzlich aus der Eingangstür rausgerannt. Ich hab versucht, sie aufzuhalten, aber sie hat auf mich eingestochen. Im Wald draußen ist sie mir dann entkommen. Die anderen sind noch in der Scheune ...«

»Holen Sie die anderen und fangen Sie sofort an, nach der Frau zu suchen«, wies Josie ihn an. »Und fordern Sie Verstärkung an. Mir ist egal, was Sie jetzt eigentlich tun müssten. Holen Sie Hilfe! Wir brauchen einen Krankenwagen. Vielleicht auch einen Rettungshubschrauber. Schnell!«

Er sah sie einen Moment an, als überlege er noch, bis sie ihn anschrie: »Nun machen Sie schon!«

Als Josie wieder mit dem Chief allein war, strich sie ihm sachte mit den Fingern über die Stirn. Sie wagte es nicht, seine Wange zu berühren. Winnie Hyde hatte ihm bestimmt den Kiefer gebrochen.

»Qui...«, stammelte er wieder, aber weiter kam er nicht.

»Nicht sprechen«, mahnte Josie. »Hören Sie mir einfach zu. Ihr Kiefer ist gebrochen. Das muss sicher operiert werden. Aber was noch wichtiger ist: Ein Messer steckt in Ihrem Bein. Gut möglich, dass Ihre Oberschenkelarterie getroffen ist. Ich bin mir nicht sicher, aber ich will kein Risiko eingehen. Wenn Sie sich bewegen oder versuchen, es herauszuziehen, dann verbluten Sie, also bitte bleiben Sie von jetzt an unbedingt vollkommen ruhig liegen. Zwinkern Sie, wenn Sie mich verstanden haben.«

Er zwinkerte mühsam. Eine seiner Hände tastete nach ihren, griff danach und drückte sie leicht. Eine einzelne Träne sammelte sich in seinem rechten Augenwinkel und lief ihm über die Nase. »Nein«, sagte Josie mit fester Stimme. »Sie werden nicht sterben. Ich hab vor Ihnen schon mal einen Chief verloren. Wussten Sie das?«

Er zwinkerte.

»Er war ein guter Mann und ist gestorben, als er mir das Leben gerettet hat. Er hat einer Menge Leuten das Leben gerettet. Ich will das nicht noch mal durchmachen.«

Während sie sprach, stiegen ihr Tränen in die Augen, aber sie schluckte sie herunter. Sie unterdrückte ihre aufsteigenden Gefühle und verschloss sie in einem winzigen Kästchen tief in ihrem Inneren. Später ... später würde sie all die Gefühle zulassen, die dieses Zimmer und dieser Moment in ihr wachriefen. Jetzt im Moment musste sie ihre Arbeit tun.

Sie suchte in ihrer Tasche und fand das Rosenkranzkettchen. Die Perlen fühlten sich an ihren Fingern warm an. Das leise Klackern, wenn sie gegeneinanderstießen, spendete ihr sofort Trost. Sie drückte das Kettchen dem Chief in die Hand. Er sah sie mit großen Augen an. Josie gelang ein Lächeln, als sie sagte: »Sie hatten recht damit, dass ich genau wissen würde, wann es an der Zeit ist, es zurückzugeben. Halten Sie es gut fest. Konzentrieren Sie sich ganz darauf. Auf nichts anderes. Das wird Ihnen dabei helfen, stillzuliegen, bis Hilfe kommt. Haben Sie das verstanden?«

Er zwinkerte.

»Und Chief? Tun Sie mir einen Gefallen. Beten Sie.«

SIEBENUNDFÜNFZIG

Die Nacht draußen war pechschwarz. Die Lichtkegel von drei Taschenlampen tanzten zwischen den Bäumen rund um die Hütte. Josie fand ihre Taschenlampe, schaltete sie wieder ein und nahm den Weg, der zurück zur Scheune führte. Als sie näherkam, sah sie, dass die Hintertür offenstand, aber die Lampen in der Scheune waren ausgeschaltet. Die Deputys hatten sie sicher angemacht, während sie die Scheune durchsucht hatten. Und sie hatten sicher nicht darauf geachtet, sie wieder auszuschalten, als der Staatspolizist sie darum gebeten hatte, mit ihnen zusammen den Wald abzusuchen. Winnie Hyde hatte eine Chance gehabt zu fliehen, als Josie und der Chief an die Tür der Hütte geklopft hatten, doch sie war dageblieben und hatte sich irgendwo versteckt. Josie hatte keine Fahrzeuge in der Nähe der Hütte und auch nicht unten bei der Scheune entdecken können, obwohl dort mindestens ein oder zwei Fahrzeuge Platz hatten. Der Polizist und die Deputys hatten im Wald die Verfolgungsjagd aufgenommen. Falls Winnie eine bestimmte Fluchtroute gehabt hätte, wäre sie ihnen auf dieser entkommen. Immerhin hatte sie jahrzehntelang unter dem Radar gelebt – im Alter von achtzehn Jahren hatte sie quasi zu existieren aufgehört. Ein Gespenst. Ganz offensichtlich hatte sie gelernt, zu kämpfen. Sie hatte ihre Wut so sorgfältig und raffiniert verfeinert, dass sie sich selbst zu einer tödlichen Waffe geschmiedet hatte.

Aber für dieses Szenario hatte sie keinen Plan vorbereitet. Davon war Josie überzeugt.

Laut Harlan hatte die Scheune Winnie gehört, schon lange bevor Lorna Sims die Hütte verlassen hatte. Die Scheune war Winnies Zufluchtsstätte. Der Ort, an dem sie sich am besten auskannte. Winnie war so lange unsichtbar gewesen, dass sie auch jetzt vermutlich fest damit rechnete, nicht sichtbar zu sein. Zumindest so lange, bis sie die beste Fluchtmöglichkeit für sich herausgefunden und entschieden hätte, wohin sie gehen sollte.

Josie zog ihre Pistole aus dem Holster, entsicherte sie und hielt sie schussbereit in der Hand. Mit der Taschenlampe in ihrer anderen Hand zielte sie in dieselbe Richtung. Während sie langsam in die Scheune vordrang, leuchtete sie sorgfältig den höhlenartigen Raum vor sich aus.

»Winnie Hyde«, rief sie. »Hier ist Detective Josie Quinn von der Polizei von Denton. Ich komme, um Sie wegen des versuchten Mordes an Robert Chitwood festzunehmen. Kommen Sie mit über den Kopf erhobenen Händen heraus, und zwar so, dass ich Sie sehen kann.«

Sie bewegte sich voran, so schnell sie konnte, mit dem Rücken einer Regalwand zugewandt, die vollgestellt war mit Gegenständen, die sie nicht identifizieren konnte, und arbeitete sich langsam, aber stetig weiter zur Vorderseite der Scheune hin. Ihre wiederholten Rufe nach Winnie blieben unbeantwortet. Draußen trafen weitere Fahrzeuge ein und ihre Scheinwerfer wie auch die Warnleuchten der Streifenwagen verstärkten den Schein von Josies Taschenlampe. Der größte Teil der Scheune diente der Verarbeitung von Wild. Das Chrom der verschiedenen Fleischereimaschinen glänzte im

Licht, das durch die Fenster hereinfiel. In der Mitte der Scheune erstreckte sich fast über die gesamte Länge eine Reihe von Metalltischen. Josie blieb zwischen den Regalen und den Tischen stehen. Ihre Sinne waren geschärft, sie lauschte auf jedes Geräusch und ihre Augen nahmen jede Bewegung wahr. Aber der einzige Lärm kam von den Männern, die sich draußen Befehle und Antworten zuschrien. Auf der anderen Seite der Tische befanden sich Stallboxen, die früher einmal für Vieh benutzt worden waren. An den Wänden einer Stallbox hingen alle erdenklichen Messer, für die ein Jäger oder ein Metzger Verwendung finden könnte. Josie holte tief Luft und überlegte, dass sich Winnie womöglich ganz in der Nähe dieser scharfen Klingen verbarg.

Winnie war also buchstäblich zur Schlächterin geworden. Sie tat nun das, was ihr vor all diesen Jahren selbst angetan worden war. Aber anstatt es zu verarbeiten und innerlich wieder heil zu werden, hatte es sie mehr und mehr vergiftet.

Josie schob sich an einer Box vorbei, in der Aktenschränke standen. Die nächste enthielt weitere Gegenstände, deren Zweck Josie nicht erkennen konnte. Danach kam sie zu einer Box mit hölzernen Querbalken darüber, in die Metallhaken hineingebohrt waren. An einem Hakenset hing ein totes Reh.

In der nächsten Box stand ein Auto mit einem Blechschaden vorne. Josie ging um die Tische herum vorsichtig auf den Wagen zu. Als sie näherkam, traf ein Lichtkegel von einer ihrer Taschenlampen ein Stück braunes Fell, das sich am Kühlergrill des Fahrzeugs verfangen hatte. Das erklärte das Rehblut an Sabrina Becks Schläfe. Es waren keine Wilderer gewesen; Winnie hatte mit ihrem Wagen ein Reh angefahren, wahrscheinlich an dem Abend, an dem sie das Mädchen transportiert hatte. Dann hatte sie das tote Tier hierhergebracht und verarbeitet. Das war im Herzen Pennsylvanias nichts Ungewöhnliches. Schon viele Male hatte Josie auf einer Landstraße ein Reh angefahren und dennoch weiterfahren müssen, bis sie wieder Mobilfunkempfang gehabt hatte, um der Jagdbehörde Meldung zu erstatten. Doch wenn sie dann zur Unfallstelle zurückgefahren war, hatte sie oft entdecken müssen, dass offenbar jemand vorbeigekommen war und das überfahrene Reh mitgenommen hatte. Viele Familien in Mittelpennsylvania hatten Mühe, über die Runden zu kommen. Ein einziges Reh konnte für eine bedürftige Familie viele Mahlzeiten sichern.

Josie trat leise zu der Fahrerseite und leuchtete mit ihrer Taschenlampe hinein. Die Sitze im Wagen waren leer. Sie trat zu den Rücksitzen – ebenfalls leer. Ein Klopfgeräusch zog sie in Richtung des Fahrzeughecks. Josie hielt den Blick, die Pistole und die Taschenlampe auf den Kofferraum gerichtet, während sie sich vorsichtig dorthin bewegte. Das Klopfen wurde lauter. Josie senkte die Taschenlampe und stieß damit leicht gegen die Kofferraumhaube. Das Klopfen hörte auf. Dann vernahm sie eine gedämpfte Stimme: »Hilfe.«

Josie stieß einen entsetzten Seufzer aus. »Erica?«, rief sie. »Erica Mullins?«

Ein schriller Schrei ertönte aus dem Inneren des Kofferraums. Eine Welle der Erleichterung durchflutete Josie, als sie zur Fahrerseite ging, sie aufriss und nach dem Hebel zum Öffnen des Kofferraums suchte. Noch bevor sie ihn gefunden hatte, hörte sie ein weiteres Geräusch, irgendwo aus dem Inneren der Scheune. Die Stimme einer Frau.

Josie trat aus der Box heraus und ging neben der Kühlerhaube des Wagens in Deckung. »Winnie Hyde?«, rief sie und hielt Pistole und Taschenlampe wieder einsatzbereit.

»Sie können sie nicht mitnehmen«, rief die körperlose Stimme.

Josie blieb wie angewurzelt stehen, wo sie war, und wartete darauf, dass sich die Stimme wieder meldete. Sie hoffte, dann ausmachen zu können, wo Winnie sich versteckte. Als nichts kam, sagte Josie: »Winnie, ich bringe Erica jetzt nach Hause. Es ist vorbei. Kommen Sie einfach raus.«

»Sie können sie nicht mitnehmen. Ich habe sie schon vorbereitet.«

Josie wandte sich nach rechts – in Richtung der Box, in der das erlegte Reh hing. Der Lichtschein ihrer Taschenlampe wippte auf und ab, aber er traf nicht auf Winnie. Sie musste sie irgendwie wieder zum Sprechen bringen. »Sind Sie diejenige, die die Mädchen vorbereitet? Und auch diejenige, die sie tötet?«

»Ich bereite sie vor, aber ich töte sie nicht. Das ist kein Töten. Ich schicke sie an einen anderen Ort. Einen Ort, an dem es besser ist als hier.«

Josie trat einen Schritt näher an die nächste Box heran und nahm dabei den intensiven Wildgeruch wahr. »Woher wollen Sie wissen, dass es an dem Ort, an den sie gehen, besser ist als hier in dieser Welt?«

Winnies Lachen schien aus dem Nichts zu kommen und zugleich von überall her. »Ist es nicht an jedem anderen Ort besser als hier?«

In den tiefsten Tiefen ihres Schmerzes über den Verlust ihrer Großmutter hätte Josie ihr zugestimmt, aber jetzt dachte sie an ihren Mann, ihren Hund, ihre Familien – sowohl an die Menschen, die mit ihnen blutsverwandt waren, als auch an die, die sie sich selbst ausgewählt hatten. Sie dachte an Schwester Theresa und ihr Rosenkranzkettchen, an das Mitgefühl, das sie dem Chief über all die Jahre gezeigt hatte. Sie dachte an den Chief, der seine kleine Schwester zu sich genommen und seine eigenen Beziehungen für sie geopfert hatte. Sie dachte an Meredith Dorton, die im Cold-Case-Archiv von Brighton Springs festsaß und mit vor Begeisterung leuchtenden Augen das tat, was sie für richtig hielt, ungeachtet der Folgen für sie. Freude, Trost, Fürsorge, Liebesbeweise – das alles war in diesem Leben nicht selbstverständlich, ganz und gar nicht, aber wenn man es fand oder anderen schenkte, dann war das die Mühe wert.

»Wenn Sie glauben, dass es irgendwo besser ist als in unserer Welt«, sagte Josie, »dann haben Sie irgendwas nicht richtig gemacht.«

Sie vernahm ein lautes Ausatmen, das von nirgendwo und zugleich von überall her zu kommen schien. Dann hörte sie: »Ich habe gesehen, wie der Schlächter diese kleinen Mädchen an einen anderen Ort geschickt hat. Ich habe den Frieden gesehen, der sich endlich über sie breitete, als er sie dorthin geschickt hat. Es gibt nichts Vergleichbares. Ich tue das für diese Mädchen. Travis gibt ihnen einen kleinen Eindruck von dem, wie ein perfektes Leben hier sein könnte, und wenn er fertig ist, wenn er bekommen hat, was er braucht, dann schicke ich sie fort.«

Josie trat einen weiteren Schritt vor, auf die Schwelle der nächsten Box zu. Das vom Balken herabhängende Reh war jetzt direkt vor ihr. Sie fragte: »Wessen Idee war das? Ihre oder die von Travis?«

»Er hat das gebraucht. Er brauchte das für seinen inneren Frieden, um sich nicht mehr mit Selbstvorwürfen zu quälen, also habe ich ihm geholfen. Er ist der Einzige, der mich jemals wirklich gesehen hat, nachdem ich aus dem Haus des Schlächters befreit wurde. Er hat gesehen, wie ich wirklich war, was der Schlächter aus mir gemacht hatte, und er hat mich trotz allem geliebt. Er ist mein Seelenverwandter. Dennoch hat er immer wieder versucht, mich zurückzulassen.«

Josie bewegte sich in die Box, denn sie war sich jetzt ganz sicher, dass die Stimme irgendwo von ihrer linken Seite her kam. Der Schein ihrer Taschenlampe erhellte jedoch nur einen Tisch mit einem Jagdmesserset darauf. »Sie meinen, er hat versucht, sich das Leben zu nehmen«, sagte Josie. »Sie dachten, wenn Sie sein Trauma aus dem Schlächter-Fall wieder aufleben lassen, dann würde ihm das helfen.«

»Es hat ihm ja auch geholfen. Danach ging es ihm immer so viel besser. Und wenn er dann wieder in die Depression rutschte, fanden wir eben ein anderes Mädchen. Ich hab die schlimmen Dinge getan, damit er in Frieden leben konnte, in dem gleichen Frieden, den er mir verschafft hat, indem er mich die ganzen Jahre über geliebt hat.«

In einer Ecke der Box stand ein Stapel Kisten. Josie schlich langsam darauf zu, gleichzeitig kam sie dadurch Winnies Stimme näher. »Sie waren Mädchen eins? Das erste Opfer?«

»Ach, unsere Markierungen? Ja, ich war die erste. Ich hab mein Bestes getan, um ihm zu helfen, aber es hat nicht gereicht. Deshalb brauchten wir weitere Mädchen. Aber wir haben uns zurückgehalten. Wir haben es nur gemacht, wenn es absolut notwendig war, wenn Travis Gefahr lief, sich selbst zu verlieren.«

Josie spähte hinter den Stapel Kisten. »Wer war Mädchen vier?«

»Sie war von allen die Außergewöhnlichste«, sagte Winnie, und zum ersten Mal dachte Josie, dass sie aus ihrer Stimme eine Art echter Gefühlsregung heraushörte, die jemand anderem galt als Travis Benning. »Sie war wie geschaffen dafür. Ein unerwartetes Geschenk. Wir haben sie am längsten behalten und sie erfüllte alles so gut, dass Travis viele, viele Jahre lang keine Hilfe mehr brauchte.«

»Wie hieß sie?«, fragte Josie.

Wieder Gelächter.

Josie drehte sich zu dem aufgehängten Reh hin. »Winnie, ich muss Erica wirklich so schnell wie möglich zu ihrer Familie zurückbringen. Machen Sie mir das nicht schwerer als nötig. Kommen Sie heraus, damit ich Sie sehen kann. Mit den Händen über dem Kopf.«

Sekunden vergingen. Josie erinnerte sich an Harlans Bericht darüber, wie sie Winnie im Haus des Schlächters vorgefunden hatten. Sie hatte oben auf einer Kommode gesessen und alles beobachtet. Ganz so, wie sie sich vorhin im Zwischenraum der abgehängten Decke verborgen und ebenfalls alles beobachtet hatte.

»Winnie«, sagte sie. »Ich habe schlechte Neuigkeiten, was Travis angeht. Ich bin heute Morgen mit einem Team zu seinem Apartment gefahren. Die Dinge sind aus dem Ruder gelaufen. Er hat Gegenwehr geleistet und da habe ich ihn erschossen. Travis ist tot, Winnie.«

Im selben Moment, in dem sie die Lüge ausgesprochen hatte, richtete Josie ihre Pistole und die Taschenlampe nach oben, auf den Holzbalken, von dem das Reh herabhing. Ein schriller Schrei durchschnitt die Luft. Sie sah das Schimmern von weißem Haar und das Aufblitzen einer Messerschneide, dann stürzte sich Winnie, das Messer vor sich ausgestreckt, von oben auf Josie.

Josie feuerte zwei Schüsse ab. Winnie brach auf dem Boden zusammen und blieb dort liegen.

Josie trat zu ihr und kickte das Messer fort. Dann kehrte sie zum Auto zurück und tastete unter dem Lenkrad herum, um den Öffnungshebel für den Kofferraum zu finden. Endlich hatte sie ihn entdeckt und zog daran. Dann rannte sie nach hinten und leuchtete mit der Taschenlampe auf das junge Mädchen, das zusammengekrümmt im Kofferraum lag. Sie trug einen Pyjama. Ihre braunen Haare waren strähnig vor Schweiß. Sie kniff die Augen fest zusammen, als Josie den Lichtstrahl auf ihr Gesicht richtete. Ihre Lippen waren mit einer pinkfarben-weißen Schicht verkrustet. Neben ihr auf dem Boden des Kofferraums sah man angetrocknetes Erbrochenes, vor allem weißen Schaum und kleine Stückchen pinkfarbener Pillen.

»Wer sind Sie?«, stieß Erica heiser hervor. »Können Sie mir helfen?«

»Ich bin Detective Josie Quinn. Ich werde dich jetzt zu deiner Familie zurückbringen.«

ACHTUNDFÜNFZIG

DENTON, PENNSYLVANIA – EINEN MONAT SPÄTER

Josie stellte ein Glas Eistee auf den Serviertisch neben dem Lehnstuhl des Chiefs. Sie schälte einen Strohhalm aus der Plastikhülle und steckte ihn in sein Glas. Dann versuchte sie, ihm das Glas an die Lippen zu setzen, aber er winkte verärgert ab. Durch die zusammengepressten Zähne – seine Kieferknochen waren mit Draht fixiert worden, damit sie richtig heilen konnten – murrte er: »Trinken kann ich noch selber, Quinn. Wann gehen Sie endlich nach Hause?«

»Ich bin doch gerade erst gekommen«, entgegnete sie.

Er mühte sich ab, sich aufrecht hinzusetzen, und stöhnte vor Schmerzen. Als er sich wieder in seinem Stuhl zurücklehnte, starrte er sie wütend an. Glücklicherweise hatte Winnie Hyde seine Oberschenkelarterie nicht verletzt und noch nicht einmal gestreift, aber sie hatte ihm trotzdem eine schwere Fleischwunde zugefügt, die noch immer sehr schmerzhaft war. Der Chief hatte von seinen Ärzten die strikte Anweisung erhalten, einen Monat der Arbeit fernzubleiben. Das Team besuchte ihn abwechselnd zu Hause, um sicherzustellen, dass er auch alles hatte, was er brauchte, und dass er sich nicht überanstrengte. Josie allerdings kam jeden Tag. Die anderen wechselten sich ab, wenn sie gerade nicht dort war.

Plötzlich klopfte es an der Tür. Der Chief seufzte. »Vielleicht könnten Sie gehen und aufmachen.«

Schon bevor Josie die Tür öffnete, wusste sie, dass es Noah war. Er brachte eine sehr wichtige Information mit. »Hey, Chief«, grüßte er, als er ins Wohnzimmer trat, ein Kuvert unter den Arm geklemmt.

»Fraley, hören Sie, ich brauche Sie nicht beide hier. Wer zum Teufel arbeitet denn jetzt überhaupt noch?«

»Gretchen«, erwiderte Josie. »Ich habe Noah gebeten, vorbeizukommen, weil wir gerade ein paar Dinge bekommen haben, die Sie unbedingt erfahren sollten.«

Der Chief wedelte mit der Hand in der Luft. »Ist Winnie Hyde etwa gestorben?«

Noah schüttelte den Kopf. »Leider nein.«

Es war schwer zu glauben, aber Winnie Hyde hatte sowohl ihren Sprung von den Deckenbalken über den Ställen in der Scheune als auch die zwei Schüsse überlebt, die Josie auf ihren Rumpf abgefeuert hatte. Sie war bereits einer ganzen Reihe von Verbrechen angeklagt worden, aber das Team durchkämmte noch immer alle Beweismittel, die in der Hütte gefunden worden waren, damit sie auch ganz sicher ausreichten, um sie aufgrund jeder Anklage, die gegen sie erhoben wurde, verurteilen zu können. In Brighton Springs arbeitete Meredith Dorton daran, sie wegen des Mordes an Kelsey anzuklagen. McMichaels hatte man freigelassen.

»Es geht um Daisy«, sagte Josie, als Noah ihr das Kuvert reichte. »Während Sie im Krankenhaus waren, hat jemand beim Jugendamt bemerkt, dass sie Schnitte an ihrem rechten Unterarm hat. Sie haben sich Sorgen gemacht, dass sie sich vielleicht geritzt hat. Aber Daisy wollte nichts dazu sagen.«

»Aber mit Josie hat sie darüber gesprochen«, ergänzte Noah. »Wir haben uns die Schnitte angesehen. Sie sehen genauso aus wie bei den anderen Opfern und Daisy hat vier davon.«

Der Chief sah zuerst Josie an, dann Noah, dann wieder Josie. »Verstehe ich nicht. Sie ist also Mädchen vier? Aber sie ist doch noch am Leben?«

»Winnie hat mir gesagt, dass sie von allen die Außergewöhnlichste war. Sie sei dafür wie geschaffen gewesen. Ein unerwartetes Geschenk«, erklärte Josie. »Das war kurz bevor ich auf sie geschossen habe. Ich hab das alles mit dem kombiniert, was wir sowieso schon wussten, dann mit dem, was Winnie mir durch ihren Rechtsbeistand mitteilen ließ, und mit dem, was Daisy uns sagen konnte, sobald sie wusste, dass Travis tot ist und Winnie im Gefängnis sitzt. Erinnern Sie sich noch daran, wie Harlan uns erzählt hat, dass seine Informantin, Lorna Sims, in der Hütte des Schlächters gelebt hat? Nun, Daisy hat dort mit ihr zusammengewohnt. Dann, als Daisy ungefähr sieben war, ist Lorna wieder den Drogen verfallen und an einer Überdosis gestorben. Zu der Zeit wohnte auch Winnie in der Hütte. Sie war diejenige, die Lornas Leiche entdeckte und Daisy dort ganz allein vorfand. Sie und Benning haben Daisy zu sich genommen und sie in der Hütte großgezogen. Sie ist auf mehreren von Bennings Videos zu sehen. Wir glauben, dass dieses Rüschchenzimmer eigentlich ihr Zimmer war. Erinnert ihr euch, als wir in die Hütte reingegangen sind – da hing doch ein Foto am Kühlschrank und ein weiteres, gerahmtes Foto war im großen Schlafzimmer? Da war Daisy drauf, als sie noch jünger war. Wir glauben, dass Benning und Hyde Daisy dort so lange bei sich hatten, hat mit dazu beigetragen, dass sie nicht mehr gemordet haben, zumindest eine Weile lang. Dann wurde Daisy sechzehn, und das wurde zum Problem für die beiden. Na ja, zumindest für Benning. Ich glaube, Winnie mochte Daisy, also hat sie sie arbeiten lassen, anstatt sie wie die anderen zu töten.«

Noah fügte hinzu: »Wir konnten einige ihrer Bewegungen

anhand der Wegwerfhandys nachverfolgen. Letztes Jahr hat Winnie Daisy dann hierhergebracht. Sie haben einen Monat lang im Patio-Motel gewohnt. Der Manager hat das bestätigt. Das war lange genug, dass Daisy Kade McMichaels ›kennenlernen‹ und so manipulieren konnte, dass er sie bei sich wohnen ließ. Dann mussten sie und Winnie nur noch übers Handy kommunizieren. Winnie hat ihr aufgetragen, wo und wann sie Benning persönlich treffen soll, damit er ihr ein Foto des nächsten Opfers zeigen und ihr sagen konnte, wo sie es finden würde. Daisy hat sich dann mit ihnen angefreundet und die Mädchen zu dem Lagerfeuerplatz hinten auf McMichaels' Grundstück gebracht. Dort hat sie sie mit Alkohol betrunken gemacht, den sie aus McMichaels Haus geholt hatte. Manchmal hat sie die Mädchen auch noch zusätzlich mit Benadryl betäubt. Dann hat sie Winnie angerufen und die hat sie dann abgeholt.«

»Alles, was Daisy wusste, war, dass sie sich mit den Mädchen anfreunden sollte, mit ihnen zu dem Lagerfeuerplatz gehen, sie betrunken machen und dann darauf warten sollte, dass sie von Winnie abgeholt wurden.«

»Das ist ja wirklich völlig pervers«, sagte der Chief.

»Benning war die meiste Zeit in Daisys Leben nicht anwesend. Sie hat nie verstanden, wer er für sie war. Sie kann sich auch kaum noch an Lorna erinnern. Winnie kommt für sie der Mutter, die sie niemals hatte, am nächsten«, bemerkte Josie.

»Das ist der Grund dafür, warum Daisys soziale Kompetenzen ... so wenig ausgeprägt sind.«

»Mein Gott«, stöhnte der Chief. »Das ist ja schrecklich. Hat sie sonst noch Familie?«

Josie und Noah tauschten Blicke. Dann reichte Josie dem Chief das Kuvert. »Ja«, sagte sie. »Sie ist mit Ihnen verwandt.«

»Sie ist Ihre Schwester«, ergänzte Noah.

»Erinnern Sie sich noch, dass Harlan sagte, er hätte eine

Beziehung mit dieser Informantin gehabt? Er muss sie geschwängert haben.«

Der Chief versuchte, trotz seiner zusammengeklammerten Kieferknochen zu lachen. »Jetzt machen Sie mal halblang, Quinn. Mein Dad wäre da schon Anfang siebzig gewesen.«

»Stimmt«, sagte Josie. »Aber ein Mann kann in diesem Alter immer noch Kinder zeugen. Das ist nicht der Normalfall, aber es ist möglich. Ich habe das staatliche Labor vorsichtshalber um eine DNA-Analyse gebeten. Sie ist zweifellos Harlans Tochter. Der Bericht für Sie ist in diesem Kuvert.«

Er starrte darauf, öffnete es aber nicht. Seine Hand zitterte.

Josie sagte: »Sie können mit dieser Information tun, was Sie wollen, aber wir fanden, Sie haben das Recht, das zu erfahren.«

Der Chief wich ihrem Blick aus. Das Kuvert zitterte so heftig in seinen Händen, dass er es auf seinen Schoß legen musste. Sie warteten auf eine Antwort von ihm, aber er starrte nur weiter wortlos auf das Kuvert. Nach ein paar Minuten sagte er mit leiser Stimme: »Quinn. Fraley. Ich würde jetzt gern allein sein.«

»Natürlich«, erwiderte Josie. »Sie wissen ja, wie Sie uns erreichen können.«

MEHR VON BOOKOUTURE DEUTSCHLAND

Für mehr Infos rund um Bookouture Deutschland und unsere Bücher melde dich für unseren Newsletter an:

deutschland.bookouture.com/subscribe/

Oder folge uns auf Social Media:

 facebook.com/bookouturedeutschland

 twitter.com/bookouturede

 instagram.com/bookouturedeutschland

EIN BRIEF VON LISA

Vielen herzlichen Dank, dass ihr *Als sie verschwand* gelesen habt. Wenn euch das Buch gefallen hat und ihr gerne über alle meine neuesten Veröffentlichungen auf dem Laufenden bleiben wollt, dann meldet euch einfach unter dem folgenden Link an. Eure E-Mail-Adresse wird nicht weitergegeben und ihr könnt euch jederzeit wieder vom Newsletter abmelden.

deutschland.bookouture.com/subscribe/

Wie immer betrachte ich es als ein Privileg, für euch weitere Josie-Quinn-Bücher zu schreiben. Es ist mir ein großes Vergnügen, mir diese Geschichten für euch auszudenken. *Als sie verschwand* spielt an vielen verschiedenen Orten. Die meisten von ihnen, etwa Lochfield, Brighton Springs und Wendig County sind frei erfunden. Langjährige Leser:innen werden schon wissen, dass Bellewood, Bowersville, Fairfield und die beiden anderen erwähnten Countys, Alcott und Lenore, ebenfalls fiktional sind. Ich habe mir große Mühe gegeben, die Details in den Abläufen der Polizeiarbeit so authentisch wie möglich zu schildern. Einige Kleinigkeiten wurden abgewandelt, um das Erzähltempo und die Spannung zu erhöhen. Und wie immer fallen alle Irrtümer oder Ungenauigkeiten auf mich zurück.

Ich fühle mich sehr reich beschenkt, dass ich eine so treue und wunderbare Leserschaft habe. Daher liebe ich es, mit euch in Kontakt zu sein. Ihr könnt mich über meine eigene Website, die Goodreads-Website oder über die unten aufgeführten Social-Media-Plattformen erreichen. Auch würde ich mich sehr freuen, wenn ihr eine Rezension verfassen könntet oder vielleicht *Als sie verschwand* auch anderen Leser:innen empfehlen würdet. Rezensionen und Mund-zu-Mund-Propaganda tragen enorm dazu bei, dass andere meine Bücher zum ersten Mal entdecken. Vielen Dank für eure Treue und eure Begeisterung für diese Serie. Danke, dass ihr immer wieder, von einem Buch zum nächsten, nach Denton zurückkehrt, obwohl die Kriminalitätsrate dort äußerst hoch ist. Ich bin euch allen dafür herzlich verbunden und dankbar, dass es euch gibt. Ich hoffe, ihr seid auch beim nächsten Abenteuer wieder mit dabei!

Vielen Dank!

Lisa Regan

www.lisaregan.com

DANKSAGUNG

An meine großartigen Leser:innen: Herzlichen Dank dafür, dass ihr Josie und ihr Team auch bei dem neuesten Abenteuer begleitet habt. Ihr seid zweifellos das beste Lesepublikum der Welt und ich bin so dankbar, dass es euch gibt und dass ihr meine Geschichten immer weiter lest!

Und natürlich danke ich wie immer meinem Ehemann Fred und meiner Tochter Morgan dafür, dass ihr so viel Geduld mit mir hattet und mir geholfen habt, konzentriert bei der Sache zu bleiben. Ich danke meinen Erstleser:innen Dana Mason, Katie

Mettner, Nancy S. Thompson und Torese Hummel. Danke euch, Matty Dalrymple und Jane Kelly. Und dir, meine unglaubliche Freundin und wunderbare Assistentin Maureen Downey, danke ich dafür, dass du mich immer wieder daran erinnerst, dass ich das hier wirklich tun kann. Lieben Dank auch an meine Großmütter Helen Conlen und Marilyn House; an meine Eltern Donna House, Joyce Regan, den verstorbenen Billy Regan, Rusty und Julie House; an meine Brüder und Schwägerinnen Sean und Cassie House, Kevin und Christine Brock sowie Andy Brock; ebenso an meine wunderbaren Schwestern Ava McKittrick und Melissia McKittrick.

Ein großer Dank geht auch an die üblichen Verdächtigen für eure unermüdliche Mundpropaganda: Debbie Tralies, Jean und Dennis Regan, Tracy Dauphin, Claire Pacell, Jeanne Cassidy, Susan Sole, die Regans, die Conlens, die Houses, die McDowells, die Kays, die Funks, die Bowmans and die Bottingers! Vielen Dank wie immer auch an all die wunderbaren Blogger:innen, Rezensent:innen, die Josies Abenteuer von Anfang an verfolgen, aber natürlich auch an die, die sie erst mitten in der Serie kennengelernt haben und sie jetzt ebenfalls so großzügig unterstützen!

Und wie immer danke ich auch dir, Sgt. Jason Jay, für die Beantwortung all meiner Fragen, besonders wenn die letzte Frage (Versprochen!) dann eben doch nie die letzte ist. Danke auch an Lee Lofland für die Beantwortung meiner Fragen zur Strafverfolgung und, falls nötig, das Herstellen von Kontakten zu Expert:innen. Danke, Lisa Provost, für den Wahnsinnscrashkurs zum Thema latente Fingerabdrücke. Danke, Stephanie Kelley, meine großartige Beraterin in Sachen Strafverfolgung, dass du dieses Buch so unendlich sorgfältig durchgelesen und mir bei den ganzen verfahrensrechtlichen Details geholfen hast. Danke auch an Amanda Schmeltzer für das Lieblingskaffeegetränk von Chief Chitwood und an Sandy Klodzinski für den Namen der Einkaufsmall!

Ich danke Jenny Geras, Noelle Holten, Kim Nash und dem gesamten Team bei Bookouture, darunter meiner bezaubernden Redakteurin Jennie, die einen absolut brillanten Job macht, und meiner Korrektorin Jenny Page. Und last, aber niemals least geht mein Dank natürlich an Jessie Botterill, die beste Lektorin der Welt. Ich kann dir gar nicht genug dafür danken, dass du mir in jeder einzelnen Phase des Bücherschreibens die Hand hältst. Danke, dass du den Zeitplan wieder und wieder umgeschmissen hast, um mir entgegenzukommen. Du bist so geduldig und munterst mich immer auf. Ich weiß nicht, womit ich einen so wunderbaren Menschen verdient habe, aber jeden Morgen erwache ich mit einer unglaublichen Dankbarkeit dafür, dass ich dich kennenlernen durfte. Es gibt keinen anderen Menschen, mit dem ich das hier lieber tun würde!

www.ingramcontent.com/pod-product-compliance
Lightning Source LLC
LaVergne TN
LVHW041617060526
838200LV00040B/1313